새로운 인문전통의 시작
한국인문학과 김우창

문광훈 지음

돌고래

새로운 인문전통의 시작

한국인문학과 김우창

2017년 2월 20일 1판 1쇄 박음 / 2017년 2월 25일 1판 1쇄 펴냄

지은이 문광훈

펴낸이 김철종, 박정욱

책임편집 김성은 **디자인** 김정호 **마케팅** 오영일

인쇄제작 정민문화사

펴낸곳 에피파니

출판등록 1983년 9월 30일 제1 - 128호

주소 110 - 310 서울시 종로구 삼일대로 453(경운동) KAFFE빌딩 2층

전화번호 02)701 - 6911 **팩스번호** 02)701 - 4449

전자우편 haneon@haneon.com **홈페이지** www.haneon.com

ISBN 978-89-5596-785-2 03810

이 도서의 국립중앙도서관 출판예정도서목록(CIP)은 서지정보유통지원시스템 홈페이지(http://scoji.nl.go.kr)와
국가자료공동목록시스템(http://www.nl.go.kr/kolisnet)에서 이용하실 수 있습니다.(CIP제어번호: CIP2017004596)

새로운 인문전통의 시작

한국인문학과 김우창

문광훈 지음

에피파니

ㅇㅍ
ㅍㄴ 에피파니Epiphany는 진리의 현현과 계시 혹은 정신과 문화의 황홀경 체험을 나타내는 말로,
'책의 영원성'과 '인간의 불멸성'에 대한 '오래된 그러나 새로운' 믿음으로 태어난 고급 인문·문학
브랜드의 새 이름입니다.

유년기에 내가 얼마나 많이 거짓된 것을 참된 것으로 간주했는지, 또 그 위에 세워진 것이 모두 얼마나 의심스러운 것인지, 그래서 학문에서 확고하고 불변한 것을 세우려 한다면 일생에 한번은 이 모든 것을 철저하게 전복시켜 '최초의 토대에서부터 다시 새로 시작해야 한다'는 것을 이미 몇 해 전에 깨달은 바가 있다.

데카르트, 《성찰》(1641)

머리말을 대신하여 **울림과 메아리**

이 책은 필자가 첫 김우창론인《구체적 보편성의 모험》(2001)을 낸 이후 지금까지 발표한 글과 새롭게 쓴 에필로그〈인간성의 탐구와 자유〉를 묶은 것이다.

큰 학자의 세계를 제대로 파악하려면 그에 상응하거나 그를 부분적으로라도 이해할 수 있는 능력을 한두 가지라도 갖춰져 있어야 한다. 깊은 이해는 대상을 읽는 주체가 그 대상과 정신적/영혼적으로 교감하는 가운데 조금씩 생겨나기 때문이다. 이런 점에서 필자의 천학비재(淺學非才)는 어쩔 수 없다. 나는 내 비평적 반향판의 부실함을 떠올린다.

그럼에도 나의 글 읽기는 김우창 선생의 저작을 중심으로 오랫동안 선회해 왔던 것 같다. 물론 다른 작가나 철학자도 있었지만, 그 읽기에는 늘 선생의 글이 있었고, 그 글로 결국 수렴되곤 했다.

"나는 태어나면서 아는 자가 아니다. 옛 것을 좋아하여 그 것을 추구하는 사람이다(我非生而知之者, 好古敏以求之者也)"라고, "성스러움과 어짊을 내가 어찌 감당하겠는가? 그것을 누르고 행하여 싫증내지 않는다(若聖與仁, 則吾豈敢? 抑爲之不厭)"고 공자는 썼다.(《논어》, 〈술이(述而)〉) 선생의 저 도저한 이성적 지향을 내가 어떻게 감당할 수 있겠는가? 나는 그저 싫증냄 없이 즐겨 읽고 따르며, 간절히 희구했을 뿐이다.

선생의 글을 읽으면 나는 간혹 '살아있다'는, 그리고 '살아간다'는 느낌을 아직도 받는다. 그 글에서 나는 현실을 직시하고 인간을 이해하며 세계의 신비에 경탄하는 법을 비로소 그리고 체계적으로 배웠다. 그것은 어디에도 비할 바 없는 한결같은 기쁨이었다. 그렇게 읽으며 나는 1980년대 이후의 한국사회에서 스스로를 치유하고 이 황량한 현실을 견뎠으며, 이렇게 읽은 것을 다시 쓰는 가운데 오늘의 나를 조금씩 만들어갔다. 그러니 내 삶은 내가 읽고 쓴 이 글들로부터 다시 태어난 셈이다. 선생의 글에는 그 어느 것에나 '어떻게 인간이 윤리적 결단을 통해 품위 있는 삶을 창출해낼 수 있는가'라는 근원적인 물음이 들어있기 때문이다. 나는 읽으면서 자아를 넓히고, 생각하면서 일상의 깊이를 얻으며, 표현하면서 삶의 집을 지어간다.

그러나 나의 김우창 읽기가 아무리 절실한 것이었다고 해도 그 절실성이 내 글의 정당성을 보장하지는 못할 것이다. 나는 내 자신의 견해보다는 진리를 사랑하고 싶다. 또 누군가의 견해가 진실하다면, 그 진실은 그만의 소유가 아니라

절실함이 정당성을 보장하지 못한다

　　　　　　한국인문학과 김우창

진리를 사랑한 모든 사람의 공동 소유가 될 것이다. 나의 김우창론 역시 앞으로 있게 될 기나긴 김우창 수용사에서 하나의 해석에 불과할 것이다. 그것이 현실의 검증을 이겨낸다면 설득력을 좀 가질 것이고, 그렇지 못하다면 결국 낙오될 것이다. 선생의 참된 모습을 재발견하려는 비평가는 나 같은 제자의 범용한 관점에 깃든 크고 작은 왜곡을 멀리할 필요가 있다.

인문학적 관심이 사회적으로 퍼져나가는 것은 물론 바람직한 일이다. 그러나 인문학은, 냉정하게 보아, 항구적 쇠퇴 상태였다고 말하는 것이 옳을 지도 모른다. 인문정신의 역사는 숱한 노력에도 불구하고 전인적 소수의 예외적인 분투에 의해 '겨우' 존속해 왔다고 나는 믿기 때문이다. 저 찬란한 르네상스 기조차, 1500년대의 플로렌스가 보여주듯이, 그지없이 잔혹했던 폭력의 시대이지 않았던가? 그렇다면 문제는 이 현실의 이율배반적 존속에 우리가 어떻게 대응할 것인가일지도 모른다. 현대사회의 점증하는 불확실은 바로 이 이율배반으로부터 자라나오기 때문이다.

인문학은 단순히 쇠퇴한다기보다는 스스로 급격히 변형되면서 이제까지 몰랐던 영향력을 얻을 수도 있다. 나는 미래의 논평 – 울림의 되울림, 재해석의 메아리를 가슴 두근거리며 기다린다.

2017년 2월
문광훈

차례

I. 왜 김우창을 읽는가?

새로운 인문전통의 시작[*]

19권으로 된 《김우창 전집》의 1차분 7권이 지난 주 민음사에서 출간되었다. 서너 달 뒤에는 나머지 12권도 완간될 예정이다. 2014년 1월부터 시작된 이 방대한 편집작업에서는 여러 분들이 수고해주셨다. 모든 원고의 최종 감수자로 일했던 필자에게도 감회가 없을 수 없다. 그 현재적 의의에 대해 몇 가지 적고자 한다.

한국비평사의 고전

김우창의 많은 평문은, 한용운론을 비롯하여, 이미 한국비평사의 고전이 되어 있다. 그의 글에는 어떤 것이든 신선함과 독자성이 있다. 피천득론에는 피 선생 특유의 작고 소박한 것 이상의 사실적 정밀함과 철학적 견고함이 들어있다.

---

[*] 《김우창 전집》 발간에 즈음하여

이 때문에 그것은 여타의 피천득론과 확연히 구분된다. 곧 나올 《정치와 삶의 세계》는 그의 정치철학과 비교사상론이고, 《사물의 상상력》이나 《풍경과 마음》은 회화론이며, 《도시-주거-예술》은 예술론이다. 또 《자유와 인간적인 삶》과 《정의와 정의의 조건》은 자유론과 정의론이며, 《기이한 생각의 바다에서》는 인문과학론이다. 그의 글에는 수십 수백이 아니라 수천의 보석 같은 성찰과 진단, 추억과 직시가 있다. 그러나 그 모두는, 〈서문〉에 적혀 있듯이, 세계를 하나로 파악하려는 '일체적인 비전에 대한 갈망'이다.

세계를 하나로 파악하려는 '일체적 비전에 대한 갈망'

우리는 만해와 윤동주를 일제하의 정치적 현실뿐만 아니라 출구 없는 삶의 비극적 차원에서도 이해하는가? 오늘날의 외국문학 연구는 작품에 대한 해석이나 외래 해석의 단순 인용에 그치는 것이 아니라 지금 이 땅에서 그 작품이 어떤 의미를 갖는지를 반성하는 가운데 이뤄지는가? 퇴계나 율곡은 문헌적 고증적 차원을 넘어 동아시아적 맥락에서, 나아가 현대 서구의 문제의식과의 비교문화적 검토 속에서 재해석되는가? 자연은 현대인에게 어떤 의미를 갖고 있고, 마음은 어떤 근본으로 돌아가야 하는가? 감성은 이성과 어떻게 이어지고, 언어는 어떻게 기능하는가? 또 한 사회의 공론장은 어떻게 구성되어야 하는가?

이런 물음은 간단히 던져본 몇 가지 사례에 불과하지만, 그 답변을 제대로 하는 것은 간단치 않다. 한 주제에 대한 설득력 있는 답변은 이미 다른 주제나 다른 분야에 대한 책임 있는 관점과 이해를 전제하는 까닭이다. 김우창의 글은,

그것이 사실에 밀착하여 경험을 존중하면서도 사실 너머의 어떤 다른 가능성을 잊지 않는다는 점에서, 전례 없는 사유의 길을 예증한다. 거기에는 늘 의미쇄신의 반성적 움직임이 있다. 이 움직임은 언어의 정확성과 사유의 철저함 없이 불가능하다. 그는 언어의 극한, 사유의 극한까지 밀고 나간다. '다른 의미론적 차원'은 이렇게 열린다. 그것은 개인의 구체적 지각으로부터 시작하여 일상적 경험을 지나 마침내 열리는 보편적 이념의 차원이다. 이 차원에 '자유'와 '평등', '인권'과 '인의(仁義)'가 있다. 그는 이렇게 여러 축을 부단히 오가면서 대상의 실상을 절차적으로 묻고 단계적으로 검토한다. 한국어의 내면과 외연은 김우창에 이르러 기존과는 전혀 다른 구조적 의미론적 차원 안으로 들어섰다고 나는 판단한다. 한글의 표현잠재력은 앞으로 수십 년, 아니 수백 년 동안 더 다듬어지고 더 세련되어야 한다.

그리하여 나는 김우창의 시평(詩評)에서 《님의 침묵》(1926) 이후 한국의 시사(詩史) 전체가 정리되는 듯한 인상을 받는다. 그것은 시의 문학사에서 중요한 성취를 남긴 시인을 거의 망라하기 때문이다. 이인직 이후 현대 소설사 역시 일정하게 재검토된다. 이러한 비판적 재구성은 사회정치사나 문화사, 철학과 정치론에도 해당된다고 할 것이다. 그것은 구한말 이후 진행된 근대성에 대한 물음 속에서 사상사적 문화사적 차원으로 확대된다.

그러나 더 중요한 것은 이 모든 학문적 성취가 김우창의 삶속에, 그의 말과 행동과 태도 속에 육화되어 있다는 사실인지도 모른다. 이 점에서 나는 '글의 윤리' 그리고 '학문의 윤리'를 떠올린다. 어떤 일에서건 무엇을 이뤄내면서도 스스로를 내세우지 않는 것은 참으로 어렵다. 나는 김우창 선생처럼 감성적으로 다채롭고 언어적으로 정확하며 사유적으로 견고하면서도 스스로를 낮추는 분을 알지 못한다. 그는 여하한의 과장이나 수식을 꺼려한다. 아마도 이런 절제 때문에 그의 의지는 글 밖으로 쉽게 드러나지 않을 것이다. 그는 글로써 상대를 제압하려거나 언어를 휘두르는 법이 결코 없다. 시적 감성은 그의 담담한 글 아래 깊이 잠겨있다. 언어는 그에게 오직 하나 - 사실의 실체적 해명에 바쳐진다. 이것은 그가 '미'보다 '진실'의 추구를 중시한다는 뜻이다. 그러나 이 진실추구의 정직성으로부터 그 글의 아름다움은 온다.

다채로운 감성
정확한 언어
견고한 사유

글의 아름다움은
진실추구의
정직성으로부터 온다

그러므로 김우창 선생의 글이 궁극적으로 보여주는 것은 어떤 정신의 궤적 - 사유의 성찰적 궤적이라고 해야 할 것이다. 성찰의 궤적은 곧 양심의 궤적이다. 그것은 아직 오지 않은, 그러나 언젠가 올 수도 있는 어떤 고양된 삶을 향한 탐구정신이다. 이제 한국 인문학의 과업은 '보편적 인간학'으로서 세계적 수준에 이른 전통을 세워가는 일이다. 앞으로 한국문화가 어떤 르네상스를 맞이한다면, 이 르네상스의 토대를 다진 한 정점이 김우창 저작이 되지 않을까 나는 생각한다.

그런 점에서 50년에 걸친 그 정신의 고투는 경하되어야 마땅하다. 이번 《김우창 전집》은 2000년대 이후 저 지독한 상업적 타락과 가치론적 혼란에도 불구하고 한국 현대인문

학이 일궈낸 하나의 의미심장한 지성사적 문화사적 사건이
될 것이다. 그러나 이러한 진술도 부실한 제자의 부실한 인
상기일 수 있다. 그보다 중요한 것은 이런 해석보다 그를 직
접 읽는 일임은 더 말할 나위도 없다.

자기기율의 자유

그들은 기율의 미적 승화를 삶의 스타일로 수립하려는 자기수련
을 그치지 않는다.　　　　김우창, 〈엘리자베스 비숍의 시〉(1983)

왜 글을 쓰는가? 또 이렇게 쓰인 글을 우리는 왜 읽는가?
글을 읽고 쓰는 것은 읽는 자에게, 또 쓰는 자에게도 과연
어떤 의미를 지니는가? 글이란 자기 자신의 삶에, 또 오늘의
현실에 어떤 관련을 지니는가? 이것은 읽기와 쓰기를 '생업'
으로 삼은 자에게, 그가 작가든 비평가든 문학연구자든 간
에, 결국에는 핵심적인 물음이 아닐 수 없다. 바로 이런 물음
을 나는 아래의 글에서, 내가 읽은 김우창의 글과 관련하여,
생각해보고자 한다.

1. 철저함: 글은 인간의 전체

　글을 쓰는 데는 분명한 이유가 있다. 그것은 물론 필자마다 다르고, 글을 읽는 것도 독자마다 다르다. 글을 쓰는 이유는, '쓴다'는 것이 '읽다'보다는 좀더 적극적인 창출행위이므로, 더 근본적이라고 할 수 있다. 물론 읽는 행위에도 창출적 요소가 없는 것은 아니다. 읽기의 창조성은, 읽기가 주체적이고 능동적일수록, 더 높아진다. 하지만 쓰는 것은, 그것이 의미의 전적인 무를 유의 차원으로 전환시킨다는 점에서, 1차적이고 본격적이다. 그런 점에서 쓰기의 적극적인 의미를 살펴보는 것은 중요하다.

글쓰기는
진리탐구의 한 방법

　글쓰기에도 여러 요인이 있을 수 있다. 그것은 단순하게 생활을 기록하고 경험을 증거하는 일일 수도 있고, 억눌린 본능과 무의식의 방출일 수도 있으며, 더 적극적으로는 어떤 표현충동의 현상일 수도 있다. 하지만 근본적으로는 복잡다단한 세상의 원리를 밝히고 삶의 의미를 모색하려는 하나의 길이기도 하다. 말하자면 글쓰기는 이상적인 경우 진리탐구의 한 방법으로 이뤄진다고 할 수 있다. 이 진리는 어떻게 드러나는가?

　여기에는 의미심장한 차원도 있다. 이를테면 진리는 있는 그대로의 진리이면서 그 이상일 수 있다. 그렇다는 것은 진리의 바른 방법이란 단순히 지금 있는 세계를 있는 그대로 보여주는 데 있는 것이 아니라, 그 이상을 암시하는 것이고, 그래서 우리의 경험적 현실과 아울러 이 현실 너머의 초월적이고 형이상학적 차원을 드러내는 일이라는 뜻이다. 말 가운데 말의 이전과 그 이후를 드러내고, 소음 속에서 그 말 없는 테두리 ― 고요와 침묵과 여백의 저 광대한 타자적 세계를 포괄하는 것이다. 이것은 사실 모든 문학의 언어가, 또 넓게 예술의 언어가 지향하는 바이기도 하다. 예술은 말 속에서 말없음을 암시하고, 표현 속에서 표현의 이전과 그 이후를 함축하며, 존재 속에서 부재로 옮아가는 까닭이다. 시의 언어가 그렇고, 그림의 색채가 그렇다. 예술은 침묵과 고요와 부재와 무를 선호한다. 그러나 그렇다고 해도 부재를 향한 예술의 이런 속성에서 그 바탕은 여전히 경험이요 사실임을 확인하는 것은 중요하다. 예술은 침묵과 부재와 무에의 궁극적 지향에도 불구하고, 이 지향의 분명한 토대는 나날의 현실적 물질적 조건인 것이다.

예술은 침묵과 부재와 무에의 궁극적 지향에도 불구하고, 이 지향의 토대는 나날의 현실적 물질적 조건이다

그런데 세계의 실상이 그리고 인간의 현실이 간단한 것일 수 없다면, 글은 어떠해야 하는가? 언어는 어떤 식이어야 하고, 이 언어를 추동하는 사유는 어떤 형태여야 하는가? 글이 언어로 쓰이고, 이 언어의 작용이란 곧 사고의 작용이라면, 그리고 사고의 바탕에는 느낌이 작동한다면, 글의 문제란 감각과 사고와 언어의 문제이기도 하다. 따라서 글로 현실을 파악하고 인간을 이해한다는 것은, 그래서 글을 통해 진리로 나아간다는 것은, 이 현실과 인간이 유동적이고 복합적인 한, 글을 구성하는 인간 주체의 감각과 사고와 언어가 동시에 유동적이고 복합적이지 않으면 안 된다. 주체의 영육 전체가 유동적이면서 복합적이어야 한다. 그러면서 그것

은 논리적 일관성을 갖춘 것이어야 한다. 그렇다고 이 일관성이 경직된 것이어선 안 된다. 올바른 일관성은 우연과 예외와 비약과 일탈을 허용하는 것이어야 하기 때문이다. 그래야 논리가 굳어지지 않고, 언어는 진부하지 않다. 납득할 만한 글, 그래서 숨겨진 현실의 일부를 보여주고, 마침내 진실하다고 칭할 수 있는 글은 이렇게 해서 나온다.

이 진실성의 바탕은, 앞서 살펴보았듯이, 아마도 전방위적 철저함에 있을 것이다. 전방위적으로 철저하다는 것은 글에 동원되는 감각과 언어와 사유에 모두 철저해야 한다는 뜻이고, 감각과 언어와 사유에 철저하다는 것은 반성에 철저하다는 뜻이다. 반성에 철저하다는 것은, 다른 식으로 말하여, 대상의 경험내용에 충실하다는 것이고, 이 경험을 통해 그 본질에 최대한 다가서려 한다는 것이다. 이 경험충실에의 의지로부터 대상에 대한 이해는 언어 속에서, 상투적 관념을 거부하는 언어의 명징성 속에서 분명해지고, 그에 대한 판단도 정확해진다. 납득할 만한 견해는, 대상에의 이해가 더 높고 그에 대한 판단이 더 정확할 때, 조금씩 생겨난다. 얼마 전에 김우창 선생과 한글 맞춤법 문제와 관련하여 이런저런 말씀을 나누다가 이런 일이 있었다.

선생이 쓴 표현 가운데 '산업화와 민주화의 문제의 […]'라는 구절에서, '민주화' 다음에 있는 '의'를 없애는 것이 어떤지 내가 여쭤본 적이 있다. 그는 이렇게 말했다. "글은 말에서 오고, 말은 숨(호흡)에서 온다. '철자법의 문제'라고 할 때, '의'는 앞의 '철자법'을 강조하면서 숨을 쉬는 것을 뜻한다.

길거나 어려운 말도 이렇게 '의'를 붙이면서 한번 숨을 쉬는 여유 속에서 머리 속으로 정리되는 것이다. 따라서 '산업화와 민주화의 문제의 […]'라는 말에서 '의'가 중복되어 길게 느껴지기도 하지만, 그래서 없앨 수도 있지만, 그러나 그것은 그 나름의 뜻을 갖는 것이고, 그러니만큼 '내버려두면 된다'. 자연히 시간 속에서 정리되는 까닭이다.

외국어 음차표기에서도, 옛날의 표기법에서 흔히 그러하듯이, '이메지'를 '이미지'로, '쏘네트'를 '소네트'로, '비죤'을 '비전'으로 오늘날의 표기법에 맞게 반드시 하나로 바꿀 필요는 없다. 옛날 표기는 옛날 표기대로 그대로 두는 것도 좋다. 그렇게 일관되게 쓴다고 해도, 원래의 원음 그대로 표기된 것은 아니다. Eliot는 '엘리엇'으로 표기하는 것이 맞는가, '엘리오트'로 표기하는 것이 맞는가? 아니면 '엘리엇'이 맞는가? 또 Verlaine는 '베를레느'가 맞는가, '베를렌'이 맞는가, 아니면 '베를렌느'가 맞는가? 어떻게 발음해도 프랑스 사람들은 우리의 발음을 정확히 알아듣기 어렵다. 마찬가지로 '북경'을 '베이징'으로, '모택동'을 '마오쩌뚱'으로 표기하는 것이 꼭 바람직한가? 그렇지 않다. 아무리 '베이징'으로 쓰고, '마오쩌뚱'으로 불러도 그것이 완전한 뜻에서의 중국어 원음은 못되기 때문이다.

김우창은 발레리가 쓴 프랑스어를 예로 들었다. 발레리의 시어는, 그가 설명하기를, 프랑스어 표준어가 아니라 프로방스어였다. 그것은, 정확하게 말하여, 이태리 말과 스페인 서쪽지방(발렌시아)의 합성어였다. 그러다가 19~20세기에 와서 프랑스의 표준어가 되었다. 글이 말에서 오는 것이라면, 이 말은 보통 사람들이 말하는 것의 '여러 차이를 표준화한 형식'이다. 글이 고정되어 있기 때문에 이 글의 음(말)도 마치 정해진 것처럼 보일 뿐, 사실 말은 글과 다르다. 게다가 말은 사람마다 제각각 다르다. 이런 차이가 무시되는 것은 말이 글로 되는 과정에 대한 반성적 의식이 없기 때문이다. 그러므로 맞춤법에서 분명한 탈오자는 고쳐야 하지만, 정서법은 '소극적으로' 하는 것이 좋다는 것이다. 즉 일관되게 쓰기보다는 현재에 쓰는 관습에 따라 쓰면 된다는 것이다. 만약 표기에 일관성이 필요하다면, 그것은 한 언어 안에서, 예를 들어 한글 안에서 지키면 된다고 그는 말했다.

관습적인 면을 존중하는 것

결론적으로 말하면 이렇다. 언어란 관습의 문제이다. 이것을 정리하는 것은 문법학자의 일이지만, 그렇다고 그가 '과거를 조정하는 입법자'의 역할을 해선 안 된다. 따라서 엘리어트를 '엘리옷'이라고 표기하는 것은 허용되어야 한다. 언어의 여러 형태를 인정하고, 언어의 관습적인 면을 존중해야 하기 때문이다. 그것을 일률적으로 규정하는 것은 마치 박정희 시대 때 '장발단속'한다고 하면서 강제로 머리를 깎아버리는 일과 같다. 따라서 표기의 문제에서는 소극적으로만, 말하자면 오해가 생길 경우에만 수정하고, 적극적으로 개입해선 안 된다.

여기에서 알 수 있듯이, 제대로 된 글을 쓰는 문제는, 이 글이 사실의 파악을 겨냥하건 진실의 인식을 겨냥하건, 아니면 인간이해를 도모하건 간에, 간단할 수가 없다. 그것은 그저 주어지는 것이 아니라 유연하면서도 동시에 견고해야 하고, 엄격하면서도 동시에 또 다른 가능성을 염두에 두는 것이어야 한다. 이렇게 되기 위해서는, 앞서 썼듯이, 글을 구성하는 감각과 사고와 언어가 현실과 인간과 세계와 만나는 접점에서 대상의 유동적 성격에 따라 스스로 변하는 가운데 그와 대결할 수 있는 유연성을 내장해야 한다. 그 자체로 어떤 원리나 명제로 굳어있는 것이 아니라, 견고한 유연성을 그때그때 적용시킬 수 있어야 하는 것이다. 이 견고한 유연성은 감각과 사고, 주체와 객체, 언어와 대상 사이에서 이뤄지는 어떤 균형에서 온다.

이 균형이란 물론 고여 있는 균형이 아니라 움직이는 균형이다. 이 균형을 하나의 원리로 견지하는 것은 말할 것도 없이 주체의 엄격성이다. 이 엄격성은 지성의 엄격성과 다르지 않다. 이 균형은 세계관으로부터 다져져 나온 주체의 가치이자 행동원리다. 이 가치는, 거듭 말하여, 주체가 지닌 언어와 감각과 사고로 구성된다. 감각과 사고와 언어로부터 행동이 일어나고, 이 행동이 현실의 사건을 만든다. 그리하여 주체의 유동적 균형이란 결국 유동적으로 변화하는 현실의 움직임에 대한 반응으로서, 하나의 원칙으로서 자리한다. 모든 움직임은, 그것이 주체의 움직임이건 현실의 움직임이건, 일목요연하게 이뤄지는 것이 아니라 복잡다기한 요소들의 얽힘 속에서 예측 불가능한 방식으로, 그래서 비규정적이고 불연속적으로 일어난다. 현실이 전체적이기 때문이다.

그러므로 전체 현실에 대응하는 주체의 움직임은 전체적

고여 있는 균형이 아닌 움직이는 균형

한국인문학과 김우창

이지 않으면 안 된다. 대상의 움직임에 상응하여 주체 스스로 움직일 때, 세계는 이미 있는 것이면서 동시에 '있을 수 있는', 그리하여 어떤 창조적 가능성의 공간으로 자리한다. 하나의 글이 감각과 사고와 언어로 구성되고, 감각과 사고와 언어로서의 글이 현실의 전체에 대응하는 것이라면, 결국 글은 그 자체로 '전체적이어야' 한다. 이것은 느끼고 생각하고 서술하는 모든 일에서 주체 스스로 진실해야 그 결과로서의 글이 거짓되지 않을 수 있다는 뜻이다. 시인 김수영이 '시를 공부하는 것은 전체를 공부하는 것'이라고 말한 뜻도 여기에 있을 것이다.

내가 쓰는 모든 글이
나의 존재

이 대목에서 나는 '내가 쓰는 모든 것이 나의 존재'라던 캐서린 맨스필드(K. Mansfield)의 말을 떠올린다. 하지만 맨스필드가 아니더라도 이런 생각을 가질 수 없는 것은 아니다. 적어도 오랫동안 문학에, 또 글쓰기의 가능성을 천착해본 사람이라면, 그것은 헤아릴 수 있는 종류의 통찰이다. 글을 통해 우리가 인간과 삶과 현실, 그리하여 세계의 전체를 만날 수 있다면, 글은 그 자체로 인간과 현실과 삶의 전체가 될 수 있고, 이 전체를 온 몸으로 살아가는 내 삶의 전체이기도 하다. 글은 세계의 전체인 것이다. 그래서, 다시 말하거니와, 제대로 된 글을 쓰기 어렵다.

2. 비평의 윤리 - 다른 입장들 사이에서

글의 맥락과 관련하여 개인적인 사연을 조금 밝히는 게 필요한 것 같다. 1999년 가을 독일 유학을 마치고 귀국했을 때, 내가 가장 먼저 하려고 마음먹은 것은 김우창론을 단행본으로 출간하는 일이었다. 이를 위해 나는 한국을 떠나있던 7년 동안 발표된 그의 글을 가능한 한 모두 읽어야 했다. 그러면서 그가 글을 쓰기 시작했던 1960년대부터 간행된 글을 모두 모으려고 애썼다.

1999년 가을과 겨울 그리고 2000년 초에 걸쳐 나는 시간 나는 대로 그 목록을 찾아 적고 확인하고 정리했다. 그러면서 책으로 나온 것은 구입하고, 절판된 책이나 문예지에 발표된 것은 도서관에 가 수십 개의 서가 사이를 헤매고 다니며 샅샅이 뒤졌다. 적을 때는 두세 편, 많을 때는 열편 남짓 복사했지만, 대개 한두 시간 뒤지면 대여섯 편은 건질 수 있었다. 두세 쪽 되는 짧은 글도 있었지만, 30~40쪽 되는 긴 글도 있었다. 그렇게 찾아 복사한 글의 분량은 큼직한 서류철로 2개를 넘었다. 이 글을 나는, 마치 한겨울에 곶감을 빼먹듯이, 고려대 아세아문제연구소 2층의 가장 구석진 한 연구실에서나 지하철에서, 아니면 집의 거실에서 음미하듯이 줄을 그으며 천천히 읽고 또 읽었다. 그것은 그윽한 향유의 즐거운 시간이었다. 그것은 어떤 정신의 지나간 자취를 찾아 헤매고 그 갈망의 흔적을 따라 지난 시대를 진단하고 오늘의 현실을 돌아보면서 나의 마음과 내 삶을 다독이는 내밀한 성장의 시간이었다.

이렇게 해서 웬만한 글은 거의 다 찾아내어 읽었다고 여겨졌지만, 이번에 《김우창 전집》 출간 준비를 하면서 나는 다른 여러 편집자의 도움을 받아 적지 않은 글을 다시 찾아 읽을 수 있었다. 그것은 주로 1964년에서 1993년 사이에 발표된 50여 편의 글이었다. 이 글을 읽으면서 나는 여러 가지로 신선한 느낌을 곳곳에서 받았다. 그 느낌은, 줄이면, 세 가지라고 할 수 있다. 첫째는 김우창 사유의 연속성이고, 둘째는 비평적 사유의 변별성이며, 셋째는 이 변별성을 통해 그가 보여준 전혀 새로운 비평적 길의 개척이다.

1) 사고의 연속성

그 가운데 어떤 글은 1980년대와 90년대를 지나면서 더 분명한 형태로 결정화될 생각의 싹들을 이미 담고 있었다. 어쩌면 이 싹에는 나중에 개화될 열매의 주요 부분을 웬만큼 다 포함하고 있었던 것인지도 모른다. 그 한 예가 신석진의 시집 《새벽 두 시》에 대한 평문 〈새벽 두 시의 고요〉(민족문화사, 1983)다. 김우창은 이렇게 쓴다.

"그리하여 궁극적인 고요는 고요를 넘어서는 고요이다. 그것은 빈 방 안의 고요, 침묵, '시간이 벗어놓은 눈부신 고요', '스스로 눈을 떠 목질(木質)로 변하는 정신'을 모두 넘어가는 것이다. 그것은 언어나 정신 또는 지각의 밝음을 넘어서 있는 알 수 없는 어떤 것이다. 시가 고요를 밝힌다는 것은 사물의 있는 대로의 진상을 밝히는 일이라고 하겠지만, 그것은 더 본질적으로는 고요의 어두운 신비를 그대로 놓아두는 것을 말한다."

사물의 근본이란 무엇인가? 그것은 사물의 어떤 속성을 가리키는 것이면서, 더 하게는 이 사물이 사물로 나타나기 이전의 모습일 것이다. 사물의 근본이란 사물의 존재이면서 그 부재를 지칭하고 이 부재를 포함한다. 고요는 사물이 부재할 때 스며들고, 사물이 아무러한 모습으로 현상하기 전에 자리한다. 이때의 고요란 고요이면서 고요라고 지칭되기 이전의 고요이고, 따라서 무고요이기도 하다. 그것은 "고요를 넘어서는 고요"다. 모든 존재는, 그것이 사물이든 언어든, 이 고요를 향해 나아간다. 또는 이 고요에 열려 있다.

따라서 고요는, 마치 부재가 그러하듯이, 사물의 근본이고 삶의 바탕이라고 할 수 있다. 모든 삶의 움직임에는 이러한 끝 모를 고요가 있다. 모든 움직임의 바탕에 고요가 자리하고, 이 움직임의 테두리로서 정적이 자리한다. 그리하여 고요나 정적은 알기 어렵다. 그것은 "언어나 정신 또는 지각의 밝음을 넘어서 있는 알 수 없는 어떤 것"이다. 그런 점에서 그것은 신적인 것이기도 하다. 고요는 신의 정원에 깃든 자연의 이름이다. 그래서 그것은 심연에 닿아있다. 고요는 깊이에서 나온다. 시끄러우면 깊기 어렵다. 거꾸로 깊으면 시끄럽기 어렵다. 시가 밝히려는 것도 이 고요 – 삶의 바탕이자 그 테두리 혹은 근원으로서의 고요다. "시가 고요를 밝힌다는 것은 사물의 있는 대로의 진상을 밝히는 일"이고, "더 본질적으로

고요는,
부재가 그러하듯
사물의 근본이고
삶의 바탕이다

는 고요의 어두운 신비를 그대로 놓아두는 것"이다.

시에는 시의 이전 그리고 그 이후로 나아가려는 충동이 있다. 시의 충동이란 근본적으로 비시적인 것을 향한다. 시는 어쩌면 모든 활동의 바탕으로서의 고요를 밝히려는 의지이고, 모든 생명의 근원으로서의 정적에 이르려는 충동인지도 모른다. 이 고요 속에서 존재는 모든 이용과 소비 이전에 그 자체로 순수하게 존재하는 까닭이다. 그것은 모든 인간주의적 조작을 넘어 이 인간적 개입과는 끔찍하리만치 무관하게 자리한다. 그래서 무심하고 쓸쓸해 보인다. 이 끔찍한 쓸쓸함 혹은 무심한 잔혹성이야말로 인간의 본래 자리에 대한 참된 이름인 까닭이다. 인간이 이 땅으로 올 때, 또 제 목숨을 다하고 이 땅을 떠나갈 때, 자연이 슬퍼하던가? 자연은 슬픔을 모른다. 전적인 무감각이야말로 자연의 이름이다. 자연은 인간의 죽음을 슬퍼하는 법이 없다. 시는 고요와 부재 속에서 자연의 이 전적인 무심함을, 잔혹스러울 만치 냉혹한 세계의 실재를 직시케 한다.

전적인 무감각이야말로 자연의 이름

그러므로 인간은 자기중심적인 관점을 벗어날 때, 비로소 자신의 원래 자리를 확인할 수 있다. 인간은 그저 하나의 부재와 또 하나의 다른 부재 사이에 잠시 나타났다가 사라진다. 인간에게 어떤 가능성이 있다면, 그 가능성은 부재로서의 고요와의 이같은 만남으로부터 생겨날 것이다. 고요에 대한 그의 이런은 명상들은 나중에, 이를테면 〈고요함에 대하여〉(《김우창 전집4》, 민음사, 1993)라는 글에서, 본격적으로 펼쳐진다.

사고의 연속성을 알려주는 또 다른 예는 〈대중문화속의

예술교육〉(1984)라는 글이다. 이 글에서 김우창은 대중매체
의 확산 속에서 문화의 기회가 전국적으로 확산되는 것을
한편으로 긍정시하면서도, 다른 한편으로 문화의 근본특성
은 '자발성'과 '창조성'에 있다고 강조한다. 이런 점에서 대
중문화가 부과하는 수동적이고 경직화된 관점이 아니라, 삶
의 구체적 느낌으로부터 시작하는 자발적 탐색이 예술교육
의 핵심이라고 지적한다. 예술의 경험에서 감성은 도식적
획일적으로 반복되는 것이 아니라 새롭게 전개되기 때문이
다. 그리하여 심미적 경험은 '뉘앙스에 대한 자발적 감각'을
장려한다.

예술교육의 핵심은
삶의 구체적 느낌으로
부터 시작하는 자발적
탐색이다

　흥미로운 사실은 심미적 경험에서의 자발성, 그리고 이 자
발성으로부터 행해진 기율의 내면적 수락이 도덕적 감성의
훈련에도 그대로 적용된다는 점이다. 즉 예술적 감성의 훈련
과정이나 도덕적 수련과정이, 이 둘 모두 자발성과 내면적 동
의를 존중한다는 점에서, 또 구체적 느낌의 자연스러움에 따
른다는 점에서, 서로 유사한 것이다. 그는 이렇게 적는다.

"가장 절실한 의미에서의 자아의 느낌은 감각에서 온다. 현재의
순간의 나야말로 가장 절실한 느낌으로 파악되는 내가 아닌가?
그런데 이 현재를 구성하는 것은 다른 모든 것들을 압도하는 내
면적 외면적 감각의 현존성이 아니고 무엇이겠는가? 심미감각
은 이러한 감각세계의 현존을 떠나서 성립할 수 없다. 그러나 그
것은 또한 조화와 전체성의 느낌이다. 감각은 어느 경우에나 감
각의 대상으로 구성된다고 할 수도 있고, 또는 그 대상에 따르는

우리 스스로의 느낌이라고 할 수도 있다.

따라서 조화와 전체성의 느낌은 우리 자신의 내면의 조화 - 공간적 시간적 확산과 지속에 대한 느낌이면서 그 느낌 속에 드러나는 세계에 대한 느낌이다. 그러니까 그것은 자아의 지속과 심화에서 오는 기쁨이면서 또 그것을 통하여 우리와 공존하는 것으로 드러나는 세계에 대한 기쁨이다."

위 글에는 감각과 대상, 내면세계와 외부 세계의 얽힘에 대한 생각이 물 흐르듯이 자연스럽게 펼쳐져 있다. 이런 생각의 중심에는 '감각'이 있고, 이 감각의 주인으로서의 '내'가 있으며, 나의 이 몸이 살아가는 '현재'가 있다. 지금 여기에서 내가 느끼는 감각의 구체성이 모든 생각의 출발점이 되는 것이다.

주체의 감각은 스스로 느끼는 가운데 있다. 이렇게 주체가 느끼는 것은 자기 자신이면서 자기를 둘러싼 세계다. 이 세계는, 그것이 주체에게 친숙한 것 이상으로 낯설고 때로는 가혹하다는 점에서, 주체를 압도한다. 이 압도하는 외부세계는, 그것이 아무리 감당할 수 없는 크기와 위력을 가진 것이라고 해도, 주체가 어떻게든 부딪치고 감당하면서 결국 견뎌내야 할 대상이다. 그래서 주체는 그 압도적 외부세계 속에서 순응하며 살아야 한다. 적어도 이 순응 속에서 세계는 주체와 이어지고, 주체와 세계가 교류하는 한, 두 축 사이에는 어떤 조화의 느낌이 있다. 전체성의 느낌은 이 조화 속에서 때때로 감지된다. 세계의 전체에 대한 느낌은 주체와 대상 사이에서 일어나는 조화로운 감각의 교류에서 온다.

심미적 감각은 자아와 세계 사이에 주어지는 전체성의 느낌을 적극적으로 불러일으킨다. 심미적인 것은 가장 개별적이고 구체적인 것 가운데 이 개별적 구체적 차원을 넘어 좀더 넓은 차원 – 세계의 보편성으로 나아가기 때문이다. 이점을 김우창은 심미감각에서 일어나는 자아의 "공간적 시간적 확산과 지속에 대한 느낌"으로 설명한다. 지속과 심화에 대한 주체의 심미적 기쁨은 이 주체를 에워싼 세계에 대한 기쁨과 분리된 것이 아니다. 자아와 세계는 넓어지고 깊어지는 현존적 감각의 이런 기쁨 속에서 하나로 만난다.

이런 일련의 생각들은 김우창의 문학론을 지탱하는 이론적 철학적 토대로서 자리하고, 더 나아가 그의 미학론을 구성하는 여러 글의 기본 생각으로 계속 자라나간다. 이런 생각이 나중에 좀더 본격적인 형태로 드러난 글이 〈아름다움의 거죽과 깊이〉(《김우창 전집3》, 민음사, 1993)나 〈나아감과 되풀이 – 심미적인 것의 의미〉(《김우창 전집4》, 위와 동일) 그리고 〈예술과 삶〉(《김우창 전집4》)이라고 할 수 있다. 이 글들은 그의 미학에서 결정적으로 중요하다.

여기에서 내가 말하고자 하는 것은 단순히 김우창의 비평의식을 구성하는 몇 가지 요소들의 연속성을 강조하기 위해서가 아니다. 어떤 문제의식이나 생각들은 시간이 지나면서 더 깊어지고 더 넓어지면서 보다 구체적인 형태로 결정화되기 마련이다. 그리고 이렇게 결정화된 후기의 사유 속에는 거꾸로 초기의 문제의식이 남아있다. 더 정확하게 말하여,

후기의 사유란 초기 사유와의 전적인 단절이라기보다는 그것의 끊임없는 변주요 심화이자 확산에 가깝다. 이러한 변주를 통한 사유의 심화와 확장의 과정에서는 무엇이 일어날까? 이때 비평의 주체와 그 대상은 어떤 관계일까? 내가 말하고자 하는 것은 비평의 주체와 그 대상이 비추고 비춰지는 관계 – 거울과 거울의 관계에 대해서다.

비평의 주체는 대상에 대해 쓰는 가운데 이 대상의 장점과 단점을, 그 전체적 윤곽의 음영을 드러내지만, 여기에서 무엇보다 그 장점은 비평의 주체 안으로 끊임없이 육화되면서 그의 삶과 사유를 튼실하게 만들고, 궁극적으로 그의 비평세계를 풍요롭게 만든다. 그리고 주체의 풍요로워진 비평세계는 다시 비평의 대상으로까지 전이된다. 비평이, 흔히 말하듯이, 비평의 대상을 '살리는', 그래서 결국 벤야민 식으로 말하여 그 대상을 '구제하는' 것은 이런 맥락에서다. 비평이 그 대상을 살리고 구제하듯이, 비평의 주체는 자기의 비평을 통해 스스로의 삶을 살리고 구제한다. 그리하여 비평에서의 주체와 대상은 결국 서로가 서로를 비추는 거울과 거울의 관계를 이룬다. 이 거울은 물론 반성에 대한 비유다. 비평의 주체와 그 대상이 거울과 거울의 관계라면, 그것은 곧 반성과 반성의 관계 – 상호반성적 관계가 된다. 상호반성을 통해 비평은 자신을 살리면서 그 대상도 살린다.

이런 관점에서 보면, '새벽 두 시의 고요'는 신석진 시인의 것이면서 이 고요에 응답한 김우창의 것이기도 하다. 그렇듯이 월리스 스티븐스의 시가 주어진 현실과 그 가능성 속에서 정치를 탐색할 때, 스티븐스의 시에 대한 김우창의 비평은, 스티븐슨의 두 축이 그렇듯이, 주어진 여건과 그 상상적 변용 - 물질적인 것의 형이상학 차원으로 옮아간다.(김우창, 월리스 스티븐스, 〈시적 변용과 정치적 변화〉, 《심상》, 1974) 물질과 정신, 경험과 형이상학 사이의 길항관계는 그의 사상 전체를 특징짓는 가장 중요한 두 축이라고 할 수 있다. 마찬가지로 그가 26살에 죽은 키츠의 낭만적 소박성과 이 소박성에도 견지되었던 삶의 복합성에 대한 개방적 태도에 주목할 때, 이 시인의 젊은 열정과 개방적 태도는 곧 김우창 자신의 덕목, 또는 그 자신이 지향하는 삶의 이같은 덕목과 떼놓기 어렵다. 또 현실의 무자비속에서도 안이한 감상이나 무책임한 퇴폐에 승복하는 것이 아니라, 기율과 절제를 통해 불행을 딛고 넘어서고자 하는 엘리자베스 비숍의 시를 그가 평할 때, 이 시인이 가진 사실존중과 절제의 기율은 이미 그의 기율이 되어있는 것처럼 보인다. 그는 여러 시인과 소설가와 철학자를 비추는 가운데 이렇게 비춰지는 저자들의 덕목을 소망하면서 때로는 상당 부분 이미 구현하기도 한다.

대상의 무엇에 주목한다는 것, 그리고 그에 대해 쓴다는 것은 이미 그 무엇이 쓰는 자의 관심과 성향 안에 내재한다는 뜻이다. 비춘다는 것은 비춰지는 것이고, 지향하는 것은 구현하는 것이다. 나는 앞에서 '글이란 삶의 전체성'이라고 적었지만, 이렇게 비추고 비춰지고 지향하고 구현하는 가운데 도달하는 것도 좀더 높은 수준의 전체성일 것이다. 다시 묻자. '삶의 전체성을 의식한다'는 것은 무엇인가? 그것은 지금 여기에서 그 이전과 이후 – 과거의 축적과 미래의 도래를 예상한다는 것이고(1), 경험 속에서 형이상학을 떠올리고 형이상학적 진실을 염두에 두면서도 그 사실적 토대를 잊지 않는다는 것이며(2), 불행의 세월 속에서도 행복의 순간을 기억하고 한계의 체념 속에서도 그 이상의 지평을 추구한다는 것(3)이다. 그래서 좀더 높은 진선미가 실현되는 상태 – 보다 온전한 세계를 부질없고 뒤틀린 현재적 삶에 대한 교정책으로 여긴다는 뜻이다.

이러한 삶의 태도는 무엇이라고 부를 수 있을까? 그것은 삶에 대한 단순한 긍정일 수 없다. 그렇듯이 비관에만 머무르는 것도 아니다. 그것은 싸우면서 긍정하는 것이고, 포용하면서도 부정하기를 포기하지 않는 일이다. 이것은 솔 벨로우의 어떤 주인공이 보여주는 것이고, 엘리자베스 비숍의 어떤 시가 찬미하는 일이기도 하다. 〈엘리자베스 비숍의 시 – 사물에서 사건으로〉에서 그는 이렇게 썼다.(《오늘의 미국문학》, 탐구당, 1983) "[…] 강한 긍정에의 충동에도 불구하고 그녀가 꺼리는 것은 쉬운 감상성이다. 그녀의 사실주의도 너무나 안이한 감상적 긍정을 피하려는 데에서 나온다고 할 수 있다. 그녀의 긍정은 우울한 사실의 규율 속에서 행해지는 투쟁적인 긍정이다. […] 상상 속의 빙산은 스스로의 죽음을 무릅쓰면서 스스로를 세우는 정신의 비극적 승리의 상징이다."

전체성의 의식

삶의 전체성을 향하는 의식을 우리는 '투쟁적 긍정' 또는 '포용적 부정'이라고 부를 수 있을 지도 모른다. 어떻게 부르건, 분명한 것은 전체성의 의식 없이 좋은 비평은 결코 있기 어렵다는 사실일 것이다. 전체성에 대한 의식이 없다면, 글은 오래 갈 수 없다. 이 전체성은 하나의 정열과 또 다른 정열을 이어준다. 그래서 김우창은 키츠 해설에서 이렇게 쓴다. "삶의 전체성은 우리 자신의 전체성의 실현을 향하는 정열에 대등한다."(〈키츠의 시세계〉,《가을에 부처 - 키츠》, 민음사, 1976) 정열은 오직 그에 상응하는 정열을 만날 때만 작열한다. 비평의 주체나 대상은 서로를 비추는 거울의 반성적 사유 속에서 세계를 온전하게 파악하면서, 그리하여 세계의 전체성에 좀더 다가가면서 더 자유롭고도 보편적인 지평으로 나아간다.

2) 비평적 입장의 변별성

아마도 1984년이나 1985년 사이의 일이었지 않나 싶다. 그 무렵 나는 문학에 헌신하기로 결심했고, 그래서 문학 안에서 어떻든 나의 가능성을 내 나름의 방식으로 우선 시험해 보기로 마음먹었다. 국문학이나 철학에 관심을 가졌지만, 학교에서의 수업은 재미가 없었다. 영문학이나 불문학에도 호기심은 있었지만, 무슨 일이든 소극적이라서, 말하자면 어디로 나다니며 일을 벌이기보다는 혼자 미적대는 터라, 선뜻 엄두를 못 내고 있었다. 게다가 나는 독문학과의 판에 박힌 커리큘럼에도 재미를 붙이지 못하고 있었다. 그 대신 나는 하루 종일 도서관에서 책을 읽고 생각하며 노트하고 또 읽었다.

대학 3학년 이후에는 하루에 12시간에서 14시간 씩 그렇게 도서관에서 보냈던 것 같다. 법대 다니는 몇몇 친구들이 내가 읽고 있던 책을 보면서, "사시 준비하냐?"고 빈정댈 정도였으니까. 당시의 나는 아무런 준비도 되어 있지 않았다. 독서의 이력도 얕았고 논리의 체계도 엉성했으며, 언어를 제어하는 일은 감히 기대할 수가 없었다. 내가 사는 세상을 내 손으로 해부해보고 싶다는 것, 이를 위해 나만의 언어를 연마하여 이 언어로 인간을 이해하고 삶을 투시하며 세계를 재축조해 보겠다는 뜻은 강했지만, 그것은 모호한 열망으로만 있을 뿐이었다. 그러면서 그 밖의 모든 일이란 아무런 의미도 없는 허황된 것이라는 오만한 편견으로 가득 차 있었다. 그래서 그 친구들에게, '너희들이야 10권 20권의 책을 외워 통과하면 그뿐이지만, 인간과 삶을 이해하는 일은 그와는 차원이 다른 것'이고 반박하기도 했다.

지금 생각해 보면 그 모두가 치기어린 반항에 불과한 것이었고, 이런 관심의 축도, 뛰어난 평론가는 철학적 바탕 없이 되기 어렵다는 것을 깨달으면서, 점차 문학비평에서 예술비평 일반으로 그리고 다시 예술론과 미학으로 옮아지게 되었지만, 문학은 당시의 내게 너무도 절실한 것이었다. 그리고 이 예술론 또한, 문학을 포함하는 하나 이상의 장르에 굳건하게 뿌리내릴 때, 비로소 제대로 될 것으로 여겨졌다. 그래서 자주 시를 긁적였고, 소설 습작을 해보기도 했다. 그러나 창작에서의 한계는 곧 드러났다. 나는 패배를 자인했다.

내가 생각한 삶은, 내가 그리워하고 꿈꾼 생애는 그보다 훨씬 넓고 깊고 기이하며 신비로운 무엇이었다. 나날의 삶은 거짓과 어리석음과 시기로 가득 찬 것이었으나 때로는 아련했고, 값싼 감상을 허용하지 않을 만큼 무섭고 삭막한 것이었으나 어리숙하며, 이 어리석음은 가끔 알 수 없는 천진성으로 이어지기도 하는 것이어서 함부로 대할 수 없는 것이기도 했고, 그럼에도 불구하고 여전히 현실에서는 영리하고 약삭빠른 자들이 승자가 되는, 승자가 되어 모든 것을 짓밟는 폭력의 무자비한 구조이기도 했다. 그러나 이 모든 불편한 현상들이 아주 드물게는, 정말 놀랍게도, 하나의 삽화에 불과할 뿐임을 깨닫게 되는 어떤 순간도 몇 번 있었다. 그 때는 알지 못했다. 이것이 무엇을 뜻하는지?

나는 세상을 지배하는 이 모든 불화와 아우성 그리고 그 슬로건 너머의 어떤 원칙들, 아니면 그 아래에 마치 장강처럼 소리 없이 흐르는 어떤 저류(低流) - 삶의 본질 혹은 영원성의 의미에 홀로 갈급했다. 흔히 말해지는 그 모든 주장과 그 숱한 견해와 관점이 아니라, 이 관점이 때로는 그르지 않다고 해도, 나는 그 너머의 세계, 말을 포함하지만 말을 넘어간 백색의 침묵세계, 의미까지도 무의미의 일부로 만드는 그 어떤 이데아를 참으로 열렬하게 희원했다. 나날의 현실은 시끄러운 까마귀나 말 많은 열변가로 어지럽다고 해도 밥과 땀의 웃음이 때로는 오가고, 부패한 정치가와 멍청한 법률가가 현실을 제멋대로 뒤흔든다고 해도 산 너머의 어떤 조용한 동네나 다가올 주말 오후의 한가한 휴식에 대한 신뢰는 결코 질식될 수 없음을, 그래서 고통에의 연민과 사람 사이의 유대는 깡그리 저버릴 수 없는 무엇으로 남아 있으리라고, 그렇게 남아 있어야 한다고 나는 믿고 또 믿었다. 나는 이것들에게 나의 언어로 이름을 부여하고 싶었고, 그 존재이유를 해명하고 싶었으며, 그렇게 해명된 결과로서의 심미적 세계를 구축하여, 다른 무엇 때문이 아니라, 바로 이 때문에 비로소 '내가 내 삶을 살 수 있다'고, '살 만하다'고 말할 수 있다면, 내가 사는 사회도 비로소 살만한 곳이 되지 않을까 싶었다. 그것이야말로 인간적 개체로서의 내가 존재할 수 있는, 존재해도 좋을 이유로 보였다. 이런 식으로 정당화될 수 없다면, 삶은 내게 살 가치가 없게 보였던 것이다.

이런 생각으로 두통이 나면 가끔 들리곤 하던 한 책방에서 어느 날 우연히 만난 책이 김우창의 《궁핍한 시대의 시인》과 《지상의 척도》였다. 이 책은 그 무렵의 내가 감당하기에는 너무도 엄밀한 논리와 광활한 사유를 담고 있었다. 끊이지 않는 현기증을 느끼면서, 그러나 이 아뜩한 두통 이상의 알 수 없는 매력을 느끼면서, 나는 이 책들을 매일매일 조금씩 밑줄을 그으며 읽어 내려갔다. 용돈을 줄여 《세계의 문학》의 정기구독을 신청한 것도, 이 구독자에게 주는 10% 책값 할인을 받으려고 종로 관철동에 있던 민음사 편집부를 들락거린 것도 그 무렵의 일이었다. 《세계의 문학》의 〈서문〉을 사랑하게 된 것도, 또 한 계절 걸려 번갈아 나타나는 《김수영 문학상》과 《오늘의 작가상》의 심사평을 주의 깊게 들여다 본 것도 그때였다.

이번에 다시 《세계의 문학》 〈서문〉과, 《김수영 문학상》 그리고《오늘의 작가상》에 대한 지난 20년 치의 심사평을 쭉 읽으면서 이런저런 착잡한 생각이 드는 것은 어쩌면 당연한 일인지도 모른다. 거기에는, 앞서 적었듯이, 내 젊은 날의 열정이 녹아들어 있기 때문이기도 하지만, 그보다는 그 무렵에, 비록 어렴풋하긴 하지만, 감지하기 시작하던 김우창 선생의 어떤 고군분투가, 그 누구와도 대치될 수 없는, 사실에 밀착한 건조한 언어와 견고한 정신이, 지금 읽어보아도, 여전히 느껴졌기 때문이다.

예를 들어《1회 김수영 문학상》(1981)의 심사에는 김우창 이외에 김현과 백낙청, 유종호, 황동규가 참여하여 정희성의 시집《저문 강에 삽을 씻고》가 당선작으로 결정되었고,《2회 김수영 문학상》의 심사에는 김병익과 김우창, 염무웅, 유종호, 황동규가 참여하여 이성복의《뒹구는 돌은 언제 잠 깨는가》가 당선작으로 결정되었다. 이렇게 선정된 작가가 이른바 '창비파'인가 '문지파'인가를 말하는 것은, 오늘의 관점에서 보자면, 구태의연한 것이지 않을 수 없다. 하지만·그 당시《세계의 문학》의 책임편집자였던 김우창과 유종호의 목소리보다 심사자로 초대받은, 따라서 '손님'이라고 할 수 있는 다른 심사자들의 목소리가 더 큰 경우가, 그래서 결국 이들의 의지가 관철된 경우도 적지 않았다는 사실이나, 이들이 만들어낸 일정한 힘의 관계에서《세계의 문학》편집자의 입장은 어디쯤 있었고, 김우창의 입장은 어디에서 어떤 역할을 했던가는 다시 되짚어볼 필요가 있어 보인다. 어쩌면 이것은 매우 중요한 일인지도 모른다. 그로부터 30년이 지난 지금에 와서도 그 정도로 공정하고 균형 잡힌 중심을 잡기란, 그러면서도 자기의 입장을 주관의 과잉이나 이념적 편향 없이 논리정연하게 개진하기란 결코 쉬운 일이 아니기 때문이다.

또 하나 놀라운 사실은 거의 매 심사마다 김우창과 유종호 외에, 또 나중에 편집자로 동참한 이남호 외에 다른 유파의 평론가나 시인이 참여했고, 그 수는 동시대에 활동한 명망 있는 학자들을 대부분 포함한다는 점이다. 예를 들어 여기에는 영문학자 이상섭과 김영무, 이상옥 그리고 김종철도 참여했고, 불문학자 곽광수와 김치수, 국문학자 김용직과 김윤식, 이선영 그리고 권영민도 심사자의 명단에 들어있다. 또 정현종이나 김광규 혹은 최승호 같은 일급의 시인들도 있다. 이것은 그 자체로 《세계의 문학》 편집자의 비평적 개방성 혹은 입장의 유연성을 그대로 증거한다. 늘 있기 마련인 심사상의 이견을 '심사평'이라는 이름 아래 그대로 활자화해서 공개한 것은 지금 보아도 신선해 보인다. 어떻든 거기에는 원숙하게 펼쳐지는 40~50대 무렵 김우창의 비평적 기준과 시대를 바라보는 시각 그리고 철학적 깊이가 담겨있고, 그와 동시대에 활동하던 여러 비평가와 작가의 육성도 들어있다.

비평적 개방성

민족민중주의 문학계열이건 문학자유주의적 입장이건, 아니면 《세계의 문학》 쪽이건 간에 1960년대 이래 지금까지 한국문단에서 계파중심적 지형도는, 비록 그전보다 훨씬 다양해졌다고 해도, 전체적으로는 크게 변하지 않았다고 말할 수 있다. 시대마다 강조되는 세목의 차이가 있고, 디지털 영상매체의 압도적 지배로 인한 문학 위상의 전반적 위축이 생겨났다고 해도, 사실존중과 진리탐구의 객관성 같은 미덕이 이데올로기적 사고나 대중추수주의에 의해 훼손되거나 오염되는 정도는 여전하다고 할 수 있다. 사람관계의 이합집산이 더욱 미묘한 방식으로 일어나기에 그 폐해는 이전보다 더 심해졌다고 말해야 할는지도 모른다. 그러나 현실에서 가장 강력한 영향력을 발휘한다고 해서 그것이 반드시 옳은 모델인 것은 아니고, 바람직한 모델인 것은 더더욱 아니다. 인간 삶의 더 높은 가능성은 그와 전혀 무관한 것일 수도 있다. 한국에서 집단이나 파벌이 기승을 부리는 것은 현실적 힘의 우위가 모든 것을 결정하는 곳이 바로 이곳이기 때문이다.(그런 의미에서 한국 사회는 '얕은 정치', '천한 권력'의 공간이 아닐 수 없다. '천한 권력'을 얘기하는 것은 물론 모든 권력이 천한 것은 아니며, 권력의 긍정적 측면도 있을 수 있다는 것을 내포한다.)

얕은 정치와 천한 권력을 말하는 것은 그만큼 한국사회가 술수와 전략의 사회라는 뜻이다. 파당과 무리에 의해 지배되는 이런 곳에서 자기입장을 견지하는 것은 쉬운 것인가? 그러면서도 다른 유파의 다른 인물들 그리고 다른 생각들과의 관계를 계속 이어간다는 것은 어떻게 가능한가?

김우창의 논평에서는 사분오열된 문단 지형도에서 어떻게 다른 입장들의 (부분적) 타당성을 받아들이면서 자신의 비평적 입장을 일관되게 견지할 것인가, 그래서 어느 한편에 치우치지 않는 납득할 만한 관점을 견지할 것인가라는 문제에 대한 고민들이 느껴진다. 그렇다고 좌고우면하거나 해야 할 말을 하지 못한 경우는 없다. 그는 기존의 여러 다른 견해와 정면으로 대결하면서도 이 때의 논조가 격앙되는 적이 없고, 또 흔히 그러하듯이, 관련사안과는 무관하게 자기지식만 나열하지도 않는다. 그는 사안의 사실성에 충실하면서도 감정적 과장 없이 자기입장을 건조하리만치 냉정하게 밝힌다. 그러면서 이 입장은 넓게 열려 있어서 개인적 실존적 고민을 넘어 보편적인 차원으로 나아간다. 예를 들어 《2회 김수영 문학상》(1982)의 심사에서 그는 '시와 진실'이라는 제목 아래 이렇게 적고 있다. 좀 길긴 하나 여러 생각을 환기시킨다는 점에서 인용할 만해 보인다.

> "많은 사람들이 느끼고 있듯이, 오늘의 시는 시대의 진실에 가까이 가고자 하는 시와 개인적 삶의 진실을 말하려는 시로 갈라져 있다. 우리의 편향이 어디에 있든지 간에, 어느 쪽의 진실도 그것이 진실인 한, 배척할 일은 아닐 것이다. 말의 존재의의는 진실에 이르는 데 있고, 지금 진실의 크고 작고 평평하고 치우친 것을 일일이 가릴 것만도 아니다. 그리고 결국 이 모든 진실들은 이어지는 것이라고 믿어보아야 할 것이다.
> 그러나 진실이란 무엇인가? 어떤 사회적인 시들이 하듯이, 자연과 사회와 자신의 신세를 상투적인 분노 속에서 해체시키는 것이 반드시 사회적 진실에 가까이 가는 일은 아니다. […]
> 이성복 씨의 언어는 개성적이고 기발하다. 그것은 그러한 언어만이 포착할 수 있는 일상성의 걸죽한 결을 엮어낸다. 그러나 적어도 내 느낌으로는 그의 시는 일상의 요설과 그 피로를 헤치고 보

다 높은 진실에로 나아가지 못하고 있는 것이 아닌가 한다.

또 한번, 시의 진실은 무엇인가? 비유적으로 말하여, 그것은 일상적 사실을 꿰뚫어 비치는 섬광과 같은 것이다. 이 빛에 힘입어 우리는 우리의 나날의 삶을 보다 뚜렷하게 보며, 또 그 너머를 본다. 그 너머에 있는 것이 역사일 수도 인간일 수도 더 오묘한 운명일 수도 아니면 단순한 경탄일 수도 있다. 크든 작든 이러한 진실의 계시 없이 시가 무슨 소용이 있는가?

[…] 꼭 때와 장소가 말의 테두리를 정한다면, 우리의 속마음에서 터져 나오는 소리와 같은 것 – 그것이 갈 곳은 어디인가? 어떤 의도에서나 우리의 말이 제한되어야 한다는 것은 불행한 일이다. 그러나 말에 때와 장소가 있는 것은 부인할 수 없는 일이다. 이것이 어느 때보다도 강한 제약으로 작용하고 있는 것이 우리의 불행한 시대이다. […]

나는 좀더 공적인 개방성을 가진 시가 수상하기를 바라면서 이성복 씨의 수상에 부(否)표를 던졌다. 그러나 달리 생각하는 분들이 더 많았다.

그러나 이성복 씨의 시가 오늘날 우리를 지겹게 하는 상투적 언어의 되풀이 속에서 매우 개성적인 것이라는 것은 틀림없다. 모든 언어가 상투화되고 선전문이 되는 때에, 우리는 밖으로 향하고, 밖에서 오는 눈치와 암시를 차단하고, 가식 없는 자신의 정직한 눈으로부터 새로 시작해야 하는 것인지도 모른다."

위의 글은, 두세 번 읽어보면, 김우창의 비평적 입장이 어떠한 지, 그것은 다른 견해에 대해 어떤 태도를 취하고, 그래서 무엇을 지향하는지를 잘 보여준다. 또 그의 비평적 문제 의식의 크기와 넓이는 어떻게 가늠될 수 있는지도 생각하게 만든다.

　꼼꼼히 살펴보자. 김우창은 우선 (1) 당시의 비평적 시각이 시대의 진실을 향하는 것과 개인적 진실을 향하는 시로 나뉘어져 있다는 것, (2) 이 두 가지 방향이 "편향"이라는 사실을 분명하게 지적한다. 하지만, 바로 이 점이 그의 비평에서 특이한 점인데, (3) 그 어느 쪽도 "배척할 것은 아니"라고 그는 덧붙인다. (4) 그리하여 중요한 것은 "말의 존재의의는 진실에 이르는 데 있"고, 또 "모든 진실들은 이어지는 것"이다. (5) 김우창이 생각하는 시의 진실은 단순히 "자연과 사회와 자신의 신세를 상투적인 분노 속에서 해체시키는" 데 있지 않다. 말은 여하한의 의도나 전략을 넘어서야 하기 때문이다. 분노의 언어는 시인의 제약이면서 시대의 제약이기도 하다. 그래서 (6) 그는 언어의 시대적 제약을 문제시한다. "어떤 의도에서나 우리의 말이 제한되어야 한다는 것은 불행한 일이다. [⋯] 이것이 어느 때보다도 강한 제약으로 작용하고 있는 것이 우리의 불행한 시대이다."

　시대를 지배하는 두 방향의 언어 가운데 어떤 것도 배척할 것은 아니라는 것, 더 중요한 것은 언어가 진실을 향한다는 것, 따라서 모든 진실의 언어는 의도와 전략을 넘어서야 한다는 것, 하지만 그렇게 하지 못하는 것은 시인/개인의 한계이면서 시대의 한계이기도 하다는 것 [⋯] 이런 절차적 전개 속에서 김우창의 논의는 한 걸음 더 나아간다. 그는 시대적 제약에 갇힌 언어의 한계를 지적하면서 언어의 진실을 좀더 넓은 맥락에서 다시 서술한다. (7) 진실의 언어는 상투적 되풀이를 넘어 "섬광과 같이" 보다 넓은 세계로 나아가야 한다. 그래서 우리는 일상적 사실을 꿰뚫어 비치는 빛과 같은 언어에 힘입어 흔하디흔한 질서 너머의 진실을 볼 수 있다.

위에서 드러나듯이, 김우창의 비평적 관점은 단순히 감식안의 차원 – 좋은 작품의 정선능력이라는 차원에 머무르지 않는다. 이 말은 비평적 선발능력이 중요하지 않다거나 무의미하다는 뜻이 아니다. 문학현장에서 작품의 작품다움을 가려내는 절대적 능력은 무엇보다 감식안이다. 이 감식안에서 김현 같은 비평가의 역할을 지대한 것이었다. 하지만 김우창의 관점은 감식안 그 이상으로 뻗어나간다. 그는 하나의 작품에서 해당 시인의 개인적 특징과 이 개별언어를 규정하는 사회적 언어의 특징을 검토한다. 그러면서 시의 언어 일반이 어떤 보편성으로 나아가야 하는지도 생각한다. 이 대목에서 그의 관점은 '관점'이 아니라, '사유'가 된다.

김우창은 한국의 비평가에게 보기 드문, 아니 좀더 정확히 표현하여 유례없는 논리적 체계와 이론적 토대로 무장되어 있다. 그의 비평에서 사상이 나오는 것은 그런 맥락에서다. 이 말은 그의 비평이 단순히 비평적 차원에 머무르지 않는다는 것, 그의 문학비평은 문학을 그 일부로 하는 예술비평의 한 형식에 속하고, 이 예술비평은 다시 그의 인문학의 일부를 이룬다는 뜻이다. 이 점에서 볼 때, 김우창의 철학과 사상적 근거를 헤아리지 않고는 그의 비평적 입장의 기승전

유례없는
논리적 체계와
이론적 토대

결을 균형 있게 평가하기 어려운 것은 자명해 보인다.

3) 전적으로 새로운 길

김우창의 논평은 대부분의 다른 비평가에게는 드문 혹은, 있다고 해도 아마도 '전혀 다른 종류'라고 불러야 할 논리의 선명함과 깊이를 보여주는 것처럼 보인다. 이 선명한 깊이에는 물론 구체적 사실과 그 경험을 중시하는 문제의식이 있고, 이 문제의식은 철학적 사유로 무장되어 있으며, 이 무장된 사유가 예민한 언어감각으로 전달된다. 그 좋은 예는 1976년에서 1993년 사이 《세계의 문학》에 실린 〈서문〉이라고 할 수 있다. 하지만 앞서 언급했던 이런저런 심사평도 그렇다. 어떤 심사평은 사유로 빚어낸 언어의 보석 같아 보인다. 그래서 내게는 일종의 '철학시'로 느껴진다. 그는 《4회 김수영 문학상》(1984)에서 김광규의 시와 관련하여 이렇게 적는다.

> "혼란의 반대 명제는 질서이다. 그러나 억지의 질서는 혼란의 원인이다. 진정한 질서는 혼란의 힘으로부터 자라나오는 것이라야 한다. 시인은 이 혼란의 힘의 일부이다. 그러면서 그는 질서에의 발돋움을 나타낸다. 또는 그는 질서로부터 조심스럽게 시작하여 큰 혼란에로 나아갈 수도 있다.
>
> 김광규 씨는 드물게 정확히 관찰하고 생각하고 느끼고 쓴다. 이것은 우리 시대의 혼란 가운데 매우 중요한 시작이다. 모든 혼란의 힘, 혼란에 맞서는 힘의 어지러움 속에서 정확히 관찰하고 생각하고 느끼는 것은 언제나 하나의 의지할 만한 시작일 수 있다."

이런 논평에서 나는 '작품으로서의 비평'을 느낀다. 비평이 단순히 작품에 대한 논평에 그치는 것이 아니라 논평 자체로서 하나의 독자적 가치를 지니는 것이다. 비평이 작품에 대한 어떤 부가적 해설로서가 아니라 독자적 지위를 가진 독립적 장르로 자리할 수도 있다. 이때 비평은 작품에 대한 종속변수가 아니라 스스로 독립변수이고, 나아가 하나의 완결된 작품이 된다. 발터 벤야민의 비평이 지향한 것도 바로 이것이었다. 하지만 벤야민의 비평 모두가 '작품'이 되었던 것은 물론 아니다. 김우창의 경우도 다르지 않을 것이다. 하지만 그의 비평언어는 많은 경우 사유가 수정처럼 오랫동안 연마된 듯 어떤 견고한 결정체(結晶體)로서 마음 깊은 곳으로부터 자연스럽게 흘러나온 듯한 느낌을 준다. 이런 예는 곳곳에 있다.

예를 들어 《12회 김수영 문학상》(1993) 심사평에서 이기철의 시와 관련하여 "우리는 시의 언어에서 삶의 긴장 그리고 긴장 속에서 이루어지는 지각과 감정과 인식과 도덕의 선택을 느끼기를 원한다. 그리하여 우리는 선택의 좁은 필요성을 알면서도 삶의 넓은 가능성들을 좁은 선택 속에 보존하게 되기를 바라는 것이다. 이것은 다시 말하여 시적 언어의 긴장으로 암시된다."라고 김우창이 쓰거나,《14회 김수영 문학상》(1995)에서 "시도 산문만큼 정확하게 사고되고 쓰여야 한다. 이것은, 김기택 씨가 지적하고 있는 바와 같이, 우리의 몸과 마음과는 따로 노는, 헐거운 관념과 감정의 범람 속에서 정확한 생각과 정확한 느낌으로 찾아 나아가는 데에 있어서 필수적인 지침의 하나이다."라고 쓸 때, 아니면 《15회 김수영 문학상》(1996)에서 유하의 시에 대한 논평에서 "우리가 어떻게 살아야 하는지, 어떻게 느끼고 생각하여야 하는지는 탐구되어야 할 어떤 것이다. 그것은 퇴폐적 현실과 도덕의 싸움에서 생겨나는 어떤 새로운 것일 것이다."라고 쓸 때, 또 다시 확인하게 된다. 시의 언어와 관련하여, 또 시적 언어의 긴장이나 그 근본적 지향에 대하여 "우리는 선택의 좁은 필요성을 알면서도 삶의 넓은 가능성들을 좁은 선택 속에 보존하게 되기를 바라는 것이다"라고 쓴 예를 나는 보지 못했다.

　　김우창은 잘못된 현실에 대한 정확하고 섬세하며 무엇보다 절제된 감수성을 원한다. 그러나 이 감수성이 시대의 인습에 밀착할 때, 언어는 상투화되고 무(無)사고에 빠지게 된다. 그래서 결국 깊이를 놓치게 된다. 이런 이유에서 성실성이나 진지함도 그 자체로 완결된 것이 아니라 늘 갱신되어야 한다. 발랄함은 이때 필요하다. 그러나 이 발랄함이 소비문화의 현란함이나 천박함에 이어져 있다면, 그것은 다시 상투성의 대가 - 깊이의 상실을 감수해야 한다. 그러나 단순한 기지와 재롱을 넘어, 또 피상성의 부박한 일상을 넘어 우리는 어떻게 우상파괴적 정신의 발랄함과 성실한 도덕적 감수성을 견지하며 살 것인가? 비평정신의 핵심은 "헐거운 관념과 감정의 범람 속에서" 어떻게 "정확한 생각과 정확한 느낌으로" 일상의 구태의연함 너머의 차원으로 나아갈 것인가를 모색하는 데 있다.

아주 예리한 대목도 적지 않다. 거듭 강조하여 이 예리
함은, 그것이 철학적으로 구조화되어 있다는 데서, 나온다.
《13회 김수영 문학상》(1994) 심사평에서 김우창은 차창룡의
시와 관련하여 "그런데 그의 결점으로 보이는 것은 그의 장
점에 깊이 관련되어 있는 것인지 모른다. 적어도 나의 읽기
로는 많은 시들이 무엇을 말하려는 것인지 분명치 아니하
다. 시인은 어쩌면 자기의 진실에 사로잡혀 그것이 전달될
만한 표현에 이르지 못한 것을, 또는 고집과 편견을 넘어가
는 진술에 이르지 못한 것을 가늠하지 못하고 있는 것이 아
닌가 하는 의심이 든다. 자기 나름의 강한 언어는 진실에 이
르는 중요한 방법이면서, 협소한 자기 집착의 외마디, 더 나
아가 전달 불가능한 무의미의 언어일 수도 있는 것이다."
라고 평한다. 또 《16회 오늘의 작가상》(1992)에서 박일문의
《살아남은 자의 슬픔》과 관련하여 "관념은 관념의 전문가
의 손에서도 그의 내적 체험으로 다시 태어나지 않는 한 상
투성을 벗어나지 못한다. 작가는 무엇보다도 구체적인 삶의
윤곽 속에서 그의 생각을 전개하는 사람이다. 구체적인 삶
의 내면화의 수단으로도 또는 구체적 인간관계의 숨은 기호
로서도 작용하지 않는 관념이 작품 안에 있어야 할 권리는
없다고 해야 할 것이다."라고 그가 적을 때, 그 지적은 너무
도 냉정하면서 동시에 적확해 보인다.

우리는 확신에 찬 언어가 고집과 편견에 불과한 경우를
얼마나 자주 보는가? 작가의 언어, 설득력을 갖지 못한 언어
는, 그것이 아무리 강력하게 주장된다고 해도, "협소한 자기

집착의 외마디"이거나 "전달 불가능한 무의미의 언어"일 때도 많다. 나아가 "내적 체험으로 다시 태어나지 않는 한", 관념은 거칠고 투박하지 않기 어렵다. 그것은 그 관념을 쓰는 자의 삶 안으로 깊게 육화되지 못했기 때문이다. 언어의 추상성은 관념과 체험의 이같은 분리에서 온다. 객관화하지 못한 주관의 표현은 자기집착적 편견일 뿐이다.

객관화하지 못한
추상성의 언어

이러한 편견, 다시 말해 객관화하지 못한 추상성의 언어는 시인이나 소설가에게만 나타나는 것이 아니다. 그것은 글쓰기를 직업으로 하는 대부분의 사람들에게 나타나는 고질적인 병폐다. 사실 문화에 대한 책임 있게 납득할 만한 자기이해를 갖기란 쉬운 일이 아니다. 더 넓은 관점에서 오늘날 한국의 학문공동체 활동에서 여러 가지 미숙한 점이 드러난다면, 그것은 언어가 '자기만의 진실'에 사로 잡혀 객관적 차원으로 나아가지 못하고, 관념이 내적 체험에 의해 재편성되지 못한 데 기인할 것이다. 《12회 오늘의 작가상》(1988)의 심사에서 김우창은 《그리운 청산》에 대해 이렇게 적고 있다.

"문학의 한 근원이 상상력 ─ 더 좁게는 고안력에 있음은 부정할 수 없다. 우리가 원하는 것이 도피이든 참여이든, 흔하고 흔한 사실적 현실에 신물이 나기 위하여 우리가 문학을 향하는 것은 아닐 것이다. 그러나 상상의 분방함이 우리를 시원하게 하는 것과 마찬가지로, 우리의 사지를 옭아매는 사실들도 우리를 시원하게 한다. 우리는 우리의 삶을 넘어가고자 하면서, 우리의 삶 이외의 다른 어떤 것도 즐기지 아니한다. 문학의 상상력은 현실적 사실의 시원한 해방감을 준다. 두 개의 것은 서로 다른 것이 아니다. 이 두 개를 하나가 되게 하는 것은 작가의 감각, 그의 감성과 그의 생각의 힘이다.

《그리운 청산》은 기발한 작품이다. 그것은 따분한 발상들의 따분한 이야기에 대한 하나의 반대명제를 제공한다. 그러나 그것이 우리의 주어진 삶, 있을 수 있는 삶의 무엇을 밝혀주는가? 이러한 밝힘이 없이, 깊은 의미에 있어서 상상적이고 기발한 이야기가 있을 수 있는가? 사실《그리운 청산》의 상상은 상투적인 것이다. 거기에서 우리는 깊이 느끼고 생각한 가운데 솟구치는 참으로 의표를 찌르는 상상의 힘을 감지하지 못한다.

불안한 마음으로, 가작(佳作)으로 선정하는데 동의한다. 앞으로의 발전을 빈다."

문학의 근원이 상상력에 있고, 이 상상력에 기대어 우리는 현실 너머로 나아간다고 쓸 수 있다. 또 문학적이고 상상적인 것과 현실적이고 사실적인 것은 서로 다르지 않다고 쓸 수도 있다. 그러나 "상상의 분방함이 우리를 시원하게 하는 것과 마찬가지로, 우리의 사지를 옭아매는 사실들도 우리를 시원하게 한다. 우리는 우리의 삶을 넘어가고자 하면서, 우리의 삶 이외의 다른 어떤 것도 즐기지 아니한다."라고 쓰는 비평가는 이 땅의 비평가들에서, 또 외국의 평론가나 문학연구자 가운데서도 아마 드물 것이다.

상상력에 의한 기발한 작품이 "우리의 주어진 삶, 있을 수 있는 삶의 무엇을 밝혀주는”데로 이어지지 않는다면, 그것은 참다운 상상력이 아니다. 그것은 표피적 상상력이고, 그래서 또 다른 형태의 상투어가 된다. 이러한 평가의 냉정함은 마치 《8회 김수영 문학상》(1989) 심사에서 김정웅의 《천로역정》을 평하면서 “김정웅 씨의 시는 납득할 만한 견고함을 가지고 있다. […] 그러나 나로서는 아직 그의 시를 알 만하다고 할 수 없다. 시를 더 잘 읽는 해설가의 해설을 빌려 알 수 있게 되기를 희망할 뿐이다. 그보다 더 바람직한 것은 그의 시 작업이 계속되게 됨에 따라, 저절로 내가 몰랐던 것들을 이해할 만한 것으로 깨닫게 되는 일일 것이다.”도 나타난다.

바로 위의 대목은 비평가로서 자신이 지닌 비평적 능력의 한계를 자인(自認)하는 대목이다. 그러나 이렇게 자인된 ‘한계’는, 첫째, 이 시인의 선정을 어떤 다른 비평가가 지지했고, 둘째, 이렇게 선정된 시인이 그때 이후 지난 20여년이 지나는 동안 어떤 시적 성취를 보여주었는가에 따라 ‘한계’가 아니라 거꾸로 비평적 안목의 정확함을 증거하는 진술이 될 수도 있다. 여기에 대해 우리는, 반세기가 지난 오늘의 시각에서, 어떻게 말할 수 있을까? 이것은 흥미로운 일이면서, 비평에 관심을 두는 자라면, 두려운 일이 아닐 수 없다. 그것이 작가적 미비에 대한 정확하고도 정직한 지적이었는지, 그 당시까지는 알려지지 않은 어떤 작가적 가능성에 대한 무감각이었는지, 아니면 모호함에 대한 무책임한 인정이었는지는 더 따져보아야 한다.

어떤 견해나 진술 혹은 입장의 차이가 무엇을 뜻하는지

1~2년 혹은 3~4년 안에는 쉽게 드러나지 않는다. 하지만 10년 20년이 지나면 그것은 정신의 분명한 궤적으로, 어떤 지성사의 증거로 자리한다. 그렇게 자리할 수 있다. 글쓰기가 어려운 것은 바로 이런 이유에서다.

　김우창의 평가가 어떤 종류의 것이었든지 간에, 그렇게 진술한 것은 그 당시 많은 입장과 이 입장들 사이의 차이 속에서 분명 예외적인 일이었다. 그것이 '예외적'이었다는 것은, 그의 비평적 언어가 독자적이었고(1), 이 독자성은 논리에 의해 무장되었으며(2), 그러면서도 시대상황의 구체성에 뿌리박은 것이었다는 뜻이다.(3) 그리고 이 구체성은 경험 너머의 미지적 현실로 열려있는 것이었다.(4) 나는 이러한 사유란 다름 아닌 진리에 대한 헌신에서 나왔다고 생각한다. 사유가 여하한의 계파와 이데올로기적 편협성을 넘어서지 못한다면, 그것은 진실하기 어렵다. 비평은 이해관계와 당파적 자기제한의 틀을 스스로 내던져 버릴 수 있을 때, 비로소 자신의 윤리성을 내장할 수 있다.

　나는 다시 정직하고 책임 있는 비평이 무엇인가를 묻는다. 조금 더 넓게 정직한 사유는 무엇이고 책임 있는 언어는 무엇일까를 떠올린다. 그것은, 김우창이 거듭 지적한 대로, 사실을 존중하고 이 사실의 얼개를 공정하고도 객관적으로 파악하는 데서 시작한다. 그렇게 하기 위해서는 일체의 물질적 정신적 연고로부터 여러 걸음 물어날 수 있어야 한다. 그것은, 더 작게는, 감정을 줄이고 자신을 비우는 일이다. 진실성 그리고 공정심이란 사심 없는 초연함에서 나온다. 이

사실에의 존중

사심없는 초연함
감정의 절제
자기 거리감
그리고 이성

초연함의 기율에는 이성이 필요하다. 감정의 절제와 자기
거리감은 이성적으로 사고하는 데서 이미 실행된다.

3. 자기기율의 삶과 비평

2004년 자크 데리다가 세상을 떠났을 때, 유르겐 하버마
스(J. Habermas)는 그에 대한 추도사에서 "아도르노의 부정변
증법이 그런 것처럼, 데리다(J. Derrida)의 해체도 본질적으로
는 하나의 실천"이라고 적은 바 있다. 이론적 구상이나 철학
적 탐색은 말할 것도 없이 또 하나의 실천방식이다. 글이 더
나은 삶을 위한 하나의 모색이고 현실에 대한 일정한 개입
이라면, 그것은 실천을 예비하는 또는 그 자체로 실천이 되
는 일정한 방법이다. 글은 마땅히 지금의 생활을 좀더 나은
차원에서 영위하기 위한 탐구의 방식이다.

하지만 거듭 말하여 글쓰기란 어렵다. 사람은 자기가 아
는 것을, 자기가 중요시하거나 자기에게 기질적으로 혹은
성향적으로 맞는 것을 쓰기 때문이다. 관점과 시각과 선호
와 판단에 있어서의 자기경사(自己傾斜)를 우리는 얼마나, 또
어느 정도까지 벗어날 수 있는가? 자기의 주관적 성향과 기
질적 편향을 완전하게 떨쳐버리기란 여간 힘든 것이 아니
다. 그리하여 바른 글을 쓴다는 것은, 그렇게 써서 살아남을
만한 글이 되게 한다는 것도 지난한 일이다. 그렇게 하려면
우리는 시대의 변덕스런 유행과 값싼 호기심 그리고 인간사

의 있을 수 있는 왜곡을, 그리하여 그 모든 담론의 이데올로기적 가능성을 훌쩍 넘어서야 한다.

글을 쓰는 자는 무엇보다 자기자신에게 매일 매순간 깃들 수 있는 온갖 종류의 속물근성을 덜어낼 수 있어야 한다. 그래서 아무렇지도 않은 듯이, 중요한 일에서나 사소한 일에서나, 그 어떤 주제를 다루건, 아니 중요와 사소의 이런 인위적 경계마저 지우면서, 오직 좀더 나은 삶의 가능성과 좀더 높은 진선미의 세계를 탐색한다는 일념으로, 그런 일념 하에서 던지는 질문의 한 방식으로 글은 써야 한다. 아니 더 작고 더 구체적으로 말하자. 다른 누구가 아닌 바로 자기자신을 비워야 하고, 이 비워진 자아의 공간에 세계를 채워야 하며, 이렇게 채워진 세계의 크기로 자기의 삶과 현실에 대해 늘 새롭게 질의해야 한다. 그러려면 스스로 정직해야 한다. 그래서 모든 사항에 있어서 자기의 이해관계에 무심해야 한다. 모든 사안에 있어 있을 수 있는 온갖 거드름과 온갖 자랑과 온갖 위계와 온갖 치기어린 과시를 던져버리는 일, 그래서 자기에게 정직해지는 것은 자기 거리감의 문제가 아닐 수 없다.

나는 다시 자기기율을 생각한다. 그러나 이 기율은 어떤 경우에서라도 강제되어선 안 된다는 점에서, 나는 동시에 '자유'를 떠올린다. 나는 자유로운 자기기율을 내장하고 있는가? 이런 질문에 '그렇다'고 대답할 수 있을 때만, 삶은 자유로워질 것이다. 글쓰기의 자유는 오직 삶의 자기기율적 자유 속에서 완성될 것이다. 김우창의 문학비평은 그 자체

글쓰기의 자유는
자기기율적
자유 속에서 완성된다

한국인문학과 김우창

로 비평의 자기기율과 그 자유를 증거한다. 자기기율의 자유를 내장할 때, 비평은 스스로 위엄을 갖출 것이다.

1) 비평=삶의 방식

글의 이런 실천적 연관성은 김우창에게 좀더 분명하게 드러나지 않는가 여겨진다. 왜냐하면 그의 글이 가진 주제의식이나 방식, 어조와 표현법 그리고 이념은 그의 생활의 곳곳에서, 또 그의 말과 행동과 태도에서 사실 경험할 수 있고 확인할 수 있는 종류의 것이기 때문이다. 나는 두 해 전에 김우창의 《궁핍한 시대의 시인》에 대한 다시 읽기를 하면서 그 결과를 《사무사(思無邪)》라는 책으로 출간한 적이 있다. 이 책의 요지는 '생각함에 사특함이 없는', 심지어 진실할 때조차 이 진실로부터 거리를 유지하는 정신이야말로 김우창 비평정신의 핵심에 들어있지 않는가라는 것이었다. 자기를 비우지 않고는 진실하기 어렵다.

좀더 합리적인 공동체의 모델을 탐색하는데 도움되는 것이 아니라면, 사고란 어디에 쓸 것인가? 진리의 추구와 자유의 옹호에 기여하는 것이 아니라면, 학문이란 어떤 의미를 갖는 것인가? 또 '내'가 내 삶을 더 의미 있게 살아가는 데로 이어지지 않는다면, 읽고 또 쓰는 글이란 무슨 소용 있을 것인가? 글이든 사고든, 언어든 학문이든, 이 모든 것은 마땅히 지금 여기에서 내가 내 삶을 살아가는데, 또 우리가 이 땅의 공동체 속에서 평화롭게 살아가는데 기여해야 한다.

이 대목은 다시 한번 강조되지 않을 수 없다. 글이란 이 글을 쓰는 자의 존재 전체다. 그렇듯이 비평도 비평하는 자의 삶 - 나날의 생활로 수렴되어야 하고, 마침내 그 삶을 완성하는 것이어야 한다. 더 정확히 말하면, 글은 이 글을 쓰는 주체의 생활로부터 나와 그 옆의 타자 - 이웃과 그들이 사는 현실과 사회 그리고 그 테두리로서의 자연을 포괄한다. 이렇게 포괄하면서 글은 알 수 없는 세계의 타자적 지평전체로 나아간다. 그리고 이렇게 타자로 나아간 것은, 이렇게 나아간 경험이 주체의 자아를 지금까지보다 더 넓고 깊게 만드는 데로 이어지면서, 다시 자기 자신으로 돌아온다. 좋은 글은 나와 세계, 주체와 대상 사이를 순환하면서 이 주체를 변형시키며 이 세계로 나아가는 것이다.

이러한 확산과 회귀의 왕래과정이 일목요연할 수는 없다. 그것은 각각의 사람마다 다르고, 이 사람의 감정이나 상태에 따라 다르며, 사회나 문화적 관습에 따라서도 같을 수가 없다. 게다가 그것은 수많은 절망과 체념, 모순과 역설을 동반하는 착잡한 삶의 길이다. 삶 자체가 매일 매순간 자기이반과 아이러니로 가득 차 있기 때문이다. 우리는 이같은 난관을 등한시할 수 없다. 그렇다는 것은 단순히 좌초와 순응을 긍정하자는 것이 아니라, 쉽지 않은 곡절과 내뱉기 힘든 사연으로 차 있은 것이 삶의 실상이라는 점을 정확히 직시하는 것이 인간의 보다 깊은 이해에, 또 현실에 대한 더 깊은 인식을 위해 절실하기 때문이다. 적어도 대상에 대한 깊은 인식의 출발점은 정확한 직시에 있다. 그런 직시 속에서 무엇보다 자기 자신의 삶을 좀더 다르게 살 수 있기 때문이다.

절망과 체념, 모순과 역설을 동반하는 착잡한 삶의 길

다시 확인해야 할 점은 차이가 어디에 있든 간에, 자아의 확산과 심화의 이 복잡하기 그지없는 길항관계 속에서 글은, 적어도 이상적인 의미에서, 주체를 부단히 변형시켜간다는 사실이다. 그리고 이런 주체의 변형은, 이 변형과정에 이웃과 현실과 사회와 자연이 포함되어 있는 한, 주체를 에워싼 또 주체를 넘어가는 타자의 변형이기도 하다. 글은 이 글을 쓰는 주체의 삶의 완성 - 결코 완결될 수 없는 완성을 향해 나아가는 것이다. 무의미한 삶에 만약 한 줌이라도 의미가 있다면, 그것은 이 나아감 - 이 미지적 지평으로 나아가려는 갱신에의 변형의지에 있는 지도 모른다.

이 완성의 끝은 무엇일까? 그것은 알 수 없는 일이다. 또 안다고 해도 쉽게 답할 수는 없는 일일 것이다. 어쩌면 우리는 보다 많은 자유 또는 폭력 없는 삶 - 영원한 평화가 비평의 목표이고, 나아가 모든 글의 궁극적 목표라고 말할 수 있을 지도 모른다. 하지만 그 목적만큼이나 강조되어야 할 것은 그곳으로 나아가려는 의지, 추동하는 힘 그리고 이 방향의 정당성일 것이다. 결국 잊지 말아야 할 것은 이 모든 의지를 지탱하는 정신의 고결함이라는 사실일 것이다. 그리하여 궁극적으로 견지되어야 할 것은 그 모든 생애의 간난과 문명적 빈곤을 딛고 일어서는 바로 이 고결한 정신의 위대함인지도 모른다.

정신의 고결함

김우창의 비평에는 보다 높은 차원으로 발돋움하려는 이런 끊임없는 에너지 - 고결함에의 지향이 있지 않나 내게 생각된다. 그 에너지는, 줄이자면, 반성의 에너지이고, 그것

고결함에의 지향
-반성의 에너지,
새롭게 느끼고
다시 쓰며 다르게
생각하려는 힘

은 언제나 새롭게 느끼고 다시 쓰며 다르게 생각하려는 힘에서 나올 것이다. 이 고결한 정신의 힘이 어떤 위엄을 이룬다면, 그것이 개인적 감각적 실존적 차원을 넘어 이성적 사회적 차원으로 뻗어가는 것인 만큼, 또 누구보다 명징한 언어와 높은 설득력을 내장하는 만큼, 그 위엄은 '공적 위엄'이라고 지칭해야 마땅하다. 김우창은 그 누구보다 강건하고 포괄적인 사유로 또 하나의 현실 – 정신의 고결한 세계를 만들어낸 거장이다. 그의 정신이 한 시대의 보편적 정신, 이 보편정신의 위엄에 있어 누구도 범접할 수 없는 하나의 전형을 이루고 있다고 말할 수 있는 것은, 아마 그렇게 말해도 좋은 것은 이 때문일 것이다. 이 때문일 것이라고 나는 판단한다. 김우창의 비평은 한 보편정신의 공적 위엄을 이룬다.

비평은 추상적 사안이 아니라, 글을 쓰는 주체의 삶의 실현에 마땅히 이어져야 한다. 언어와 사고와 행동의 엄격성으로부터 남은 것은 결국 성찰적 삶의 실천에 있다. 그렇게 하기 위해서도 필요한 것은 많지만, 가장 절실한 것은 무엇인가? 그것은 아마도 '나로부터의 실천'일 것이다. 당위적 진술이나 윤리적 요청을 적용시켜야 할 첫 번째 사항은 자기 자신을 모든 진술의 주어와 목적어로 두는 일이다. 즉 자신을 실천의 주체로 불러들이고, 책임의 윤리적 주체로 불러들이는 일이다. 이것은 다시 자기기율의 문제가 아닐 수 없다.

성찰적 삶의 실천

2) 자기기율의 심미적 승화

학자의 책임이란 사실에 대한 존중 속에서 좀더 높은 진실을 추구하려 데서 나타난다면, 여기에도 기율은 절대적이다. 이 자기기율이란 자신의 주관성으로부터 출발하되 이 주관성의 바탕 위에서 어떻게 대상으로서의 사실에, 이 사실의 전체에 충실하면서 세계의 객관성으로 나아가느냐의 문제다. 자기기율이 없을 때, 글을 쓰는 자는 자신의 감정을 과장하거나, 이 감정에 빠져 자기가 아는 것만을 쓰게 된다. 그래서 잡다한 정보로 나열된, 있어도 되지만 없어도 그만인 글을 양산한다.

자기기율의 엄격성
–진실의 탐지자,
윤리의 실천자,
책임의 주체

김우창의 엄격성이란 다른 누군가가 아닌 자기 자신을 그의 언어에서 말하는 진실의 담지자요 윤리의 실천자로, 그래서 무엇보다 책임의 주체로 간주하는 데 있다. 그의 엄격성은 그들이나 우리의 엄격성이 아니라, 자기자신의 엄격성이다. 그의 엄격성은 자기 스스로 감당하는, 그래서 실행하는 엄격성이고, 육화되고 내면화된 엄격성이다. 그는 엄격성의 원리를 다른 누구에게가 아니라, 바로 자기 자신에게 적용시키고자 하고 스스로 실행하고자 한다. 어떤 다른 누군가에게 부과하고 요구하는 의무론적 원리로서가 아니라 자기 자신의 삶을 사는 내재적 영위법으로서의 엄격성을 체현하는 것이다. 그만큼 철저하다.

그러나 다시 한번 강조되어야 할 것은 이 자기기율의 정신이 김우창에 있어서 강제되지 않는다는 사실이다. 그것은 자신의 자연스런 삶의 원칙으로서, 생활의 내적 일부로서, 또 이 생활을 지탱하는 습관으로부터 나온다. 삶의 원칙이 어떤 강요된 외적 규율로서 자리하는 것이 아니라 내면으로부터의 절실한 요청으로 작동하는 것이다. 여기에는, 쉽게 말할 수 없으나, 아마도 엄청난 절제와 평생의 자기수련이 전제될 것이다. 수련 없이 어떻게 기율이 내면화될 수 있겠는가? 어떤 가치가 어떻게 아무런 억압 없이 주체의 삶에 하나의 기준으로 자리할 수 있는가? 하나의 원칙이 삶을 옥죄이는 것이 아니라, 오히려 그 가능성을 펼치는 데 기여하게 하려면, 그것은 얼마나 그의 삶 속 깊이 육화되어야 하고, 그 주체의 인성 자체로 되어야 하는가? 품성은 육화된 기율로부터 나온다.

앞서 나는 김우창의 비평정신의 핵심에는 사특함이 없는 마음 - '사무사'가 있다고 적었지만, 그리고 그의 정신에는 경험 속에서 경험을 넘어 형이상학적 진실로 나아가는 정열이 있고, 바로 그 때문에 그 정신에는 고결함이 자리한다고 적었지만, 아마도 이 사무사의 정신에 작용하는 것이 바로 자기기율의 자유, 자유의 기율이라는 원칙일지도 모른다. 자기를 자기로부터 떼어놓는 정신은 다름 아닌 객관의 정신이고, 더 정확하게 말해 객관성으로 나아가려는 정신이다. 그것은 좁게는 사실존중의 원칙이고, 넓게는 더 높은 진실성에 닿으려는 열정이다. 이 원칙과 열정 속에서 그는 언제나 더 넓은 세계로, 삶과 현실과 사물과 자연으로 옮아간다. 더 높은 진실은 오직 사심 없는 초연함 속에서 가능하다. 이 초연한 마음에서 시적 직관은 큰 역할을 할 것이다.

이때 시 또는 시적인 것은, 아니면 좀더 넓게 심미적인 것은 하나의 원칙을 생활의 일부이자 삶의 척도로 전환시키는

객관성으로
나아가려는 정신

가장 중요한 기제가 될 것이다. 이러한 전환은, 그것이 좀더 높은 차원으로 나아간다는 점에서, '승화'라고 할 수 있을 것이다. 그러니까 김우창에게 있어 가치의 승화에는 시 또는 심미적인 것의 에너지가 자리하고, 이 에너지의 핵심에는 반성력이 있으며, 이 시적인 것의 반성력에 기대어 자기기율은 마침내 자유가 된다. 자유로운 기율의 삶은 김우창의 비평에서 부단한 수련 속에서 자신의 원칙을 시적이고 심미적으로 승화시키려는 노력이 결정화된 생활양식일 것이다. 그가 〈엘리자베스 비숍의 시 – 사물에서 사건으로〉(1983)에서 "그들은 기율의 미적 승화를 삶의 스타일로 수립하려는 자기수련을 그치지 않는다."고 적었을 때, 시인의 이 수련은 곧 김우창 자신의 수련과 다르지 않을 것이다.

자기기율의 이런 심미적 승화는 드물게 나타날 수밖에 없다. 그래서 그것은 보통 사람으로서는 따르기 어려운 마음의 수련과정이라고 해야 할 것이다. 하지만 그 속에 녹아있는 윤리적 자기실천의 노력은, 많은 언어가, 적어도 공적 공간에서 통용되는 언어의 많은 것이 '내'가 아니라 '너'가 해야 하고, '우리 자신'의 문제로 삼기보다는 '그들이 해야 할 것'으로 간주되는 한국 사회와 같은 철저하게 외향화된 곳에서는 마땅히 강조되어야 한다. 우리 사회에서는 당위적 진술과 도덕주의적 명령어 그리고 집단주의적 술어가 넘쳐나는 곳이고, 그런 점에서 '사회적인 것'의 나쁜 의미가 압도한다고 볼 수 있다. 그리하여 정직이나 도덕은 우리 사회에서 '나'나 '우리'의 문제가 아니라, '너' 혹은 '그들'의 문제로

주로 치부된다. 좋고 맞는 말이 그렇게도 많이 또 자주 횡행
하면서도 행동의 실제적 변화도 일어나지 않거나 아주 드물
게만 일어나기 것은 바로 그런 이유 때문일 것이다.(이것은 마
치 한국에서 많은 것이 정치화되어 있지만, '정치적인 것'의 깊은 혹은
바른 가능성에 대한 천착은 드문 것과 이어지지 않을까?)

철저하게
외향화된 한국문화
−당위적 진술,
 도덕주의적 명령,
 집단주의적 술어가
 넘쳐나는 곳

　김우창의 글은 지난 1960년대 초이래 50여년에 걸쳐 한
국인문학에 있어 누구도 가지 못한 길 − 사고의 견고함과
언어의 정확함, 관점의 균형과 포괄적 시야에 있어 전혀 다
른 궤적을 보여준다. 이런 글의 궤적은, 이미 언급했듯이, 무
엇보다 그의 삶 안에 구현되는 것이었다. 그래서 그의 말과
모습과 행동과 태도 속에 배어있다. 다른 생각에 대한 그의
포용력이나 이해의 너그러움은 아마도 이 철저성 − 가치의
적용에 있어 자기 자신도 예외로 두지 않는 자기엄격성에서
나오는 것이지 않나 여겨진다. 지금의 후학에게 남은 일은
무엇일까?

3) 더 많은 김우창론이

　나는 이런 물음에 답하기 전에 오늘의 문학이 직면하고
있는 문화적 지형의 엄청난 변화 − 디지털 영상매체와 인터
넷 환경을 떠올리지 않을 수 없다. 이 문제를 이 결론 부분
에서 길게 서술할 수는 없다. 단지 한 가지 − 문학의 사회적
지위는 대략 1990년대 이전과 비교하여 너무도 위축되었고,
문자문화에 비해 영상문화의 현실적 영향력은 이제 돌이킬
수 없을 만큼 압도적으로 되었다. 인공지능이나 신경과학,

복제기술과 나노산업 등 과학분야는 통제하기 어려울 정도로 복잡다기하게 발전하고 있고, 그에 따른 사회정치적 문화적 현실은 엄청나게 다양해졌다. 그런 만큼 인간의 지각방식도 변했고, 취향이나 상품소비의 방식도 가늠하기 어렵게 되었다.

이제 문학은 정말이지 '아직까지는 절멸을 면한', 그러나 기나긴 관점에서 보면, 역시 화석화의 운명을 피할 길 없는 고리타분한 몇 가지 문화적 잔존품인지도 모른다. 그렇다면 지금이야말로 문학의 정체성을 다시 검토해야 할, 그럼으로써 문학의 문학성을 새롭게 정립해야 할 시기인지도 모른다. 이런 문제를 성찰하는 데 김우창의 글은 하나의 중요한 시금석이 되지 않을까 싶다. 나는 두 가지를 떠올린다.

첫째, 김우창의 문학론을, '문학지위의 재정립'이라는 오늘의 문제와 관련하여, 다시 읽을 필요가 있지 않을까? 둘째, 이렇게 읽으면서 문학의 의미를 성찰할 뿐만 아니라, 나아가 내가 좀더 나은 삶을 살고 우리의 공동체가 좀더 윤리적인 공간이 되는데 그의 글이 어떤 의미를 갖는지 물어볼 필요가 있다. 문학에 관한 글이든 그 이외의 글이든, 그 모든 것은 구체적인 삶의 의미 있는 근본이 무엇이고, 이 근본의 바탕 위에서 삶을 더 높은 수준에서 조직하는데 우리가 기여해야 하는 까닭이다. 그렇다는 것은 앞의 두 문제보다 더 중요한 것은 자기기율의 심미적 승화 속에서 각자 자기생애의 양식을 스스로 수립하는 것, 이렇게 수립하기 위해 기꺼이 자기수련을 감당하는 일이라는 뜻이다.

비평에서, 또 문학에서, 마치 모든 교육에서 그러하듯이, 억지로 해서 될 일은 아무 것도 없다. 자발적 자기수련의 과정은 김우창의 문제의식을 재해석하는 첫 번 째 문제나, 그의 읽기가 우리 공동체에서 갖는 의미를 생각하는 두 번 째 문제로 이어져 있다. 사회가 아니라 '자기'로부터 시작하는 즐거운 자기변형의 과정이 그리고 그 속에서의 양식적 승화가 개인에게 뿐만 아니라 사회전체로도 훨씬 건전할 것이기 때문이다. 이것은 역으로 오늘날의 급변한 문학환경에서 참으로 문학/문학연구/예술교육/글쓰기/시민교육이 왜 인간의 삶에서 불가결한 것인지를 다시 깨우치는 계기가 될 수도 있다. 결국 이것은 무엇을 말하는가? 그것은, 줄이고 줄이면, 더 많은 김우창론이 나와야 한다는 뜻이다.

김우창 선생의 글은 한국의 학자들 사이에서는 '어렵다', '난해하다', '난삽하다'라고 말해지는 경우가 그렇지 않는 경우보다 더 많은 것처럼 보인다. 그 글의 진가를 인정하는 경우에도 '이해의 어려움'이나 '낯선 문장구조'를 자주 토로한다. 그런 점도 없지는 않을 것이다. 그러나 고전치고 어렵지 않는 문장/사상은 없고, 한국어의 통사론적 의미론적 구조가 그렇게 다양하게 시험되지 않았다는 것도 사실이고, 이런 실험을 통한 표현가능성의 극대화의 역사도 일천하다는 것도 사실이다. 또 그의 문장만큼 문법적으로 정확하거나 논리적으로 명징한, 그러면서도 깊이있는 의미를 담은 예도 달리 찾기 어려울 것이다. 김우창의 글은 라틴어나 희랍어가 아니다. 또 영어나 독일어로 쓰인 것도 아니다. 그것은 한

글로 쓰인 것이다. 그렇다는 것은, 적어도 그가 한국인문학의 한 정점이라는 것이 사실이라면, 마땅히 여러 권의 단행본이 한국문학에서나 영문학에서, 또 비교문학이나 철학/사상 그리고 정치철학 분야에서, 나아가 문화론에서 이미 나왔어야 한다. 그래서 단행본에서 펼쳐진 제각각의 관점이 서로 치열하게 경쟁하면서 좀더 높은 수준의 담론을 형성하는 데로 이어져야 한다. 그것은 그 자체로 이런저런 이해관계와 이데올로기로 뒤틀린 한국사회의 공론장을 정상화하는데 매우 중대한 기여를 하게 될 것이다.

우리는 김우창을 더 냉정하고 더 정확하게, 더 공정하고 더 깊게 읽어야 한다. 이 냉정함과 정확함의 깊이가 더 객관적이면 객관적일수록, 그의 유산이 지닌 현재적 의미는 좀더 분명한 윤곽을 띠고 우리에게 다가올 것이다. 그 의미의 핵심에는, 내가 보기에, 다른 무엇이 아니라 바로 '우리가 우리의 삶을 주인으로서 얼마나 실감있게 사는가'에 대한 실존적 이성적 형이상학적 물음이, 이 물음의 자발성이 있다. 그리하여 이 자발적 물음은 자기기율의 삶을 자유의 삶이 되게 한다. 참된 실존은 스스로 묻고 스스로 형성하는 자기기율의 삶 속에서 자유롭다. 김우창은 글을 통해 자기기율의 자유로운 삶에 대한 놀라운 예를 실증해 보여주지 않았나 싶다.

문학의 동심원적 구조*

[…] 시적인 세계인식이야말로 세계의 엄숙한 사실성에 근접하는
방법이라고 할 수는 없는가?

김우창, 〈시와 과학〉,《사이언스 타임즈》, 2013. 9. 13

I. 전체−맥락−배치관계

문예론이나 비평서 혹은 철학책을 보면 자주 나오는 개념
가운데 'constellation(별자리/성좌)'이나 'configuration(배치관
계/환경설정)' 같은 말이 있다. 그것은 대상의 특성이란, 대상

---

* 《체념의 조형 김우창 문학선》에 즈음하여

하나만 고찰하는 데서 나오는 것이 아니라, 마치 밤하늘의 별자리처럼 그것이 놓인 전체 맥락 혹은 구조를 파악할 때 드러난다는 것이다. 이 별자리나 배치관계는 이를테면 언어학에서 말하는 맥락주의(contextualism)나 구조주의에서의 구조(structure)라는 개념과도 어느 정도 상통한다고 할 수 있다. 맥락주의 역시 한 단어의 의미란 단어 자체가 아니라 그것이 놓인 '문맥' 속에 있다고 보기 때문이다. 그렇듯이 구조주의에서 '구조'는 대상의 의미를 하나의 개별 요소가 아니라 이 요소가 다른 여러 요소들과 맺는 관계나 위치 속에서 파악하려고 한다. 구조주의에서 관계나 체계(system)가 강조되는 것은 그 때문이다.

대상의 속성을 개별 요소로서가 아니라, 전체 속에서, 다시 말해 그것이 놓인 배치관계와 지형 속에서 파악하려는 시도에도 문제가 없는 것은 물론 아니다. 예를 들어 이 대상이 인간이라고 할 때, 인간의 속성은 전체의 구조로 환원되는 것인가? 이 전체의 구조란, 인간이 사회라는 공동체 속에 사는 한, 사회적 틀이나 제도적 조건을 말한다. 그렇다면 인간은 사회적 제도적 조건의 종속물에 불과한가? 아니면 이 외적 조건에 영향 받으면서도 그 나름으로 영향을 주기도 하는가? 그래서 이 조건을 변화시키기도 하는가? 당연히 인간은 일정한 외적 제한 속에서도 이 조건에 적극적으로 반응하고 그와 대결하며, 어떤 경우 이 조건을 능동적으로 개선시키기도 한다. 그는 일정한 자발성과 자유의지, 형성력과 창조력을 가지고 있는 것이다.

구조주의의 이론적 성취는 대상을 개별적 차원이 아니라 관계적 체계적 차원에서 바라보려 한 사실이었다. 그에 반해 구조주의의 취약점은 구조의 요인을 너무 강조한 나머지 구조 속에서 개별요소가 갖는 자유와 책임과 자발성과 능동성을 외면한 것이었다. 마찬가지로 실존주의는 인간의 자발성과 자기선택의 가능성을 강조한 나머지 구조주의가 보여준 전체적 체계적 요인이나 관점을 등한시했다. 이것은 비평론이나 문예이론에서 흔히 지적된다.

여기에서 드러나는 사실의 하나는, 구조주의든 실존주의든, 아니면 배치관계나 별자리를 중시하는 다른 문예이론이든, 대상을 전체 맥락 속에 바라보면서도 동시에 이 개별 대상이 갖는 독자성과 자발성을 존중해야 한다는 점이다. 그러니까 우리는 개별 요소의 특수성과 독자성을 존중하면서도 개별 요소를 규정하는 외적 사회적 제도적 역사적 조건을 언제나 함께 고려해야 한다. 중요한 것은 구조 자체가 아니라 구조의 변형가능성이고, 이 변형에서 갖는 인간의 주체적 역할이다. 그러면서 이 역할의 규모는 다시 사회역사적으로 조건지어진다.

그리하여 구조는 굳어있는 구조가 아니라 유연한 구조가 되어야 한다.(포스트구조주의가 구조주의에 대한 반성 속에서 '역동적 구조'를 강조하는 것은 그 때문이었다) 여기에서 인간은 단순히 사회와 역사의 주체가 아니라 객체이기도 하다는 것, 그래서 역사를 만들어가는 존재인 것만큼이나 이 역사에, 크고 작은 미지의 요인에 짓눌리는 존재이기도 하다는 생각이

한국인문학과 김우창

있다. 이른바 인간중심주의 혹은 인본주의(humanism)에 대한 반성도 이렇게 해서 나온다.

그러므로 대상을 올바르게 파악한다는 것은 대상을 개별적 특수적 차원에서 뿐만 아니라 이 대상이 놓인 전체 맥락과 구조 아래 파악한다는 뜻이다. 거꾸로 말하면, 대상을 전체 맥락 속에서 바라보되 이 맥락이라는 외적 환경 아래 개별 요소가 어떻게 자리하고 다른 요소들과 어떻게 관계하면서 자신을 만들어 가는가를 고려하는 것이다. 그러니까 개별요소는, 이 요소가 삶이든 인간이든 현실이든, 그 자체로 있으면서 동시에 앞으로 있게 될 혹은 있어야 할 무엇으로 자리한다. 대상은 이미 실현된 무엇으로서가 아니라 아직 실현되지 않은, 그리하여 잠재적이고 가능적인 존재로 있다. 칸트가 대상인식에서 '가능성의 조건들(Möglichkeitsbedingungen)'을 자주 말한 것도 대상의 이 잠재적 속성을 고려하기 위함이었다.

가능성의 조건

왜 가능성의 조건이 필요한가? 왜 대상을 전체맥락 속에서 바라보되 이 맥락 속에서 대상이 갖는 독자성을 동시에 참작하는 것이 절실한가? 왜냐하면 우리가 마주하는 현상은, 삶이든 인간이든, 세계든 자연이든, 거의 언제나 드러나면서 숨어있고 보이면서 보이지 않는 까닭이다. 즉 인간과 인간을 둘러싼 세계는 복합적이고 다차원적이다. 그러니 삶과 인간과 현실과 세계를 바라보는 우리의 시각 역시, 이것이 오래가거나 설득력 있는 것이 되려면, 복합적이고 다차원적이지 않으면 안 된다. 관점의 유연성과 탄력성에 대한 요구는 이 때문에 나온다. 그러므로 유연하고 탄력적이며 복합적이고 다차원적인 관점의 필요성은 단순히 이론적 사변적 요구가 아니라 일상적 삶이, 인간의 실상이, 우리 사는 현실 자체가 그렇게 복잡하고 다차원적이며 혼돈스럽고 모호하기 때문이다. 세계는 유동하는 모호성의 전체다.

어떤 한 사람의 시각이나 관점이 유연하고 복합적이라면, 이 관점이 체계화된 것은 그의 사유가 될 것이고, 이 사유는 그의 언어를 통해 드러난다. 유연하고 복합적인 관점은 유연하고 복합적인 사유와 언어로 이어진다. 이렇게 유연하고 복합적으로 사고하기 위해서는 감각 자체가 세심하고 풍성하지 않으면 안 된다.

대상에 대한 어떤 경험은 세심하게 느껴지면서(감각의 문제), 이 느낌은 면밀하게 사유될 것이고(사고의 체계문제), 이 체계화된 사고는 언어를 통해 정확하게 표현될 것이다(언어의 문제). 행동과 실천의 문제는 그 다음에 온다. 그러니까 경험과 감각과 사고와 언어와 행동은 서로 동떨어진 별개의 것이 아니라, 매우 긴밀하게 얽혀 있어 동시적으로 작동하는 하나의 메카니즘에 가깝다. 이 메카니즘 속에서 주체는 대상의 드러난 면모(실현태) 속에서 드러나지 않는 면모(잠재태/가능태)를 파악하고자 한다. 그러면서 대상의 전체에 다가서고자 한다. 왜냐하면 현실의 대상은 곳곳에서 균열과 틈새와 불안정을 보이기 때문이다.

결국 대상을 느끼고 이해하고 생각하며 표현한다는 것은 대상을 드러난 것 가운데 드러나지 않은 무엇으로 헤아린다

유연하고 복합적인 사유와 언어는 세심하고 풍성한 감각을 요구한다

는 뜻이다. 그것은 균열과 틈새와 불안정으로 이뤄진 미지의 타자성을 놓치지 않으려는 노력이다. 그것은 대상의 타자적 전체성을 이 대상이 가진 기능이나 특성 혹은 상호관계에 따라 '주체 나름으로 편성하는' 일이다. 글을 쓴다는 것은 대상에 대한, 대상의 속성에 대한, 대상이 가진 가시적 부분과 비가시적 부분에 대한 주체 자신의 느낌과 생각을 언어로 복합적이면서도 일관되게 편성하는 일이다.

그리하여 표현하는 행위는, 마치 오케스트라의 지휘자가 서로 다른 악기와 이 악기가 빚어내는 다양한 선율을 자기 나름의 해석 속에서 조합하여 하나의 새로운 화음을 만들어내듯이, 사유의 편성술이다. 이 편성에는, 앞서 언급했듯이, 경험에 대한 감각과 사유와 언어의 독특한 방식이 배어있다. 거장은, 그가 작가든 예술가이든 학자이든, 복잡다단한 세계의 메카니즘을 자기 나름의 풍성하고도 일관된 형태 속에서 전혀 새롭게 편성해낸다. 이렇게 편성되어 나온 형태가 곧 '스타일(style)'이다.

스타일이란 좁은 의미에서는 문체이지만, 큰 의미로는 세계관이고 현실인식이며 인간이해라고 할 수 있다. 스타일에는 이 스타일을 구사하는 사람의 세계인식과 인간이해가 녹아있기 때문이다. 이 스타일은, 이것은 더 중요한 사실인데, 결국 그런 언어와 사유를 구사하는 사람이 살아가는 '삶의 양식'으로 나아가고, 이 양식 안에 배어있다. 거꾸로 말해 삶의 양식으로 육화되지 않으면, 스타일은, 이 스타일을 이루는 감각이나 언어나 사유는 별 쓸모없다고 말할 수도 있다. 그것

스타일은 문체이면서 세계관이고 현실인식이며 인간이해라고 할 수 있다

은 얕은 의미의 스타일이다. 그래서 그것은 자주 과시나 자랑의 수단이 된다. 육화되지 않는 스타일은 삶과 글의 간극을 나타낸다. 지행불일치(知行不一致)도 이렇게 해서 생긴다.

글이란 그 글을 쓰는 사람의 생활 속에 뿌리내려야 하고, 그가 사는 일상적 삶의 무늬여야 마땅하다. 우리가 읽는 시의 리듬과 스타일은 그렇게 읽고 있는 내 자신의 삶의 리듬이자 스타일로 배어들어야 한다. 언어와 사유의 스타일이란 궁극적으로 삶 속에서 구현된다. 그러므로 우리는 이렇게 말할 수 있다. '김우창은 누구인가? 그는 그가 쓴 글의 전체다. 그리고 이 모든 글은 그가 지금껏 살아온 삶의 경로에 녹아있다. 나는 그의 글에서 그의 삶의 전체를 느낀다.

II. 보편적 어법

말할 것도 없이 김우창의 학문세계는 간단치 않다. 그의 학문을 이루는 한 축인 문학론/비평론도 그렇다. 1965년 《청맥》지에 〈엘리어트의 예(例)〉로 등단하였으니, 그의 글쓰기의 역사는 이미 50년에 이른다. 게다가 그가 쓰는 글의 생산량은, 흔히 '논문'이라고 불리는 형식의 분량 기준으로 보아도, 1년에 10~15편에 이른다. 이 수치에 모자라는 해도 있고 그보다 많은 해도 있지만, 대략 그렇게 볼 수 있지 않을까 싶다.(《사유의 공간》(생각의나무, 2004년)에 실린 〈문헌연보〉를 보면, 1964년에서 2004년까지 발표된 글의 목록만 무려 37쪽에 이른다.)

그리고 그 형식은 논문이나 저술에 한정되는 것이 아니라, 에세이나 컬럼, 강연문이나 연설문, 인터뷰 그리고 대담집 등 다양하다.

그리하여, 여러 평자가 이미 지적했듯이, 김우창의 학문 세계는 문학비평이나 영문학 논의를 처음부터 훨씬 넘어서서 사회와 정치, 예술과 철학, 역사와 문화 그리고 문명의 문제를 두루 포괄한다. 말하자면 그에게는 문학관과 비평론, 사회현실론과 정치론, 문화이해, 주체이해와 인간론, 역사이해와 학문관 그리고 자연관이 따로 있다.

이렇게 포괄하는 방식은, 앞서 적었듯이, 개별적 요소의 지속적 구분과 이렇게 구분된 것의 부단한 통합, 이 둘 사이의 변증법적 움직임이다. 그래서 그의 관점이나 입장에 대한 있을 수 있는 반대 입장은 이미 그의 글 속에 담겨있는 경우가 많다. 그래서 저절로 용해되어 버린다. 김우창 비판이 쉽지 않은 것도 이 때문일 것이다. 다시 우리의 논의 초점을 문학에 한정시킨다고 해도 김우창 사유의 포괄성은 휘발되지 않는다. 즉 문학에 대한 논의에서도 그 포괄성이란 여전히 견지된다. 이때 포괄성이란 학문적 차원에서 보면 문학에 대한 관점이 '개별분과적 경계를 넘어선다'는 뜻이고, 가치론적 차원에서 보면 '보편성을 지향한다'는 뜻이다.

필자가 서너 권의 책에서 이미 지적했듯이, 김우창의 사유는 동심원적으로 퍼져나간다.(《김우창의 인문주의》(2006)나 《아도르노와 김우창의 예술문화론》 그리고 《사무사(思無邪)》(2012) 참조) 이렇게 퍼져나가는 것의 중심은 시이고 소설이다. 더 정확히 말하여 시적이고 문학적인 것의 가능성이다. 이때 '시적인 것'이란 무엇인가? 시는 간단히 말하여 서정적 자아의 목소리에 기대어 기존과는 다른 질서를 상상하면서 이 현실에 부정적/반성적으로 대응하는 장르다. 이 상상의 대상은 궁극적으로 어떤 고귀하고 신성하며 초월적인 진실이다. 그러나 그 바탕은 사실이고 경험이다. 시는 지금 여기의 나로부터 나를 넘어선 우리와 그들의 세계 저 너머로 향한다. 언젠가 다른 곳에서 사상가로서의 김우창을 말하면서, 그의 사유의 핵심에는 시가 있다는 점을 잊어선 안 된다고 말한 적이 있지만, 그가 박사학위논문에서 다룬 작가는 시인 윌리스 스티븐슨(Wallace Stevens)이었다.

서정적 자아가 끝없이 추구하는 고귀하고 신성하며 초월적인 진실, 그러나 그 추구의 바탕은 사실이고 경험이다

김우창의 논리전개방식이 구체적 보편성이라면, 그 추동력은 어디까지나 시적이고 심미적인 것의 가능성에 대한 믿음이다. '구체적 보편성'이 지금 여기의 개인적 경험으로부터 보편적 가치를 성찰해가는 사유의 원리라면, 시적이고 심미적인 것은 낯선 세계에 상상적으로 접근하며 그 미지를 표현해가는 성찰적 에너지라고 할 수 있다. 《김우창 문학선》의 구성은 이런 문제의식을 담은 것이다.

편자(編者)로서 나는 어떻게든 독자의 입장에서, 말하자면 '김우창이라는 비평가/문학연구자/작가/사상가를 어떻게 제대로 읽을 수 있을 것인가'라는 관점에서 글을 가리고 그 제목과 순서를 정하려고 노력했다. 그것은 문학에 대한 그의 시각이 어떤 것인지를 일목요연하고도 체계적으로 드러내는 것이어야 했다. 그렇게 하여 정한 것이 8개의 항목이

다. 이 8개의 항목이 그의 문학관을 구성한다. 이 항목은 곧 8개 장(章)의 제목이 되었다. 순서대로 쓰면 이렇다.

I. 문학이란 무엇인가?

II. 문학예술의 바탕

III. 사회 속의 인간, 현실 안의 문학

IV. 반성적 비판적 사유

V. 고요·맑음·양심·내면성 – 문학의 추동력

VI. 심미감각 – 경험과 형이상학 사이

VII. 시적인 것의 의미

VIII. 비교문학적 비교문화적 차원

위에 적은 각 장의 제목과 순서를 한 번 살펴보면, 김우창 문학관의 대체적 윤곽이 어느 정도 드러날 것이다. 이것을 좀더 풀어쓸 수도 있다. 아래의 8개 명제가 그렇다.

① 문학은 현실에서 나/주체/개인이 만드는 세계이해의 방식이다.

② 문학예술의 바탕은 인간이 살고 있는 땅과 하늘, 고향과 세계다. 이 세계에서 우리는 일정한 상황 아래 계속적으로 물으면서 판단하고 행동한다.

③ 인간은 현실로부터 고립된 존재가 아니라 사회 속에서 살아간다. 그렇듯이 인간이 만드는 문학도 '현실 안의 문학'이다. 따라서 문학의 현실참여는 어떤 외적 요청이나 도덕적 당위성으로 주어지기보다는 문학 자체의 내적 필연적 조

건이다. 그러나 문학의 가능성은 이러한 현실참여에 제약되기보다는 현실 너머의 현실, 말하자면 비가시적 초월적 형이상학적 지평으로 열려있다. 이 움직임의 에너지가 구체적 보편성이다. 김우창이 쓴 모든 글의 바탕에는 이 구체적 보편성의 이념이라는 보편적 어법(Idioma Universal)이 있다.

④ 문학작품이든 이 작품에 대한 비평이든, 이 같은 문학활동을 지탱하는 것은 반성적 비판적 사유다. 이 비판을 통해 사유는 뒤틀린 견해와 권력의 언어를 넘어, 현실의 이런저런 편견과 이데올로기를 넘어 좀더 이성적이고 윤리적인 차원으로 나아가고자 한다. 이것이 문학에 내장된 실천적 관심이다.

⑤ 문학을 추동하고 지탱하는 근본 가치로 '고요'와 '맑음', '양심' 그리고 '내면성'이 있다. 문학은 작고 내밀하며 고요하고 맑은 것을 소중히 여긴다.(이것은 윤동주와 피천득 그리고 김현승의 시에 대한 평문에서 잘 나타난다.) 고요와 맑음을 귀하게 여기는 것은 시인의 양심이고 내면성이다. 시인의 자유는 이 양심의 순정한 추구에 있다. 이 추구 속에서 그는 자유를 실천하고 자유의 영역을 확장시킨다.

⑥ 문학이 작고 내밀하며 고요하고 맑은 것을 소중히 여기는 까닭은 무엇인가? 여기에서 우리는 심미감각을 묻지 않을 수 없다. 예술가의 심미감각은 오늘의 여기에서 이 여기를 넘어 저기 저곳, 말하자면 삶의 드넓은 타자적 지평으로 나아가고자 한다. 말하자면 심미감각은 지금 여기와 저기 저곳, 경험과 형이상학, 우리와 타자 사이를 부단히 왕래한

다. 이렇게 좁은 느낌을 넓히고 얕은 생각을 깊게 만든다. 이렇게 나아가는 정신의 원리가 김우창에게 '심미적 이성'이다.

⑦ 심미감각을 지탱하는 것은 시적인 것이다. 시적인 것이란, 위에서 언급했듯이, '삶의 새로운 의미를 감각 속에서, 상상력의 도움으로, 표현을 통해 드러내면서 기존의 현실에 부정적으로 대응하는'이라는 뜻이다. 더 줄여 말하면, 어지러운 혼돈에 형식을 부여하는 일이다. 왜냐하면 제대로 된 표현/형식/작품은 그 자체로 삶의 바른 방향을 돌아보게 하기 때문이다. 현실의 혼돈과 어둠은 시의 표현 속에서 조금 더 높은 명료성을 띠면서 조금 덜 낯설고 조금 더 이해할 만한 대상으로 변한다.(이것을 잘 보여주는 글이 〈어둠으로부터 시작하여: 시의 근원〉이다.) 그리하여 시적 에너지란 근본적으로 반성적 성찰적 잠재력을 내장한다. 이것은 예술일반의 원리이기도 하다.

⑧ 한 나라의 문학은 보편적 독자성을 구현하는 가운데 비로소 세계문학의 문화적 유산으로 자리한다. 그렇다는 것은, 세계문학적 차원이 없으면 개별문학은 세계적 수준으로 나아갈 수 없다는 뜻이다. 여기에서 '세계문학적 차원'이란 보편성의 차원이고, 이 보편성을 구현하기 위해서는 문학의 내용과 형식이 유연하고 그 지향이 열려 있어야 한다. 자유와 평등, 인권과 박애 그리고 평화는 이런 목표 속에서 추구될 수 있는 보편적 가치의 몇 가지 예다. 그리하여 올바른 문학연구 안에는 보다 진전된 상호이해를 위한 비교문화적 문제의식이 이미 들어있고, 이 문제의식의 진실성은 다시

보편적 차원에서의 검토를 통해 입증될 수 있다.

문학과 사회와 문화에 대한 이런 전체 지도 아래에서 독자는 어떤 글이든 하나씩 감상하고 깊게 음미하면서 차례로 이해해 나갈 수 있을 것이다. 8장의 전체 목차를 훑은 다음 각 장에 들어있는 어떤 글을 읽고, 이 글의 내용이 8장 가운데 어디 쯤 있는지 다시 가늠해보면서 그 다음 글을 읽어 가면 어떨까. 마치 김우창이 주체와 대상, 인간과 현실, 감성과 이성, 한국문학과 세계문학 등으로 이뤄진 두 축 사이에서 사유의 왕복운동을 통해 논지를 펼쳐나가듯이, 독자인 우리도 이런 사유운동 속에서, 다시 말해 각각의 글과 책 전체의 의미체계 사이를 오가면서 그에 대한 이해도를 점차 높여갈 수 있을 것이다.

나는 시에 대한 김우창의 평을 읽으면 어떤 사유의 세례를 받는 듯하고(예를 들면 윤동주론인 〈시대와 내면적 인간〉이 그렇다), 소설평을 읽으면 현실에 대한 새로운 인식을 갖게 되며, 예술에세이를 읽으면 인간의 진실로 몇 걸음 더 다가가는 듯한 느낌을 갖곤 했다.(〈예술과 삶〉이 그랬다) 비교문학론이나 문학연구의 방법론에 대한 논의 그리고 문화에 대한 성찰은 좀더 이론적 성격을 갖는다. 문학평문에서 삶이 고양되는 내밀한 체험을 갖게 된다면, 이론적 논의는 조금 더 추상적 철학적 차원에서 기존의 관점이 검토되는 사고교정적 역할을 한다.

김우창의 문학논의 가운데 특히 몇 편을 나는 강조하지 않을 수 없다. 예를 들어 5장 아래 묶은 〈고요함에 대하여〉,

동서양의 문헌 모두에서도 매우 희귀한 사례 −절제된 언어 속에 철학적 깊이와 서정적 아름다움과 윤리적 차원을 동시에 보여주는 일

〈작은 것들의 세계〉, 〈시대와 내면적 인간〉이나, 6장 아래 묶은 〈예술과 삶〉, 〈예술과 초월적 차원〉, 〈아름다움의 거죽과 깊이〉, 그리고 7장 아래 묶은 〈어둠으로부터 시작하여: 시의 근원〉과 같은 글은 그야말로 보석처럼 빛나는 글이다. 이것들은 시적 영감 아래 예술적 진실을 탐색한 글이다. 또는 허무감 속에서도 행동의 가능성을 고민하고 세계의 고요에 대한 느낌을 초연한 정신으로 제어한다는 한용운론은 어떠한가? 아마도 이만큼 절제된 언어 속에서 철학적 깊이와 서정적 아름다움 그리고 윤리적 차원을 동시에 보여주는 사례는 한국 문헌에서 뿐 아니라 서양 문헌에서도 매우 드문 혹은 거의 없는 것이지 않나 나는 판단한다.

　사실에 근거하여 삶의 진실을 묻고, 현실의 낙후를 검토하면서도 모든 일에 삼가며, 오직 인간 내면의 빛과 그 현존적 초월의 가능성을 드러내는 사상가는 한국의 지성사에서 희귀했다. 어쩌면 일찌기 없었다고 말할 수 있을 지도 모른다. 세계에 대한 지속적 물음 속에서 자기탐구가 현실인식과 일치하는 어떤 정신의 궤적은 우리의 정신사에서 매우 드물었다. 김우창의 글은 그 글을 읽는 과정 자체가 곧 삶의 어떤 전체와 만나는 것이 되게 하는 놀라운 경험을 선사한다. 독창성이란 아마도 감각과 사유와 언어와 논리를 포함하는 여러 미덕들이 동시적으로 정점에 도달했을 때, 이렇게 정점으로서의 여러 미덕들이 서로 어울리며 화음을 낼 때, 비로소 획득되는 성취일 것이다. 거장의 규모는 다른 거장과의 비교에서 선명하게 드러난다.

인간 내면의 빛과 그 현존적 초월의 가능성을 드러내는 사상

단순화한 것이지만, 예를 들어 아도르노(Th. Adorno)는 20세기의 손꼽히는 철학자이자 미학자지만, 그래서 논리의 밀도는 비견될 수 있지만, 그 명료성에서는 김우창에 떨어진다고 할 수 있다. 대신 김우창에게는 드문 음악학적 체계를 그는 자기미학의 핵심으로 가진다. 그러나 두 사람은 미학적 체계를 '비체계적 형식으로' 가진다는 점에서는 서로 통하지 않나 여겨진다.(여기에 대해서는 《아도르노와 김우창의 예술문화론》(2006) 참고) 또 벤야민(W. Benjamin)에게 뛰어난 예술적 에세이는 적지 않지만, 그러나 많은 경우 그 내용은 엄밀하게 보아 비의적이어서 문체론적으로 그리 세련되었다고 말하기 어렵다. 이에 비해 김우창의 글은, 계속 이어지는 장황한 면이 간혹 드물게 나타나지만, 벤야민류의 사고적 모호함이나 문체론적 조야성으로부터는 벗어나 있다고 할 수 있다. 김우창의 글은, 이것도 여러 군데서 이미 지적했지만, 명료한 깊이를 내장한다.

III. 유쾌한 도전거리

아직도 한국사회는 너무 많은 사견과 전제들이 별다른 근거 없이 이런저런 명분을 내걸면서 막대한 영향력을 행사하는 공간이지 않나 여겨진다. 이 명분은 대개 어떤 이해관계를 대변하지만, 그 가운데는 소중한 덕목도 있다. 이를테면 '전통'이나 '안보' 같은 보수적 가치든, '평등'과 '시민참여'

혹은 '소수자의 권리' 같은 진보파의 가치든, 거기에는 여러 요소가 착잡하게 섞여 있다. 그 덕목은 그 자체로 존중되고 추구되기보다는 보이는 보이지 않는 사욕 때문에 자주 비틀린다. 가치의 오용과 이념의 왜곡이 나타나는 것이다. 그래서 좋은 취지도 자주 어떤 당파성 아래 적대적으로 추구된다. 한 가치는 먼저 말한 사람의 소유인 듯 독점되고, 그렇지 않는 쪽이나 다른 의견은 배제되는 것이다. 그리하여 분노와 싸움과 증오와 편 가르기는 그치지 않는다.

여기에는 물론 여러 요인이 있다. 우리 사회의 집단주의적 성향이나 맹목적 유행열풍도 한 몫 하고, 정치가의 포퓰리즘이나 언론의 무책임한 기사보도도 있다. 그러나 가장 문제적인 것은 지식인의 편향성이지 않나 여겨진다. 대학에서든 학계에서든, 아니면 예술분야나 문화계에서든, 진선미의 문제는 이제 완벽하게 증발해버리지 않았나 싶다. 아니 어쩌면 그것은, 늘 그래왔듯이, 소수의 고민이 아닌가 싶기도 하다. 누구를 만나도 참이 무엇이고, 선의는 어떠하며, 아름다움은 어떻게 자리하는가에 대한 논의는 드물다. 그런 주제를 입에 담으면, 오히려 재미없거나 분위기를 흐리는 사람이 되고 만다. 어딜 가나 사람들의 대화를 지배하는 것은 어중간한 사견(私見)과 추측성 예단(豫斷) 그리고 무성한 풍문이다. 공적 영역(public sphere/Öffentlichkeit)의 퇴행성 문제는 그렇게 나타난다.

한국에서 건전한 공론장은 있는가? 지금의 우리 사회는 각 시민들이 막말을 삼가고 거짓을 두려워하며 선의 속에서 책임 있는 행동을 하는, 그래서 서로의 신뢰를 차근차근 쌓아가는 공동체인가? 이런 물음에 우리는 '그렇다'고 자신 있게 대답하기 어렵다. 공적 공간을 지배하는 언어가 거짓되고 사고나 판단이 불합리하여 행동까지 무책임하게 된다면, 그 사회는 정상이라고 말하기 어렵다. 즉 병든 것이다. 그러니까 오늘의 한국사회의 문제를 구성하는 결정적 요인의 하나는 공적 공간의 미성숙 상태에 있다. 이런 구조적 질환은 1960년대 이래 계속된 것이다.

한국사회의 현재적 단계에서 이 땅을 떠나지 않는 한 우리가 던질 수 있고 또 던지지 않을 수 없는 물음들은 많다. 가장 큰 물음으로는, '우리 사회가 이성적 방향으로 나아가고 있는가', 혹은 '한반도에서의 안전과 평화는 보장될 수 있는가' 같은 것이 될 것이고, 중간 단계 쯤에 있는 물음으로는 '이런 사회에서 사는 우리는 서로 믿고 의지할 수 있는가', '어떻게 지금의 사회를 좀더 살만한 문화공간으로 만들수 있는가'가 될 것이며, 그보다 작은 질문으로는 '나는 이 사회에서 어떻게 시민으로 살 것인가' 혹은 '어떻게 살아야 의미 있는 삶은 가능한가'가 될 것이다. 이 물음에 대한 답은 다양한 통로를 통해 탐색될 수 있을 것이다. 문학은 그런 탐색의 한 방법이다. 예술과 철학의 물음은 문학의 이 물음과 나란히 있거나 이를 에워싸고 있고, 인문학이나 학문 일반에서의 탐구는 그보다 더 큰 물음이다. 문화에 대한 물음은 여기에서 가장 큰 범주가 될 것이다.

물음의 종류가 어떠하건 김우창의 글은 이러한 학문적 문화적 물음을 동반하고, 그 바탕에는 성채처럼 견고한 철학적 토대가 놓여있다. 시와 소설 같은 작품에 대한 그의 비평도 예외가 아니다. 김우창의 언어나 사유, 논리전개의 방식, 글의 장르와 밀도 그리고 그 체계는 한국어로 된 문헌의 역사에서 전혀 새로운 지평을 보여준다. 이 지평 속에서 그는 섬세한 감성과 정확한 언어, 엄밀한 사유의 견고한 철학으로 어우러진 지각적 균형(perceptive balance)으로 사안의 하나하나를 절차적으로 검토하면서 자기사유의 풍경을 펼쳐 보인다.

이런 이유로 이 땅에서 문학과 예술 그리고 문화의 잠재력에 관심을 가진 이라면 마땅히 김우창을 읽어야 하지 않을까 나는 생각한다. 그의 글은 인간과 현실과 세계에 대해 누구보다 깊고 넓은 반성의 자료를 다각도로 보여주기 때문이다. 그의 글에는 쉽게 다가가기 어려운 점이 분명 있다. 논리의 밀도와 사유의 치밀성 때문이다.

그러나 사실에 밀착하여 느끼고 생각하면서 언어에 담긴 논리의 진실성을 다시 경험 속에서 검토해가는 충족되기 어려운 요구를 담은 글이 어떻게 간단할 수 있겠는가? 하나하나 느끼고 생각하며 검토하고 교정해가는 진실축조의 과정이 손쉬울 수는 없다. 아마도 김우창을 그 나름으로 이해하고 소화해서 자기 식으로 재구성할 수 있다면, 한글로 쓰인 그 밖의 텍스트가 어떤 점에서 뛰어나고 어떤 점에서 모자라는지, 또 어떤 점에서 그 성취와 결함을 보이는지 어렵지 않게 논평할 수 있을 것이다. 그의 글은 그 자체로 인문학적 문화능력에 대한 좋은 시금석이다.

나는 독일문학을 전공하는 독문학자이지만, 대학 시절부터 독문학이란 독일 사람들의 삶을 보여주는 고유성을 갖는 것이면서 동시에, 그 문학이 독일적 차원을 넘어서는 보편적 호소력을 갖지 않으면, 그래서 '독문학'에서 '독'자를 빼어도 문학으로 성립되지 않으면, 훌륭한 문학이 되기 어려울 것이라고 여겨왔다. 이런 생각은 이제 30년이 다 되어간다. 마찬가지로 뛰어난 한국문학이라면, 한국에서의 독특한 삶을 보여주는 문학이면서 한국 밖의 그 어느 곳에서 그 어떤 사람이 읽어도 호소력을 가진 문학, 즉 보편성을 가진 문학이지 않으면 오래 가기 어렵다. 말하자면 구체적 보편성을 내장할 때, 문학은 문학으로서 살아남는다.

문학에 대한 김우창의 논의는 이 구체적 보편성을 구현한다. 그는 시나 소설을 평하거나 문학주제를 다룰 때에도 보편적 시각을 잊는 법이 없다. 그만큼 탄력적이다. 그러면서 이런 시각의 밑에는 지금 여기의 현실과 일상적 경험이 녹아있다. 그래서 그 글은 언어와 사유가 가진 힘을 증거하는 것이 된다. 글의 힘은 주변을 돌아보는 반성적 성찰력에서 온다. 그는 모든 집단주의적 술어와 이데올로기적 왜곡 그리고 저속한 자기중심주의를 넘어 어떻게 개인이 공동체 속에서 진실을 외면하지 않고 살아갈 수 있는지, 그리고 반성적 개인으로 이뤄진 이성적 사회를 위해 문학과 예술과 철학과 문화는 어떤 방향으로 나아가야 하는지를 거듭 생각하게 한다.

사실의 좀더 실감 있는 전달을 위해 사사로운 경험의 한

두 예를 여기에 적어도 괜찮을 것이다. 김우창 선생은 스스로는 정확하고 엄격하시지만, 언제나 자기자신을 낮추신다. 그것은 그의 글이나 생각에서와 마찬가지로 어조와 행동, 옷차림이나 식사 그리고 살림살이에까지 깊게 배어있다. 그래서 꾸밈이 없다. 언제 보아도 늘 그대로이고, 한결같이 소박하시다. 오래된 포니 엑셀(Pony Excel)을 몰고 가다가 청와대 주변 길에서 경비한테 걸린 얘기는 주변 사람들 사이에서 가끔 회자된다. 이 해묵은 차를 현대자동차 본사에 연락하여 박물관에 기증하자는 우스갯말을 하는 이도 있었다. 그러다가 결국 이 차는 지난 겨울에 고장을 일으켜 다른 차로 바뀌고 말았다.

어떤 사람이 어떤 발표를 하거나 견해를 보여도, 그리고 그 내용이 때때로 서투르거나 틀리더라도 선생은 가만히 계신다. 아니면 무심하게 바라보실 뿐 가타부타 말씀이 없다. '칼은 칼집에 넣어둬야 한다'는 김현승의 시 구절을 인용하신 적은 더러 있다. 또 정현종 시인이 병든 아내를 10여년째 뒷바라지하면서도 이 일을 한 번도 시의 소재로 드러낸 적이 없다고 말씀하신 적도 있다. 나이가 어리다고 함부로 말하시거나, 제자라고 해서 마음대로 시키시는 법은 결코 없다. 식사를 하시다가 냅킨이 안 보이면 그냥 일어나 가져오시기도 하고, 당신이 먼저 주문하면 다른 사람이 따르게 된다면서 옆에 앉은 이들한테 먼저 하라고 하시기도 한다. 이럴 때면 나는 앎과 행동 사이에 놓인 저 아득한 길을 떠올리곤 했다. 사소하게 보이는 이런 일들이 얼마나 어려운 것

인지, 여기에는 얼마나 혹독한 절제와 자기기율이 요구되는
지 나는 조금 안다. 아마도 인문학의 많은 문제는 끝없는 배
움 속에서 다른 누군가가 아닌 바로 내 자신이 이렇게 배운
내용을 얼마나 실행할 수 있는가로 수렴될 것이다.

참된 삶은 현실에 없다. 혹은 매우 드물다. 우리는 꿈을
통해, 이 꿈을 기록한 글로 참된 삶을 기획한다. 레비나스(E.
Levinas)는 독서가 삶의 근심에서 벗어나는 형이상학적 도약
이고 현실을 굽어보게 하는 초월적 비상이라고 쓴 적이 있
다. 지금 보이는 현실이 전부가 아니라는 것, 더 참되고 더
선하며 더 아름다운 길이 있을 수 있다는 것을, 그 길은 섬
세한 감수성과 견고한 사유를 통해 열릴 수 있으며 그 모색
의 과정에서 시와 철학과 예술이 어떤 역할을 할 수 있으리
라고 바랄 수 있다면, 그렇게 바래도 좋다면, 김우창은 한국
인문학에서 그런 놀라운 가능성의 길을 보여준다. 그 글은
지금 보이는 삶과는 전혀 다른 삶이고, 이 다른 삶은, 그것이
시적이고 상상적으로 모색된다는 점에서, 어떤 가능성의 공
간이다.

예술적 가능성의 공간은 인간성의 공간이고 위대한 정신
의 공간이다. '불멸'이나 '영원'은 아니라고 해도 정신이 걸
어가는 고매한 경로가 있다는 것을 인정한다면, 우리는 이
고매한 정신의 세계를 추적하지 않을 수 없다. 그 정신은 인
간 현존의 미비와 낙후를 돌아봄으로써 더 나은 어떤 낙원
적 세계를 '미리 비춰주기' 때문이다. 미리 비춰줌으로써 오
늘의 비루한 현실을 다시 검토하게 만들기 때문이다. 변화

된 행동과 이 행동에서 나오는 현실의 쇄신은 그 다음에야 가능할 것이다. 신이 아니라도 신적인 경건함이 있고, 지금 여기에서도 여기 너머의 형이상학이 없을 수 없다면, 그리고 저 아득한 세계의 한 켠이 바로 지금 여기의 어떤 생생한 경험에서 섬광처럼 나타날 뿐이라면, 그렇게 탐사된 세계의 한 예가 김우창의 사유법에 깃들어 있다고 나는 생각한다.

한국인문학은 김우창에 이르러 사유의 고매함에 이르렀다고 나는 감히 판단한다. 사유의 고매함이란 보편성에서 온다. 이때 '고매함'이란 사유의 높이이고, '보편성'이란 그 넓이일 것이다. 한 시대 한 문화의 가치란 높은 사유로서의 고매함과 넓은 정신으로서의 보편성 없이는 세계적 차원에 결코 이를 수 없다. 높으면서 동시에 넓을 때, 사유는 고귀해진다. 고귀한 사유는 자유의 정신이다. 이 고귀한 사유의 뿌리에는 양심이 있다. 이 양심은 자기의 실존을 현실과 사회에 대한 고찰의 전제로 삼음으로써 비로소 겸허해진다. 품위는 이 자의식적 반성에서 쌓여간다.

그러나 반성의 과정은 쉽지 않다. 그것은 끔찍할 정도로 쓸쓸한 일이다. 결단의 순간에 듣는 양심의 목소리에서는 다른 누군가가 아닌 바로 자기와, 오직 자기자신과 만나기 때문이다. 거듭되는 과오에도 오이디푸스가 기품 있게 보이는 것은 자기를 향한 이 양심어린 질문 때문이다. 이 자기질문 속에서 우리는 삶의 원리와 우주의 장엄함 그리고 그 필연성을 예감한다.

사물의 질서와 세계의 원리를 감지하지 못한다면, 우리는 우리의 삶을 깊은 의미에서 사랑하기 어렵다. 위대한 사랑은 사랑하는 대상에 대한 편견 없는 정확한 이해에 있다. 삶을 편견 없이 바르게 알지 못한다면, 우리는 삶을 사랑하지 않거나 사랑하지 못할 것이다. 그러므로 넓고 깊게 이해한다는 것은 곧 넓고 깊은 삶을 산다는 뜻이다. 그것은 초월의 의지고 형이상학적 열망이다. 모든 인간 활동의 원초적 동력에는 지금 여기를 넘어서려는 초월적 꿈이 있다. 김우창 선생의 글은 이 짧고 비루하고 덧없는 생애에서 덧없지 않을 어떤 맑고 고요한 세계의 지평을 끊임없이 돌아보게 한다.

짧고 비루하고 덧없는
생애에서 덧없지 않을
어떤 맑고 고요한 세계의
지평

II. 시적 감성과 심미적 이성

시적인 것

- 김우창의 심미성의 근원

1. 구체적 보편: 예술과 인간의 존재방식

김우창 사고의 핵심이 어떤 원리에 의해 움직인다고 한다면, 이 원리를 구성하는 것은, 이론을 자처하는 대개의 논리체계가 그러하듯, 몇 개의 주된 개념어나 테제가 아니다. 그것은 어떤 정해진 명제와 주장 아래 확언되기보다는 몇몇 핵심어가 없지는 않은 채로 사실-경험-현실을 이루는 구체적인 것들과의 부단한 대비와 검토, 성찰과 교정 속에서 늘 새롭게 펼쳐진다. 그리하여 그의 글에는, 그것이 어떤 종류의 것이든지, 이런 검토와 반성의 면밀한 사고과정이 노정된다. 이 사고과정 속에서 인간 삶을 규정하는 여러 조건과 이 조건을 넘어서는 어떤 가능성이 되도록 다각도로 또 여러 방식으로 헤아려진다.

가령 최근에 쓴 그의 글 〈진실, 도덕, 정치〉[*]을 보자. 이 글에는 제목에 나와 있는 진실과 도덕 그리고 정치의 관계만이 생각되어지는 것이 아니다. 그것은 릴케의 시작품인 〈표범〉에서 사실적 규율에의 존중을 이끌어내는 것으로부터 시작하여 사고와 관점의 객관 구속성, 도덕적 이상으로서의 자연적 본래성의 회복, 도덕의 내면성과 정치의 상호신뢰, 성찰적 사고의 균형상태, 역사서술의 자의성과 비자의성, 훈련된 주관의 객관성, 학문적 주체의 자기정화, 불가피한 합리성, 반성적 균형을 통한 보편성의 훈련, 양심의 진실, 실존적 균형, 시적 상상력과 내면성, 내면성의 보편성 등을 그 전체적 연관항 속에서 언급하고 있다.

개별적 구성요소의 의미론적 복합구조는 김우창의 글을 한두 개의 공식 아래 정형화하는 것을 지극히 어렵도록 만든다. 그가 다루는 여러 소주제는 그 나름의 독자성을 가지면서도 어느 하나에서 다른 하나를 매끈하게 분리하기 어려울 정도로 서로 깊게 얽혀 있는 것이다. 이것은 그의 이론의 비체계성으로부터 기인한다.

> 개별적 구성요소의 의미론적 복합구조

이때의 '비체계성'이란 그러나 비논리의 혼란을 의미하는 것이 아니다. 그것은 '논리에 의한 체계의 강제성을 경계하는 체계'라는 뜻을 지닌다. 그것은 체계의 전적인 부재를 의미한다기보다는 체계 특유의 추상성을 문제시하는 열린 체계, 즉 비체계적 체계성에 가깝다. 그리하여 그것은 논리적

> 김우창의 비체계성은 비논리의 혼란이 아니라 비체계적 체계성이다

---

[*] 김우창, 〈진실, 도덕, 정치〉, 《당대비평》, 2001년 가을(16호)

정합성에 의해 차곡차곡 쌓여진 비체계의 개방적 성격을 지닌다.(이론의 비체계화 경향은 지성사적으로 보아 특히 '근대'의 경과와 더불어 야기되는 생활경험과 사유인식에 있어서의 전반적 균열상으로 하여 점증한다.) 삶이 그 근본적 모호성에 의하여 특징지어질 수 있다면, 이 삶을 일정한 개념 속에서 조직화하는 이론적 노력은 단순도식의 틀을 넘어서야 한다. 이런 점에서 볼 때 비체계성은 이론의 맹점이라기보다는 현실의 근본적 비정형성에 부합하는 강점인지도 모른다.

사실상 우리 학문공동체에서 말해지는 대개의 이론들은 지나치게 체계화, 도식화되어 있어 삶의 복합성을 포괄하기에는 협소한 것이 아닌가 여겨질 때가 많다. 완결된 사유구조란 타율성의 산물이다. 감각과 사고의 확장을 장려하는 것이 아니라면, 이론은, 글은 살아남기 어려울 것이다. 바로 이 비체계적 체계성, 달리 말해 다양한 해석접근을 허용하는 사유의 탄력성이 그의 이론적 내구력을 입증해준다. 그것은 삶의 전체적 단순복합성에 닮아 있기 때문이다.

이런 사항들은, 김우창의 글에 대한 비판적 평가가 그 자체로는 필요하고 중요한 것이면서도 이 평가가 있기 전에 전제되어야 할 몇 가지 점을 상기시켜 준다. 그것은 김우창의 저작이 그 폭과 깊이에 상응하는 다양한 해석과 관점의 수용사를 경험하고 있지 못하고 있다는 사실과 연관된다. 그렇다는 것은 첫째, 그의 글이 서로 다른 분과에서 그리고 다양한 관점과 방향에서 접근되고 해석될 필요가 있고, 둘째, 이런 해석과 관점이 축적될 때 그 가운데 어떤 것들이 입장 사이의 생산적 대화를 통해 상대적으로 좀더 설득력 높은 동의 – 정평 있는 해석틀로 판명날 것이고, 셋째, 이런 동의할 만한 해석틀이 각 분과 안에서 고민된 문제의식과 만날 때 개별적 연구작업 안에서의 좀더 구체적인 성취로 연결될 것이다.

간략하게 진술된 이 수용의 3단계에서 김우창 읽기와 관련하여 지금 우리에게 필요한 것은, 물론 이 세 가지가 서로 얽혀 있는 것이기는 하나, 나의 생각에 첫 번째가 아닐까 한다. 즉 한두 가지 사안으로 정형화하기 어려운 그의 대부분의 글에 대한 평자 나름의 해석질서를 마련하는 일이다. 이런 이유에서 나는 편자들이 요청한 김우창에 대한 '비판적 평가critical assessment'를 하는 대신(지금 내게는 그럴 능력과 준비가 되어 있지 않다), 내가 택한 제한된 주제 아래 그를 나의 해석시각 속에서 재정식화하고자 한다. 이 재정식화를 제대로 할 수 있다면, 우리는 그와 더불어 또 그와 다르게 나아갈 수 있을 것이다. 이런 해석이 거듭 시도되고, 또 이 해석이 그 나름의 공정성과 설득력을 갖게 될 때, 김우창 인문학의 요철에 대한, 그리고 이를 통한 앞으로의 나의 작업에 대한 보다 분명한 윤곽이 그려질 것이다.

김우창의 글은 제각각 그 무게 중심을 달리하는 채로 어느 것이든지 일정한 방향과 목표를 염두에 두고 있다고 할 수 있다. 보편성, 이성, 마음, 내면성, 경애, 본래성, 자연, 실존적 진실, 양심, 균형의 상태 등은 이런 목표에 해당하는 주요 목록들로 보인다. 그 가운데 시 또는 시적인 것은 이러한 목록들 가운데 가장 핵심적인 것이 아닌가 나는 생각한다.
'시'보다 '시적인 것'을 내세우는 이유는 뒤 것의 의미범주
가 앞 것의 그것보다 더 넓기 때문이다. 시적인 것이란 시뿐
만이 아니라 시의 인식과 작용, 그 전략과 의미 나아가 시를
닮은 것과 그 세계까지도 포함한다. 예를 들어 그가 현대 미
국시의 경향을 '구체적 보편의 공동체의 추구'라는 일관된
주제의식 속에서 관망하는 아래의 글은 그의 사상의 이 시
적 토대를 잘 보여주는 중요한 대목으로 보인다.

"이러한 상황[현대 세계의 고립화 추상화 경향: 인용자 주]을 넘
어가는 사물과 인간의 질서를 탐구함에 있어서 그들[현대시인들:
인용자 주]은 우선 미적 대상물의 고유한 존재방식, 구체적 보편
으로서의 존재방식을 확인하고 이를 사람의 사회적 존재방식에
확대하였다. 그리하여 사람 또한 구체적 전체성으로, 즉 가장 뚜
렷한 개체로서 또 유기적 공동체의 일원으로 존재함을 – 이 두
면은 서로 상쇄하는 것이 아니라 서로 상승하는 것으로 존재함을
확인하였다. 오늘날의 세계의 뚜렷한 경향은 정치 문화 모든 면에
서의 중앙집권화와 획일화이다. 이러한 세계에서 구체와 보편의
역설적 공존의 필요에 대한 시적 통찰이 어떻게 적용될 수 있는
지, 이것을 따져보기는 지극히 어려운 일이다. 그러나 행복한 인간
생존의 방식이 무엇인가를 상기시켜주는 이러한 시적 통찰은 그
것 자체만으로 중요한 의의를 가지고 있다고 하여야 할 것이다."

---

* 김우창, 〈사물의 미학과 구체적 보편의 공동체: 미국의 현대시〉, 《리얼리즘과 모더니즘》.
백낙청 편. 창작과 비평사, 1984, 333쪽.

현대의 영미시인, 특히 에즈라 파운드와 T. S 엘리엇 그리고 월리스 스티븐스의 시학은, 김우창의 해석에 따르자면, 구체적 사실에의 관심으로부터 출발하여 사물의 참다운 의미란 다른 사물과의 전체적 연관성 속에서 파악되어져야 함을 보여준다. 현대의 상품산업 사회를 지배하는 것은 효용성의 미덕과 기능주의적 단편화이다. 여기에서 인간은 고립된 파편으로 또는 소외된 단자로 역할할 뿐이다. 각 개인은 다른 개인에 대해서와 마찬가지로 그를 에워싼 자연과 그 주변세계로부터도 격리된다. 이 직접성의 총체적 상실 앞에서 시인은 삶의 본래적 관계 – 다층적이고 복합적이며 그 자체로 충일한 실재와의 관계를 복원하는 것이 절실함을 알린다. 시는 가장 개별적인 것 가운데 전체적인 것이 있고, 이 일반적인 것 속에 특수한 것의 흔적이 배여 있음을 암시하기 때문이다.

현대를 지배하는 효용성의 미덕과 기능주의적 단편화

김우창의 해석시각에서 돋보이는 것은, 현대시인들의 시적 통찰을 단순히 예술작품에만 한정하는 것이 아니라 사물과 인간에게 있어서도 있는 그리고 있어야 할 질서로, 그리하여 그것이 행복한 삶의 모범적 방식이 되어 마땅한 것으로 읽어낸다는 점이다. 그는 "구체적 보편"으로서의 "미적 대상물의 고유한 존재방식"을 사람의 사회적 존재방식에 확대"시키는 것이다. 시의 또는 보다 일반적으로 말하여 예술작품의 심미적 질서는 작가의 주관적 질서가 아니라 어떤 초주관적 보편적 성격을 지닌다. 이러한 관점은 그의 사상의 가장 독특한 요소를 이루는 것으로서 이 글 이전에도 이미 여러 편의 글과 인터뷰에서도 보인다.

예를 들어 황동규, 곽광수와의 인터뷰인 〈보편적 이성에의 길〉에서 그는 메를로 퐁티에게서 연유한 "생활세계의 미적인 로고스", "개념 없는 보편성", "미적인 이성", "이성을 얘기하면서도 객관적으로 정의될 수 없는 이성"을 거론하면서 이 이성의 바탕이 미적인 체험이라고 말한다.[*] 또는 이보다 앞선 〈예술과 초월적 차원〉이라는 글에서 그는 예술작품의 심미적 질서가 경험적 초경험성 또는 구체적 보편성 위에 있음을 말한다.[**] 심미적 질서는 예술작품의 질서이자 정신의 질서 나아가 인간 삶의 질서로 여겨지는 것이다. 그것은 지금 드러난 것만이 아니라 드러날 것을, 하여 삶의 조화를 그 전체적 가능성 속에서 실현하고자 한다. 이 심미적 질서 가운데 시는 이 조화의 가능성을 위한 가장 핵심적 예술 장르이다.

김우창의 거의 모든 글은 시 또는 시적인 것에 대한 느낌과 생각을 중심으로 동심원적으로 퍼져나간다. 시의 작용과 그 의미, 시적 탐구의 방식, 시의 정신을 모두 '시적인 것'이라고 부를 수 있다면, 이 시적인 것의 에너지 그리고 그 힘에 대한 믿음은 그의 글쓰기 작업의 원동력으로 보인다. 우리는 아래의 글에서 시적인 것이란 무엇인가, 그것은 어떤 내용을 지니며, 그 내용은 어떻게 구성되어 있고 어떤 현실적 파장력을 통해 그 나름의 의미를 지니고 있는가, 그리하

현실적인 것과
초월적인 것,
지상적인 것과
형이상학적인 것의
매개

---

[*] 〈보편적 이성에의 길〉(김우창, 황동규, 곽광수 서평정담), 《문예중앙》, 1981, 9월호, 168쪽
[**] 김우창, 〈예술과 초월적 차원〉, 《지상의 척도》, 중판, 1985년, 민음사, 126쪽 이하

여 그것이 현실적인 것과 초월적인 것, 지상적인 것과 형이
상학적 것을 어떻게 매개하는가를 살펴보고자 한다.

II. 시의 언어와 그 파장

　시를 말한다는 것은 시의 언어를 말하는 것과 같다. 문학
이 언어로 짜여지는 것이라면, 언어의 본성을 알아보는 것
은 문학의 본성에 다가가기 위한 주요한 계기가 될 수 있
다. 사실상 시의 내외적 역학은 시어 자체의 성격을 알아보
면 드러나는 것이기도 하다. 그렇다는 것은, 시의 정신에의
충실이 시가 표현하는 삶 자체에의 충실이라고 한다면, 시
어의 본성을 밝히는 것은 삶의 충실에로 나아가는 길이기도
하다. 그렇다면 시의 언어는 무엇인가? 그것은 무엇보다 감
각적인 것, 개별적인 것 그리고 특수한 것의 고유성과 그 차
이에 주목한다.

　　"구분과 뉘앙스가 사람의 삶에 대하여 갖는 차이를 무시하는 것
　　이야말로 이데올로기적 사고의 폭력적 특징입니다. 이러한 차이
　　가 좋은 점이 아니라 나쁜 점에 관한 것이라 하더라도 그것은
　　존중되고 변별되어야 합니다. 나쁜 것도 다같이 나쁜 것은 아니
　　기 때문입니다. 그러나 여기에서 내가 말하고자 하는 것은 많은
　　과학적인 언어들이 주관적 의지 - 표현되어 있거나 표현되지 아
　　니한 동기로 작용하거나 -의 회로 속에 갇혀 있다는 것입니다.

그리고 이러한 것들과는 다른 성격을 갖는 것이 문학의 언어라고 나는 생각합니다. 다름으로써 참으로 인간의 주관적 의지 이외의 것을 지칭할 수 있는 것이 문학의 언어가 아닌가 하는 것입니다.*

세상의 언어는 대체로 보아 목적론적으로 유도된다. 그것은 전달이나 지시를 위한 것이거나 정의하기 위한 것이다. 가령 과학의 언어가 목표로 하는 것은 대상의 객관적 법칙을 기술하는 것이다. 목적의 언어는, 그것이 기술하는 대상 자체가 아니라 행동 주체의 의지에 따른다는 점에서, 그리하여 주체의 관점에 따라 대상을 구분하고 분류, 배제한다는 점에서 이데올로기적이다. 그것은 대상이 지닌 그 나름의 독특성 – 환원될 수 없는 유일무이성에 관심을 두지 않는다. 그러므로 그것은 전략의 언어이고 권력의 언어이다.

이에 대해 문학의 언어는 차이의 가치에 주목한다. 그렇다는 것은 그러나 그것이 사물의 동질성에 무심하다는 것이 아니다. 그것은 사물의 공통점을 인식하면서도 개별적인 것들의 환원될 수 없는 차이에 유의하면서 이를 표현한다. 이 표현을 통해 그것은 사물의 개별적 가치를 드러내면서 이것으로 하여금 다른 가치와 어울리게 하고, 이 어울림 가운데 감각적 경험의 좁은 테두리를 넘어서게 한다. 어떤 일반적 토대의 설정 가능성은 이 넘어섬 속에서 상정될 수 있다.

---

* 김우창, 〈문학의 옹호 – 말 많은 세상의 언어와 시의 언어〉, 《녹색평론》34 (1997, 5-6월), 19쪽

그러니까 가장 구체적이고 개별적이며 특수한 것의 형상화를 통해 시의 언어는 그 이상의 것, 김우창이 적고 있듯이, "참으로 인간의 주관적 의지 이외의 것을 지칭"하게 되는 것이다. 그리하여 그것은 폐쇄된 주관성의 언어, 자폐적 밀어가 아니라 지양된 주관성의 언어가 된다. 이질적 차이를 구제함으로써 시는 그리고 문학은 객관화된 주관 - 전체성의 구체형식을 띤다.(대상을 획일화하는 이데올로기는 차이의 이질성을 존중하는 것이 아니라 동질화한다. 그것은 지배의 담론이다.) 시적 재현의 방식은 구체적 전체성의 형식을 띤다.[*]

　문학의 언어는 지배의 언어가 아니라 구제의 언어, 억압의 언어가 아니라 공생의 언어이다. 그것은 차이와 굴곡에 주목함으로써 삶의 풍부하고 다양한 실재를 구제하고 공존케 한다. 차이에 대한 이 시적 주목은 김우창 사고에 녹아 있는 어떤 후기 구조주의적 사고의 일단은 아닌가 여기게 한다. 그러나 그의 해체성은 열에 들뜬 해체주의가 아니라 가라앉은 해체론에 가깝고, 해체론보다는 근본적 이성주의 - 모든 것을 가능한 한 검토와 성찰의 대상으로 삼고자 하는 데카르트적 이성성으로부터 온다. 따라서 그의 이성의 원리가 정해진 외적 규율에서보다는 내적 필연성의 요구로부터 오는 것은 자연스럽다(이 요구의 핵심은, 앞으로 언급할 것이듯이, 시적 인식이고 시의 마음이다). 그러니 만큼 그것은 해체론에서 말하는 무한한 입장유예가 아니라, 일정한 입장을 견

지배와 억압의 언어가 아니라 구제와 공생의 언어

---

[*]　김우창, 〈시의 언어와 사물의 의미〉, 《시인의 보석》, 1993, 97쪽 참고

지하는 가운데 대상을 이해하고 이런 이해 속에서 이성의 좌표 역시 비판적으로 검토하고자 한다.

시의 언어는 어떤 영역 안에 머물러 있다기보다는 그 경계지점에서 부단하게 움직이고, 이 움직임 속에서 자기 입장을 무한하게 유보하기보다는 최대한으로 투명하고 탄력 있는 상태 속에서 지니고자 한다. 그리하여 그것은 어떤 것과 어떤 다른 것 사이, 그 경계지점에서 움직인다. 그렇다고 해서 그것이 과학의 언어처럼 전적으로 타자인 세계 - 객관의 세계 자체를 지향하지는 않는다. 과학의 언어가 주체와 객체 사이의 일치를 상정한다면, 문학의 언어는 이 일치를 차라리 의심한다. 언어와 대상의 완전한 일치란 나와 언어 안의 일이 아니라 그 밖의 일이기 때문이다. 그럼에도 불구하고 시의 언어는, 아래의 글이 보여주듯, 언어 밖의 세계 - 그 불확실성과 만나고자 한다.

"문학의 언어에서 언어를 넘어가는 세계는 보다 원초적으로 언어 속에 개입합니다. 이 세계는 언어에 의하여 또는 언어가 가지고 있는 어떤 예비적 인식의 틀에 의하여 재단되기 전의 세계입니다. 문학은 말하자면 언어 밖의 세계가 언어와 부딪치는 현장에서 생겨납니다. […] 정해진 언어의 질서 없이는 불확실한 것은 영원히 불확실한 채로, 또는 미지의 상태로 남아 있을 것입니다. 그러면서도 이 질서가 정해진 질서로 남아 있고, 사물과 맞부딪치는 그 원초적 만남이 없다면 언어는 언어 이외의 아무 것도 표현할 수 없을 것입니다. 문학의 언어는 정도를 달리 하여 이 정해진 틀 안에서 이 만남을, 그 역설을 끊임없이 재현하는 것입니다. 그러면서 또 하나 주목할 것은 문학에서 언어 이외의 아무 것도 일어나지 않는다는 사실입니다. 이것은 문학이 바로 언어 이외의 세계를 가리키고 있기 때문입니다. 문학의 언어는 그 핵심에 있어서 외적인 의미의 규제를 가지고 있지 아니합니다. 언어로 재단되지 아니한 언어 너머의 세계는 언어 속에 수용되기 전에는 표현될 수도 인식될 수도 없는 것입니다.[*]

세계는 나타나면서 감추어진 것으로, 설명되지 아니한 것으로 있을 때에만 그 충일성 속에 있다. 하이데거가 말했듯이, 세상의 모든 것은 감추어진 형태로만 나타난다. 모든 사물은 함께 있으면서도 스스로의 집 속에 숨어 있다. 문학의 언어는 어떤 행해져온 관념과 가치, 관습과 규범을 반복하는 것이 아니라 그것을 점검하고 검증하며 비교하고 비판함으로써 그것 아닌 다른 상태, 그 이상의 상태에로 나아간다. 단지 이 검토의 과정은 시에 있어 과학의 언어 그리고 철학의 언어에서보다 그 비유성으로 하여 덜 명시적으로 일어난다.

> 세상의 모든 것은 감추어진 형태로 나타난다

그리하여 문학의 언어는 언어이면서 언어를 넘어가는 언어 - 비언어의 언어로서 언어 이상의 것을 보여주는 언어이다. 그것은 언어 자체만이 아니라 언어 이전과 언어 이후에도 관심을 지닌다. 그리하여 그것은 근본적으로 타자지향적이다. 문학의 언어는 존재를 넘어 비존재에로, 언어를 넘어

> 언어이면서 언어를 넘어가는 언어

---

[*] 김우창, 〈문학의 옹호 - 말 많은 세상의 언어와 시의 언어〉, 28-29쪽

비언어에로 나아간다. 문학의 근본적 타자지향성은 언어를 통한 언어 밖의 세계에 대한 관심으로부터 온다. 문학이 말 있는 세계만이 아니라 말없는 세계, 그리하여 침묵의 세계까지도 포용하는 것은 이 때문이다. 근본적 타자지향성 속에서 문학의 언어는 존재의 진리성 – 드러남과 감춤의 역설적 공존에 주목하는 것이다. 여기에서 문학은, 김우창이 적고 있듯이, "가장 포괄적인 언어", "또 근본적인 언어"가 된다.

우리는 아래에서 우선 '시와 그 테두리'라는 제목 아래 개인으로부터 시를 에워싼 여러 요소 가운데 대표적으로 보이는 정치, 도덕과 역사로 이어지는 시적 언어의 외부조건에 대해 그 얼개만을 대략적으로 고찰하고, 둘째, '시적 움직임의 경로'라는 제목 아래 시가 내면성으로부터 전체성을 거쳐 어떻게 유대감의 형성으로까지 나아가는가를 알아볼 것이다. 주목할 만한 것은, 김우창에게 있어 사회나 정치, 현실과 역사와 같은 시의 테두리는 시를 논할 때 전면적으로 주제화되기보다는 대개 그 바탕이나 배경에 깔려 있고, 이를 직접적으로 다룰 때에도 그 궁극적 지향점이나 해결가능성은 시의 정신으로부터 구해진다는 사실이다. 이런 의미에서 시의 테두리는 시적 움직임의 경로 가운데서 절로 우러나오는 형식을 취한다. 시의 테두리를 먼저 살펴보자.

* 위의 글, 12쪽

1. 시와 그 테두리: 개인─ 정치─도덕─ 역사

위에서 언급하였듯이, 시의 언어는 가장 구체적이고 개별적인 것들의 미묘한 차이에 주목한다. 그렇다는 것은 시의 출발점이 사회가 아니라 개인 ─ 지금 여기 현실 속에 살아 움직이면서 느끼고 생각하며 울고 웃는 실존이라는 사실이다. 실존적 개인의 절실한 경험으로부터 시는 시작하면서 삶과 사물의 근본적 타자성을 표현하고자 한다. 이것은 김우창이 우리 사회와 정치 그리고 역사와 자연을 바라볼 때에도 적용되지만, 가장 사소하고 내밀한 사항을 명상하고 회고할 때에도 나타난다. 이런 성찰 속에서 그는 삶과 동료 인간 그리고 세계에 대한 전적인 신뢰를, 이 신뢰가 필요함을 느낀다.

삶의 세계적 바탕은 이론적 탐구 이전에 이미 우리 둘레에 그리고 우리 안에 있다. 단지 이 세계가 멀게 느껴지는 것은, 김우창이 지적하듯, 우리 자신이 편리한 정보나 분류표에 따라 사람을 판단하고, 우리 사는 사회가 그리고 언론이 인물 중심의 이야기, 약력 소개와 사진의 게재 등 드러난 외관을 선호하기 때문이다. 내면성의 결여가 삶의 전체적 바탕으로부터 우리를 멀게 할 뿐이다. 내면성 속에 있을 때, 나는 나 자신의 깊은 있음 ─ 나를 넘어서는 삶의 테두리를 헤아리게 된다. 나는 나 홀로 있는 것이 아니라 홀로 있되 둘러 싸여 있으며, 이 둘러싼 것들 ─ 이름할 수 있고 또한 이름할 수 없는 것은 나를 제한하고 구성하며 신장시키기도 한다. 내면성은 나의 깊이가 세계의 깊이에 상응하여 있다는 것, 그리하여 이 세계에의 믿음을 갖지 않을 수 없도록 한다. 내가 내 속에 있고 내 이웃과 함께 있음으로 하여 나는 세계와의 믿음의 관계 속으로 들어선다.

그런데 세계에의 믿음은, 그것이 사람들 사이에서 구비될 때, 정치와 도덕의 바탕이 될 수 있다. 〈진실, 도덕, 정치〉에서 그가 다음과 같이 적을 때, 바로 이런 상호신뢰의 정치적 도덕적 중요성을 말하고 있는 것으로 보인다. "다시 한번 정치의 세계와 도덕 그리고 진실의 세계가 별개의 것이라는 정치현실주의는 사태의 일부를 말한 것에 불과하다. 상호신뢰의 바탕을 어느 정도 상정하지 않고는 정치를 포함하여 사회적 행동의 예측 가능성은 사라져 버리고 만다."[*] 우리는 여기에서 시의 힘이 개인으로부터 사회와 정치 그리고 도덕으로 뻗어 감을 본다.

김우창이 정치세계의 진실은 "상호신뢰"를 바탕으로 하고, 이 신뢰는 각 개인의 도덕으로부터 나온다고 할 때, 그리하여 도덕은 단순히 규범의 주입이 아니라 사람의 마음 속에 내면화됨으로서 작용한다고 말할 때, 이 내면화의 원리는 시로부터 나온다고 할 수 있다. 시는 사물 그 자체를 향한 탈주관화의 열정이고, 이 탈주관화는 주체의 내면성 속에서 일어나기 때문이다. 다시 풀어쓰자. 대상 사물을 있는 그대로의 관점에서 보고자 하는 것은 사물 자체를 향한 객

---

[*] 김우창, 〈진실, 도덕, 정치〉, 19쪽

관화의 열정이다. 그러나 이 열정은 사물에만 적용되는 것이 아니다. 열정은 주관성이 자기 내면에 스스로 밝을 때 비로소 바르게 성립한다. 내면에의 참된 회귀가 내면 밖에 있는 사물 자체의 본성에도 다가가게 하는 것이다.

그리하여 문학은, 그가 옳게 적었듯이, "일체의 현실적 이해관계 - 지적 상투화 속에 숨어 있는 이해관계로부터 스스로를 단절하는 환원과 기율의 절제를 가능하게 한다."* 이 기율의 절제 속에서 문학적 주체는 자기 내면에 밝은 가운데 이 주관을 최소화하면서 사물 자체의 객관성으로 나아간다. 주체로부터 객관으로의 나아감, 그것은 보편성으로의 발돋움이다. 결국 도덕의 원리가 내면화로부터 오고 이 내면화된 도덕으로 하여 생긴 상호신뢰가 정치공동체의 진실을 보장한다고 한다면, 이 진실은 시의 탈주관화 작용으로부터 온다고 할 수 있다.

정치의 진실성이 신뢰의 내면화로부터 생긴다고 한다면, 내면성의 원리는 바른 정치의 바탕을 마련하는 데 기여할 수 있다. 정치의 진실 역시 정의의 이름으로서만이 아니라 또 몇몇 공식적 기관과 기구의 개입에 의해서만이 아니라 정치와 도덕, 큰 도덕과 작은 도덕, 사실과 내면 사이의 신뢰와 이에 따른 깊은 동의를 통해 가능할 것이기 때문이다. 바른 정치의 근본바탕은 내면의 도덕성인 것이다.

도덕의 정치, 그것은 간단히 말하여 정치가 탈권력화하는

* 위의 글, 35쪽

것을 의미한다. 그것은 집단의 강제력에 의해서가 아니라 또 공식적 구호와 수사적 명분을 통해서가 아니라 지금 여기 사람들의 느낌과 고민의 절실한 요청에 귀기울일 때 가능하다. 다시 말해 그것은 사람들의 내면성으로 돌아가는 길이다. 그래서 김우창은 적는다. "진정한 도덕과 정치는 진정한 내적 동의의 경로를 등한시하지 않는 정치이다."* 내면적 동의의 경로를 통해 정치는 정의의 이름으로 부정의를 행하지 않고, 큰 도덕의 이름으로 작은 도덕을 희생시키지 않는다. 사람은 이런 정치 속에서 스스로의 본성을 드높일 수 있다.

우리는 여기에서 시의 내면성이 김우창에게 있어 개인이나 삶에 대한 이해에서 뿐만이 아니라 사회와 정치에 대한 관점에 있어서도 핵심적인 요소임을 확인하게 된다. 이것은, 우리의 정치현실과 삶의 바른 공동체에 대한 그 많은 성찰에도 불구하고 정치에 대한 그의 글이 근본적으로 정치적이라기보다는 비정치적인 것으로 여기게 한다. 그의 글은 정치적 또는 정치학적이라기보다는 인문학적이며, 좀더 구체적으로는 시적이며, 더 하게는 내면적이다.

여기에서 시의식과 정치의식은 갈등과 긴장의 관계에 있는 것만큼이나 어떤 일체적 상승작용 속에 있다. 그렇다는 것은 정치의 역할이 지닌 한계에 대해 그가 분명하게 의식하고 또 이를 주제화하고 있음을 뜻한다. 이런 문제의식으로 하여 그는 삶의 여러 갈등상황들이 정치적 기획에서보다는 이런 기획

---

* 위의 글, 17쪽

을 그 일부로 하는 문화적 기획 안에서 해결하고자 한다. 시 또는 문학은 이 문화적 기획의 주요내용을 이룬다 할 것이다.

"그러나 연속해서 터져 나오는 부패를 볼 때, 우리의 일상적인 삶의 질을 볼 때, 또 나와 우리 이웃 사람들의 마음의 움직임을 볼 때, 민주주의가 또는 우리의 민주주의가 삶의 질을 근본적인 의미에서 - 자유와 창조성, 신뢰와 책임과 사랑, 이러한 것들의 관점에서 높은 차원의 삶을 실현시켜 줄 것으로 보이지는 아니 합니다. 민주화 이후의 우리의 체험들을 살펴보면서, 사회에 있어서의 이러한 가치들은 민주화와는 다른 차원에서 - 물론 그것이 하나의 조건이기는 하면서도, 다른 차원에서 현실적 존재가 된다는 체념적인 생각을 금할 수가 없습니다. 그것은 삶의 내부에 작은 결로서, 기미로서 성장하는 어떤 것이라는 생각이 드는 것입니다. 그리고 이것을 주제화하는 것이 문화적 활동이라는 생각이 듭니다. 여기에 정치가 관계된다면, 그것이 성장할 수 있는 공간을 마련하고 보장한다는 의미에서 - 즉 내버려두는 공간을 마련하고 보장한다는 의미에서일 것입니다."

김우창이 지난 연대에 보여준 학문이론적 탐구나 현실참여적 행동, 계간지의 간행과 여러 학회에서의 발표, 재단에서의 강연과 신문의 컬럼 기고 등은 그 자체로 그의 강인한 현실주의를 증거한다. 이것은, 묶으면 여러 권이 됨직한 사

---

* 김우창, 〈문학의 옹호 - 말 많은 세상의 언어와 시의 언어〉, 42쪽

회비평과 정치진단의 글에서도 나타난다. 그럼에도 불구하고 진실한 삶의 가능성이 정치적 해결을 통해서보다는 생활의 작은 실천을 통해서 실현 가능한 것이라고 그는 말한다.

정직한 정치지도자나 어떤 기구의 설립을 통해서도 민주주의는 가능하겠지만, 그리고 그것은 삶의 사회적 공간을 투명하게 질서화하고 제도화하는 데 핵심적인 일이겠지만, 이에 못지 않게 중요한 것은 이 모든 것을 수행하는 개개인들의 생활 속에서의 작은 노력이다. 그것은 민주화나 민주주의라는 거대한 이념의 선창 없이, 아니 이 선창 이전에 사람들 사이에서 소리 소문 없이 이행되는 구체적 실천들이다. 만연된 부패와 부정, 거짓과 파벌주의는 단지 정치체제나 이념만으로 해소될 수는 없다. 그것은, 그가 말하는 바 "자유와 창조성, 신뢰와 책임과 사랑"을 나와 너 그리고 우리들 이웃의 마음 속에서 느끼고 장려하며 이행함으로써만 가능하다. 삶의 높은 질서를 실현시키는 것은 "삶의 내부에 작은 결로서, 기미로서 성장하는 어떤 것"이기 때문이다. 이 일을 하는 것이 문화적 활동이라고 그는 말한다.

문학예술은 문화적 활동의 가장 핵심요소로서 삶의 작은 기미와 흔적, 자취와 그 싹에 주목한다 할 수 있다. 이것은, 앞에서 말한 바 사물의 작은 굴곡과 사연 그리고 그 차이에 대한 시적 관심과 이어진다. 바른 정치의 가능성은 권력의 강제력이나 정당성의 명문화 또는 도덕의 선창에 의해서가 얻어지는 것이 아니다. 바른 사회의 틀 역시 정치적 구호나 몇몇 공식기구로서는 구현될 수 없는 복합적 차원을 지닌다. 그러는 한 이러한 문제의 해결은 정치만이 아니라 이를 포함하는 여러 차원의 동시적 고려 속에서 모색될 수 있다. 민주적 사회제도의 실현은 권력 행사의 기구 이외의 또는 그 이상의 노력에 의해 보완되어야 한다.

이 노력 가운데 중요한 하나는 개개인의 실존적이고 자발적인 요청 속에서 행해지는 상호신뢰와 책임, 사랑과 연대의 정신이다. 사람 사이의 믿음과 이 믿음을 통한 작은 실천 속에서 바른 사회의 바탕도 마련될 수 있는 것이다. 정치는 여기에서, 그가 설득력 있게 말하고 있듯이, "하나의 조건"이 될 뿐이다.

김우창 이념이 어떻게 불리어지든 그 핵심이 시적인 데 있다고 한다면, 그 시적 성향은, 문학이 정치에 비해 더 내밀하다는 점, 그리하여 권력과 지배의 의지로부터 보다 자유로울 수 있다는 사실로부터 온다. 시는 허위와 기만, 통제와 전략을 추구하는 것이 아니라 이와는 거리가 먼, 진정으로 자유롭고도 자연스런, 그러기에 삶의 내면적 필연성에 따르는 충동이자 의지이기 때문이다. 그리하여 시의 비강제적 충동과 욕망과 의지 속에서, 또 이것이 지향하는 자연과의 조화 속에서 삶은 가장 자율적이고도 자유롭게 조직화될 수 있다고 우리는 말할 수 있다. 내면적 삶의 정당성은 밖으로부터 오는 것이 아니라 그 자체의 자연스러움에 있다. 이 자연스러움 속에서 시 또는 문학예술은 삶의 가장 작은 기미 – 개별적인 것의 구체적 무늬와 굴곡과 사연과 곡절에 대한 관심을 표현하고 드러낸다. 그럼으로써 그것은 보다 창조적이고 자유로우며 좀더 믿을만한 공동체의 형성에 기여하고자 한다.

김우창은 누구보다 우리사회의 정치와 문화 그리고 역사에 대한 많은 통찰을 내놓은 바 있지만, 그 근본은 시적 내면적이다. 정치에 대한 그 많은 글에도 불구하고 나는 그가 정치적 인간은 아니라고 생각한다. 그는 오히려 실존적 인간이요, 이보다는 시적 내면적 인간에 가깝다. 이것은 사실상 그의 글을 천천히 음미하면서 따라 가보면, 그 어조나 분위기 그리고 성향에서만이 아니라 논리의 전개방식, 사유법, 결론의 여운에서도 확인할 수 있다. 그의 많은 정치론은 단지 우리 정치현실의 열악한 현주소가 그로 하여금 끊임없이 지금의 선 자리를, 선 자리의 바른 꼴을 성찰하도록 한 결과일 것이다.

정치적이면서
정치적이기 보다는
실존적이며,
실존적이기 보다는
시적 내면적이다

정치와 도덕의 바탕이 상호신뢰로부터 오고, 이 신뢰는 그것이 내면화될 때 진실하게 된다면, 내면화된 신뢰는 시의 내면성에 의해 환기된다고 말할 수 있다. 그러는 한 시의 개인적이고 구체적이며 내면적이고 비유적인 방법은 삶의 편만한 자의성 속에서도 이 자의성을 줄일 수 있는, 그리하여 삶의 근본제약에도 불구하고 현실을 주체적으로 구성할 수 있는 몇몇 방법들 가운데 하나가 될는지도 모른다. 아래의 두 단락은 바로 이런 문제를 역사서술의 자의성과 객관성의 관점에서 보여주는 것으로 보인다.

"궁극적으로 역사의 자의성은 […] 인간의 시적 체험의 아포리아, 그 비극성으로부터 온다. 즉 시간적 존재로서의 사람은 시간 내의 일들을 분명하게 파악할 수 없고 그 의미를 상징적으로 추측할 수 있을 뿐이다. 역사는 그 의미를 탐색하는 노력이지만, 그 해독에 성공할 수는 없는 것이다. 그러나 이 노력의 진지함에 의하여 그 타당성을 담보하고자 한다."

"이러한 순간의 선택과 진실 - 아마 양심의 진실이 표현하는 것은 이것일 것이다. 이러한 양심적 진실의 순간 그러한 행동이 세계를 그 형이상학적 진실에 묶어 놓을 수는 있지만, 그것으로써 세상의 진실이 실현되는 것은 아닐 것이다. 그러나 그것만이 인간에게 주어진 유일한 선택일 수도 있다. 그리고 그것은 그 나름의 보편성을 가진 것이고, 그것은 실존적 균형을 나타내는 순간이다. 정치와 역사의 선택의 복잡성과 다양성 속에서 이러한 양심의 선택은 현실성에 관계없는 대로 정치의 행동의 한 전범일 수 있다. 반성적 균형, 구체적 느낌의 균형이 끝난 곳에 실존적 균형이 있고, 사실 이것은 역사의 불확실성 속에서 유일한 확실성일 수 있는 것이다."*

위의 글에서 김우창은 가장 객관적인 사실을 기술'한다고 하는' 학문으로서의 역사가 왜 자의성의 아포리아에 빠질 수밖에 없으며, 또 이런 아포리아에도 불구하고 역사서술은 그 노력의 진지성으로 하여 스스로의 자의성을 넘어가는 것

이 되는가를 알려주고 있다. 흥미로운 것은, 자의성과 객관성 사이에서 움직이는 역사서술의 의의를 말하면서도 이 근본적 아포리아를 뚫을 수 있는 하나의 출구가 시 또는 문학적 탐구에서 발견되어질 수 있다는 매우 중요한 암시이다. 즉 시간적 존재로서의 인간은 이 시간에 제약되는 근본한계에도 불구하고 시간 속의 사건의 의미를 "상징적으로 추측할 수 있"다. 시는 이 상징적 추측의 한 전위대일 것이다.

시는, 위에서 살펴보았듯이, 삶의 내외부에 존재하는 타자성의 기미와 무늬에 주목함으로써 이를 세상의 빛 속으로 드러내기 때문이다. 그것은 주체의 감정을 통해 느껴진 대상을 언어로 표현함으로써 이를 객관화하는 세계해석의 한 방식이다. 따라서 그것은 자기 주관의 원리 – 내면성의 원리에 충실하면서 이 주관을 객관화하는 보편성의 원리이기도 하다.

내면성의 원리에 충실하면서, 주관을 객관화 하는 보편성의 원리

그러나 시가 아무리 주체의 보편성을 가능하게 하는 매체라 해도, 그것은 사회와 현실, 시간과 역사의 틀을 넘어설 수는 없다. 심미적 이성도 시간 속에 있는 역사적 이성의 일부라고 한다면, 이 이성의 핵심을 이루는 시의 원리 역시 시간체험의 아포리아를 벗어나기는 어렵다. 그러나 시는 대상을 사실 기술적으로서가 아니라 상징적으로 표현하는 까닭에 서술의 일반적 자의성과 한계로부터 역사보다 좀더 자유롭다. 시간 속의 타당성이란 전적인 타당성이 아니라 얼마간의 타당성이라 한다면, 그리고 이 타당성이란, 김우창이 지적한 대로 "노력의 진지함"으로밖에 구할 수가 없다면, 우리

는 이 얼마간의 타당성이 시간 속의 우리가 그 근본한계 속에서 추구할 수 있는 최상의 것임을 알게 된다. 그것은 실존적 존재인 인간이 "양심의 진실"에 따라 행하는 행동, 그의 말을 빌어 "실존적 균형"을 지닌 행동이기 때문이다. 이것은 인간이 선택할 수 있는 "역사의 불확실성 속에서 유일한 확실성"인지도 모른다. 이 실존적 행동이 상징적 비유적 작업과 연결될 때, 그것은 시적 탐구의 방식이 된다. 시는 결국 우리가 기댈 수 있는 삶의 믿을 만한 대응법 가운데 가장 설득력 높은 한 방식인 것이다.

시를 통한 주관의 보편화 속에서 느낌과 사고의 균형에 이르를 수 있다면, 그것은 삶과 사건의 근본적 아포리아에도 불구하고 우리가 의지할 수 있는 하나의 길인지도 모른다. 그러나 이런 진술에 누구나 또 언제나 동의할 수 있다고 말하기는 어려울 것이다. 동의의 여부와는 별도로 적어도 김우창이 그의 글을 통해 보여준 시의 다양한 의미망을 살펴보건대, 마음의 균형을 지향하는 시의 존재의의는 그 자체로 고도한 논리의 정합성을 내포하고 있는 것으로 보인다. 그것은 주제대상을 제어하는 그의 깊은 사고력과 이 사고를 전개하는 논리력 그리고 이 논리를 명료하게 전달하는 언어표현력으로 하여 가능한 것이다. 그의 글의 설득력은 바로 이것에서 올 것이다.

그러나 이런 요소들의 확인만으로 문제의 모든 것이 해결된다고 할 수는 없다. 중요한 것은, 김우창의 이론적 탐구를 실천적으로 용해하는 각자의 생활이다. 각각의 독자가 그의 글을 자기 삶 안에서 내면화하게 될 때, 그의 글의 궁극적 의의도 잠시 완성된다고 할 수 있을 것이다. 마치 그가 했던 것처럼 독자 또한 대상을 충분하게 검토하며, 이렇게 검토된 것을 생활 속 반성 가운데 녹여내는 일, 이것은 그러나 지극히 어려운 일이다. 우리는 단지 그의 반성을 따라가면서 이 반성의 절실함을 깨닫는 것으로 만족해야 하는지도 모른다. 이 일은 그러나 결코 무의미한 것이 아니다. 시는 이 고도한 일치를 주관의 탈주관화를 통해 도달하고자 한다. 관점과 견해와 사고의 보편성은 문학적 반성이 지향하는 궁극점이다.

지금까지의 논의를 통해 우리는 김우창의 정치관과 도덕관 그리고 역사관이 근본적으로 시적임을 확인하게 되었다. 내면성의 원리로서의 시는 정치와 도덕과 역사의 전체성 그리고 이를 포함하는 삶의 전체성으로까지 뻗쳐 있다. 그가 시 이외의 다른 예술장르를 분석하건, 정치현실을 진단하건 또는 철학적 성찰을 하건, 그 무엇을 해도 시의 경험은 그의 감각과 사유의 바탕 ― 글쓰기의 근거를 이룬다. 우리는 이 점을 시적인 움직임의 경로를 살펴보는 데서 보다 분명하게 보게 될 것이다.

2. 시적 움직임의 경로: 내면성―전체성―유대감

김우창 사상의 근본바탕은 어떤 내면성에의 경향이라고

말할 수 있다.* 이것은 그가 무엇보다 우리의 전통사상 그리고 동양정신의 바탕에 대한 오랜 몰두로부터 오지 않는가 여겨진다. 물론 내면성에의 침잠 경향이 서구의 지적 전통에서 없는 것은 아니다. 가령 독일의 중세 신비주의나 그 이후의 낭만주의 운동은 이런 내면성의 경향을 대표적으로 보여준다. 그러나 이때의 내면성은 한 시대의 지배적 조류로서 역할하였지 동양에서처럼 어떤 정신적 기류의 항수로서 역사의 전면에 또는 그 배후에 지속적으로 존재하던 것은 아니었다.

김우창의 내면성은 그의 작업이 동서양의 광범위한 지적 전통 속에 공히 속하면서도 그가 선택한 (궁극적으로) 문학의 무게중심이 사회성보다는 개인성에, 외면성보다는 내면성에 기울어져 있기에 나온 것일 것이며, 더 근본적으로는 그 자신의 실존적 성향이 이 모든 것에 맞아떨어지기에 그렇다고 할 수 있을 것이다. 그러니까 그것은 외적 필요에 부응하여 결과한 것이라기보다는 내적 요구에 의해 우러나온 것이다. 중요한 것은 이 내면성의 실존적 경향이 시 언어의 내면성과 직접 관련되는 것으로 보인다는 점이다. 예를 들어 그가 시적 상상력을 아래와 같이 파악할 때, 이것은 무엇보다 내면적으로 특징지어지고 있다.

"시적 상상력은 주체의 관점을 나 자신으로부터 대상물로 옮길

---

* 졸저《김우창 읽기: 구체적 보편성의 모험》, 삼인, 2001, 187쪽 참고

수 있는 힘이다. 시인은 사물을 그 본질로부터 - 그 존재를 규정하는 조건이면서 그것의 내면을 이루는, 본질의 관점에서 본다. 사물과 세계에 대한 릴케의 태도에서 중요한 것은 내면성이다. 이 내면성은 사물을 나의 관점에서만이 아니라 사물의 내면으로부터 보는 것을 말한다. 그러나 나의 내면에 대한 깊은 통찰 -그 기율과 갈망에 대한 깊은 통찰이 없이 어떻게 사물의 내면에 이를 수 있겠는가? 또 내 안에서 알게 되는 내면이 보편적인 것이 아니라면 그것이 어떻게 다른 사물의 내면이 되겠는가?"

주체가 사물에 다가간다는 것은, 단순히 주체의 사물화를 의미하지 않는다. 또 주체를 버림으로써 그것이 가능한 것도 아니다. 그것은 주체가 주체로서 있으면서 객체에로 다가가는 길, 즉 주체의 객관화를 통해 이루어진다. 여기에서 핵심은 주체 자체의 내면성이다. 주체는 객체로 다가가기 이전에 스스로의 내면성에 우선 밝아야 한다. 자기 스스로에게 일치됨 없이 객체와의 일치를 염원할 수는 없기 때문이다.

주체는 스스로에 일치됨으로써 자기 아닌 타자에로 접근할 수 있다. 그런데 자기 내면성과의 일치에는 이미 타자의 내면성과의 일치를 가능하게 할 탈주관적 요소, 다시 말해 객관적 요소가 있다. 자기정체성은 타자와의 교류 속에서 비로소 확립되기 때문이다. 주관적 내면성의 객관화는 이때

---

* 김우창, 〈진실, 도덕, 정치〉, 35-36쪽

일어난다. 그리하여 김우창은 쓴다. "또 내 안에서 알게 되는 내면이 보편적인 것이 아니라면 그것이 어떻게 다른 사물의 내면이 되겠는가?" 결국 시적 내면성에서 추구되는 것은 주관성이 아니라 객관성, 즉 보편성인 것이다. 주체의 내면과 사물의 내면은 보편성 속에서 서로 만난다. 시적 내면성은 보편적이다.

내면성은 김우창에게 있어 그러나 시 또는 문학에서만 나타나거나 요구되는 것이 아니다. 그것은 그가 다루는 다양한 주제의 바탕을 이루고 있다. 그것은 개인의 내밀한 주변사를 회고할 때에도 나타나고, 시와 소설의 작품을 비평할 때에도 나타나며, 현대 한국문학의 전개과정과 같은 이보다 큰 문제를 고찰할 때도 나타난다. 또 그것은 정치와 도덕의 관계를 진단할 때도 나타나고, 과학과 인간의 관계를 토론할 때에도 그리고 인간과 환경의 문제를 생각할 때에도 나타난다. 그 가운데 몇 가지 대표적인 것을 살펴보자. 사람 사이의 앎이라는 매우 일상적인 주제에 대한 진술로부터 시작하여 그 일반적 의미를 묻고 있는 글인 〈사람을 안다는 것에 대하여〉는 내면성 속에 있을 때 일어나는 무한성의 느낌과 그 체험에 대해 말하고 있다.

이 글에서 김우창은 어떤 사람의 글이나 주제가 아니라 그 사람에 대해 글을 써달라는 주문에 응하는 일의 난처함에 대해 적는다. 그러면서 사람 아는 일의 어려움 또 우리가 안다고 생각하는 사람에 대해 사실은 아무런 구체적 앎 없이, 그리하여 기억할 만한 삽화 몇 편도 지니지 못한 채 만

주체의 내면과 사물의 내면은 보편성 속에서 서로 만난다

나고 헤어지는 일의 쓸쓸함을 토로한다. 관계의 이 일반적
피상성에도 불구하고 우리에겐 부모에 대한 신뢰에서처럼
단순한 앎 이상의 사랑에 기반한 경우도 있다. 그래서 그는
부모에 대한 사랑의 신뢰가 세계 전체 또는 자연에 대한 신
뢰로 연결되어 있다고 말한다. 자연의 세계는 온갖 속임수
와 소문, 책략과 술수로 운영되는 오늘날의 사회와는 다른
모습을 띠는 것이다.

이 전적인 믿음의 세계 – 내가 나를 온전하게 타자에게
맡길 수 있는, 때로는 '멍청하게 여겨지기도 하는' 무덤덤한
상태가 지금 현실에서 필요함을 그는, 다른 글이 아니라 이
규보나 월리스 스티븐스의 시와 관련하여 예시한다. 그런
다음 이렇게 적는다.

> "세상은 생각도 많고 감정도 많고 계략도 많은 곳이다. 그러나 사
> 람의 근본에 있는 것은 이러한 것을 초월하는 있음이다. 그것은
> 신뢰로부터 시작한다. 삶은 생각과 느낌, 우리의 계획에 의하여
> 포착될 수 없는 무한한 무상성이다. 이것은 우리에게 허무의 심
> 연이기도 하고 무한한 은혜와 너그러움과 신비의 근본이기도 하
> 다. 우리가 아무리 생각하고 계산하여도 세상을 의미로 짜 넣으
> 려는 우리의 행동과 말은 짜임의 사이로 솟아오르는 무상성의
> 심연을 없앨 수 없다. 그러면서 그것은 우리로 하여금 삶의 신비
> 에 접하는 작은 기회가 된다."

---

* 김우창, 〈사람을 안다는 것에 대하여〉, 《현대문학》, 1997, 6월호, 60쪽

지금 사회의 책략적 분위기 속에서 김우창이 삶의 "무한한 무상성"을 말할 때, 또 이 무상성에 대한 신뢰로 하여 나는 나 자신이 될 뿐만 아니라 나 아닌 사람과 연결되어 우리가 되고, 그리하여 세상을 그 본래의 모습 속에서 만난다고 할 때, 우리는 이 깨우침이 시의 내면성으로부터 비롯됨을 느낀다. 그리하여 이 깨우침은 시 또는 시적인 것 나아가 예술적인 것의 생존적 필요불가결성을 절감케 한다.

예술은 사람과의 관계에 그리고 세상살이에 스며있는 무상성의 심연을 깨우쳐준다. 이 심연의 감지 속에서 우리는 동료인간과 세계에 대한 절대적 믿음을 갖는다. 세계에의 전적인 믿음 없이 어떻게 우리는 스스로의 본래적 모습을 찾을 수 있는가? 보상을 바라지 않는 믿음 없이 어떻게 삶과 사람에 대한 정직성과 성실성을 가질 수 있겠는가? 그래서 그는 적는다. "우리의 가장 가까운 사람들에 대한 관계는 무상의 신뢰에 기초해 있다. 우리가 그들에 대하여 별로 아는 바가 없다고 하여도 놀랄 것이 없다. 그것은 삶의 무상한 근거에 대한 신뢰의 일부일 뿐이다."

무상한 심연에의 믿음 속에서 나는 나를 넘어서고, 우리는 우리를 넘어선다. 내면성의 보편성은 이때 체험된다. 그래서 나는 사진의 나나 이력서의 나 또는 졸업장에서의 나를 넘어선다. 세계가 세계 스스로를 넘어서 있듯, 나는 나를 넘어서서 깊이 그리고 또 넓게 있다. 여기에서 나는 세계와

* 같은 곳

세상살이에 스며있는 무상성의 심연

보상을 바라지 않는 믿음 없이 어떻게 삶과 사람에 대한 정직성과 성실성을 가질 수 있겠는가

그 본래성 속에 있다. 시는 바로 이 본래성을 깨우쳐 준다. 그것은 세계에의 절대적 믿음, 이 믿음 속의 넘어섬 그리고 이 넘어섬의 보편성 속에서 생겨나는 인류학적 유대와 삶의 연속성을 알려준다. 보편성의 경험 속에서 인간은 삶의 단순무한성 속에 얽혀 있음을 새삼 자각한다. 이 믿음을 거둘 수 없는 한, 우리는 시를 함께 품고 가는 수밖에 없다.

위의 인용 글이 내면성을 개인의 실존적 전체적 지평 속에서 이해한 경우라면, 그것을 사회 역사적 문화적 지평 속에서 이해한 경우는 〈감각, 이성, 정신 – 현대 문학의 변증법〉이라 할 수 있다. 김우창은 이 글에서 한국의 현대문학을 거시적 지평 – 정치 경제적 현대성과 문화적 현대성, 감각과 이성, 식민지 현실과 문학현실, 서양과 비서양의 관계 등의 포괄적 연관항 속에서 보여준다. 그것은 정치경제적 시대적 지정학적 역사적 모순이면서 인간의 실존적 모순의 소산이다. 그는 한국 현대문학의 역사를 이 역사가 요구하는 이성과 합리성의 조건에 얼마나 적응하고 이를 부정하며 또 이것과 타협하는가의 관점에서 고찰한다.

이 고찰은, 이 둘의 관계가 배제나 수용의 일방적 관계가 아니라 상호작용의 관계 속에서 전개된다는 점에서, 매우 복합적이다. 감각과 이성의 궁극적 일치를 강조하는 이 글에서 그는 결론적으로 현대 한국문학의 경과를 "전근대와 근대의 싸움"이자 "이성과 정신의 싸움"이라고 간주하고, "우리의 문학적 표현에서 진정한 것"은 "탈락해가고 감추어져 가는 전통적 요소"라고 말한다.* 그렇다면 이 모순은 어떻게 지양될 수 있는가? 아래의 글은, 이 모순이 주체의 통합원리로서의 내면성에 의해 지양될 수 있음을 보여준다.

"그러나 모순들은 문화와 문학이 만들어지는 인간의 내면에서는 그렇게 분명한 것이 아닐 뿐만 아니라 하나의 주체 속에 통합되어 존재한다. 모순은 내면이 아니라 그것의 외면화에서 일어나며, 외면적 모순의 지양도 모순된 외적 표현의 일방적 억제가 아니라 그것을 초월하는 보다 높은 원리, 보다 깊은 내면성의 원리에 의하여 가능하게 된다. 예술의 모호성은 이러한 보다 깊은 원리에 대한 탐구에 관계되어 있다."**

현대성은, 주지하다시피 새로운 해방의 약속이면서 새로운 지배의 전조이기도 하였다. 이것은 특히 비서양 세계에서 제국주의, 식민주의와 결합되어 정치 경제적 수탈과 억압을 낳는 것이었다. 그 때문에 그것은 몇 가지의 사안 – 정치적 강령이나 제도적 고안 아니면 도덕적 당위의 천명으로 파악되기 어려운 것이다.

그리하여 김우창이 고려하는 것은 깊은 내면성의 원리에 의해서 움직이는 마음의 문제이다. 이것은 외부로부터 주어지는 것이 아니라 내부로부터 만들어지는 판단의 심급이다.

현대성은 새로운 해방의 약속이면서 새로운 지배의 전조이다

---

* 김우창, 〈감각, 이성, 정신 – 현대 문학의 변증법〉, 《한국문학이란 무엇인가》, 민음사, 1995, 44쪽
** 위의 글, 15쪽 이하

이 심급은, 그것이 안으로부터 자연스럽게 우러나오는 정합적 질서의 작용이니 만큼, 외부의 모순을 강제나 억압에 의해서가 아니라 주체 안에서 자연스럽게 지양할 수 있다. 위의 글은 현대성의 모순이라는 거시적 문제가 마음의 내면성 속에서 제어될 수 있음을 말하고 있다. 내면성은 감각과 이성을 일치시키는 마음의 원리이기 때문이다. 그러는 한 내면의 탐구는 예술의 근본과제이기도 하다. 이런 점에서 시의 내면의 마음은 심미적으로 채색된 이성의 원리 – 김우창이 상정하는 우리 미학정신의 중심원리가 된다고 할 수 있다.

내면성은, 그것이 개인의 내부에서 작용할 때 세계의 전체를 깨닫게 하고, 그것이 외부에서 작용할 때 현실의 모순을 지양하는 주체의 통합원리로 자리한다. 이 때문에 그것은 시나 문학에만 타당한 것이 아니다. 그것은 무엇보다 삶의 바른 태도를 위한 규제적 원리로서 학문 일반에도 적용될 수 있다. 개인의 내면성과 내면성의 전체성에 대한 이러한 생각은, 김우창이 개인의 자각과 과학의 발생이 역사적으로 일치함에도 오늘날의 과학은 "개인이 없는 집단적이고 조직적인 과학의 관행에 순응해야 가능한 것이 되었"다고 지적할 때, 그리하여 "개인적 자각과 과학교육을 병행하는 것이 과학의 본래 정신에도 맞고 과학을 창조적으로 실시하는 데도 부합된다"고 말할 때,* 우회적으로 드러남을 보게 된다. 과학적 창조성의 바탕이 되는 "개인의 자각"은 바

---

* 김우창, 〈인간성의 과학을 지향하며〉(김우창, 노명식, 장회익, 김영식, 김용준 좌담)《과학사상》 창간호 (1992, 봄), 47쪽

로 시가 그리고 문학예술이 골몰하는 바이기 때문이다.

시의 방법론은 그러나, 그것이 사실에 대한 관찰을 중시한다는 점에서 과학의 방법론과 동일하지만, 과학이 법칙적 필연성의 세계에 머무르는 반면 시는 그 너머의 세계로 나아간다는 점에서, 과학과 구분된다. 이 점에서 시의 변증법은 과학적 연구방법을 보완할 수 있는 인식론적 반성의 틀을 제공한다고 할 수 있다.

우리는 위에서 시가 근본적으로 내면성의 탐구임을 보았다. 인간은 개인의 내면적 매개를 통하여 다른 사람과 사회 그리고 그 주변세계와 관계하고 또 관계해야만 한다. 시는 이 내면적 매개의 관계를 장려한다. 그리하여 그것은 대상을 결정론적 시각으로 또 단순인과율의 논리에 따라 파악하는 것을 경계한다. 결정론적 인과율은 인간의 보다 큰 자유의 가능성 – 내면성을 통한 형성의 가능성을 허용하지 않기 때문이다. 그러나 오늘날에 와서 내면성의 형성원리를 그대로 고수하기에는 무리가 있다. 현대의 우리는 더 이상 형이상학적 전제 위에 살지도 않고, 지금 생활을 구성하는 사회 정치적 경제적 물질적 조건은 철저하게 탈이념화되었다고 할 수 있다. 또 우리의 도회적 삶의 조건은 또 얼마나 철저하게 비자연적으로 되었는가?

그러나 삶의 형성적 가능성이 포기될 수 없는 것이라면, 내면성의 원리는 포기될 수 없다. 그것은 전래의 방식으로서가 아니라 지금 여기에 맞게 새로이 재구성되어야 한다. 삶의 가능성이란 여하한의 결정론으로부터 벗어나는 데서 시작된다고 한다면, 시는 이 결정론적 기계주의에 저항한다. 시는 불가능성 속의 가능성을 상상하기 때문이다. 그것은 가장 미묘하고 사소하며 특수한 사안에 골몰하면서 그것의 변화가능성을 타진한다. 교정과 갱생과 성장의 과정성 속에서 그것은 스스로의 성숙을 도모한다. 이 점에서 시의 내면성의 원리는 인문학에서만이 아니라 자연과학에서도 개인성의 자각과 자유의 상상, 창의적 사유와 기술의 인간화를 위하여 중대한 역할을 할 수 있을 것이다.

시의 내면성에서 체험되는 것은, 이미 암시되었듯이, 단순히 규격화되거나 규정된 대상의 모습이 아니다. 그것은 있는 그대로의 본래적 모습이다. 시는 대상의 본래적 전체성을 지향한다. 이 전체성은 사물에 대한 정확한 관찰로부터 시작된다. 이것은, 시와 예술의 정신이 근본적으로 정확한 관찰 위에 근거해 있다는 것을 환기하는 〈진실 도덕 정치〉라는 글의 머리에서 잘 나타난다. 로댕의 비서가 되어 그로부터 사실적 관찰의 중요성을 배우는 릴케의 시 〈표범〉과 관련하여 김우창은 이렇게 쓴다. "본다는 것은 단순히 사물을 노려봄으로써 이루어지는 일이 아니다. 그것은 삶의 세계와 관련하여 의미를 가지게 될 때에만 참으로 보는 일이 된다. 표범의 보는 일을 무의미하게 하는 것은 그가 우리에 갇혀 있어 삶의 공간을 갖지 못하고 있기 때문이다. 창살을 넘어 세계를 보아도 그것은 없는 것과 같고, 그러니 만큼 보는 일은 보지 않는 것과 같다."[*]

바르게 본다는 것은 보려고 하는 대상뿐만이 아니라 이 대상을 포함하는 전체 – 그 배경과 바탕을 동시에 본다는 뜻이다. 그러니 만큼 그것은 단순히 '보는 일'만을 의미하지 않는다. 그것은 보이는 것을 보면서 보이지 않는 것도 동시에 생각하는 것을 의미한다. 본다는 것의 바른 의미는 보면서 생각한다는 것이다. 보는 일과 생각하는 일의 동시적 수행을 통해 우리는 대상의 전체성 – 그 자체와 배경을 아울러 보게 된다.

그렇다면 우리는 어디에서 무엇을 통해 전체성의 감각을 키울 수 있는가? 그것은 자연일 것이라고 김우창은 말한다. 전통 시의 분석을 통해 산이 지닌 오늘날의 의미를 보여주는 글인 〈산의 시학, 산의 도덕학, 산의 형이상학, 산과 한국의 시〉에서 그는 산과 같은 높은 곳에서의 사람의 체험은 삶을 보다 크고 근원적인 세계 – 전체성과의 관계에서 보게 한다고 말한다.

"자연은, 다시 말하여, 우리에게 양적으로, 질적으로, 외연적으로, 내포적으로, 어디에서나, 접근 가능한 것이다. 거대한 산만큼이나 삶의 가장 큰 테두리에서의 자연을 그 전체성 속에서 직접적으로, 감각적으로 제시해주는 것은 없다. 그것은 모든 사람에게 열려 있는 형이상학적 체험이다. 그러면서 사람에게 필요한 범

---

[*] 김우창, 〈진실, 도덕, 정치〉, 8쪽

주적 지평을 제공해 준다. 이 후자의 기능과의 관계에서 산은 특히 개인의 삶이나 사회에 있어서 전체성이 결여되었을 때 그 대용물을 제공해준다고 말할 수 있다. 이러한 것이 오늘에 있어서 산이 우리에게 가지고 있는 의미이다."

자연은 가장 구체적으로도 또 가장 추상적으로도 경험될 수 있다. 그것은 우리 삶의 주변에 있는 것이면서 우리의 내부에도 있다. 예를 들어 인간 감정과 충동을 '내적 자연'이라 하고, 산이나 강, 들과 평야를 '외적 자연' 또는 '물리적 자연'이라 부른 데서 우리는 이것을 확인할 수 있다. 자연을 우리는 우리의 내외부에서 만난다.

마음의 내부 자연과 사물의 외부자연은 그리 다르지 않다. 자연은 구체적이면서 추상적이고, 전체적이면서 개별적인 무엇이다. "자연은", 김우창이 적고 있듯이, "우리에게 양적으로, 질적으로, 외연적으로, 내포적으로, 어디에서나, 접근 가능한 것이다." 그리하여 그것은, 그리고 그 대표적 범주인 산은 오늘날의 개인과 사회에 결여된 근원성 – 삶의 전체적 배경에 대한 "형이상학적 체험"을 가능하게 한다. 이것은, 그의 표현을 빌어, "사람에게 필요한 범주적 지평을 제공"하는 것이다.(그런 의미에서 자연은 사회보다 더 근원적이다. 사회적 차원 역시 자연의 일부에 지나지 않는다.)

---

* 김우창, 〈산의 시학, 산의 도덕학, 산의 형이상학, 산과 한국의 시〉, 《산과 한국인의 삶》, 최정호 엮음. 나남, 1993, 68쪽

흥미로운 것은, 산의 형이상학적 의미에 대해 김우창은 시를 통해 접근해간다는 사실이다. 여기에서 시는 산의 상징적 의미를 이념적 표상 속에서 가장 잘 대변하는 것으로 드러난다. 오늘날 인간의 삶과 사회에 결여된 것이 삶의 전체성, 그 근원성에 대한 관계라고 한다면, 또 이 관계에 대한 자각을 산이 가장 감각적으로 체험케 하는 것이라면, 시는 바로 이 전체성의 지평을 심미적으로 경험케 한다는 점에서 우리가 만나야 할 대상이 된다. 시는 추상적으로 추론하거나 주장하지 않는다. 그것은 가장 구체적으로 그러니까 감정적 직접성 속에서 전체성의 지평을 암시한다. 예를 들어 그가 인용하는 한산시 165번째 편의 일부는 이렇다.

한산에 집 한 채 있어

그 집에는 난간도 벽도 없나니

여섯 문은 좌우로 통해

방안에서도 푸른 하늘 보이네

방은 모두 텅 비어 쓸쓸한데

동쪽 벽은 무너져 서쪽 벽을 치는구나

이 가운데는 한 물건도 없나니

빌리러 오는 이의 보챔이 없네

추위가 오면 불을 피워 덥히고

주림이 오면 나물 삶아 먹어라 *

---

* 위의 글, 74쪽

한산자(寒山子)가 한암(寒岩)의 깊은 굴에 살면서 은둔의 삶을 택했던 것은, 김우창의 해석에 따르자면 그 "맑은 정신"에 있고, 이 맑은 정신은 "물질적 가난과 마음의 허령한 상태가 일치하는 데에서 가능"하다. 그래서 그는 위의 시에서 "빈집과 빈 마음의 시원한 상태"가 "일치"되어 있음을 말한다.[*]

그런데 집과 마음의 일치는, 좀더 자세히 살펴보면 구심적으로 축소되어 나타나기도 하고 원심적으로 확대되어 나타나기도 한다. 구심적 축소로서의 일치는 집의 내부적 구성요소들이 없거나 열려 있는 데 있다. 즉 이 집에는 "난간도 벽도 없"으며, "여섯 문은" 열려 있어 "좌우를 통해/방안에서도 푸른 하늘을 보"여 준다. 이 내부 구조의 텅 빔은 살림살이의 텅 빔("이 가운데는 한 물건도 없나니")과 이어지고, 이것은 다시 텅 빈 계절을 의미하는 겨울("추위가 오면 불을 피워 덥히고"), 그리고 먹고사는 세상살이의 텅 빔, 즉 생활의 빈한함과 연결된다("주림이 오면 나물 삶아 먹어라"). 그리고 이 모든 것을 감싸안고 있는 것은 무너진 벽을 통해 보여지는 "푸른 하늘"의 텅 빔이다. 여기에서 집의 내부 요소들 사이의 구심적 일치상태는 집의 외부 요소들(계절과 하늘) 사이의 원심적 확대에 대응한다.

집과 살림과 계절과 세상의 텅 빔은 어떻게 느껴지는가? 이 텅 빔의 사실은 어떻게 지각되는가? 이것은 말할 것도 없

---

[*] 같은 곳

이 시적 주체의 인식 - 화자인 나의 마음의 깨달음으로부터 온다. 모든 사물적 시간적 자연적 텅 빔은 궁극적으로 내 텅 빈 마음의 자각의 소산이다. 위의 인용 시에 나타난 공간의 원근법적 배치는, 그것이 예를 들어 강이나 들, 새나 구름 등에 대한 시각적 조명을 하지 않았다는 점에서, 그리하여 주로 사람 사는 집에만 집중되어 있다는 점에서 제한되어 있다. 그럼에도 불구하고 이 시는 공간과 그 속의 인간, 사람과 사물의 근본적 공허와 무애 그리고 이를 관통하는 투명한 마음의 존재를 알려준다.

여기에서 중심은 내 마음의 허정(虛靜)함이다. 내 마음이 비어 있기에 내가 사는 집도, 방도, 난간과 벽과 세간도, 나아가 계절과 땅과 하늘도 비어있음을 알게 되는 것이다. 허정한 마음이 세계의 전체, 그 텅 빈 충일을 깨닫게 한다.

비어있다는 것은 고요하다는 것이다. 텅 빔은 인간과 사물의 근원적 성격이다.(소음 속에 살고 있는 현대의 우리는 흔히 고요가 낯선 것이라고 생각한다. 그러나 소음 가운데 고요가 가끔씩 찾아드는 것이 아니라, 고요 가운데 소음이 자주 찾아드는 것이라고 우리는 말해야 한다. 소음은 우리가 늘 '거기에 있'을 때 또는 있기 때문에 일어난다. 우리가 있기 전과 그 후는 텅 빈 고요뿐이다. 가없는 고요, 그것이 세계의 근본바탕이다.) 텅 빔은 맑음과 밝음, 고요와 투명의 상태에 다름 아니다. 허정명일(虛靜明一)의 상태 속에서 나는 나를 넘어 이편에서 저편으로 옮아가면서 나 아닌 것과 만나게 된다. 마음이 맑고 고요해야 집과 세상살이가 맑아지고, 내가 사는 집과 세상살이가 맑고 화평하여야 땅과 하늘 - 우주

공간의 고요도 깨우치게 된다. 또 이렇게 깨우쳐진 세계의 고요는 다시 내 마음의 고요를 일으키기도 한다. 결국 세계의 고요는 내 마음의 고요에 대응하여서만 나타나는 것이다.

시는 이 근원적 텅 빔과 이 텅 빔 속의 연속성 – 삶의 근본배후로서의 허정한 무한공간을 상기시킨다.[*] 텅 빈 무한성 속에서 모든 것은 하나로 이어진다. 시는 삶의 근원적 일체성을 체험케 한다. 이 일치 속에서 나는 나이되 나 아닌 것과 하나의 상태 속에 있다. 나는 내가 사는 집과 방과 난간과 벽과 물건과 불과 나물과 떨어질 수는 없는 것이다. 이때 나는 시간의 변화에도, 내 몸의 허기에도 즐거이 반응한다. 꺼려하거나 성가시게 여기는 것이 아니라 그것을 삶의 자연스런 운행으로 긍정하며 사는 것이다. 그래서 한산자는 이렇게 썼을 것이다. "추위가 오면 불을 피워 덥히고/주림이 오면 나물 삶아 먹어라".

텅 빈 무한성 속에서 모든 것은 하나로 이어진다

시에 의해 상기되는 전체성은 그러나 김우창이 지적하듯이, 동양에 있어서 그 정신주의로 하여 근본적으로 추상적

---

[*] 고요한 마음의 조화는 사실상 우리의 전통사상 그리고 동양의 전통철학이 추구한 궁극 지향점 중의 하나였다. 가령 주객통일과 물아동일(物我同一) 그리고 천인합일의 이상은 유가와 도가에 있어 그 도달방법의 차이는 있을지언정 – 공맹유가가 근본적으로는 인의(仁義)에 바탕한 도덕주의와 사회정치적 관심 속에 있었던 반면, 노장 도가(道家)는 소요유의 자유 속에서 탈사회적 자연친화적 기풍을 고취하였다 –, 궁극적으로는 공통적으로 추구되었다. 조화는, 그것이 인간과 인간 사이에 있든 아니면 인간과 사회, 인간과 자연 사이에 있든, 전통적 사상의 가장 핵심적인 범주에 해당한다. 허정명일의 상태는 이 조화에 도달하기 위한 마음의 조건이다. 마음이 비어 있어 고요하고 화평한 가운데 담박하여야(虛靜平淡) 주체는 외물(外物)에 이끌림 없이 사물의 본질에 다가갈 수 있다. 노장이나 선(禪)사상에서 특히 강조되는 그것은, 그러나 후자에서의 폐단이 보여주었듯이, 그 출세간적 현실소극성과 관련하여 오늘날 비판적으로 다시 검토될 필요가 있을 것이다.

인 것이었다. 그것은 구체적인 사실경험을 서술하기보다는 대개 유학자가 추구하는 이상화된 이념의 표현이었다. 따라서 그것은 현실과의 어찌할 수 없는 간극 위에 서 있었다. 또 전체성을 깨우쳐 주는 인간의 내면은 언제나 맑고 밝고 고요하지도 않다. 대개의 그것은 오히려 혼돈스럽고 무질서하며 불가해하다. 인간 내면의 오랜 역사를 명쾌하게 설명할 수가 있는가? 그렇긴 해도 내면의 혼란은 마음의 내면으로밖에는 다스릴 수 없다. 또 외부현실의 혼란 역시 이 내부로부터 시작하는 것이라면, 마음의 고요에서 그것은 제어될 수 있을 것이다. 시가 전체성의 지평을 체험케 한다면, 이 체험은 정신적이고 심미적으로만 규정될 수 있는 것은 아닌 것이다. 그것은 무엇보다 지금 여기의 행동의 가능성을 헤아리는데 도움을 주기에 의미를 지닌다.*

김우창이, "사람의 행동은 특정한 대상과의 관계에서, 또는 제한된 구역 안에서 이루어지지만, 그것은 배경 전체를 지평으로 삼는 것으로 보인다. 이 배경의 필요는 주체적으로도 작용하여 행동자의 삶 또는 인격 전체에 대한 총괄적 의식을 포함한다."라고 쓸 때**, 전체성의 의식은 곧 행동의 일관성을 위한 것임이 드러난다. 도덕은 이 일관성으로부터 온다 할 것이다. 그리하여 시는 정신주의적 명상의 기능만이 아니

---

* 맑은 것과 밝은 것, 부드럽고 따스한 것, 차갑고 단단한 것 등의 이미지는 세상에 오염되지 않는 정신과 마음의 실체를 상징한다. 그 때문에 그것은 시인이 탐구하는 중요한 심상이 되어 왔다. 이러한 점을 김우창은 박목월과 조지훈 그리고 김현승의 시를 통하여 보여준 적이 있다. 김우창, 〈시인의 보석〉, 《시인의 보석》, 특히 129쪽
** 김우창, 〈산의 시학, 산의 도덕학, 산의 형이상학, 산과 한국의 시〉, 67쪽

라, 김부식의 시와 관련하여 그가 말하듯이, '인생의 균형을 부여하는 기능'을, 또는 송대의 화가 곽희와 연관하여 말하듯이, '정신균형 회복의 기능'을 가졌을 것으로 이해된다.[*]

그렇다면 정신회복의 기능을 시는 어떻게 수행하는가? 이를 그는 시적 언어의 전달방식을 통해 설명한다. 그 방식이란 여운과 암시를 통한 시어의 현실 기술법을 말한다. 여운과 암시가 지닌 의미론적 폭은 세계 자체의 애매성과 상응한다. 이것이 그가 말하는 바 시의 '존재론적 의의'이다.

> "[…] 시는 막연한 연상과 분명히 포착되지 않는 여운으로 산다. 이것은 시적인 효과를 말하는 것이지만 동시에 존재론적 의의를 갖는 것으로 생각할 수도 있다. 즉 세계의 모호성은 세계의 넓이와 깊이 그리고 그 안에서의 인간의 실존적 자유와 선택을 가능하게 하는 바탕이라고 할 수 있다. 그것은 세계의 열림의 특성이다. 그리고 이 열림의 흥분과 불안이 우리에게 착잡한 감정을 불러일으킨다. 시의 다의적인 울림은 여기에 관련되어 있다. 그리하여 시는 교훈적 도덕주의와 상극의 관계에 있기 쉽다. 그러면서도 그것이 도덕적 함의를 갖지 아니한 것은 아니다. 세계에 대한 개방성이란 것이 벌써 도덕적 의미를 가진다. 이 개방성이 사람에 대하여는 관용성으로, 자연물에 대하여는 그 기쁨의 참신함에 대한 감수성으로, 또 일반적으로 자연과 우주의 신비 앞에서의 경외감과 겸허함으로 이어진다. 도덕은 이러한 것을 향한 결

---

[*] 위의 글, 80쪽

단의 전율을 포함함으로써 실감 있는 것이 된다. 시의 감흥은 이
와 같은 살아 움직이는 도덕에 관계됨으로써 깊이를 얻는다."

　세계가 모호성으로 특징지어질 수 있다면, 시적 울림의
다의성은 이 모호성에 구조적으로 상응한다. 시의 연상과
여운은 여기에서 생겨난다. 그것은 세계의 의미론적 복합성
을 표현하는 것이다. 이런 점에서 시는, 김우창이 말하듯, 인
간과 삶에 대한 "존재론적 의의"를 갖는다. 그것은 미리 규
정된 가치나 규범을 상정하고 있지 않기에 "교훈적 도덕주
의와는 상극의 관계"에 있다. 그러면서도 그것은 도덕적 차
원을 버리는 것이 아니다. 시의 울림이 세계의 넓이와 깊이
에 상응하는 것이라면, 이 울림은 이미 세계의 개방성을 나
타내기 때문이다. 시의 도덕적 정치적 함의는 여기에 있다.

　그리하여 시는 개방적 의미형식 속에서 인간과 자연의 풍
요로운 실재를 다양하게 수렴한다. "이 개방성이 사람에 대
하여는 관용성으로, 자연물에 대하여는 그 기쁨의 참신함에
대한 감수성으로, 또 일반적으로 자연과 우주의 신비 앞에
서의 경외감과 겸허함으로 이어진다." 시는 사람에 대한 관
용성을, 자연에 대한 심미적 감수성을 그리고 세계와 우주
앞에서의 경외와 겸허의 마음을 일으킨다. 이런 감성의 수
련을 통해 우리는 마음의 균형에 점차 이르게 된다.(마음의 균
형으로부터 조화의 느낌은 오고, 이 조화의 상태는 아름다움의 감각을

시의 개방적
의미형식

_____

* 위의 글, 94-95쪽

불러일으킨다. 결국 삶의 전체성에 대한 느낌은 조화의 아름다움과 이를 가능하게 하는 마음의 균형과 밀접하게 이어져 있다. 시는 종합의 감각 속에서 삶의 전체적 가능성에 참여하는 것이다.[*] 마음의 균형 속에서 시인은 세계와 만나듯 자기 자신과 만나고, 자기의 목소리에 귀기울이듯 세계의 소리에도 귀기울인다. 이때 세계는 그의 존재 앞에서 스스로를 열어 보인다.

마음이 맑고 밝은 것에 대한 내 안의 이름이라면, 땅과 하늘, 바람과 물은 내 밖의 맑고 밝은 것에 대한 이름이라 할 수 있다. 여기에서 마음은, 마음의 텅 빈 상태는 이 모든 것의 바탕이다. 텅 빈 마음의 맑음으로부터 인간과 삶과 세계의 맑음이 우러나온다. 그리하여 세계의 맑은 풍경은 내 맑은 마음의 풍경이 된다.

마음이 세계에 맑게 울릴 때, 그것은 세계의 맑음, 그 전체성에 가까이 서게 된다. 이때의 세계는 있음 그대로의 세계이고, 이 마음은 세계를 있는 그대로 비쳐 주면서 동시에 이 세계의 전체성으로 하여 생겨나는 것이기도 하다. 마음과 세계, 나와 자연은 서로 이어지고 스스로 생기면서 또 상대를 생겨나게 하기도 한다. 여기에서 이 둘 – 나와 주변, 자아와 세계는 분리되지 않는다. 사람과 사물의 있는 그대로의 있음, 자연은 그것의 이름이다. 자연스럽게 있을 때, 그것은 긍정과 부정, 소유와 존재를 구분하지 않는다. 비구분의 일체성 속에서 우리는 삶의 넓고 높은 전체성 – 그 무한성

---

[*] 김우창, 〈시의 내면과 외면〉, 《시인의 보석》, 101쪽 이하 참조

의 형이상학을 깨닫는다. 시는 이 말없는 조화 속의 전체성을 일깨워 준다.[*]

그러나 세계의 조화는, 위에서 언급하였듯이, 저절로 지각되는 것이 아니다. 그것은 무수한 감각적 정신적 수련의 고달픔을 요구한다. 이 수련의 내용 가운데 가장 기본적인 것은 스스로를 열어 놓는 것이다. 스스로를 열어두기 위해 자기 자신에게로 돌아가는 일이다. 이 존재개방을 통해 내가 세계와 만날 수 있을 때, 어떤 조화의 균형은 생겨난다. 세계는 나와 조응하여서만 자신의 조화된 모습을 보여주는 것이다. 마음의 움직임에 대한 각성은 그 때문에 모든 학문의 근본이기도 하다.^{**}

이 마음의 각성을 통해 시의 체험은 감각적 경험을 넘어서는 형이상학적 체험을 제공한다. 그것은 원초성의 체험이다. 시의 전율은 이 원초성의 체험으로부터 온다. 미국의 현대시를 즉물적 사실적 경향의 관점에서 분석하고 있는 〈미국시에 있어서의 자연〉이란 글의 결론은 시적 탐구가 지닌 삶의 이 원초성에의 관심을 잘 보여준다고 할 수 있다.

---

* 전체성을 지향하는 시의 한 이념에 대한 김우창의 생각은 사실상 그의 작업의 초기부터 견지되는 것이었다. 가령 그것은, 그가 "새로운 삶의 통일과 전체를 구현하는 시의 언어는 사람의 오랜 지질학적 생물학적 역사적 개인적 성장의 총체를 가장 포괄적으로 수용하여 그것을 최대로 향수할 수 있게 하는 것일 것이다. 본래적으로 시는 단순히 장식적인 것이 아니고 인간의 진화론적 운명의 일부에 참가하는 정신작용인 것이다."라고 1977년에 작성된 한 글에서 적을 때, 이미 그의 사고의 바탕에 깔려 있는 것이다. 김우창, 〈시의 상황〉,《지상의 척도》, 114쪽

** 물음은 마음의 움직임으로부터 생겨나는, 나와 세계의 일치를 깨닫고자 하는 노력이다. 그러는 한 물음 또는 묻는 마음 나아가 물음 속의 자유는 인문학의 핵심이라고 말할 수 있다. 여기에 대해서는 김우창, 〈인간에 대한 물음 - 인문학의 과제에 대한 성찰〉, 경상대학교 인문학연구소 엮음,《새로운 인문학을 위하여》, 백의, 1993, 43쪽 이하 참고

"어떤 경우에나 자연 또는 다른 어떤 것에 대한 시적인 파악은 구성물에 불과하다. 더 나아가서는 더 근원적인 '일차성'에 대한 탐구도 그것이 언어로 표현되는 순간 여러 있을 수 있는 구성물 가운데 하나의 구성물에 불과하다. 그러나 이 원초적인 것에 대한 시적인 탐구는 그것이 진리의 탐구에 일치하지 아니하면서도 중요한 철학적 또 근원적 의미를 갖는다. 그것은 시를 위하여 그 철학적 원초성을 회복하여 준다. 그것은 미국 시에 한정되지 않는 보편적 의미를 갖는다. […] 하늘에 근거를 둔 형이상학이 사라진 마당에서 모든 것은 땅에서 시작할 수밖에 없다. 이것은 땅 위의 원초적 경험으로부터 시작하여야 한다는 말이다. 시의 근원적 자연에 대한 탐구는 이 원초적 경험에 대한 중요한 탐구이다. 미래의 시에서 원초적 경험의 계시의 마당으로서의 자연에 대한 관심은 필수적인 것일 것이다.*"

시가 탐구하고자 하는 "근원적인 '일차성'"이 손쉽게 도달될 리는 없다. 그것은 모든 개념적 분석에 선행하는, 분석이전의 원초적 현상이기 때문이다. 따라서 그것은 어떤 수치나 술어에 의해 포착되지 아니한다. 전체로서의 세계는 언어 이전의 세계 – 세계의 현상적 모습만이 아니라 현상 배후의, 그러니까 이 현상의 배경과 바탕까지도 포함한다. 삶의 근본바탕은 양화될 수 없는 질적 세계인 것이다. 그러나 이 질적 원초성의 세계가 반드시 초월적으로만 접근될 수

---

* 김우창, 〈미국시에 있어서의 자연〉,《미국학 10》, 서울대 미국학 연구소 간행, 1987, 53쪽

있는 것은 아니다. 그것은 오히려 나날의 일상 속에서 확인될 수 있다. 탈형이상학적 시대의 초월성은 현실의 단순복합성 속에서 구체적으로 경험되어야 한다.

그리하여 김우창은 쓴다. "하늘에 근거를 둔 형이상학이 사라진 마당에서 모든 것은 땅에서 시작할 수밖에 없다." 그러면서 그것은 땅의 영역을 그 일부로 포용하는 전체의 세계 – 세계의 전체성을 상정하는 것이어야 한다. 시는 이 모순된 요구에 형식 내용적으로 부응한다. 그것은 가장 구체적인 것을 그 전체성 속에서 표현하는 보편성의 이해방식이기 때문이다. 시인의 시적 탐구는 질적 세계의 원초성 – 전경과 배경을 포함하는 세계의 전체성에 골몰한다. 이런 의미에서 근원적 자연에 대한 시적 탐구는 문학예술적 탐구 나아가 인간과 그 삶의 화해가능성에 대한 학문적 탐구에 있어 핵심이 될 수 있다.* 시 또는 시적인 것의 심미적 근원성은 바로 여기에 있다.

사람의 체험 속에 감각적인 것만이 아니라 초월적인 것이 있다고 한다면, 이 초월적 체험은 지금 여기를 벗어나는 것이다. 그러나 이 체험은, 그것이 초월적이라 하여도 여전히 감각적 세계 안에서 일어난다. 그러니까 감각적 체험 속에서도 초월적인 것은 있고, 초월적 체험 역시 감각적 영역 안에서 경험되는 것이다. 시는 감각적인 것과 초월적인 것, 이

체험 속에는
감각적인 것만이 아니라
초월적인 것이 있다

---

* 여러 현상을 하나로 꿰뚫을 수 있는 전체성의 원리에, 또는 이 원리를 도출하기 위한 전체적 반성에 인문과학의 방법론적 의의가 있다고 김우창은 쓴 적이 있다.(김우창, 〈전체적 반성: 인문과학의 방법에 대한 한 관찰〉, 《법 없는 길》, 1993, 민음사, 384쪽)

편과 저편의 어우러짐에 관계한다. 시적 경험이란 근본적으로 감각적 초월 또는 초월적 감각의 경험이기 때문이다. 시는 심미적인 것의 탐구에 있어 핵심적인 통로가 된다.

시를 통해 우리는 현실적 경험의 형이상학적 배후와 형이상학적 경험의 현실적 근거를 확인한다. 그러나 형상 이전의 어둠은 시적 심미적 관점을 벗어나기도 한다. 삶의 근원적 배경 - 불분명하고 이질적인 질서는 여러 해석과 분석에도 불구하고 있었던 그리고 있는 그대로의 모습으로 여전히 흐릿하게 있다. 이것은 근본적으로 모순된 경험이다. 시의 경험이 주관적이고 자의적일 수 있음은 피할 수가 없다. 그러나 구체성으로부터 출발하지 않는 어떤 것도 진리의 보편성에 이르를 수는 없다.

진리는, 브레히트가 말했듯이, 근본적으로 구체적이다. 그것은 구체적인 것이면서 그러나 그 이상으로 넘어가는 어떤 것이어야 한다. 여기에서 자연은 삶의 원초적 경험이 펼쳐지는 근원적 바탕이다. 자연이 구체적 전체성의 모태라고 한다면, 시는 이 구체적 전체성을 암시적으로 표현한다. 시는 경험과 초월, 물리와 형이상학 사이의 현실 속에서 움직인다. 시의 존재론은 그러므로 삶의 구체적 전체성에의 요구에 부합하는 것이라고 우리는 말할 수 있다. 시는, 시적 인식은 중대한 진리의 방법이 되는 것이다.

우리는 시가 전해주는 삶의 전체성에의 각성, 자연의 원초성에 대한 계시를 통해 나와 내 주변을 헤아린다. 문학과 비문학의 관계에 대해서만이 아니라 인간과 사물, 인간과 자연, 인간과 생태계의 관계를 시로 하여 다시 생각하게 되는 것이다. 역설적 공존에 대한 인식, 이 인식을 통한 근원적 진리에의 시적 접근 속에서 우리는 인간 삶의 물질적 정신적 배후에 대한 생각을 새롭게 한다. 타자와의 유대는 여기에서 생겨난다.

시가 근본적으로 내면적이고 이 내면성 속에서 자기에게로 돌아가 전체를 헤아린다고 할 때, 이때 환기되는 것은 관계의 바탕이다. 개인과 개인, 개인과 사물, 사물과 사물, 인간과 자연 사이의 근원적 유대에 대한 의식이 시의 내면성과 전체성 속에서 생겨나는 것이다. 내면성 속에서 체험되는 사물은 삶의 근본적 유대성을 느끼게 한다. 이 유대의식 속에서 나와 세계는 서로에 대해 자신을 열어 놓는다. 열림은 모든 진실됨을 위한 토대이다. 전적인 개방성, 그것으로부터 진리는 자기 모습을 잠시 드러내기 때문이다. 이것을 김우창은 다음과 같이 전한다.

> "보다 시원적인 진리란, 그것이 과학적인 것이든 아니든 인간을 포함하는 것이다. 하이데거식으로 말하면 결국 세계와 진리 또는 존재에 대한 인간의 열림 없이는 어떠한 진리도 불가능한 것이기 때문이다. [···] 이 열림으로부터 과학이 나오고 수학과 논리의 세계가 나오며, 윤리와 도덕 그리고 아름다움의 세계가 나온다."

---

* 김우창, 〈혼돈의 가장자리: 진화와 인간〉, 《과학사상》, 제 26호, 1998년 가을호, 28쪽

문제는 "세계와 진리 또는 존재"에 인간이 어떻게 스스로를 여는가이다. 진리는 이 열림을 통해 드러난다. 그러나 이 드러남은, 하이데거가 말하였듯이, 얼마간의 감춤과 더불어 진행된다. 사물은 드러나는 것만큼 감추고, 감추는 것만큼 자신을 드러낸다. 이 드러남과 감춤을 어느 한 방향에서 한정할 때, 그것은 거짓 또는 부분적 진리가 된다. 따라서 이 양자의 모순을 그 역설성 속에서 파악하는 것이 필요하다.

　김우창이 인간의 열림, 이 열림을 통한 시원적 진리로의 복귀를 말할 때, 그것은 그러나, 인문학의 위기를 진단하는 이즈음 글들이 흔히 그러하듯, 인문주의에 대한 조건 없는 선창이 아니다. 위의 인용된 글의 전체가 보여주듯, 그는 과학적 지식의 확실성에 대한 선망과, 이것이 전제하는 결정론적 시각, 진화론과 자연주의적 인간관 그리고 그 이데올로기성에 대한 비판을 고루 견지하면서 생명현상과 인간이해의 문제를 엄밀하게 검토해간다. 이 검토를 통해 드러남과 감춤의 역설적 공생에 대한 시각을 잃어버리지 않는 한, 삶의 전체 - 과학과 수학의 논리적 세계만이 아니라 윤리와 도덕의 세계 그리고 예술과 같은 비논리의 세계가 표방하는 진리에 접근할 수 있다고 그는 말하는 것이다.

　시의 내면성과 정체성에서 우리는 존재하는 모두가 하나라는 것을 깨닫는다. 오랜 내면적 체험에서 근본적인 것은, 김우창이 썼듯이, "인간에 대한 보편적 유대감, 더 나아가 모든 생명체에 대한 자비의 느낌, 또는 더 일반적으로 '넓은 바다에 융합되는 느낌'이지, 친족에 대한 또는 일정한 집단에 대한 특별한 느낌이 아니다."* 이 점에서 그는 도덕의 보편적 근거를 끌어내고자 한다. 그러니까 사람이 도덕적이어야 한다는 요구는 외적 규율로서 또는 당위로서 부과되기 전에 인간 내부적으로 존재한다는 것이다. 인간이 스스로의 내면성에 귀기울일 때, 그리하여 자연의 전체 속에서 자신의 왜소와 경이를 느낄 때, 그는 도덕적이지 않을 수 없다. 자비와 경외, 겸허와 관용은 무한성 앞에서 저절로 우러나오는 무엇이다. 윤리도덕은 사실적으로 경험되는 것이면서 경험적으로만 귀납될 수는 없는, 경험 이전에 이미 주어지는 어떤 것이기도 하다.

　중요한 것은, 이 내면체험을 가능하게 하는 것이 근본적 내면체험
으로는 시의 작용이라는 사실이다. 시는 내면성의 도덕적 체험 – 인간과 모든 생명체에 대한 유대의 느낌을 갖게 한다. 이 느낌은, 그가 다음과 같이 쓸 때, 좀더 직접적으로 나타난다.

> "사람들은 아직도 다양한 생물체의 총체가 제공하는 '생태서비스'의 체계를 충분히 이해하지 못한다. 그것이 중요하다는 것은 우리의 일상생활을 통해서 또 생물학의 연구를 통해서 이제야 조금씩 깨우쳐가고 있다. 그러나 사람들은 이것을 오랫동안 알아왔다고도 할 수 있다. 윌슨은 사람은 오랫동안 다른 생물체와의 공진화를 통해 다른 생명체에 대한 감정적인 유대감을 가지게 되

---

* 위의 글, 25쪽

었다고 말한다. 이것을 그는 '생명친화감biophilia'이라고 부른다. 여기에 이어져 있는 것이 인간이 자연에 대해 갖는 심미적 만족감이다. 인간이 스스로를 정신적이라고 느낀다면, 그것은 근본적으로 생명친화감 더 나아가 자연친화감에 이어져 있는 것이다. 이것은 많은 문화에서 종교와 철학과 시가 말해온 것이기도 하다.*

생명친화감과
자연친화감과
심미적 만족감

위에서 드러나듯이, 사람이 다른 생명체에 대해 가지는 '생명친화감'은 '자연친화감'에 이어져 있고, 이 친화감은 자연에 대한 '심미적 만족감' 없이는 갖기 어렵다. 유대에의 감각은, 김우창이 적고 있듯이 '종교와 철학과 시'가 알려주는 것이지만, 시에 있어서의 그것은 보다 적극화된다고 우리는 말할 수 있다. 시를 근본적으로 내면성의 언어라고 한다면, 이 내면성의 언어는 삶의 근본적 전체성, 전체성 속의 일체성, 이 일체성 속의 유대를 말해주기 때문이다. 생명에의 유대감각은 자연에의 유대감각이고 이 감각의 바탕을 이루는 것은 심미의식인 것이다.

그러므로 우리는 자연에 그리고 그 생명에 다가가기 위해 시의 마음을 그리고 심미의식을 좀더 체화할 필요가 있다. 시적 마음을 통해 우리는 살아 있는 모든 것 – 우리 삶을 이루고 또 이 삶을 에워싼 모든 존재의 바탕에 스스로를 열어둘 수가 있다. 시의 마음은 결국 열린 느낌과 생각 속에서 자기 자신을 벗어나는 일, 그리하여 다른 것과 만나는 가운

---

* 위의 글, 34쪽

데 우리 자신의 모습을 재발견하고 재형성하는 일이다. '시적'이란 그러므로 심미적인 것의 근원으로서 자기 개방적이고 자연 친화적이며 세계 전체적이고 생명 친화적임을 뜻한다.* 그것은 달리 말해, 그가 적은 대로, "큰마음을 갖는" 일이다.

"크게 느끼고 크게 알고 크게 표현하는 것은 큰마음을 갖는다는 것이고, 이 큰마음은 '선견, 인애, 무사공평한 진실에 대한 존중'을 포용하는 마음이다. 그러나 무엇보다도 그것은 자연의 냉엄한 기율을 통해 자신의 또 사람의 좁은 고통을 초월하는 전체 – 사람과 종족과 바위와 별들이 생성소멸하는 가운데 온전하게 있는 유기적 전체의 조화를 우러르는 것을 배우는 마음이다. [⋯] 시인은 늘 자연을 두고 그 아름다움을 말해왔다. 그 자연은 무참한 것을 포함하는 것이었다. 그러나 사람은 그것까지도 아름다움으로 초연하게 바라볼 수 있다. 시적인 눈은 세상의 모든 곳에서 아름다움을 본다. 그것은 이용하고 명령하고 부리고 하는 것과는 별로 관계가 없다. 그러나 그 아름다움을 보는 눈은 이 인간의 지극히 실용적인 – 그것 없이는 살 수 없는 실용적인 경영에 근본적인 차이를 가져오는 것이기도 하다."**

---

* 시 또는 시적인 것이 심미성의 근원이라 한다면, 이 시의 근원은 무엇인가? 그것은, 김우창이 무의식적 충동과 언어적 표현작용 사이의 관계에 관한 줄리아 크리스테바의 정신분석학적 고찰을 비판적으로 읽으면서 보여주듯이, 정해진 의미가 아니라 어떤 원초적 율동의 감각, 또는 충동과 심상과 침묵을 포함하는 근원적 초월의 공간이다. 의미 또는 구조 이전의 이 근원적 초월공간에 대한 상기를 통해 시는 지금 여기 삶의 여러 제약을 넘어서게 한다.(김우창, 〈어둠으로부터 시작하여: 시의 근원〉, 《시인의 보석》, 12쪽 이하 그리고 37쪽 이하)

** 김우창, 〈혼돈의 가장자리: 진화와 인간〉, 38쪽

시의 마음을 갖는다는 것은, 김우창이 쓴 대로 "크게 느끼고 크게 알고 크게 표현하는" "큰마음을 갖는다는 것"이다. 그것은 인간과 인간을 에워싼 크고 작은 사물과 생명체의 어우러짐의 무수한 사연들을 그 온전성 속에서 헤아리는 일이다. 그리하여 그것은 "자신의 또 사람의 좁은 고통을 초월하는 전체 – 사람과 종족과 바위와 별들이 생성 소멸하는 가운데 온전하게 있는 유기적 전체의 조화를 우러르는 것을 배우는 마음"이다.

우리는 여기에서 시의 마음이 조화에의 헤아림이고, 이 조화에 대한 경의(敬意)의 마음임을 확인하게 된다. 시의 마음은 곧 경(敬)의 마음, 곧 생명의 마음인 것이다. 그러나 이 시의 마음이 세상의 모순과 불균형을 곧바로 교정할 수는 없다. 시의 불능은 어쩌면 이보다 더 큰 이름할 수 없는 질서의 일부인 지도 모른다. 그러나 시의 마음은 자연을 미화하는 것이 아니라 있는 그대로 서술하고, 이 있음 그대로의 아름다움과 무자비 속에서 그것은 경탄할 줄 안다. 그리하여 시의 눈은 효용성에 눈멀지 않으면서도 이 효용성만으로 환원될 수 없는 삶의 차원 – 지속적 탐구에도 불구하고 미지로 남을 수밖에 없는 인간 삶의 무한한 심연, 이것이 지닌 모순과 신비에 다가간다.

결국 김우창의 인문학 이념은 근본적으로 시적 마음의 내면성과 전체성 그리고 유대의식으로 채색되어 있다. 시의 정신은 그의 학문관과 이를 포용하는 삶에 대한 관점에 이르기까지 그 토대를 이룬다. 시는 김우창의 학문이념을 배태하는 가장 핵심적 예술장르이자 그 에너지이다.

III. 실존의 균형 또는 경인(敬仁)의 정신

시의 내면성과 전체성과 유대감, 그리고 그것의 정치적
도덕적 역사적 차원에 대한 지금까지의 고찰은 시 자체의
실체화라는 의혹에도 불구하고 그 근본의미를 생각하고자
하는 우리의 글에 있어 도움을 준다. 김우창 인문학의 바탕
이 시의 이해와 그 인식론적 근거로부터 마련된 것이라면,
그리고 이 시가 내면성과 전체성 그리고 유대의식으로 특징
지을 수 있다면, 시 또는 시적인 것은 그의 삶의 지향적 원
리라고 말할 수 있다.

김우창에게 있어 시는 그의 내면으로부터 나오는 원리이
면서(심정적 차원), 이론 자체의 탐구적 열망으로부터 나오며
(학문적 차원), 이 내면적 학문적 요구는 다시 그의 삶 전체의
실천윤리로부터(인생적 차원) 나오는 것이기도 하다. 그리고
내면적 학문적 인생적 요구는 궁극적으로 세계의 생성적 전
체구조와 이어진다는 또는 이어지고자 한다는 점에서 삶의
현존적 현실의 요청에 상응하는 것이기도 하다. 그러니까
시는 결국 그의 실존과 학문, 그의 삶과 세계를 하나로 잇는
포괄적 원리가 된다. 시적 기율 또는 더 넓게 말하여 예술적
심성은 김우창의 학문과 삶, 그 전체를 포괄한다.

시의 원리는 곧 삶의 원리이다. 시의 원리가 삶 속에서 구

현된, 또는 보다 적극적으로 말하여 삶을 시화(詩化)한 것의 의미는 김우창이 즐겨 인용하는 쉴러의《소박문학과 감상문학에 대하여*Über Naive und Sentimentalische Dichtung*》에 대한 해석에서 잘 나타난다.* 쉴러가 말하는, 외부의 강제 없이 자발적으로 활동하고 말없는 가운데 창조하며 자기 자신의 내면적 필연성에 따라 존재하는 삶이란 어떤 삶인가? 이것은 간단히 말하여 두 가지 사항의 동시적 수행을 의미한다고 말할 수 있다.

하나는 주체가 자기내면과 일치하는 것이고, 다른 하나는 그렇게 일치된 자아가 외부 현실의 필연성과 다시 일치하는 것이다. 자기자신과 하나되는 가운데 자기 외부와도 하나로 되는 이런 조화, 이것을 위해서는 무엇이 필요한가? 김우창은 이를 위해서는, 그가 존 롤스J. Rawls와 마르타 누스바움Martha C. Nussbaum의 용어에 기대어 적고 있듯이, "성찰적 균형(또는 반성적 평형reflective equilibrium)"과 "느낌의 균형(또는 지각적 평형perceptive equilibrium)"이 필요하다고 말한다.** 이 균형 속에

---

* 김우창, 〈문학의 옹호 – 말 많은 세상의 언어와 시의 언어〉, 34쪽 이하 그리고 김우창, 〈진실 도덕 정치〉, 13쪽 그 이외에도 예를 들면 그의 글 〈예술형식의 사회적 의미에 대하여〉(《지상의 척도》, 159쪽 이하)의 마지막이나 〈궁핍한 시대의 이성〉(《정치와 삶의 세계》, 삼인, 2000, 311쪽)에는 쉴러의 《인간의 미적 교육론(Über die ästhetische Erziehung des Menschen)》이 인용되어 있다.

** 김우창, 〈진실, 도덕, 정치〉, 22쪽. 김우창은 '균형'의 의미론적 함의를 적어도 여기에서는 서구의 사회철학자들로부터 끌어오고 있지만, 이 주제는 그러나 운동과 생성 그리고 기세 사이의 상호조화와 통일을 추구하는 중국미학과 관련하여 좀더 진전될 수 있을 것이다. 예를 들어 하늘과 땅, 인간과 자연 사이의 상호혼융적 조화를 강조하는 《周易》은 천하를 일컬어 "지극히 깊되 악하지 않고, 끊임없이 움직이지만 어지럽지 않다(天下之至賾而不可惡也, 天下之至動而不可亂也)"(《繫辭上》)고 적고 있다. 천하만물의 움직임은 부단

서 개체는 어떠한 인위적 개입이나 강제적 작용 없이 조화롭고 행복하게 살아갈 수 있다.

보편성이 개체적 실존의 참된 종합이라면, 이 보편성은 비강제 비인위의 자연스런 조화와 그 균형 속에서 가능하다. 여기에서 개체는 양심의 진리에 따라 그 나름의 보편성을 추구하는 "실존적 균형" 속에 있다. 이 실존적 균형의식은, 그가 환경문제와 관련하여 "경(敬)"과 "화해"를 말할 때, 실천적 적용범위가 확대됨을 우리는 확인한다.

> "생태학적 문제가 중요한 문제가 되려면 그것이 인도적인 문제, 공생의 문제로 얘기되어야 합니다.《심층 에콜로지》라는 책에서도 얘기되고 있지만, 자연계에 대한 깊은 존경심이 필수적이라는 것이죠. 계산적인 것만으로는 안돼요. 물이 나빠지고 공기가 더럽혀져서 사람이 살기에 힘들어진다는 시각만이 아니라 자연에 대한 외포감, 생명체들에 대한 배려가 있어야 하고, 다른 사람들

하게 이어지되 어지러운 것이 아니라 일정한 질서 속에 있다. 이것은 사물과 자연이 바로 역동적 균형의 조화 속에 있음을 뜻한다. 흥미로운 것은, 이 역동적 균형이 천지의 원리일 뿐만 아니라 마음 또는 삶의 원리이기도 하다는 점이다. 가령 〈繫辭下〉에서 "안락함 속에서도 위험을 잊지 않고, 있음 가운데 없음을 잊지 않으며, 다스림 속에서도 어지러움을 잊지 않는다(安而不忘危, 存而不忘亡, 治而不忘亂)'라 할 때, 앞에서 말한 역동적 균형의 자연원리는 안락과 위험, 존립과 망실, 질서와 혼란 사이의 정감적 사유적 균형으로 연결됨을 우리는 확인한다. 균형의 역동성 또는 역동적 균형의 원리는 그러므로 자연과 인간, 삶과 예술의 통합가능성을 탐색하는 데 있어 가장 핵심적인 문제의 하나로 보인다. 이 문제를 지금까지와는 다른 방식으로 그러나 설득력 있게 논거할 수 있다면, 우리의 예술철학도 한 단계 더 진전될 수 있을 것이다. 움직이되 조화를 깨지 않으며, 균형을 잃지 않되 움직이며 부단하게 성장해 가는 것은 시적 인식의 방법이자 삶의 태도, 그리하여 심미성의 핵심원리로 보여진다. 문제는 심미성의 이 내부와 얼개를 어떻게 지금 여기의 구체적 경험 속에서 채우고 구성하느냐 하는 것이다. 이것은 앞으로 더 다루어져야 할 문제이다.
* 위의 글, 33쪽

의 고통을 생각하는 게 중요하다는 거죠. 그러니까 따지는 것만 으로는 안될 것 같애. 맹자는 이(利)가 아니라 의(義)를 생각하여 야 한다고 했지만, 실은 의(義)로도 안되고, 전통적인 말로 하자 면, 인(仁)이라야 되겠지요. 그런데 우리의 문화 속에는 인(仁)이 들어설 자리가 없잖아요. 모든 게 대결적이거든. 노동운동에서도 보면 시혜적인 것은 거부하고 투쟁으로 쟁취해야 한다고 그러잖 아요. 이왕이면 자연스럽게 화해 속에서 이루는 게 좋은데, 그렇 게 하면 주구 노릇하게 된다고 하잖아요. 사회전체에 퍼져 있는 게 그런 자세인 것 같아요."

김우창이 의도하는 환경문제에의 화해적 접근이란 인간 과 자연을 분리시키는 것이 아니라 그 공존적 유대 속에서 파악하는 것을 말한다. 삶의 환경은 그 속에 사는 인간과 동 물 그리고 다른 생명체가 서로 공존하는 장소이기 때문이다. 따라서 그것은 인간중심주의적으로 또 실용주의적으로 파악 되거나 평가될 수 없다. 그것은, 그가 말하듯이, "자연에 대한 외포감, 생명체들에 대한 배려" 위에 기반하여야 한다. 달리 말해 이것은, "다른 사람들의 고통을 생각"할 수 있는 연민의 능력, 즉 "동정적 관심(compassion)"으로부터 나온다."

이것을 김우창은 다시 전통사상과 관련하여 공자의 의 (義)보다는 인(仁)에 가까우며, 이것은 또 "투쟁"보다는 "화

* 김우창, 〈공경의 문화를 위하여: 김우창 교수에게서 듣는 에콜로지의 논리〉, 《녹색평 론》 25, 1995, 11-12월, 6쪽
** 위의 글, 5쪽

해"의 태도일 것이라고 말한다. 이것은 "어진 이는 사람을 사랑한다(仁者愛人)"는 공자의 사상이나 인을 "측은히 여기는 마음(惻隱之心)"으로 이해한 맹자 그리고 "사람을 사랑하고 만물을 이롭게 하는 것(愛人利物之謂仁)"(《天地》)으로 인을 파악한 장자의 생각과도 이어진다. 또 화해의 '화(和)'는, 《중용》의 뜻을 좇아 말하자면, "(희노애락이 나오지 않는 것을 中이라 한다면) 그것이 나와도 모두 절도에 맞는 것(喜怒哀樂之未發 謂之中 發而皆中節 謂之和)"이다.

결국 사람을 사랑하고 사물을 이롭게 하는 것이 어진 마음이라면, 이 어진 마음 속에서 우리는 하늘과 땅의 법도에 맞는 어떤 심리적 균형을 유지할 수 있다. 정원을 가꾸고 화초를 보살피는 일은 이 마음의 균형 속에서 할 수 있는 작은 일상적인 일이다. 그것은 재미나 취미로 하는 것일 수도 있지만, 사람과 사물을 우르러고 사랑하는 자애와 연민의 표현이기도 하다. 그리하여 그것은 땅에 대한 경외심이나 자연과 인간의 화해적 관계, 다른 생명체에 대한 연민과 배려와 이어진 일이다.

그렇다면 인간과 자연, 사람과 사람, 사람과 땅의 화해적 관계를 가능하게 하는 바탕은 무엇인가? 그것은 김우창이 말하는 바 "경(敬)의 정신"이다.* 이것은 자신의 감정을 제어하면서 대상과 하나가 되고자 하는, 땅과 생명을 우르러는 마음이다. 이때의 마음이란, 그에 의하면, 서구합리성에서

---

* 위의 글, 14쪽

보여지는 감성과 이성의 이분법 가운데 이성에 가깝기보다는 전통사상에서 보이는 마음(心)이다. 따라서 이것은 희로애구애오욕(喜怒哀懼愛惡欲)을 배제하는 것이 아니라 이를 포용하고 제어하는 심급으로 작용한다.* 감정을 포용하는 마음의 균형 속에서 우리는 실존과 사물의 균형, 그 근원적 공존성을 헤아린다. 경(敬)은 사물과 사람에 대한 예의이기 때문이다. 그것은 내가 알지 못하는 것 - 존재의 비밀에 대한 두려움과 이 두려움에서 나오는 주저 그리고 이 주저 속에서의 겸허한 마음에서 온다.

존중하고 두려워하며 겸손할 줄 알아야 삼가며 조심하고 또 섬길 줄 안다. 일은, 《논어》의 한 구절이 알려주듯, 공경의 마음에서 처리해야 한다(事思敬, 〈季氏〉). 사랑과 공경으로부터 정의도 나온다. 그러므로 예경(禮敬)의 정신은 시의 정신과 근본적으로 같다고 할 수 있다. 예경 속에서 우리는 삶과 세계 그리고 자연의 전체에 참여한다. 삶과 사람, 땅과 하늘에 대한 사랑은 삼가고 조심하는 영성(靈性)의 마음에서 생기는 것이다.

지금까지의 논의는 시에 대한 김우창의 생각이 서구나 동양의 철학적 전통과 어떤 점에서 이어지고 또 구분되는가를

---

* 김우창, 〈감각, 이성, 정신〉, 24쪽 참고. 서구 합리성의 역사와 우리 그리고 동양의 전통사상에 대한 포괄적이고도 심도 있는 검토 없이는 다루기 어려운 이 중요한 문제의식은 이 글에서 부분적으로 주제화된 이후 점점 본격적으로 진행된다. 예를 들어 《정치와 삶의 세계》에 들어 있는 글, 특히 〈삶의 공간 2: 문명화와 예절〉, 〈궁핍한 시대의 이성〉 그리고 〈바다의 정치경제학과 형이상학〉은 그런 시도의 예라 할 수 있다.

얼마간 보여준다. 매우 포괄적인, 따라서 한 두어 구절이나 글 편으로는 요약되기 어려운 이 문제는 예술철학적 차원으로 논의의 초점을 한정할 때, 보다 분명한 윤곽을 보여주는 것으로 보인다. 우리 논의의 핵심을 이루는 시의 개인적 사회적 의의에 대한 논의는 문학예술사 속에 연면하게 흐르는 가장 오래된 전통 중의 하나이다.

예를 들어《논어論語》〈태백泰伯〉에는 "시에서 감흥을 일으키고, 예를 통해 규범을 세우며, 악에서 조화를 이룬다(興於詩, 立於禮, 成於樂)"라는 잘 알려진 구절이 있다. 좋고 싫어하는 마음의 정서는 시를 통해 일으킬 수 있고, 공경하고 사양하며 겸손한 태도는 예 속에서 배울 수 있다. 그렇듯이 노래는 일정한 리듬을 통해 만들어지고, 이 리듬에는 소리 상호 간의 어울림(和音)이 있기에 우리는 음악에서 조화를 배운다. 시는 유가에게 있어 윤리적 도덕적 인성을 함양시킬 뿐만 아니라 사회적 정치적 유대를 창출시키는 것이다. 이것이 이른바 공문인학(孔門仁學)의 치국평천하 이상이었다.

이러한 시교(詩敎)가 그러나 다른 한편으로는 개성 자체의 자유로운 발현보다는 개체와 사회 사이의 조화와 통일을 더 중시하였고, 그 때문에 개체적 독자성이나 심미적 본성 자체의 자율성은 간과되거나 부차적인 것이 될 수밖에 없었다. 유가나 도가가 근본적으로 미학으로서보다는 윤리학과 철학으로 기능한 것은 이와 연관될 것이다. 유가의 인의도덕이나 노장의 탈속주의가 삶에 무관심하거나 소극적이라고 말할 수는 없지만, 시와 예술은 삶의 원리라기보다는 그

한국인문학과 김우창

들 철학을 옹호하는 수단에 가까웠다.(송명(宋明)시대 유학자들이 보여주는 심미성의 경시도 이와 관련된 것으로 보인다. 가령 주자에게 있어서도 문예적 관심은 그의 이론체계에서 부차적 지위를 차지한다. 그러나 이런 심미성의 배척에도 불구하고 당송시대 산수화와 문인화의 만개는 어떻게 설명될 수 있는가는 앞으로 논의되어야 할 여러 문제 중의 하나이다).

예술철학적 전통에 대한 김우창의 시각은 이런 문제를 깊이 의식하고 있는 것으로 보인다. 이것은, 그가 쉴러 미학을 비판적으로 수용하거나, 실존적 균형의 마음으로부터 경(敬)과 화해의 정신을 말하면서 환경의 문제를 논의할 때, 잘 나타난다. 전통적 미학은 여기에서 스스로의 허물 – 유가적 교화의 이데올로기와 노장적 현실초월 그리고 선불의 돈오적멸(頓悟寂滅)을 벗어나 지금 여기에서의 실존적 태도로 변모하고 있다. 시는 궁극적으로 삶의 자세인 것이다.

김우창은 위의 글을 쓴 4년쯤 후 시를 매개체로 하여 공경의 정신을 마음의 깊은 구조와 연결하여 더욱더 심화시킨 것으로 보인다. 시의 정신, 심미적 정신이 자아와 그 주변세계의 상호공존성에 대한 근원적 상기라고 한다면, 그것은 말의 근본적인 의미에서 생태적이다.[*] 생태적 균형을 위한 노력은 삶 자체의 균형 – 지금 여기 생활에 나타나는 몸과 마음, 주체와 객체, 인간과 자연, 자아와 세계 사이의 균형에 다름 아니다. 생태적 균형이란 결국 삶 자체의 균형으로부터

---

[*] 그는 이것을 "확대된 심미의식은 곧 환경의식이다"라는 명제로 명료하게 재정식화한 바 있다. 김우창, 〈깊은 마음의 생태학〉,《정치와 삶의 세계》, 370쪽

나오는 것이다. 또 이것은, 심미성의 의미를 생각하는 우리의 논의맥락과 관련하여 시적 예술적 균형에서 가능하다고 할 수 있다. 시는 주관의 객관화를 통해 주체와 객체, 인간과 자연이 별개의 존재가 아니라 근원적 공생의 관계 속에 있음을 알려 주기 때문이다. 그럼으로써 그것은 대상을 그 전체적 지평 속에서 보게 한다.

시에서 대상과 주체, 사물과 체험은 하나로 만난다. 시를 읽으며 나는 있음 그대로의 자연성 속에서 스스로를 드러내 보이는 것 가운데 다른 것과 만나면서 자기 자신을 달리 만들어 간다. 시적이란 결국 '사물의 있음 그대로의 본래성에 자기 자신을 열어두면서 타자 또한 열게 하는'의 뜻을 가지고 있다. 여기에서 시적 창조성은 사물 자체의 창조성과 만나 좀더 차원 높은 객관성으로 나아간다. 시는 경인(敬仁)의 마음을 통한 균형에의 노력인 것이다. 시를 통해 우리는 느낌과 생각의 균형, 그리고 이 몸과 마음의 균형으로 가능하여지는 실존의 균형을 얻는다. 시와 예술은 인간 삶과 그 자연 - 환경적 테두리 전체의 균형을 상기케 한다.

삶의 자연적 본래성의 회복, 이것은 김우창이 추구하는 시적 문학적 이상이라고 말할 수 있다. 그러면서 그것은, '시와 그 테두리'에서 살펴보았듯이, 그보다 더 큰 틀인 사회정치적 역사적 지평 속에 위치한다. 사회적 삶 속에서 다른 사람들과 어울리는 가운데 나의 실존이 추구되어야 한다는 점에서, 그의 시적 이상은 도덕적 정치적 이상이라고도 할 수 있다. 결국 김우창에게 있어 시적 이상은 도덕적 정치적 이

한국인문학과 김우창

상과 분리되어 있지 않다.

분명 지적되어야 할 것은 그의 견해가 지닌, 이른바 이상주의적 미학과의 입장적 차이이다. 가령 쉴러의 갈망 속에 깃든 낭만주의적 잔재는 김우창에 의해 더 비판적으로 검토된다.* 쉴러 역시 문학적 도덕적 이상을 추구하는 것이 그의 시대에는 지나치게 '감상적'이라고 말하였지만, 그런 점에서 그는 자기이념의 한계에 의식적이었지만, 다른 한편으로 그의 이념은 여전히 고전주의적 낭만주의적 시대제약 속에 있는 것이었다.

이에 반해 김우창이 지닌, 시적 이상의 사회 정치적 구속력에 대한 의식은 이보다 더 강하고 또 복합적이라고 말할 수 있다. 이것은 문학에 대한 그의 옹호가 지금 사회의 권력화된 정치질서를 고찰하는 가운데, 그리하여 이데올로기현상 속에서도 있을 수 있는 시민사회적 공동체의 가능성을 실존적 요청의 진실성 속에서 검토하는 가운데 이루어진다는 점에서 잘 나타난다. 즉 시적 정당성은 삶의 전체적 상황 – 정치적 사회 역사적 조건만이 아니라 이를 넘어서는 철학적 형이상학적 차원의 가능성까지를 고려하면서 얻어지는 것이라고 그는 생각한다. 이런 복합적 고려 속에서 그는 시를 통해 어떤 추상적 기획에도 선행하는 삶의 전체성에 다가가고자 한다. 따라서 시는 지금 여기 삶의 절박한 요구에 대응

---

* 김우창, 〈문학의 옹호 – 말 많은 세상의 언어와 시의 언어〉, 35쪽 이하

하는 가장 구체적인 대응방식의 하나라고 말할 수 있다.

시의 정신이 김우창의 삶과 학문을 하나로 꿰는 한 지도 원리라고 할 때, 미국의 현대시에 나타난 자연관의 다양한 변모를 고찰하고 있는 글인〈미국시에 있어서의 자연〉은 그의 이런 시적 의지가 잘 보여지는 것으로 보인다. 그것은 물리적 사실성과 즉물성에 대한 20세기 미국시의 관심만이 아니라, 이보다 더 근본적인 문제, 즉 일체의 이데올로기적 편향을 넘어가는 시적 작업의 원초적 근본적 성격을 명료하게 드러낸다. 그러면서 그것은 필자 자신의 시적 지향과 학문적 태도를 암시하는 듯하다.

특히 애몬스(A. R. Ammons)의 시〈코손스 강 입구Corsons Inlet〉는, 그가 해석해 보이듯이, 어떤 막혀 있는 전체주의적 질서가 아니라 개방적이고 유연한 자연의 질서를 암시한다. 그러나 이것만은 아니다. 이 시에서 나는 오히려 이 시를 인용한 김우창 자신의, 시를 통한 삶의 온전성을 희구하는 학문적 다짐을 읽는다.

"[…]
의도적 공포, 이미지나 기획이나
생각의 억지가 없는 것:
선전, 현실을 굽혀 법칙에 맞춤이 없는 것.

공포는 어디에나 있지만 의도된 것은 아니며,
모든 도피의 가능성은 열려 있는 것.

아무 길도 막히지 않는 것. 문득

모든 길이 막히는 일 이외에는

나는 좁은 질서, 제한된 탄탄함을 본다.

그러나 그 쉬운 승리에로 달려가지는 않겠다.

느슨하고 넓은 힘들을 가지고 씨름해 보겠다.

나는 넓어 가는 무질서의 부여잡음을 질서로 붓들런다.

폭을 넓히며, 폭이 나의 부여잡음을 넘어가는

자유를, 최종적 관점이 없으며

내가 완전히 알아버린 것이 없으며

내일의 새로운 산보는 새로운 산보라는 자유를 누리며

no arranged terror: no forcing of image, plan,

or thought:

no propaganda, no humbling of reality to precept:

terror pervades but is not arranged, all possibilities

of escape open: no route shut, except in

the sudden loss of all routes:

I see narrow orders, limited tightness, but will

not run to that easy victory:

still around the looser, wider forces work:

I will try

to fasten into order enlarging grasps of disorder, widening

scope, but enjoying the freedom that

scope eludes my grasp, that there is no finality of vision,

that I have perceived nothing completely,

that tomorrow a new walk is a new walk."[*]

시에 드러난 자연의 질서는 어떤 인위나 조작의 흔적을 가지고 있지 않다. 그것은 미리 준비된 "공포"를 가지고 있지 않으며 어떤 "이미지"나 "기획" 또는 "사상"을 강요하는 것도 아니다. 따라서 그것은 "선전(프로파간다)"을 지니지 않으며 이런 선전으로 미리 있는 규정이나 규율에 따라 현실을 마음대로 뜯어 맞추지도 않는다. 공포스러운 일은 곳곳에서 일어나지만 준비된 것은 아니며, 어디로나 도망갈 수 있어 그 길은 열려 있지만 갑작스럽게 닫히기도 한다. 한마디로 자연의 질서는 인간의 질서와는 달리 예측 불가능한 것이다. 자연은 지각의 세계 안에 있으면서 또 이를 넘어선다. 무계획성과 비의도성은 자연을 규정하는 항수이다.

그러나 이 예측불가능성 속에서도 자연이 보여주는 지속성과 항구성은 그 자체로 인위와 강제, 변덕과 요행으로 넘쳐나는 인간 현실의 도덕적 암시가 된다. 그래서 시적 화자는 이렇게 다짐한다. "손쉬운 승리로 달려가지 않"고, "무질서를 드넓게 포착하여 질서로 다지며", 또 "관점을 넓히지만 그러나 이 관점이 나의 포착을 벗어나는 일을 자유로서 즐기면서, 그리하여 그 어떤 최종적 비전도 없이, 그 어떤 것

---

[*] 김우창, 〈미국시에 있어서의 자연〉, 50-51쪽. 위의 한글 번역을 다시 옮겨 적을 때 나는 부분적으로 고쳤다.

도 완전한 것으로 알지 않으면서" 살아가겠다고. 이것은 시인 애몬스의 삶의 자세이면서 이 글을 읽고 인용하고 여기에 대해 해석하는 김우창 자신의 삶의 자세이기도 하다.

김우창은 끊임없이 묻고 질의하고 검토하여 성찰한다

김우창은 그의 글 어디에서도 관련되는 사안을 마치 완전히 알고 있다는 듯이 쓰지 않는다. 또 이미 전제되어 의문시하지 않아도 좋을 규칙이나 명제를 상정하지도 않는다. 대신 그는 끊임없이 묻고 질의하고 검토하며 성찰한다. 거기에는 "그 어떤 최종적 비전도 없다." 모든 것을 알고 있다고 생각하는 대신, 그는 질의와 검토 속에서 일어나는 무수한 오류 – "포착을 벗어나는 관점"의 오류를 오히려 "자유"의 계기로 간주한다. 이 부단한 교정과 보충의 반성활동 속에서 그는 무질서를 좀더 확대적으로 포착하여 질서로 변용시킨다. 이 의지 속에 펼쳐지는 삶의 질서는 자연의 시종여일한 질서를 닮아 있다. 시를 통해 삶의 질서는 자연의 질서를 닮아 가는 또는 닮아가고자 하는 것이다. 이런 시적 태도는 지금 현실을 지배하는 효용과 공리, 소비와 강제에 대한 반명제일 수 있다. 그것은 그 자체로 삶의 팽만한 부박성과 번쇄에 대한 반성적 촉구가 된다.

시는 인간과 그 삶이 놓인 바탕이자 근거 그리고 그 배후를 깨닫게 한다. 이것은 시가 우리로 하여금 대상을 그 전체적 지평 속에서 바라보게 함으로써 가능하다. 자연은 이 전체적 지평의 이름이다. 이 지평은 시각과 관점의 폭넓은 원근법에 의해 포착된다. 이 원근법을 통해 우리는 삶의 일정한 균형에 도달한다. 그러나 이 균형은 항구적으로 지속되는 것이 아니다. 그것은 또 다른 경험에 의해 다시 불균형으로 변화한다. 또 이 불균형은 그것으로 고착되는 것이 아니라 새롭게 형성된 원근법의 획득에 의해 더 높은 차원의 균형으로 옮아간다. 균형과 불균형의 반복 속에서 우리는 좀 더 고차적인 보편성의 지평으로 나아가는 것이다.

조화는 이 균형의 지평 속에서 잠시 얻어진다. 겸허는 또 이 조화의 상태에서 갖는 주체의 정서적 상태를 일컫는 것일 것이다. 조화와 겸허 속에서 우리는 느낌과 사고의 변화, 이를 통한 가치와 규범의 변화 그리고 사회조직과 질서의 변화가능성을 생각할 수가 있다. 자연에 대한 인간의 바른 관계는 모든 다른 관계의 변화를 위한 전제가 되는 것이다. 시의 작업은 자연과의 바른 관계를 위한 가장 근본적인 창조의 형식이다.

IV. 시의 마음: 보편성의 연습

나는 지금까지 김우창의 몇몇 글을 통해서 시에 대한 또 시를 둘러싼 흩어진 그의 생각들을 모아 내 나름의 기승전결을 만듦으로써 시적인 것의 의미를 어떤 전체구도 속에서 보여주고자 하였다. 좋은 글은 이미 그 자체로 자신의 풍경을 만들어간다. 단지 어떤 풍경이 제각각의 글 속에서 그 나름의 모습을 만들어간다고 할 때, 그리하여 그 풍경의 폭과 깊이를 한두 편의 글 안에 한정하여 그리기 어려울 때, 이 풍경은 좀더 분명하고도 온전한 윤곽 속에서 모아질 필요가 있다.

이 글의 시도는 이러한 필요에 대한 잠정적 응답이다. 그 것은 시 또는 시적인 것에 대한 경험과 인식, 느낌과 생각이 김우창의 심미성에 있어 가장 핵심적인 사안이라는 내 주된 문제의식을 주제화한 것이다. 이것은 그러나 그의 인문학적 탐구가 지닌 여러 면모들 가운데 작은 일부일 뿐이다. 이러 한 시도는 그의 이념이 저작 전체 속에서 다른 여러 문제들, 가령 개체적 생존과 도덕성, 도덕성의 내면성과 반성성, 정 치철학과 현실진단, 역사의식과 환경의식 그리고 공동문화 의 가능성 등과 어떻게 서로 관계하는지, 또 그가 영향 받았 다고 말한 몇몇 이론가나, 아니면 좀더 적극적으로 그의 이 념과 유사한 이론을 전개한 다른 학자들과의 비판적 대조를 통해 그의 탐구의 성과와 한계는 어떻게 가늠할 수 있는지 등의 보다 본격적인 문제의식들과 이어질 때, 좀더 의미 있 는 것이 될 것이다. 이 글은 그런 보다 공정한 비판과 수용 을 위한 정지작업의 하나이다.

우리가 지금껏 살펴보았듯이, 김우창이 함의하는 시적 정 당성의 스펙트럼은 드넓다. 시는 나에게서 너로 그리하여 우리에게로 확대되고(간주관적으로), 또 개인에서 집단으로 넘어가며(사회적으로), 하나의 활동으로부터 다른 활동으로 이어진다(초분과적으로). 이 모든 심화와 확대는 지금 여기의 우리 그리고 나에게로 다시 돌아온다. 여기에서 시는 원심 적 확대와 구심적 집중에 있어 그 중핵에 해당한다. 우리는

시는 원심적 확대와 구심적 집중에 있어 그 중핵에 해당한다

결국 더 큰 우리 - 삶과 자연, 현실과 우주로 나아가기 위해 시를 읽고, 더 본래적인 나로 돌아오기 위해 시를 생각한다.

시의 심미성과의 만남은 이런 왕래 - 부단하게 지속되는 성장의 움직임을 장려한다. 시는 내가 나의 길 위에서 나를 달리 형성하면서 우리와 만나기 위한 갱생의 마당인 것이다. 그런 점에서 그것은 우리 삶의 제반문제를 반성할 수 있는 가장 중요한 실마리를 제공한다 할 수 있다. 그 실마리의 이름은 "시적 기술"이다.

"[…] 한국 사람은, 다른 어떤 사람들과도 달리, 자연의 체험, 산의 체험에서 모든 것을 얻었다. 형이상학적 깨우침과 실존적 자각과 도덕이 거기에서 왔다. 달리는 오늘의 삶을 넘어 가면서 그것을 지탱해주는 아무런 초월적 원리를 가지고 있지 않은 것이 우리의 전통인 것이다. 자연과의 관계를 다시 정립하는 것은 가장 절실한 필요이며 깊은 염원일 수밖에 없다.

그런데 이 산과 자연의 체험은 물리적인 산이 거기에 있다고 얻어지는 것이 아니다. 그것은 복잡한 시적, 철학적, 도덕적 기술을 통하여 비로소 근접되는 것이다. 그리고 물론 그것은 그것에 맞아서 발달되어 나온 생활의 질서에 의하여 뒷받침되어야 한다. 산 또는 자연은 늘 거기에 있으면서 보지 못하는 눈에는 그 참모습을 감춘다. 현대사에 일어난 일은 우리가 자연을 보는 법을 잃었다는 것이고 또 자연이 스스로의 진정한 현존을 걷어들였다는 것이다."

---

* 김우창, 〈산의 시학, 산의 도덕학, 산의 형이상학, 산과 한국의 시〉, 125쪽

김우창이 보여주듯이, 자연에 대한 우리의 전통적 관계는 명시적이든 암시적이든 어떤 실존적 도덕적 형이상학적 의미를 갖는 것이었다. 그리고 이때의 형이상학적 의미는, 그것이 지금 여기의 현존으로부터 체험되는 한, 삶의 경험현실 위에 서 있는 것이었다. 그러나 오늘날의 우리가 이전과 똑같은 자연관계를 지녔다고 말할 수는 없다.

우리는 지난 두어 세기를 거치면서 너무나 급격한 사회적 정치적 경제적 역사적 문화적 현실의 변화와 정체성의 위기를 겪어 왔다. 그리하여, 그가 적고 있듯이, "오늘의 삶을 넘어 가면서 그것을 지탱해주는 아무런 초월적 원리를 가지고 있지 않은 것이 우리의 전통"이 되어버린 것이다. 이 때문에 우리는 "자연과의 관계를 다시 정립하는 것은 가장 절실한 필요이며 깊은 염원일 수밖에 없다"는 그의 궁극적 테제에 동의하지 않을 수 없음을 느낀다. 그러나 그것은 어떻게 회복될 수 있는가? 그는 있을 수 있는 방법의 하나를 절차적으로 제시하고 있다. 그것은 첫째, "복잡한 시적, 철학적, 도덕적 기술을 통하여" 행해져야 하고, 둘째, 이 기술은 이 기술에 "맞아서 발달되어 나온 생활의 질서에 의하여 뒷받침되어야 한다."

자연과 인간의 본래적 관계가 시적 철학적 도덕적 기술을 통해 회복 가능하고, 이 기술은 또 어떤 명제나 주장에 의해 서라기보다는 이 기술을 가능하게 하는 생활 속의 질서와 욕구 속에서 우러나와야 한다는 김우창의 테제는 얼핏 보아 현대적 삶의 사회적 복합성에 대한 소박한 대응법은 아닌가 여겨지기도 한다. 현대사회에 있어서의 자연에 대한 감각과 정신은 근본적으로 변화하였고, 이를 지탱하는 물질적 토대도 변하였으며, 또 이때의 변화는 자연관의 변화에 대한 성찰마저 불가능하게 할 정도로 전면적인 것이었다. 그리하여 지금 사람들의 자연에 대한 관계는 조화 또는 부조화의 차원을 떠나서 전적인 붕괴 속에 있지 않는가 생각되기 때문이다.

가령 인간과 자연의 부조화 관계는, 특히 서울과 같은 대도시에 있어서의 그것은, 이 관계의 틀도, 또 이 틀에 대한 상념도 허용하지 않는 것처럼 보일 만큼 전반적 탈자연화로 특징지어진다. 거리나 간판, 건물과 사람, 심지어 몇 안 되는 공원에 이르기까지 인공의 색소를 벗어난 것은 없다. 그렇다면 이 장소에 사는 사람들의 감성과 정서와 영혼은 푸르른 것인가? 인간소외의 문제는 탈자연적 왜곡의 사회적 표현일 것이고, 산업화의 폐단은 그 기술적 문명적 표현일 것이며, 환경오염은 그 생태학적 위기의 표현일 것이다. 여기에서 인간과 자연의 관계왜곡은 모든 왜곡의 중추가 된다. 이 총체적 왜곡의 복합적 연관항 속에서 감성의 붕괴와 물질적 소비풍조 그리고 이로 인한 사회 문화적 황폐화에 대한 각 분야 내에서의 대응방식은 다를 수밖에 없다.

시와 문학예술에서 보여지는 삶의 왜곡에 대한 대응방식은 가장 소박하게 그리고 가장 구체적인 것으로부터 시작하는 것일 것이다. 그래서 김우창은 생활로부터 우러나온 시적 기술의 방법을 제안하였을 것이다. 그러나 시가 보여주

삶의 왜곡에 대한
가장 소박하고
구체적인 대응 방식

는 세계 또한 편견과 억측일 수가 있다. 그것 역시 관심과 지향의 일정한 경사 위에 서 있기 때문이다. 모든 이론적 탐구와 실천적 기획이 그러하듯, 시 역시 사회역사적 문제지평 속에서 일어나는 것이라면, 그것이 시대의 지배적 관념 체계로부터 완전히 분리되기는 어렵다. 그리하여 그것은 특정한 관심과 이해의 자의적 구성물이기 쉽다. 시속에서 보여지는 시인의 현실관과 정치관, 사회관과 역사관 그리고 인간관은 정도의 차이가 있는 채로 주관적으로 또 시대적으로 규정되는 것이다.

그러나 현실의 편견이 있고, 이 편견을 반성하는 것이 무엇보다 시라고 한다면, 시의 있을 수 있는 편견은 교정되어야 할 것이면서도, 그것이 한계개념을 이룬다는 점에서 어쩌면 사랑해야 하는 것인지도 모른다. 시적 경사 또는 편견은, 그것이 반성 속에서도 불가피하다는 점에서 운명적이라고 말할 수밖에 없다. 게다가 시는 대상을 고찰하는 가운데 자기 자신을 고찰하고, 이 고찰 속에서 스스로를 반성하는 행위 아닌가? 그러는 한 시의 편견은 교정되면서 보듬어 안고 나가야 할 것으로 보인다. 이런 의미에서 우리는 김우창의 현실 대응법이 시의 내외적 역학을 두루 고려한 것임을 확인한다. 그의 심미성에 대한 옹호는 근본적으로 시적 기술을 통한 것이고, 이 기술은 시적인 것의 잠재력 – 그 자아 갱신력과 현실 교정력에 대한 믿음으로 하여 가능한 것이다.

자연이 이용과 착취의 대상으로서가 아니라 그 자체의 독자성 속에서 이해되고 또 인간 삶의 근본 배경으로 지각될 때, 사람의 자연에 대한 관계는 탈지배화된다. 관계의 탈지배화는 모든 관계의 인간화를 위한 출발점이다. 인간은 자연과의 바른 관계로부터 동료인간과 다른 생명체 그리고 사물에 대해서도 자신의 바른 자리를 마련할 수 있다. 관계 일반의 균형의 필요성은 여기에서 생겨난다. 이 균형은 나와 우리의 느낌과 생각을 삶의 바른 원근법 속에 가져다 놓는다. 결국 인간과 자연의 관계회복은 인간과 인간, 인간과 그 주변 사이의 관계, 그 전체성을 회복시키는 일과 다르지 않다. 불우에 대한 동정, 불의에 대한 분노, 이웃에 대한 관심, 연대를 통한 결집 등은 이런 관계회복의 원근법적 지평 속에서 나오는 것일 것이다.

시는 감성적 직관의 구체성에 바탕한 성찰력 – 보편성을 향한 반성력을 갖게 한다. 보편성을 그 항구적 의미에서 구현할 수 없는 것이라면, 그리하여 그것은 늘 잠정적 형태 속에서만 경험될 뿐이라면, 이 보편성은 나와 세계, 주체와 객체 사이의 어떤 균형 또는 균형적 순간을 지칭하는지도 모른다. 그러므로 삶의 탈지배화란 균형의 보편성을 얻고자 하는 노력이다. 시는 지금 여기 삶 속에서 균형의 보편성을 체험케 한다. 그것은, 김우창이 말하는 바 "주체의 보편성의 훈련"에 다름 아니다.* 이 균형의 체험 속에서 우리는 대상을 지배하는 것이 아니라 있는 그대로의 모습 속에서 느끼고 표현하고 또 반성한다. 시의 윤리성은 바로 여기에 있다.

---

* 김우창, 〈진실, 도덕, 정치〉, 31쪽

이 점에서 시적 균형은 김우창의 문학적 정치적 윤리적 심미적 관점을 포함하는 학문적 관점의 전체, 즉 그의 인문주의의 근본정신이 된다.

그러므로 시, 그러니까 시의 원리와 작용, 그 인식과 역학에 대한 이해 없이 김우창을 이해하기란 어렵다고 나는 생각한다. 이해한다고 해도 이 이해된 글을 그의 사상의 전체적 원근법 속에서 자리 매김하기란 힘들 것이다. 그가 쓴 모든 글이 심미적 이성의 기획 안에 수렴된다고 할 때, 시 또는 시적인 것은 그의 심미성 이념의 핵심이다.

시가 구현하고 있는 간결성과 소박성, 자기초월성과 반성성은 그 자체로 대표적인 심미가치에 해당한다. 세계의 심미화란 그에게 있어 세계의 시화에 다름 아니다. 이런 점에서 그는 낭만주의적 유산을 이어받지만, 그러나 그 기획이, 앞서 언급하였듯이 현실 – 지금 여기 실존적 삶의 구체적 사실로부터 시작하고 또 여기로 돌아온다는 점에서 철저하게 현실주의적이다. 그는 낭만 또는 현실이 아니라 현실과 낭만, 사실과 꿈 사이에서 현실과 사실의 현존적 제한에 유념하는 가운데 그 갱신가능성을 시적/심미적으로 탐색하는 것이다. 이점에서 시와 시적 작용 그리고 그 에너지에 대해 그가 지닌 믿음을 배우고 나누며 또한 보다 적극화할 필요가 있다.

이론과 개념이 그 추상성을 면하기 위해 현실과의 대조를 부단하게 필요로 한다면, 이 대조의 원리는 사고작용으로부터 온다. 사고는 자아의 내부와 외부 현실 사이의 대조와 검토를 통해 이 간극을 지양하고자 하기 때문이다. 삶의 바른 균형은 이 일치로부터 온다. 이 일치가 나와 세계, 주체와 객체 사이의 근원적 유대의 본래성을 상기시켜 주고, 이 유대 의식 속에서 주체는 말없는 가운데 창조적인 삶을 누리게 된다. 본래성에 대한 이 시적 상기는, 거듭 말하였듯이, 삶의 감각적 구체와의 관련 하에서만 일어난다. 이 점에서 시의 인식론은 사물의 진실에 다가간다.

시가 인간 삶에 필요 불가결한 것으로 보이는 이유도 이와 무관하지 않다. 시가 대상에의 감각적 느낌을 언어를 통해 객관화하는 반성적 활동이라면, 이 반성적 활동을 통해 주체는 주관의 객관화 또는 구체의 보편화를 실현할 수 있다. 시의 구체적 전체성은 삶의 바른 균형 – 주체와 객체, 나와 세계의 균형을 가능하게 하는 것이다. 이 점에서 우리는 예술의 존재방식과 인간의 존재방식이 구체적 보편의 원리 속에서 일치한다는, 이 글의 맨 처음에 언급한 사항으로 되돌아간다. 주체의 균형은 객관화 또는 보편화로부터 온다.

그러므로 시는 주관의 객관화 – 느낌과 생각의 보편성을 수련하는 일이다. 이 보편성의 연습을 통해 주체는 시공간적 제약을 딛고 형이상학적으로 고양되는 체험 – 삶의 질적 도약을 체험하게 된다. 개체적 실존은 시를 통해 느낌과 사고의 균형에 도달하고, 이 균형 속에서 삶의 근본적 균열과 아포리아를 넘어서는, 또는 적어도 그것을 줄이는 보편성에 도달할 수 있다. 균형의 보편성 속에서 우리는 타자들과 대화할 수 있는 것이다.

그러나 이것은 쉬운 일이 아니다. 그러나 우리는 쉬운 승리의 길로 달려가는 대신, 시인처럼 또 김우창처럼 쉽지 않은 수련의 길을 택하고자 한다. 그것이 현실의 가능성에 나의 가능성을 열어 놓는 자유의 길, 곧 시의 길이기 때문이다. 시의 길은 삶의 길이다.

자기형성의 심미적 윤리

매 순간, 걸음걸음마다, 사람은 자기가 생각하고 말하는 것을 자기가 하고 있는 것과, 그의 존재와 직면시켜야 한다.

미셸 푸코(1983)

사람이 만들어내는 많은 것이 그러하듯, 글에도 성격이 있다. 이러한 성격은 이렇게 만드는 사람의 느낌과 생각, 욕망과 고민 그리고 세계관의 정도에 따라 얼마든지 다르게 나타난다. 이 개인적 성향은 물론 그가 속한 사회의 성격이나 현실의 구조 그리고 시대의 정신에 따라 일정하게 조건 지어진다. 그리고 이 사회역사적 조건은 다시 개인에게 어떤 제약으로 작용하면서 동시에 하나의 가능성 - 이 제약을 꿰뚫고 나갈 수 있는 의미지평의 발판이 되기도 한다. 그렇다는 것은 글이 어떤 사람의 감각과 사유, 욕망과 고민 그리고 세계관의 표현에 그치는 것이 아니라는 뜻이기도 하다. 그것도 중요하지만, 글은 그 이상으로 나아가야 한다. 말하자면, 글은 참이나 거짓 혹은 선이나 악의 구분이 아니라 이런 구분을 하면서도 더 하게는 진위나 선악에 대한 우리의 관계일반을 반성하는 방식이다.

현실에 대한 이런 관계의 반성을 통해 글은 세계의 지평 – 존재의 바탕의 한 켠을 헤아리게 된다. 개념적 인위적 구분을 세계질서의 한 현상으로 상대화하는, 혹은 상대적으로 바라보는 것은 그런 이유에서 필요하다. 나는, 혹은 나의 언어와 사유는 자기를 넘어가는 가운데서도 자기에게 충실할 수 있는가? 전체는 개체를 존중하는 가운데 일정한 균형에 이르려고 하는가? 관계의 지속적 반성을 통해 존재의 바탕을 헤아리지 못한다면, 글은 오래가기 어려울 것이다.

추구되는 진리가 하나의 삽화에 불과할 수도 있음을 알지만, 이 삽화가 전체의 어떤 이미지를 담을 수도 있음을 믿으면서 우리는 진선미의 규명을 그리고 그 실현을 추구해갈 수 있는가? 전적인 무의미 속에서도 의미형성의 에너지를 포기함 없이 우리는 살아갈 수 있는가? 아니 이렇게 애쓰며 살아가는 일 자체가 하나의 진선미를 입증하는 윤리적 실천이 되게 할 수 있는가?

1. 사유의 인간적 가능성

이런 전제 아래 우리는 글의 형식과 내용을 다음과 같이 대략 상정할 수 있다. 다루어지는 대상이 무엇이건 간에, 이 대상을 곧바로 거론하는 것이 아니라 다루는 주체의 현실로부터 시작하고(첫째), 나의 느낌에 들어온 대상이 사람과 사람 사이에서 그리고 사회와 현실 안에서 어떻게 자리하며(둘째), 이렇게 자리한 사회현실적 의미가 그 이전의 과거 시간이나 그 이후의 미래 시간과는 어떻게 관계하며(셋째), 이같은 시간적 연결이 나와 우리의 지금 삶 – 현재적 삶의 고양과는 어떻게 이어지는가?(넷째). 여기서 더 나아가면, 이런 나와 너, 개인과 사회를 오고가는 이질적 영역 사이의 움직임이나, 과거와 미래를 현재 속에서 잇는 시간적 움직임이 삶의 인간화나 사회의 이성화라는 관점에서 어떻게 파악될 수 있는가(다섯째)가 서술될 수 있다. 그리고 이러한 논의과정이 누군가를 가르치거나 이끌려는 계도적 관점에서가 아니라 그저 자기물음에 대한 자기답변의 시도라는 관점에서 이루어진다면?(여섯째)

이런 대여섯 항목은, 글이 언어를 통해 표현되는 한, 말할 것도 없이 이 언어 안에 일정하게 내재화되어 있다고 할 수 있다. 언어라는 기호를 지극히 중성적인 매체로 간주하여, 이 언어에 배어있을 감정이나 정서를 가능한 한 삼가는 것도 이 같은 문제의식에서 나온 것이 될 것이다. 사실 언어의 내밀한 성격만큼 사람의 성격을 그 자체로 드러내 보여주는 매체도 드물다고 말해야 될지도 모른다.

사용되는 단어를 최대한 무색무취하도록, 그래서 투명하고 명징하게 만든다면, 이때의 말은 사실을 쫓고 글은 논리를 따르게 될 것이다. 그래서 그것은 여하한의 과장이나 미화, 자화자찬이나 아무래도 좋을 타협과는 거리를 둔다. 그러면서 엄격함 이상으로 너그럽고, 자상함에도 불구하고 논리의 면밀성과 관점의 정확성을 놓치지 않는다면, 그것은 무엇인가? 사실과 논리에 대한 말과 글의 충실 속에서도 이때의 언어가 논의의 정치경제적 역사적 제약을 의식하고 있다면? 그리고 이런 제약을 의식함에도 사실검토의 의지가 철회되지 않는다면? 그래서 인간은 여전히 관찰되고, 현실은 여전히 검토되며 삶은 여전히 성찰되고 있다면? 그러면서 그 언어가 외부대상을 향해서 만큼이나 자기 자신을 향해 쓰이고 있다면? 그렇다는 것은 언어는 일정한 대상을 보여주면서도 이 대상이 처한 주변의 테두리와 그 바탕 – 존재론적 바탕을 엿보게 한다는 뜻이기도 하다. 우리가 사물의 신비와 인간의 비밀 그리고 삶의 모호함을 떠올리는 것은 이 대목에서다.

이런 관찰과 검토와 성찰을 40여년 이상 어떤 일관성 아래 설득력 있게 수행하고 있다면, 그것은 말할 것도 없이 지극히 좁은 길이다. 지극히 좁은 길 위에 놓인 지극히 드물며 위태로운 가능성 아래 학문의 가능성은 비로소 마련된다. 게다가 이 글이 놓인 사회정치적 역사적 경제적 공간이, 해방 이후 지난 60여년의 궤적이 보여주듯이, 그토록 열악하고 황량하여 갖가지 갈등과 혼돈 그리고 오해로 뒤덮인 어지러운 곳이었다면, 그 글은 무엇인가? 적어도 나는 이 점에서 경외의 마음을 아니 품을래야 아니 품을 수가 없다. 김우창의 글은 이처럼 정치경제적으로 궁색하고 학문적 문화적으로 척박하기 그지없는 1960년대 이후의 경로 속에서 사유의 인간적 가능성을 지속적으로 탐색해오지 않았나 여겨진다. '사유의 인간적 가능성'이란 무엇인가?

우리가 어떤 가능성을 떠올릴 때, 이 가능성이란 대개 기존에 대한 안티테제로 기능한다. 기존의 것이란 사회일 수도 있고 인간일 수도 있으며, 세상이나 개인, 관습이나 규범일 수도 있다. 그리고 감각이나 사유, 언어와 표현의 일반적 틀일 수도 있다. 그것이 지향하는 것은 인간관계의 다른 차원이 될 수도 있고, 더 이성적인 사회모델일 수도 있으며, 이 땅 위의 삶이 지향할 미래의 평화적 질서일 수도 있다. 사람의 해악이란 그가 문명사적으로 이뤄놓은 성취 못지않게 크듯이, 선의 역시 역사적 오류의 지속에도 불구하고 간단히 허황된 것이라고만 말하기 어려운 무엇이다. 이런 관점에서 보면, 사고의 가능성은 어떤 지평 – 아직 드러나지 않았으나 추구해야 할 더 인간적이고 더 성숙한 길을 예시할 수도 있다.

김우창은 시대사적 황폐함 속에서 그 이전과는 전혀 이질적인 의미의 지평을 한국의 문예론과 철학, 시학과 미학과 비평론과 정치학 그리고 문화론에서 열어 제친 것으로, 그리하여 이렇게 열어 제친 의미지평이 우리의 중대한 성찰적 삶의 일부로 만든 한 학자이지 않나 여겨진다.

2. 자기형성의 사회정치학

최근에 내가 읽은 김우창의 글 중에는 단행본인《정의와 정의의 조건》과 세 편의 논문이 있다.※ 여기에서 다루어지는 문제는, 그의 다른 글이 대개 그러하듯, 여러 가지로 얽혀있다. 그것은 정의의 문제로부터 우리 사회의 민주주의와 민족주의 혹은 통일의 문제를 거쳐 세계화와 문화적 혼종화 문제 등에 걸쳐있고, 릴케론에서 보듯, 시에 의지하여 예술론을 펼친 경우도 있다.

그러나 어떤 것이나 하나의 주제를 다룰 때에도 이 주제에는 여러 다른 주제가 녹아있다. 그래서 몇 가지로 정리하거나 요약해내기가 간단치 않을 뿐더러 때로는 별 의미 없는 것처럼 여겨진다. 이것은, 큰 학자들이란 손쉬운 개념적 환원을 허락하지 않는다는 평범한 사실을 떠올리자면, 쉽게

※ 출간된 글의 제목은 차례대로 이렇다. 〈한국인문사회과학의 한 패러다임: 김우창 교수를 만나다(대담 박명림)〉,《비평》2008년 봄호, 통권 18호, 생각의 나무;《정의와 정의의 조건》, 생각의 나무, 2008년, 9월; 〈자아의 기술, 전통의 의미, 되돌아오는 진리〉,《지식의 지평》, 2008년, 12월 통권 5호, 한국학술협의회편; 〈사물의 시 – 릴케와 그의 로댕론〉,《예술논문집》, 2008년 12월, 통권 47호, 대한민국예술원. 이 글들은 제목과 쪽수로 본문 안에 표시한다.

이해할 만한 것이다. 그렇지만 일정한 질서 아래 위치지어질 필요도 가끔 있다. 이런 글에 개진된 어떤 생각에 기대어 어떤 다른 것을 하고자 할 때, 특히 그렇다.

필자가 이 글에서 하고자 하는 바는 한 가지다. 그것은 작년을 전후하여 김우창이 쓴 글에서 핵심이 무엇이고, 이 핵심은 어떻게 일정하게 정식화될 수 있는가라는 것이다. 이때의 핵심이란 게 문예론적 미학적 철학적 차원에서만이 아니라 인문학적 문화이론적 차원에서 의미심장한 것이고, 더욱이 그러한 문제의식이 한국의 학문공동체에서 아직 전면적으로 주제화되지 않았지만 그럼에도 어떤 보편적 함의를 띠고 있다고 보일 때, 그것은 강조되지 않을 수 없다. 그 핵심이란 '자기형성의 심미적 윤리성' 혹은 '자기형성의 사회정치학'이라고 부를 수 있지 않나 여겨진다.

필자는 이 점에 대한 그의 논거를 스케치할 것이고, 이런 스케치를 통해 그 의의를 살펴볼 작정이다. 이것은 한편으로 그의 복잡다단한 글에 납득할 만한 윤곽을 부여하기 위한 것이고, 다른 한편으로 앞으로 있게 될 나의 작업에 하나의 논거로 삼기 위한 것이다. 이 논의가 그 나름의 설득력을 갖는다면, 여기에 의지하여 우리는 다른 더 많은 일을 할 수도 있을 것이다.

1) "작은 접근들의 누적"

김우창의 글은 다양한 문제를 중첩적 사유의 얼개 아래 자기 언어로 녹여내기 때문에 몇 가지로 말하기가 늘 어렵다. 그것은 독자로 하여금 손쉬운 요약을 불허하고, 그 스스로도 선명한 결론으로 나아가지 않는 것처럼 보인다. 관련되는 사안의 전체를 그 나름으로 드러내면서, 이렇게 드러나는 모습으로부터 글은 다시 물러나며 끝나기 때문이다. 마치 무대에 등장하는 배우와 같다고나 할까. 자기 얘기를 하면서도 이렇게 얘기한 후에 그의 글은, 마치 얘기하기 이전처럼, 무대를 떠나버리는 것이다.

자기로부터 나와 세상을 돌다가 다시 자기 자신으로 돌아가면서 그 흔적을, 말의 한계를 자각하며 그 능력을 제한시킨다고나 할까. 그리하여 그의 글에서 종국적으로 느껴지는 것은 우리 삶의 어떤 근본적 이미지 - 사물의 변화나 세계의 크기 혹은 침묵의 자리와 같은 것으로 여겨진다. 글은 이 글을 에워싼 주변세계 - 존재의 전체를 함의하는 것이다. 그의 글이 그 어느 것이나, 문학론이든 현실진단이나 정치철학이든, 거의 모두가 어떤 명상적 울림을 갖는 것은 그 때문인지도 모른다. 이것은, 위의 예로 든 글에서 보면, 릴케론에서 특히 잘 나타나지만, 다른 글에서도 없지는 않다. 그러면서 이렇게 드러난 문제의식은 전체적으로 이전의 글과 일정한 연속성을 보여준다. 어디서나 현실을 진단하면서도 이렇게 진단하는 언어 자체에 자신의 삶 - 그만의 실존과 언어, 주체와 사유, 감정과 시각이 담겨있는 것이다. 그래서 그가 다루는 글 속의 현실은 마치 글 밖의 현실처럼 어딘가 넓고 또 깊어 보인다. 이런 일관된 성찰의 여러 갈래를 하나로 거머쥘 수 있는 핵심은 무엇일까? 이런 다양한 제재에도 불구하

명상적 울림

고 이 모두를 관통하는 일관된 문제의식은 어디에 있을까?

개인의 문제든 사회의 문제든, 혹은 더 정확하게는 개인과 사회의 문제든, 김우창은 자기 자신의 느낌에서 출발한다. 이때의 느낌이란 구체적이고 개인적이면서도, 그것이 삶에 대한 반응인 한, 개인을 에워싼 외부현실에도 닿아있다. 그래서 그것은 주관적 차원을 넘어 상호주관적이고 사회적인 차원으로 나아가는 것이다. 그는 개인과 사회, 상부와 하부, 내면과 외부의 어울림을 중시하고, 이 어울림 속에서의 개체적 실존의 자율과 선택 그리고 그 판단과 책임을 존중한다. 집단으로부터의 명령에의 복종이나, 상위범주에 의한 하위범주의 지배가 아니라 밑으로부터의 작은 움직임 - 자발적이고 절실한 흐름을 귀하게 여기는 것이다. 이것은 사회의 구조를 생각할 때도 그렇고, 개인의 삶이나 행동방식 혹은 우리 사회의 전체구조를 생각할 때도 그렇다.

예를 들어《정의와 정의의 조건》이 시장의 현실과 분개심, 원한과 사랑 혹은 화해 등의 개념적 그물망 아래 정의의 문제를 성찰한 것이라면, 〈자아의 기술, 전통의 의미, 되돌아오는 진리〉는 철학자 로티(R. Rorty)와의 서신교환에 바탕을 둔 것으로서 문화적 혼성화 시대에 자아의 자기조정과 자기확대 속에서 사회적 정의와 생태적 절제가 어떻게 가능한지 보여준다. 그에 반해 〈사물의 시 - 릴케와 그의 로댕론〉은 릴케가 사물시를 통해, 특히 로댕론에 기대어 어떻게 주관으로부터 형식적 제어 속에서 객관성으로 나아가는지를 보여준다. 어떤 글에서나 현실의 문제와 그 속의 인간,

대상사물과 이 사물을 대하는 주체의 관계의 문제가 성찰적으로 서술된다. 즉 주체와 타자의 관계에서 주체의 문제는 김우창에게 우선적이다. 그래서 그는 제도와 법적 강제력의 필요성을 인정하면서도 이것만으로는 불충분하다고 여기는 것이다. 자유와 평등은 제도와 강제력으로 어느 정도 실현될 수 있지만, 우애(fraternity)와 같은 덕성은 강제력을 만들어 낼 수 없다고 그가 말하는 것도 이런 이유에서다.(〈한국인문사회과학의 한 패러다임〉, 134)

김우창이 한편으로는 법적 제도적 차원을 넘어서는 개인의 자율능력과 이런 능력으로 이루어지는 자유로운 삶의 가능성을 믿으면서, 다른 한편으로는 이 자유의 가능성을 다시 일정한 규범 안에서 탐색하고자 한다면, 이 같은 입장은 사실 그의 저작을 관통하는 핵심적인 특징 중의 하나이지 않나 여겨진다. 그가 정의론에서 "사회생활의 필요가 아니라 자기의 삶을 보다 깊이 살고자 하는 동기에서 나오는 도덕적 추구가 결국은 사회적 도덕과 윤리의 기반이 되기도 한다. 그것은 자기완성의 추구의 테두리 안에서 생각될 수 있는 도덕과 윤리이다.

물론 자기완성의 추구가 반드시 윤리도덕적 완성으로 돌아가는 것은 아니다. 그러면서도 그것이 도덕이나 윤리와 분리하여 가능하다고 할 수는 없다. 그리하여 사회적 의미를 갖는 도덕률도 참으로 깊이 있는 것이 되려면, 이러한 자기완성의 일부로서 존재해야 한다."(《정의와 정의의 조건》, 28)라거나, 한 정치학자와의 대담에서 "연명하는 것이나 사람

제도의 강제력으로 만들 수 있는 것과 만들 수 없는 것

다운 삶이나, 삶이 담지자로서의 개체적 실존을 빼고 어디에 존재할 수 있겠습니까? […] 가장 좋은 것은 개체적 실존의 완성이 모든 사람의 평화적 공존, 더 나아가 동참의 삶, 이반 일리치의 말로, 'conviviality'의 삶을 확실히 하는 것이겠습니다."(《한국인문사회과학의 한 패러다임》, 134)라거나, 혹은 릴케의 로댕론과 관련하여, "인간의 위대함은 개체적 인간의 완성에 있고, 이것은 다시 보다 위대한 삶 그리고 존재에 대한 인간의 겸허로 이루어진 것이었다. 어쩌면 필요한 것은 보다 원초적인 삶의 회복이었다."(《사물의 시 – 릴케와 그의 로댕론》, 37)라고 적을 때, 또 "[…] 우주도 예술작품도 인간도 완전히 자기 속에 있고, 스스로 완성되는 과정에 있으면서 동시에 깊은 존재의 교환관계 속에 있다는 사실이다."(41)라고 쓸 때, 이것은 모두 개체적 실존의 자기형성적이고 자기완성적인 추구를 강조하는 것이다.

개인적 자기완성을 통해 이성적 질서로 나아가는 경로는 이렇듯 김우창 글의 전편에서 하나의 배경이자 바탕으로 자리한다. 그런데 이것이 가장 직접적이고도 체계적으로 나타나는 것은, 최근의 글 가운데서는, 〈자아의 기술, 전통의 의미, 되돌아오는 진리〉라고 해야 할 것이다. 문화의 혼종화에서 야기되는 현실의 여러 갈등들 – 정치경제적 문제뿐 아니라 생태환경의 문제, 부와 권력의 배분문제, 사적인 것과 공적인 것의 관계 등과 관련하여 그는 무엇보다도 자아의 수련과 반성을 내건다. 여기에 대하여 로티는, 자아나 수련, 마음이나 반성이 어떤 '실체'나 '깊이'를 전제하는 까

개인적 자기완성을 통해 이성적 질서로 나아가는 경로

닭에, 부정적이다. 로티는 여하한의 본성(nature)이나 진정성(authenticity)을 불신하기 때문이다. 이런 주체구성의 문제 - 그것이 자기수련이든 자기확대든, 자아와 그 연마, 반성과 마음 그리고 명상을 통해 이루어지는 주체의 자기갱신작업에 대한 두 학자의 입장은 미묘하게 다르고, 이 차이의 세세한 내용이 간단할 수가 없다. 그 통찰은 이들을 읽는 독자에 의해, 이 독자가 처한 문제나 상황에 따라, 일정한 한계 속의 어떤 가능성으로 재구성될 것이다.

그러나 크게 보아 로티가, 한편으로는 자아의 내면적 심성을 통한 주체의 심화를 부정하면서도 다른 한편으로는 사회정치적 맥락 안에서 '자기확대'나 '자기창조'를 여전히 강조한다는 점에서, 김우창의 입장과 전혀 무관한 것은 아니다. 이점에서 그는, 자주 평가되는 대로, '아이러니컬한 자유주의자'의 면모를 보이고 있다고 할 수 있다. 김우창의 경우, 그가 주체의 내면성이나 성찰을 강조한다고 해서 그것을, 로티가 그러하듯이, 실체화하는 것은 아니다. 그러면서도 그는 자아의 내면회귀 혹은 주체의 각성과정에 로티보다 더 적극적인 의미를 부여한다. 그는 명상이나 고요의 현실이반적 위험성을 직시하면서도 그것이, 주체가 세계의 객관성을 깨우쳐가려 할 때, 불가피하다는 점을 역설한다. "[…] 주체로서 깨어난다는 것은 세계의 사물의 객관적 현실성을 인정하는 것과 동일한 과정이고, 자아와 세계를 여러 각도에서 보는 일, 즉 보편적 관점에서 보는 일과 같은 과정입니다." 〈자아의 기술, 전통의 의미, 되돌아오는 진리〉, 219). 이런 점에서 자기확대를 강조하는 로티의 생각은, 김우창이 설득력 있게 진단하듯이, 자아 이외의 것에 사로잡히는 것을 막을 수는 있어도 "자아와 자아의 이해관계에 사로잡히게 할 위험을 가지고 있"다.(같은 쪽)

이렇듯 김우창의 논지는 복잡하긴 하나 그 복잡한 하나하나의 요소는 차라리 선명하다고 해야 한다. 그는 논의되는 생각의 여러 갈래를 그 나름의 일관된 관점에 따라 분명하게 구분 짓고, 이렇게 구분한 것에 납득할 만한 근거를 대기 때문이다. 그의 글은, 적어도 꼼꼼하고 세심하게 읽는다면, 의외로 명료한 단계를 밟는 것으로 드러난다. 그러니까 그것은, 우리나라의 많은 학자들이 (무책임하게) 지적하듯이, 단순히 난해하거나 난삽한 것이 아니라 차라리 명징성의 높은 수준을 보이는 것이다.(나는 이 점을 다른 글에서 누차 지적한 바 있다.) 적확한 언어가 이 명징성에 다가가려는 도구라고 한다면, 사고의 깊이는 그렇게 도달한 수준의 결과가 된다.

현실의 깊이에서 역설은 생겨난다. 이런 현실에서 언어가 자기배리에 주의하는 것은 자연스럽다. 필요한 것은 어떤 논의에서나 이 논의가 지닐 수 있는 자기배반적 관계에 주의하고, 그로부터 거리를 유지하는 것으로 보인다. 말하자면, 주체의 능동적 역할에 주의하면서도 이때의 역할이 주체의 절대화나 현실괴리로 귀결되어선 곤란하듯이, 사회역사적 조건은 중대하되 이 중대성은 초월적 관점에서가 아니라 현재적 관점에서 파악되어야 하며, 이러한 대응은 어떤 영웅적 주체가 아닌 일상의 개인으로부터 시작해야 한다.

김우창의 논지는 복잡하긴 하나, 그 복잡한 하나 하나는 너무도 선명하다 […] 김우창의 글은 난해한 것이 아니라 명징성의 높은 수준을 보이는 것이다

바로 이 점 – 초탈적 세계가 아닌 세속적 세계에서 주체
가 자기수련을 시작하고(첫째), 이 자기수련이 주어진 모델
이나 시대의 유행을 쫓는 것이 아니라 보편적인 세계로 열
려있어서 창조적 형성의 계기가 되어야 한다는 관점에서(둘
째), 김우창은 주체구성을 옹호하는 푸코(M. Foucault)의 문제
의식에 다가간다. 말하자면 자기형성을 통한 보편성으로의
확대가 가능하다는 자기의 생각에 푸코의 생각이 하나의 논
리적 근거를 준다고 여기는 것이다. 어떤 점에서 근거가 될
수 있을까? 이러한 물음을 쫓아가는 것은 곧 김우창의 생각
과 푸코의 그것이 어디에서 만나고 헤어지는가를 검토하는
일이다.

2) 개인주의적 자율성 도덕 – 푸코에 기대어

큰 사상가는 대개 그러하지만, 푸코 역시 여러 시기를 지
나면서 사상적 전환을 겪는다. 그러나 그것은 크게 보아 두
가지로 나눌 수 있다. 박사 학위논문인《광기의 역사》(1961)
에서《지식의 고고학》(1969),《감시와 처벌》(1975)을 거쳐《성
의 역사》의 1권인《앎에의 의지》(1976)에 이르기까지 사회역
사적 조건 아래에서 담론은 어떻게 구성되는가를 다루었다
고 한다면, 말년의 저작인《성의 역사》의 2권과 3권인《쾌락
의 활용》(1984)과《자기에의 배려》(1984)는 주체가 어떻게 자
신을 만들어내는가를 다루었다고 볼 수 있다. 말하자면, 전
반에서는 권력과 지식의 관계가 논의의 중심을 이루면서 우
리가 상정하는 진리나 의미, 이성이나 관념이 그 자체로 고

정되거나 영원한 것이 아니라 담론의 질서 안에서 우연한 '배치'의 역사적 결과라는 사실이 드러난다고 한다면, 후반에서는 자기구성의 문제가 논의의 중심을 이루면서 주체가 자기 삶의 자발적 조직을 통해 어떻게 윤리적 차원으로 나아가는가가 다루어진다고 할 수 있다.

그 어느 시기나 푸코를 이끌고 간 것은 흔히 있는 생각들 – 지배적 담론형식의 임의적 억압적 성격에 대한 거부정신이었다. 그가 초기 저작에서 감옥이나 병원과 같은 이른바 '규율제도'의 분석을 통해 지식과 규범이 어떻게 한 사회의 이데올로기와 권력의 도구가 되는가를 가차 없이 비판한 것도 이 때문이었고, 후기 저작에서 서구철학의 변두리에 있던 헬레니즘이나 로마시대의 윤리학을 논의한 것도 이런 이유에서였다. 그가 스무 살의 나이에 철학 학사를 받은 후 철학에서 벗어나 심리학과 정신병리학의 실증적 연구에 몰두한 것은 기존의 철학이 지나치게 비교적(秘敎的)이어서 삶의 구체적 현실과 동떨어져있다고 판단해서였다. 그래서 그는 1950~60년대 당시에는 누구도 거들떠보지 않던 정신의학이나 임상의학의 비합리적 역사를 탐구하는 데 골몰하였고, 광기와 착란과 같은 정신병이나 감옥과 수용시설과 같은 훈육제도의 배제적 메카니즘에 관심을 기울인다.

푸코는 담론에 있어 '기원'이나 '본질'을 인정하지 않으며, 가치나 규범에 '영원성'이나 '초역사성'을 믿지 않는다. 그렇듯이 인간에 있어 '본성'을 찾지 않는다. 기원이나 본질, 영원성이나 본성으로 불리는 것은 일정한 사회역사적 조건 안에서 생겨난 우발적이고도 인위적인 결과라고 믿었기 때문이다. 많은 것은 일정한 힘의 관계 아래 행해지는, 앞서 있던 것의 변형된 구성물이며, 따라서 개인은 자기 스스로 의미나 가치를 만들 수밖에 없다고 그는 여긴다. 진선미의 개념도 예외일 수가 없다. 그는 철학의 문제 - 사유와 언어와 글쓰기의 문제를 지금 여기에 자리하는 나의 현실적 문제로 돌리려고 했다. 죽기 전에 쓴 《쾌락의 활용》과 《자기에의 배려》에서 그가 고대의 윤리학 - 쾌락에 대한 고대인들의 대응방식을 집요하게 서술한 것도 이런 맥락 아래에서다.

고대 그리스 로마시대의 교육에서는 '너 자신을 알라 (gnōthi seauton)'와 '너 자신을 돌보라(epimeleisthai sautou)'라는 두 개의 지침이 있었는데, '너 자신을 알라'라는 소크라테스적 지침이 서양 철학사에서는 널리 중시되었지만, 푸코의 흥미로운 서술에 따르자면, 자기 돌봄에 대한 두 번째 지침이 사실은 더 중요했다는 것이다. 예를 들어 플라톤은 '자기 자신을 알라'는 가르침을 우선시했고, 이러한 사정은 모든 플라톤주의자 들에게도 해당되지만, 그 뒤, 말하자면 헬레니즘과 그리스로마 시대에 역전된다는 것이다. 그리하여 더 이상 자기에 대한 앎이 아니라 배려가, 적어도 그 전에는 중시된 것이다. 그리고 자기를 아는 것도 결국에는 자기 돌봄의 관점에서 이해되어야 한다. 왜냐하면 이들 지침들은, 자기에의 앎이건 자기 돌봄이건, 구체적 생활의 실천적 기술에 관한 문제이기 때문이다. 예를 들어 읽기나 쓰기를 배우고, 이렇게 배워 텍스트를 익히며 자기 것으로 삼는 것은 읽기와 쓰기에서 삶에 필요한 가르침과 충고를 얻기 위해서다. 적어도 플라톤이 아닌 세네카나 플루타르크 혹은 에픽테투스와 같은 스토아 철학에서 주된 주제란 그런 의미였다. 그래서 푸코는 이렇게 정초된 윤리학에 '삶의 기술' 혹은 '실존미학'이라는 이름을 붙인다.[*]

자기배려의 기술

    자기배려의 기술은 그러나 그저 얻어질 수 없다. 그것은 일정한 수련과 연마를 통해 획득될 수 있다. '절제'(askēsis, 혹은 금욕)란 이런 훈련을 지칭한다. 그러나 그것은, 기독교 윤리에서 흔히 말하듯이, 단순히 육체적 자기부인이 아니다. 그것은 오히려 진리를 얻고 실천하기 위한 자기제어이고, 이런 제어형식에는 절제나 자기검토가 들어있고, 그 이외에도 명상과 침묵, 경청, 글쓰기와 읽기 등이 포함된다고 푸코는 지적한다.(Michel Foucault, "Self-Writing", p. 208) 주체는 이렇게 읽고 쓰고 얘기 나누고 이웃과 교류하는 가운데 자기 자신을 돌보고, 이 자기 돌봄으로부터 진리를 얻고 사회적 현실을 차츰 알아간다. 그러니까 주체의 자기배려와 사회적 진실은 따로 있는 것이 아니라 서로 깊게 얽혀있는 것이다. 그리고 이 얽힘은 주체의 자기구성에서 시작된다. 주체는 자기를 돌보고 단련하고 규율하는 가운데 자기를 돌보면서 동시에 자신을 벗어나 다른 사람과의 관계를 의식하고 사회적 역사적 존재로 변모하는 것이다. 이러한 사회적 확대의

---

[*] Michel Foucault, "On the Genealogy of Ethics: An Overview of Work in Process", in) Ethics. Subjectivity and Truth, New York: The New Press, 1997, P. 255. 이 책은 제목과 쪽수로 본문 안에 표시

심급은, 이 점은 김우창이 강조하는 바인데, 마음이다. 그러니까 주체는 마음의 능동적 역할로 하여 세계를 보다 넓은 관점 속에 볼 수 있게 된다.

한 사람의 주체가 스스로를 펼쳐가는 가운데 공동체의 다른 주체들과 어울리고, 이 어울림에서 이들은 각각의 자유와 윤리, 행동과 욕구를 반성 속에 진화시켜 나간다. 이를 통해 주체는 자기 삶을 제어하게 된다. 말하고 행동하고 사람과 만나는 것이 지속적으로 검토되면서, 이런 검토 자체가 영육적 자기훈련이 되고 주체의 삶은 더 강렬하게 된다. 개인과 사회의 이 같은 관계에 대한 푸코의 생각은, 로티가 말하듯 '우발적으로' 일어나기보다는, 김우창이 설득력 있게 지적하듯이, "필연의 압박을 의식하는 데에서", 그러니까 단순히 "자아실현이나 자기확대라기보다는 인생의 간고로부터 자기를 보호하기 위한 방편에서" 나온다는 것, 그리고 그 때문에 자기 돌봄의 기술은 금욕적 실천의 형태를 띠지 않을 수 없다.(《자아의 기술, 전통의 의미, 되돌아오는 진리》, 225)

변화의 주체는 인간이며, 이 인간은 역사라는 공간에서 활동한다. 변화 가능성이란 다르게 살고 다르게 생각하는 데서 오는 것이고, 이 다른 생각과 삶은 선한 행동의 문제가 아닐 수 없다. 그러는 한 그것은 윤리학의 핵심적 사안이 된다. 푸코가 적었듯이, 윤리(ethics)가 실천이라면 에토스(ethos)는 존재의 방식(a manner of being)이다. 윤리의 문제는 내가 내 삶을 스스로 살아가는 것 – 주체적 삶의 영위 속에서 에토스로 변모한다. 그러므로 삶의 기술이란 삶의 주체

윤리가 실천이라면
에로스는
존재의 방식이다

적 조직이라는 윤리실천적 문제가 되고, 이 윤리적 실천에 대한 반성적 성찰의 문제가 된다.

유의해야 할 것은, 이러한 개인적 자기완성이, 적어도 여기에서 생각하는 그것은 사회현실적 맥락을 잃고 있는 것도 아니고, 도덕이나 윤리와 분리되어 있는 것도 아니라는 사실이다. 주체는 자기 삶의 제약 속에서 이 제약을 의식하면서 다른 주체와 관계하고, 이런 관계를 조절하는 가운데 어떤 것은 선택하듯 어떤 것은 포기하고, 어떤 것은 결정하듯 어떤 것은 유보하며 자기 삶을 꾸려나간다. 그러면서 그 삶은 조금씩 단련되고, 이 단련을 통해 주체는 자신의 삶을 사회적 보편적 차원으로 끌고 가는 것이다. 이때 개인적 존재와 사회적 존재, 주체적 자아와 사회적 현실은 서로 겹친다. 반성은 이 겹침의 관계를 성찰하는 정신의 활동이라고 할 수 있다. 에토스는 이 관계를 만드는 자세나 몸가짐의 양식, 혹은 더 나아가 이런 몸가짐으로 사는 삶의 존재방식이다. 심미적인 것 – 우아함이나 아름다움, 차분함, 평정 그리고 품위가 주체의 사회적 관계를 부드럽게 만드는데 관계하는 것은 이런 맥락에서다. 참으로 윤리적인 것은 심미적인 것이고, 심미적인 것은 윤리적이지 않을 수 없다.

자기수련이든 자기실현이든, 자기확대든 자기수양이든, 주체구성의 사회적 의미를 밝히는 것은, 푸코가 보여주듯이, 그리고 이 푸코에 대한 김우창의 논평에서 알 수 있듯이, 가장 중요한 철학적 주제의 하나임엔 틀림없다. 그러니만큼 주체형성의 사회정치적 윤리적 의미나, 이 윤리가 자유에

주체구성의
사회적 의미

대해 갖는 관계 그리고 이때의 예술의 역할 등의 주제는 앞으로도 여러 각도에서 더 정밀하게 논의되어야 한다. 그렇기는 하나, 푸코는 주체형성이 어떻게 자기 돌봄을 통한 삶의 변형 속에서 사회적 차원으로 나아갈 수 있는지를 창의적으로 보여주고 있다고 할 수 있다.

여기에 대한 김우창의 논평이 갖는 의의 역시 간단치는 않다. 그러나 확실한 점은, 푸코의 문제의식이 김우창의 관심 아래 호의적으로 평가되고 있고, 더 나아가 우리의 전통문화와의 관련 아래, 그러니까 유교의 자기수양론과 연결되면서 적극적으로 재구성되고 있다는 사실이다. 이것은 매우 중요한 대목이 아닐 수 없다. 그러면서, 다음의 글에 나타나듯이, 비판적 거리 또한 유지한다. "희랍의 현실을 설명하는 듯 하는 그(푸코: 인용자 주)의 말에는 정녕코 권위주의적 정치의 시사가 들어있다고 할 수 있습니다. 그는 되풀이하여 에토스를 따르는 기율이 수양된 인간의 정치개입을 적극적인 것이 되게 하면서도 최대한도로 비권위주의적이게 할 것이라고만 말합니다. 이 점에 대한 그의 입장은 모호하다고 할 수밖에 없습니다. 그러나 수양하는 인간과 정치와의 사이에 통로를 만들려는 푸코의 노력은 높이 살 만합니다."(229)

김우창은 자기반성을 통한 주체의 수련방식이 사회정치적 윤리적 의미를 띨 수 있다는 푸코의 말에 한편으로 동의하면서도, 다른 한편으로 이 의미는 적어도 공동의 관습과 예절이 통용되는 작은 공동체에서만 가능할 것이고, 그 때문에 고대희랍의 이상은 오늘날의 사회 - 공동체가 세계화 되어버린 현대의 사회에서는 더 이상 통용되기 어렵다고 지적한다. 그러나 그럼에도 불구하고 푸코의 주체형성적 윤리성은 유교의 윤리적 항목과 유사하다고 그는 지적한다. 유교에서 말하는 현세지향, 구체적 학습규칙과 의례절차, 가르침에 따른 일상에서의 금욕적 기율과 자기수련의 실천항목들, 예를 들어 세수하고 빗질하고 의관을 갖추고 앉아 마음을 다지는 일련의 행동은 로마인들의 편지쓰기 습관이나 규칙적 산책 등과 통한다는 것이다.(230) 그리하여 세네카의 잠언 - "모든 사람이 보는 곳에서 사는 것처럼 살아야 한다"는 원칙(Foucault, "Self-Writing", Ethics, p. 217)은 "보이지 않는 방 구석에서 부끄럽지 않은 것"이 효도이고 수신이라는 퇴계의 가르침과 만나는 것이다.(226, 231)

김우창이 거듭 지적하듯이, 푸코가 말하는 고대 희랍의 이상적 윤리사회처럼 성리학의 수신제가적 공동체 역시, 그것이 작은 규모의 위계적 질서라는 점에서, 보편적인 의미를 갖기는 어렵고, 그런 이유로 오늘날의 현실에서는 실현되기가 힘들다. 그것은 사적 차원에서 개인에게 더 많은 선택과 창조의 자유를 보장해야 하고, 제도적 차원에서는 더 많이 합리화되어야 하며, 이런 자유와 합리성 아래 비로소 가능할 민주주의의 가치가 생활 안으로 더 철저히 내면화되어야 한다.

그러나 이런 한계에도 불구하고, 김우창은 정치의 민주화와 사회질서의 합리화 그리고 이를 통한 개인과 사회의 조화가 개인의 윤리적 자기변용 없이 가능할 것인가라고 묻는다. "좁은 지역의 테두리 안에서 이루어진 공동체들이 서로 부딪쳐 충돌하고 그 과정에서 생겨나는 혼란을 피하려면, 개인들의 우연한 만남을 선의의 관계로 엮어내는 이성적이고 민주적인 사회의 틀을 확장할 필요가 있을 것입니다. 이 제도의 확장은 여러 협상과 타협의 누적된 효과로 현실이 될는지 모릅니다."(232) 그리하여 그는 세계화의 현실 앞에서 서로 다른 문화가 이질적인 문화를 받아들이고 이해하기 위해서는 "적극적 개입으로 이루어지는 의식의 변화", "지구와 생명계의 요구에 대한 순응"이 있어야 하고, 이것은 "단순히 물질적 삶의 조건으로서만이 아니라 존재 전체의 신비로서 깨우쳐져야" 하며, "여기에 철학과 문화과학의 개입이 필요"하다고 역설한다.(232)

주체구성의
자기배려적 기술

여기에서 내가 주목하는 사실은 무엇보다 푸코적 주체구성을 오늘의 다문화적 혹은 문화혼종적 현실 안에 위치지으려는 김우창의 문제의식이다. 그는 주체구성의 자기배려적 기술을 고대희랍의 세계에 한정짓지 않듯이, 그것을 오늘의 현실에 그대로 적용될 수 있다고도 생각하지 않는다. 그는 푸코의 주체구성적 윤리학에 한국의 전통적 유교윤리를 병치시키면서 이 자기배려의 에토스가 오늘날의 정치상황에 부적합하다는 것을 지적하는 것과 마찬가지로 유교윤리 역시 과거에는 지나치게 위계적이었고 오늘날에는 민족주의적이고 집단주의적으로 변질되어버렸음도 분명하게 지적

한다. 그러므로 자기 돌봄의 희랍적 윤리학이나 자기수신의 유교적 덕목이 오늘날의 현실에서 설득력 있는 것이 되려면, 그것은 더 보편화되고 더 민주화되며 더 합리화되는 질적 변용을 겪어야 한다. 그렇지 않다면, 자기수련의 인간도 "자기교양에 갇힌 바보"일 수가 있기 때문이다.(243)

김우창이 옹호하는 자율성 도덕은, 그것이 자기수련의 덕성에서 출발한다는 점에서, 분명히 개인주의적이다. 이 점에서 그는 푸코적이고, 이 푸코가 개인주의적 자율성 도덕을 니체에게서 받아들인 것인 한, 니체적이기도 하다. 그러나 이때의 자기수련이 사회적 규범의 테두리를 생각하고 보편성의 관점 아래 사고한다는 점에서, 그것은 일반적으로 확대된다. 이 점에서 그는 니체나 푸코보다는 칸트에 가깝다.

김우창의
자율성 도덕은
개인주의적이지만,
니체나 푸코보다는
칸트에 가깝다

김우창이 상정하는 윤리적 사회는 이성적이고 민주적인 사회의 제도적 틀로 보장되어야 하는 것이면서 동시에, 이때의 제도적 틀이 사회의 일원인 개인에 의해 만들어지는 한, 개인적 의식의 자발적 변화 아래 구성되어야 한다. 그리고 이때의 의식은 사랑과 유대의 정신으로 행해지는 지속적 수련과 선의에 의해 가능할 것이고, 더 나아가면 물질적 조건을 넘어서는 형이상학적 우주론적 존재의 신비로 열린 것이어야 한다. 윤리적 개인의 의식은, 그것이 모든 사람의 평화적 공존과 이 공존을 지탱하는 더 넓은 테두리, 말하자면 존재론적 바탕으로까지 이어져 개체와 전체, 인간과 세계는 깊은 교환관계 속에 있어야 한다. "존재의 불가지성은 우리로 하여금 사람의 지상의 거주, 그 자유와 구속, 자기기율과 자기억제를 요구하는 한계를 경이감으로 받아들이게 합니다. 이러한 경이감은 인간으로 하여금 자신의 진리와 아직도 감추어져 있는 진리의 본질 – 창조의 자유와 모든 것의 모태로서의 지구를 조심스럽게 대하게 할 것입니다. 이것은 그러한 인간을 자연으로 열리게 하고, 다른 동료인간에게 열리게 할 것입니다. 다른 문화와 사회에 대한 우리의 태도도 마찬가지입니다."(243-244)

개인과 전체,
인간과 세계의
근본적 연관성

개인과 전체, 인간과 세계는 의식하든 의식하지 않든 서로 만난다. 혹은 의식 이전에 서로 연결되어 있다. 이 근본적 연관성을 여하한의 사유와 실천은 스스로 느끼고 생각하며 육화할 수 있어야 한다. 인간과 세계 그리고 자연은 깊은 교환관계 아래 자신의 진리를 드러낸다. 이것을 느끼는 것은 경이의 감정이고, 이 느낌 아래 평화로운 삶은 찾아들며, 이때의 삶은 곧 진실로 열리는 것이 된다.

지금 여기의 구체를 존중하는 가운데 알 수 없는 타자에 열려있고 이 타자를 존중하며 현재적 순간을 충실하게 사는 것, 이것이야말로 김우창의 인식론과 진리이해 그리고 윤리학에 핵심적인 사항이다. 이것은 존재나 진리와 같은 철학적 문제를 사유할 때도 해당되지만, 이질적 문화의 이해나 자기수련과 같은 실천적 문제를 다룰 때에도 해당된다. 김우창의 윤리학은, 그리고 주체론과 문화론은, 그것이 내면적 반성의 부단한 자기형성으로부터 시작한다는 점에서 개인적이고 구체적이지만, 이때의 자기노력이 존재하는 것의 모든 바탕 – 현존의 전체로까지 뻗어있다는 점에서 개별적 차원을 너머의 영역으로 나아간다.

그러나 존재의 바탕이나 현존의 전체는 쉽게 표현할 수 있는 것이 아니다. 그것은 언어 혹은 서술의 능력을 넘어선다. 그것은 논증될 수 없다. 바로 이 점이 김우창 사유의 모호성이자 아포리아를 이루고, 그래서 모순적으로 나타나기도 한다. 그러나 어떤 모순점은, 차원을 달리하는 관점에서 보면, 모순이 전혀 아닐 수도 있다. 모순이 주체 안에서 양립 가능한 것으로 통합되어 버리기 때문이다. 그래서 나는 '그것이 모순이다'라고 고집하기가 어렵다. 거꾸로 보면, 바로 이 점이 논의의 제약을 허물면서 그의 사고를 풍요롭게 만든다고 할 수도 있다.

중요한 점은 이러한 관계에서 개체적 실존적 자율성의 우위성이 여전히 고수된다는 사실이다. 이 점에서 김우창은 개인주의적 자율성 도덕을 견지한다고 말할 수 있다. 행동의 원칙은, 개별적 주체가 누구이든, 또 이 주체가 하는 일이 무엇이든, 자유로운 삶이고, 이런 삶에서 실현되는 인간성의 사회다. 혹은 자유와 인간성을 향한 지금 여기의 구체적 사실이다.

오늘의 현실에서 내가 나의 삶에서 무엇을 할 것이고, 나의 이런 행위가 나를 둘러싼 세계와 어떻게 교류하며, 이렇게 교류하는 가운데 세계의 전체와 어떻게 화응할 것인가? 그리하여 나의 이 낱낱의 행위에서 어떻게 자연적 삶의 전체가 되울리게 할 것인가? 이 되울림을 내 속에서 그리고 지금 여기에서 어떻게 느낄 것인가가 그에게 중요한 것이다.

왜냐하면 바로 주체의 이런 세계화응적 삶에서 자아는 나날
이 자라나고, 사물은 있는 그대로 존중되며, 세계는 경탄 속
에 체험될 수 있기 때문이다. 그것이야말로 왜소한 인간의
자기겸허를 실천하는 윤리적 행위인 까닭이다. 이것은 윤리
적 개인의 길이고 인간 일반의 길이며 이성적 사회와 보편
적 문화를 위한 하나의 방향이라고 해야 할 지도 모른다. 이
것을 장려하는 것이 문학과 예술, 철학과 문화의 과제이다.

　어떤 이념이나 이성이 중요한 것이 아니라 이 이성의 원
칙을 향해 각자가 또 사회가 얼마나 다가가려고 실행하고
있는가가 중요하다. 더 정확히 말하면, 이 원칙을 향한 이성
적 노력의 부단한 자기형성적 활동이 결정적이다. 그렇다면
이 활동은 어떻게 이루어지는가? 그것이 어떤 계기에서 가
장 자유롭고도 자율적으로, 말하자면 윤리도덕의 의무조항
이나 법규범의 강제 없이, 이루어질 수 있는가? 그에 대한
하나의 대답은 예술이 될 것이다. 더 넓게 말하면, 그것은 심
미적 계기라고 할 수 있다.

3) 도덕개념의 심미적 전환

　결국 남는 문제는 하나로 요약될 수 있다. 중요한 것이 인
간다운 삶이라고 한다면, 이런 삶을 살기 위해 통용될 미덕
을 어떻게 강제력 없이 사회적으로 장려하고, 인간 스스로
체현할 수 있는가이다. 여기에서 예술의 경험과 그 교육은
확실하다. 왜냐하면 심미적 경험 속에서 사람은 인간에 대
한 배려, 타자에 대한 존중, 자연체험과 세계경험 그리고 삶

에 대한 주의를 비강제적으로 배울 수 있기 때문이다. 그것은 감각의 느낌에서 이루어지기에 직접적이지만, 이러한 느낌이 당사자를 넘어 다른 사람들에게도 통용될 수 있다는 점에서 일반적이다. 다시 말해 감각적 느낌 속에서 사람은 이성적 질서의 가능성을 배우고, 이 배움은 그 자체로 즐거움을 가져다준다. 아름다움이란 감각에서 연마되는 이성의 즐거움이고, 이 이성에서 확인되는 감각의 기쁨에 다름 아니기 때문이다. 이것이 심미적 교육의 자발적 내용이다. 이때의 상호존중의 연습은 자유나 평등의 경험만큼 중요하며, 이것은 정치나 도덕에 의해 혹은 제도적 법률적 장치만으로 이뤄지는 것이 아니다.

이성의 즐거움,
감각의 기쁨
─심미적 교육의
자발적 내용

심미적 대상에는, 적어도 19세기 말 이후의 미학사가 보여주듯이, 단순히 미뿐만 아니라 추도 있고, 나아가 끔찍하고 놀라운 것, 전율과 경악 등의 부정적 요소도 포함된다. 그러나 아름다움이 가장 전통적인 심미적 범주인 것은 틀림없다. 미의 경험은 감각적이면서도 이 감각적 차원을 넘어서는 일반적인 것이고, 따라서 여기에는 이성적인 요소가 개입한다. 심미적 경험에서는 감각과 이성, 감정과 정신이 혼융한다. 그러면서도 이 같은 각성과정은 법의 물리적 강제나 윤리의 의무감과는 다른 것이다. 왜냐하면 그것은 개인의 개별적 감각 속에서, 그의 자유로운 선택을 통해 자발적으로, 또 즐거이 이루어지기 때문이다. 김우창이 예술의 심미성 그리고 이 심미성 위에 자리하는 국가개념 – 쉴러의 '심미적 국가(der ästhetische Staat)'에 주목하는 것도 이런 맥락에서다.

쉴러가 《인간의 심미적 교육에 대하여》에서 보여주듯이, 국가가 권리를 내세울 때 그것은 '힘의 국가'가 되고, 의무를 내세울 때 '윤리적 국가'가 되는 반면, 심미적 국가는 서로 양보하고 존중하는 사이에 사회적 질서를 유지하는 국가다. 이때의 양보와 존중은 심미적 교육 – 예술을 통한 감성의 훈련에서 얻어진다고 그는 보았다. 왜냐하면 여기에서는, 김우창이 옳게 해석하듯이, "외적 힘이나 법이나 윤리적 의무가 없이–물리적 강제나 정신적 강제 없이 절로 움직이는 정치질서의 이상"이 있기 때문이다.(《한국인문사회과학의 한 패러다임》, 154)

물리적 강제나 정신적 강제 없이 움직이는 정치질서의 이상

김우창은 쉴러의 구상에 의지하여 윤리도 예술과 같은 자유로운 절차를 통해, 마치 무용에서처럼, 연마될 수 있고, 이렇게 연마된 것이 사회적이고 국가적으로 확대될 수 있다고 믿는다. 그는 쉴러처럼 심미적 교육을 통해 인간이 개인적 차원에서 보편적 차원으로 고양될 수 있고, 이렇게 고양된 사회는 권력의 국가가 아닌 자유의 국가라고 믿는 것이다.(쉴러는 현실개혁이 정치가 아닌 '인성'(Charakter)의 혁신으로 가능하며, 심미적 계기는 바로 이런 인성의 변화에 관계한다고 적은 바 있다.) 그런데 이것은 서구사회에만 국한된 것이 아니다. 김우창이 지적하듯이, 전통왕조에서 예조(禮曹)가 있었던 것은 단순히 상하관계의 위계질서만 강조하기 위해서가 아니라 상호존중의 일반적 관계 – 예의바른 사회관계의 중요성을 알았기 때문이고, 이것은 예술교육을 통해 예의의 정신을 사회전체적으로 확대하고자 한 쉴러적 구상과 이어진다는

것이다.(154-155)

　주의할 것은 김우창이 심미적 국가라고 할 때, 단순히 심미성이나 아름다움 혹은 자유만 강조하는 것이 아니라는 사실이다. 즉 그의 문제의식은 심미적이긴 하지만, 그렇다고 19세기말의 유미주의자들처럼 심미주의적이지는 않다. 그는 예술의 현실적 연관, 더 나아가 도덕규범과 정치제도적 법률적 장치의 필요성을 거론하며, 이런 조건의 구비를 통한 이성적 질서로 나아가는 데 자리하는 예술의 존재이유를 역설한다. 그러니까 예술적 미학적 고려도 그에게는 그 자체로 찬미되는 것이 아니라 삶을 보다 깊고 넓게 만들고자 하는 사회정책적 고려와 더불어, 혹은 그의 일부로 자리하는 것으로 보인다.*

　다시 말해 예술문화적 활동도 사회정치적 활동처럼 인간 삶의 유연화 - 인간적 가능성의 실현에 복무하는 '하나의 의미화 작업'이 된다. 그것은 밀도 있게 사는 일과 무관하지 않다. 예술은 삶의 이 깊고 넓은 영위 - 풍요로운 체험과 그

---

* 김우창이 예를 들어 도시공간의 개선과 관련하여 다음과 같이 쓸 때, 우리는 이렇게 해석할 수 있는 것이다. "그러나 주의해야 할 것은 […] 이미 있는 것을 다시 부수고 새로운 것을 만드는 일은 과거의 잘못을 되풀이하는 것이 될 수 있다는 사실이다. 심미적 고려 또는 문화적 고려가 없이 만들어진 것으로 생각되는 것도 그 나름의 삶의 필요를 표현하는 것일 수 있다." (김우창, 〈문화도시의 기본전제는 무엇이어야 하는가 - 인간의 도시, 자연의 도시〉, 《광주, 인간의 도시를 꿈꾸며》, 2009 문화도시정책연구 국제포럼, 2009. 5. 7. 기조강연, 사단법인 국제문화도시교류협회간, 20쪽)이나 이런 맥락에서 그는 문화와 도시와 삶, 혹은 경제와 정치와 미학의 관계를 다루는 "경제미학(Economic aesthetics)"이나 "미학경제학(aesthetic economy)"과 같은 새로운 학문의 필요성을 언급한다.(같은 글, 10쪽) 이러한 일련의 생각들은 예술과 문화에 대한 논의가 자리해야 할 사회현실적 위상을 돌아보는데 도움을 주지 않나 여겨진다.

양식화(stylization)에 관계한다. 그렇다는 것은, 다시 이 삶에 주체의 전체가 관계된다는 뜻이고, 그러니만큼 나의 감각과 사유, 판단과 행동, 결정과 책임이 함께 맞물려간다는 뜻이기도 하다. 그것은 나를 버리면서 나를 채우는 일이고, 나를 낮춤으로써 높이는 일이기도 하다.

복종자체가
자유의 표현이 되는 일

  나날의 실천과 이념적 지향은 둘이 될 수 없다. 그것은, 한 용운의 시 구절에서처럼, 복종 자체가 자유의 표현이 되는 일과 같을 지도 모른다. 김우창은 이렇게 적고 있다. "[…] 내가 복종하는 규범이 밖에 존재하는 것이 아니라 보다 높은 차원에서의 나의 가능성을 대표한다면, 복종은 나의 자아완성의 일부가 될 것입니다."(180) 이 점에서 우리는 다시 우리 논의의 출발점인 세부의 중요성 - "작은 접근들의 누적"(136)으로 돌아온다. "절대기준은 현재 이 순간의 개인적 삶 그리고 사회적 삶 전체입니다. 진실은 여기에 관계되는 만큼만 적극적인 의미를 갖습니다."(148) 그러므로 참으로 중요한 것은 세부이고, 이 세부들의 축적으로 이루어지는 전체이며, 이 전체를 느끼고 생각하며 사는 가운데 이루어지는 인간적 삶의 완성이다. 그래서 그는 개체적 실존의 수련을 통한 개체 완성의 집적으로서의 사회적 완성 - 평화공존의 삶을 희구한다.

  그러므로 심미적 자기형성에는 주관적 차원만이 아니라 주관과 주관의 관계 - 상호주관적 관계가 들어있고, 이 상호주관적 관계를 통한 사회적 차원으로의 확대도 있다. 심미적 경험은, 그것이 내면적 반성을 통해 개체의 형성을 도모한다는 점에서, 개인주의적이지만, 이때의 자기형성이 개별적 삶 안에 밀폐된 것이 아니라 타자로 나아간다는 점에서, 사회적 이다.(그 점에서 우리는 '자기형성의 사회정치학'을 말할 수 있다.) 그리고 이런 개인과 사회, 나와 타자 사이의 왕래는, 그것이 예술의 경험에 매개될 때, 비강제적이고 자발적으로 이루어진다.(우리는 이것을 '심미적 형성의 상호주관성'이라고 부를 수 있다.)

이때의 주체란 자기성찰적이며, 그러니만큼 그는 외부현실을 스스로 느끼고 사고하며, 이런 감각과 사유의 자율성이 진리에 대한 그의 관계를 지배하게 한다. 또 이런 자기지배에서 이루어지는 자기완성은, 그것이 타자와의 교섭을 전제하는 한, 자기 밖으로 확대된다. 성찰적 주체는 자율적 자기지배 속에서, 다시 말해 자기가 설정한 원칙에의 자발적 복종을 통해 자신의 자유를 사회적으로 실현해가는 것이다. 그래서 그는 윤리적 주체가 된다. 심미적 주체는 반성적 성찰 아래 개인적으로 절실하고 사회적으로 납득가능한 정체성 – 명징한 자아정체성을 만들어간다. 도덕개념의 심미적 전환이 가능한 것은, 예술 안에 개인의 자율성을 장려하는 비강제적 반성의 자기형성적 계기가 자리하기 때문이다.

4) 예술: 자유의 반성적 윤리형식

심미성은 궁극적으로 삶의 영위의 방식, 삶의 존재방식 혹은 삶을 양식화하는 방법으로 자리한다. 릴케가 주목한 로댕의 인간됨과 삶을 다루면서 김우창이 강조하는 것은 바로 이것이다. 이 논의의 중심은, 로댕이든 릴케든, 예술가가 아니라 자연인이고, 창조성이나 영감이 아니라 나날의 삶이며, 이 삶의 일상적 영위방식이다. 릴케가 로댕에게서 "나날의 평화 속에 사는 자연스럽고 부드러운 사람"을 보며, 마치 자연의 일부처럼 아침의 산보를 사랑하고 찾아오는 방문객에 상냥했으며, "작은 것들에 대한 사랑과 경탄" 속에서 일하고 일하고 일했던 그를 떠올린다.(⟨사물의 시 - 릴케와 그의 로댕론⟩, 33-34)

작은 것들에 대한
사랑과 경탄

이런 현존에 대한 헌신 속에서 로댕은 작은 것과 마찬가지로 거대함을 인식하였고, 드러난 것뿐만 아니라 보이지 않는 것도 제 것으로 삼았다고 그는 논평한다. 삶을 가까이서 느끼는 것, 그래서 자기 자신의 것으로 만드는 것 - 삶을 깊은 의미에서 향유한다는 것은 바로 이것을 뜻하는 것일 것이다. 아름다움의 느낌은 여기서 생겨난다. 나는 김우창의 이 릴케론은 아름답다고 생각한다. 이때의 아름다움이란 비평적 사유의 아름다움이고, 철학의 아름다움이다. 시와 사유, 문학과 철학은 비평적 언어의 정밀성과 포괄성 속에서 하나로 만나는 듯하다. 아름다움은 이 하나 됨의 만남에서 생겨나는 것일 것이다.

자기형성은
세계형성의 일부

그리하여 자기형성이란 말의 바른 의미에서 세계형성의 일부로 자리하고, 그러니만큼 개인과 사회, 주체와 타자는 분리되기 어렵다. 안이 밖으로 되듯이 표면은 심층과 이어지고, 생명이 있는 것은 무생명적인 것으로 연결되듯이 비움 속에서 주체는 스스로 채워짐을 겪게 된다. 이것은, 김우창이 보기에, 그 자체로 로댕 예술이 추구한 것이면서 릴케의 시가 염원한 것이기도 하다. "사물이 존재하는 방식이 자족하면서 열려있고, 예술가와 예술작품이 그러하지만, 사실 사람의 삶의 완성도 - 사람이 도에 이르는 것도 바로 이에 비슷하게 자기를 충실히 함으로써 자기를 비우고, 자기를 비움으로써 자기를 보다 무르익게 하고 또 우주를 감싸 안는 과정이라 할 수 있다."(42) 세계의 주체적 내면화라고 할까. 혹은 내면적 완성을 통한 세계와의 일치노력이라고나 할까.

인간의 내면은 외부를 받아들이면서 외부 세계의 전체로 조금씩 확장되어 간다. 내면화의 경로 속에서 생명 있는 인간과 생명 없는 세계는 하나로 만난다. 이 공통의 방식을 내면적으로 체현하는 것이 예술가의 삶이면서 더 근본적으로는 자연인으로서의 삶이다. 이 자연인의 삶은 곧 사물의 존재방식이기도 하다. 예술은, 줄이고 줄이면, 사물의 이 자연스런 존재방식을 표현한 것에 다름 아니다. 자연스런 만물의 있음 - 그 존재방식과 성격을 드러내는 것이야말로 예술작품의 가장 중대한 속성인 것이다. 예술가의 활동에서 드러나듯 혹은 예술작품에서 보여주듯, 이상적인 경우 완전한 자기몰두보다 더 깊은 세계와의 일치를 보여주는 것은 없을 것이다. 왜냐하면 이 자기몰두는, 적어도 그것이 납득할 만한 것이라면, 그래서 현실로부터의 이반이 아니라 현실로 나아가는, 그리하여 이 나아감을 준비하는 것이라면, 곧 세계와의 일치 속에서나 가능하기 때문이다.

우리의 논의맥락과 관련하여 중요한 사실은 이런 모순된 두 축이 예술작업 속에서, 그것이 로댕의 조각에서건 릴케의 시작(詩作)에서건, 놀랄 만한 수준 위에서 통합되었다는 사실이다. 이 두 예술적 성취를 김우창은 심미적으로 경험하고 있고, 우리는 그 경험결과인 그의 비평론을 읽으면서 조각가와 시인의 형성적 활동을 간접체험한다. 이 체험으로부터 우리의 지각적 영역은 얼마만큼 확장된다. 즉 심미적 경험의 근본은 개체적 삶의 고유성을 버리지 않으면서 이 개별적 차원을 넘어 보편적 지평으로 나아가는데 있다. 알 수 없고 보지 못하며 들을 수 없는 영역 - 타자성에 대한 이해는 이런 식으로 일어난다.

우리의 삶은 이렇게 자각하는 것만큼, 자각 속에서 긍정하는 것만큼 넓어지고 깊어질 것이다. 깊이로서의 삶과 넓이로서의 삶의 한 켠에 한 걸음 더 다가선다고나 할까. 예술의 경험이 하나의 영역에서부터 다른 영역으로, 하나의 차원에서부터 또 하나의 차원으로 옮아가면서 나와 타자, 자아와 사회, 인간과 자연을 왕래하고, 이 왕래를 통해 개인적 삶의 형식을 교정하고 창출하는 것은 이런 이유에서다.

이 경험 속에서 인간의 삶은 나날이 자라날 수 있을 것이다. 이 식물적 성장의 경험 속에서 심미적 주체는 현재를 돌아보면서 자기가 현재 어디에 있고, 앞으로는 어디에 자리해야 하는지, 어떤 방향으로 가야할 지를 가늠하게 된다. 자기의 자리와 그 주변을 둘러볼 반성력을 그는 심미적 계기로부터 얻게 되는 것이다. 자유란 근본적으로 한계 속에서의 가능성이고 이 가능성의 탐구라고 한다면, 사물과 인간을 원래의 자리로 되돌려주는 일만큼 자유의 근원적인 경험은 없을 지도 모른다. 이것은 자유의 실천이면서, 이 실천이 부드러움과 선의 그리고 자발성 아래 행해진다는 점에서, 윤리적이기도 하다. 그리하여 자유는 윤리의 형식으로 실현되고, 이렇게 실현하는 매체가 곧 예술인 것이다. 이것은 그 자체로 자족하면서 동시에 이 자족의 이월이다. 예술은 자유를 실천하는 반성적 윤리형식이고, 이 반성형식 속에서 존재의 무한과 세계의 깊이로 우리를 인도한다. 마치 사물처럼 있게 하고, 세계처럼 스스로 있는 모습을 상기시켜 주는 것, 그것이 예술의 목표인지도 모른다.

우리는 오늘 있는 그대로 존재하고, 오늘 있는 그대로 일하며, 오늘 있는 그대로 사고하는 것이 아니라 지금까지와는 다르게 존재하고 일하고 사고하고자 한다. 심미적 형성 속에서 주체는 기존의 방식을 고칠 수 있는 가능성을 경험한다. 자유는 이때 체험된다.

그러므로 예술에서 경험되는 자유는 아무래도 좋을 방종과 같은 것이 아니다. 그것은 진공공간에서의 무책임한 자유도 아니고, 이미 주어진 규범을 자동인형처럼 되풀이하는 것도 아니다. 자유는 기존의 공과를 현재의 삶 아래 검토하는 가운데 즐거이 이루어진다. 심미적 형성에서의 자유는 '반성된 자유'다. 예술은 자유를 장려하지만, 이 자유는 더

예술은
자유를 실천하는
반성적 윤리형식이고
이 반성형식 속에서
존재의 무한과
세계의 깊이로
우리를 인도 한다

넓고 깊은 삶의 정당성을 성찰하는 가운데 이루어진다. 그래서 윤리적이다. 참된 자유가 반성적 윤리의 형식을 띤다면, 예술은 이 반성적 윤리의 실천으로서의 자유를 장려한다. 이 점에서 자유와 책임, 개인적 열망과 사회적 윤리는 예술에서 하나로 만난다.

그래서인가. 김우창은 인간과 동물 그리고 식물에 깊은 관심과 연민을 가지고 있고, 지속적인 사회정치적 관심 속에서도 대상에 대하여 초연한 태도를 취하고 있지 않나 여겨진다. 이러한 태도는, 로댕의 입장에 대한 논평에서도 드러나듯이, 매우 복합적인 것이고, 그러니만큼 오해될 수 있는 여지가 없는 것이 아니다. 그것이 어느 정도까지 사실을 존중한 것이고, 또 어느 정도까지 사실 앞에서의 엄정성의 표현인지는 간단히 말하기 어렵다. 그것은 여기서 확정될 수 있는 문제가 아니라 계속해서 물어져야 할 것이다. 그리고 이 물음은 결국 각각의 독자가 자기의 삶 안에서 어떻게 그 나름으로 대응해야 할 것인지의 문제 속에서 그 나름으로 완성된다고 보는 것이 옳을 것이다.

초연성의 태도는 사실밀착과 더불어, 그것이 가시적 현상의 표면을 넘어 삶의 깊이와 넓이, 존재의 자리 그리고 우주라는 테두리를 일깨워준다는 점에서, 지극히 중대해 보인다. 각자의 인간이 자기가 거주하는 곳에서 자신을 조금씩 실현해가는 기쁨만큼 구체적이고, 그 확인만큼 생생한 체험이 삶의 어느 곳에 달리 있을 것인가? 그것은 사회정치적 조건의 고려 속에서 개인의 자유와 자율을 중시하는 김우창의 사회정치철학과 교육학 그리고 미학의 모토가 될 만해 보인다.

3. 가능성의 한 증거 – 학문의 에토스

　다른 많은 일처럼 글 역시 일정한 조건 아래에서, 이 글을 쓰는 사람의 처지와 생각, 감각과 고민의 수준에 따라 구성된다. 거꾸로 보면, 글에는 이 글을 쓰는 이의 세계관적 한계와 가능성이 어느 정도 드러난다고 할 것이다. 그러니까 대상은 그 자체로 모습을 드러내는 것이 아니라 글을 쓰는 사람의 감각적 사유적 용량만큼, 세계에 대한 자신의 관계를 주체가 반성하는 만큼 드러나는 것이다. 이것은 대상과 관련해서는 이 대상을 그 만큼 왜곡할 가능성이 항존한다는 뜻이기도 하고, 주체와 관련해서는 대상 이상으로 주체 자신의 삶을 드러내는 계기가 된다는 뜻이다. 앞의 경우가 대상을 훼손하는 일일 수 있다면, 뒤의 경우는 자기의 바닥이 드러나는 부끄러움을 감당해야 하다는 뜻이기도 하다. 어떤 것이나 불편한 것이기는 마찬가지지만, 말년의 김우창을 스케치하는 이 글 역시 이런 한계 속에 있다.

　필자에게 이런 바람을 가지고 있다. 이 글이 지금까지 필자가 써온 김우창론에 견주어 일정한 일관성을 유지하고, 그러면서 그의 이떤 중대한 면모를 강조할 수 있었으면 하는 것이다. 그렇게 하여 내가 주제화한 것은 푸코의 구상에 의지한 '주체구성의 윤리학'이고, 김우창의 말을 빌자면 '자기형성의 사회윤리성'이 된다. 김우창은 정치적 법률적 제도적 규범보다는 주체의 자율성 도덕에 더한 중요성 혹은 우선성을 부여하며(이것을 우리는 2장 2절 〈개인주의적 자율성 도덕〉에서 다루었다), 이 때의 도덕이 '심미적으로 구조화될 때', 즉 예술경험을 통해 장려될 때, 바람직하다는 것(왜냐하면 도덕이 자발적으로 일어나기 때문이다. 이것을 우리는 2장 3절 〈도덕개념의 심미적 전환〉에서 다루었다), 그리하여 예술은 반성을 통해 선한 삶의 가능성을 탐구하지만(그래서 그것은 '윤리형식'이 된다), 이때의 윤리는 기존 규범의 수동적 준수가 아닌 새로운 지평의 모색을 위한 것이다(그래서 그것은 자유의 실천이 된다).

그리하여 결국 예술은 '자유의 반성적 윤리형식'이 된다. 이것은, 이 글에서 살펴보았듯이, 김우창이 최근에 쓴 서너 편의 글에 펼쳐진 논거의 일관된 바탕이었지만, 그 이전의 글에서부터 면면히 지속되던 바이기도 했다. 그리고 이것은, 정도의 차이는 있는 채로, 아도르노와 가다머, 푸코, 리오타르, 벨머, 로티, 누스바움, 마틴 젤 등 현대의 대표적인 미학자에게 공통되는 바이기도 하다.

자기형성의 사회정치성과 윤리성, 도덕의 심미적 구조화와 이때의 개인적 자율성, 자유의 반성적 윤리형식으로서의 예술은, 내가 보기에, 다시 한번 강조하거니와, 문학예술론과 미학론 그리고 인문주의의 핵심 중의 핵심이다. 나아가 그것은 속도와 이윤과 효율이란 가치 아래 앞으로만 치닫고 있는 오늘의 승자독식 사회를 성찰하는 데 중요한 논거가 될 만해 보인다. 아니 이 땅의 학문공동체에서 빠트릴 수 없는, 가장 중대한 성찰의 자료여야 마땅하다고 나는 생각한다. 자기형성의 윤리로부터 시작하는 '심미적 패러다임의 전환'을 통해 우리는 이제 우리 사회의 이성적 조직화를 문화실천적으로 시도해야 할 시점에 와 있는지도 모른다.

어떻게 시작할 것인가? 이것은 간단치 않다. 김우창의 글은 말할 것도 없이 어떤 전면적 투신에서 온 것이고, 그러니만큼 감각과 사유와 언어와 표현 등이 동시적으로 구비된 어떤 수준에서만 구현되는 것일 것이다. 그러니 그것은 쉽게 따라갈 수 없다. 단지 필자가 말할 수 있는 것은 매우 제한된 범위에서의 한두 가지 제언이 될 것이다.

전면적 투신에서
나온 글

나는 그 제언이 어떤 내용이든, 하나의 근본문제로 언어의 성격을 다시 생각해보는 것은 어떨까 한다. 말하자면, 적어도 언어에서 자기기율을 지치지 않고 적용하는 것, 그래서 형식적 절제를 훈련하는 것 말이다. 물론 언어라는 한 항목에 제한하여도 그것이 간단하게 보이지 않는다. 언어란 사고의 표현이고, 이 사고란 감각의 내용을 대상으로 한다고 할 때, 그리고 이 언어적 표현을 통해 주체가 행동을 준비한다고 할 때, 언어는 감각과 사고와 표현과 행동의 연쇄, 이 연쇄로서의 삶의 전체와 연결되는 것이다. 그러니만큼 언어의 문제는 삶의 전체의 문제에 다를 수가 없다. 생애의 전부를 걸고 쓰지 않는다면, 그 언어는 쉽게 허물어진다. 그러니까 '언어라는 하나'의 문제가 아니라 '언어라는 삶의 전부'가 문제시되는 것이다. 즉 언어를 고친다는 것은 삶을 고친다는 것이고, 언어를 갱신한다는 것은 삶을 갱신한다는 것이다. 언어란 삶의 정련화 없이 결코 나아질 수 없다.

우리가 지향할 언어의 성격은 어떤 모습이면 좋을까? 세심하게 관찰하고, 정확하게 파악하며 이렇게 파악한 것을 면밀하게 정식화하는 것. 그리고 이 모든 작업을 때로는 세상의 평가나 동료의 인정 없이도, 혹은 어떤 외면이나 무시를 나날의 생계현실 아래 홀로 앓으며 우리는 이어갈 수 있는가? 현실에서의 어떤 불충분을 예술의 일정한 혹은 빈약한 충만으로, 때로는 이것이 허상으로 드러난다고 해도, 상쇄하면서 자기를 엮어낼 자신이 있는가? 이렇게 엮어낼 만큼 자기를 견고하게 쌓고, 이렇게 쌓아가며 제 길을 걸어갈 수 있는가?

시류에 신경 쓰기보다는 자신에의 자부를 먼저 품고, 이렇게 품은 자부마저 때로는 아무 것도 아닌 것처럼 가슴 속에 숨길 수가 있는가? 그러면서 행하는 쉼 없는 작업이 그 자체로 여하한의 부당함에 대한 저항이 되게 할 수 있는가? 아니 이런 저항마저 아무런 저항도 아닌 것처럼 스스로 견디고, '즐거운 학문'의 쾌활함 속에서 종국에는 이 저항의 흔적을 지우며 살아갈 수 있는가? 나는 삶의 전부로서의 표현행위를, 마치 그것을 언제라도 버릴 수 있는 것처럼, 여기고, 이렇게 여김에도 현존의 전부를 거기에 걸 수 있는가? 이것은 바로 릴케의 시작법이기도 했고, 이 릴케가 관찰한 로댕의 작업방식이기도 했으며, 이 릴케의 로댕론을 언급한 김우창 비평론의 주된 내용이기도 하다. 그리고? 그의 시론을 읽는 나의 어떤 태도이길 나는 바라기도 하는 것이다.

이렇게 묻고 보면, 언어의 문제는 이미 언어의 문제를 넘어서 있다. 그것은 감각의 문제이자 사고의 문제이고, 관찰의 문제이자 표현의 문제이기도 하다. 그러면서 이 표현은 언어를 쓰는 주체가 어떻게 삶을 살 것인가를 결정하고, 이렇게 결정한대로 살아가는 실존적 윤리적 문제가 된다. 언어의 문제는 곧 삶의 이행의 문제이고, 이런 이행을 위한 바른 판단의 문제이다. 그렇다. 결국 나는 김우창의 언어에 깃든 현실밀착의 명징한 정신 – 이성적 판단력을 배우고 싶어하는 것이다.

언어의 문제는,
감각의 문제이자
사고의 문제이고
관찰의 문제이자
표현의문제다
그러면서
언어를 쓰는 주체의
실존적 윤리적 문제다

어떻게 그것이 가능한가? 그때그때의 경험에 대하여, 또 인간과 상황에 대하여 내리는 판단력은 어떻게 독자적이고, 이 독자성 속에서도 어떻게 그마만한 설득력을 가질 수 있는가? 또 그런 설득력으로 살아갈 수 있는가? 많은 것을 돌고 돌면서 글이 결국 수렴되는 곳은 삶의 방식 – 나날의 삶의 영위의 문제가 아닐 수 없다. 푸코는 철학자의 개인적 시적 태도에 대한 열쇠는 생각에서 찾아질 것이 아니라 삶으로서의 철학, 그의 철학적 삶 그리하여 에토스에서 찾아져야 한다고 쓴 적이 있지만*, 진리는 삶에 체화되어야 한다. 학자의 삶은, 그가 추구하는 진리가 그가 사는 생활의 원리

---

* Foucault, "Politics and Ethics: An Interview", in The Michel Foucault Reader, ed. by Paul Rabinow, Pantheon Books, New York, 1984, P. 374

한국인문학과 김우창

로 변모될 때, 마침내 완성될 것이다. 그때 진리는 더 이상 진리가 아니라 이미 삶의 윤리로 되어 있을 것이다. 이것은, 언어가 단순히 놀음이 아니라면, 마땅히 그러해야 한다.

김우창의 글은 구체적 사실에서 출발하면서도 이 사안의 특수성에 매몰되는 것이 아니라 그 테두리 – 일반적 조건을 늘 염두에 두고, 이 일반조건으로부터 개별적 사안을 다시 검토한다. 그래서 구체적인 것만큼 추상적이라는 느낌도 갖게 된다. 그러나 이 거시적 진단을 채우는 것은 그가 나날이 듣고 보고 겪은 일들이다. 그래서 글의 중간중간에 사례가 많이 등장한다.

문화도시에 대한, 위에서 언급한 글에서도 여러 예가 나온다. '이 비엔날레 지역을 벗어나면 갈 곳이 없는 곳이 광주'라는, 이 비엔날레에 참석한 한 외국 예술가의 언급이나, 그가 일본의 TV방송에서 본 일본과 뉴질랜드 사이의 가족단위 교환계획이나, 독일에서 들은 화가들의 아틀리에 교환계획 혹은 좋은 도시공간의 예로 리우데자네이로의 파벨라라는 곳에 대한 언급이 그것이다. 논의되는 각각의 주제에 맞는 구체적 경험의 사례를 그만큼 적절하고도 풍부하게 인용하는 데 능한 학자도 그리 많지 않을 것이다. 그의 글은 이처럼 생생한 경험적 사례와, 보편적 가치에 열린 어떤 이념형 사이의 끊임없는 성찰적 왕래라고도 할 수 있을 듯하다.

자기물음을 경험의 구체에서 시작하고, 그 방향을 열어두면서 물음의 끝까지 추적해보는 것, 이렇게 추적하면서 스스로 반성하고 현실을 진단하는 것, 그리고 이런 진단에서도 '무엇이다'라든가 '그렇게 되어야 한다'가 아니라 '그런 면이 있지 않는가'라고 김우창은 제의할 뿐 이때의 언어가 진리라고 주장하지 않는다. 이것은 어떻게 가능한가? 이것이 가능하다면, 그것은 그 자체로 학문적 윤리의 실천이 아닌가? 그는 이렇게 적고 있다. "[…] 내 주장이나 우리 주장을 굳이 내세울 필요는 없는 것 같습니다. 내 주장과 우리 주장을 늘 강하게 내세움으로써 진리가 통용된다는 생각은 한쪽으로는 진리에 대한 좁은 이해에서 나오는 입장이기도 하고, 또 다른 한쪽으로는 진리에 대한 신념이 약하다는 사실을 나타냅니다. [···] 사람은 궁극적으로는 진리 속에 존재한다 – 이렇게 믿고 싶습니다."(《한국인문사회과학의 한 패러다임》, 175)

"사람은 궁극적으로는 진리 속에 존재한다"

　김우창은 진리의 언어를 직접적으로 거론하길 삼간다. 그렇다고 그에게 진리에 대한 관심이 없거나 진리에의 추구노력이 없는 것은 아니다. 그는 오히려 여하한의 진리추구적 태도에 깃들 수 있는 비진리의 계기 – 자기기만적 가능성을 경계하는 것이다. 그가 진리에 무심한 듯 보이는 것은 그의 언어가 현상적 급박함으로부터 거리를 두기 때문이고, 그럼에도 진리에 천착한다고 보이는 것은 더 넓고 깊은 진리 – 존재의 바탕을 그의 언어가 늘 상기시켜 주기 때문이다. 그래서 그의 진리개념은 진리의 사회역사적 구속성이란 차원 너머로 나아간다. 그의 글에서 내가 사고의 어떤 기능성, 이렇게 가능한 사고를 통한 삶의 드넓은 지평의 가능성 그리고 그 속에서의 자유를 떠올리는 것은 이런 이유에서다.

진리추구의 어려움을 인정하면서도 그 추구를 포기하지 않으며, 삶의 투쟁과 열기에 둘러싸여 있으면서도 그것을 초연하게 관조하려는 것, 그리고 이런 관조를 통해 자신의 작업을 묵묵히 지속시켜가는 것, 그러나 이때 상정된 진리가 '나만의 진리'가 되지 않도록 하는 것, 말하자면 존재의 지평으로 열어둠으로써 누구나의 진리가 될 수 있도록 사려하는 것, 나아가 이 개방성 속에서 삶의 무게와 세상의 비밀을 몸으로 느끼며 이 몸의 느낌으로 다시 현재적 삶을 새롭게 구성하려 하는 것 […] 여기에서 난 있을 수 있는 글의 윤리나 학문적 실천의 한 모범을 본다. 그래서 이렇게 묻게 된다. 이런 여러 차원의 노력은 이 땅의 삶에서 또 우리의 공동체에서 빈번히 이루어지는가? 그렇지 않을 것이다. 그렇다면 학문공동체에서라도 확인할 수 있는가? 이것은 불편한 물음이 아닐 수 없다.

우리 사회는 아직도 원인과 결과, 사실과 진단, 물음과 답변의 관계를 복합적이고 다차원적으로 사고하는 데 서투르다. 사람들은 대체로 이 둘 사이의 일원화된 관계를 요구하지 그 사이에 있기 마련인 복잡한 방정식을 허용하거나 인정하거나 인식하는데 익숙하지 않다. 그리하여 조급증을 보인다. 그것은 개인적으로도 그렇고 사회적으로도 그렇다. 서두른다는 것은 서투르다는 뜻이다. 사회는, 그것이 물음과 답변 사이의 복잡할 수 있는 관계를 헤아릴 수 있을 때, 그런 상식이 널리 퍼져있을 때, 비로소 성숙하다고 말할 수 있을 것이다.

김우창은 보편성을 생각하지만 그렇다고 개별성의 모순을 외면하지 않는다. 그렇듯이 어떤 것에 대한 존중이 다른 무엇에 대한 무시여선 안 된다고 여긴다. 그는 개별적 사안에 깃든 난관이나 역설에 주의하고, 언어나 논리에 있게 마련인 배리도 애써 숨기지 않는다. 그는 논의의 있을 수 있는 빈틈을 일부러 덮지도 않듯이, 삶의 불가피한 갈등을 미화하지도 않는다. 신뢰할 수 있는 사례의 진단에서도 있을 수 있는 한계의 가능성을 그는 시사하고, 어떤 성취를 비추어주면서도 그 위험 - 특권화의 가능성도 지적한다. 진리에 대한 조용한 성실성으로 그는 사물의 숨겨진 모습을 드러내 보이고, 존재의 낯선 측면을 비추어주면서 또 다른 사유의 가능성으로 나아가는 것이다. 글을 읽는 나의 현존이 그의 글에서 좀더 넓고 깊어지는 듯한 느낌을 받는 것은 그 때문일 것이다.

삶의 여러 물리적 층위와 마찬가지로 꿈과 희망, 욕구와 희원의 몇몇 차원들 - 다양한 삶의 실루엣, 사물의 겹친 주름들, 내면적 그늘의 서로 다른 뉘앙스를 조금씩 더듬어보게 된다고나 할까. 그의 글에 의해 인간과 사회, 세계와 자연과 공간, 언어와 몸과 사유는 색다른 방식으로 우리 눈앞에 나타나는 것이다. 그의 글을 내가 즐겨 읽고 또 소중히 여기는 것은 이런 이유에서다.

여기에서 나는 '에토스로서의 학문'을 떠올린다. 우리는 윤리적 실천에 기대어 에토스로서의 삶으로 나아간다. 매일 매순간의 실천 속에서 자기가 말하고 생각하는 것을 행동과 직면시킴으로써 우리는 자기의 존재방식을 구축해 간다. 그것은 자아를 합리적 행동의 주체로 구성하는 일과 같다. 이것은 비학문적 일상적 삶에서도 그렇지만, 학문적 삶에서는 더욱 그렇다.

사유란 생활에 육화되지 않고는 바르게 정립되기 어렵다. 새로운 형식의 창조는 이렇듯, 언어와 사유가 삶 안으로 수렴될 때, 가능하다. 이렇게 수렴되면서 의미는 다시 검토되고, 이런 검토 아래 상황을 변화시킬 어떤 가능성들이 모색되기 때문이다. 이때 사유는 현실진단과 아울러 자기반성의 기제로 작동하고, 탐구는 자기형성의 계기를 이루며, 글은 자기조직의 매체로 기능한다. 그렇게 될 때, 감각과 사유, 글과 생활, 학문과 철학에 빈틈을 찾기는 어려운 것이다. 이 점에서 김우창의 학문은 윤리적 실천의 한 형식이 된다.

감각과 사유,
글과 생활,
학문과 철학에
빈틈을 찾기 어려운
김우창의 학문은
윤리적 실천의
한 형식이 된다

그러나 김우창이 보여준 학문적 사유적 언어적 가능성은 말할 것도 없이 하나의 가능성이고, 이 가능성이 실현된 하나의 사례이다. 그것은 앞으로 한국학이 펼쳐 보일 무수한 가능성의 크지만 한 역사적 예이다. 또 그 이외에도 괄목할 만한 저술을 남긴 학자들이 다른 분야에서도 없는 것은 아니다. 그리고 그 의미는, 해방 이전 그리고 그 이후, 그러니까 지난 20세기 후반의 척박한 우리의 정치경제적 정신적 문화적 토대를 고려할 때, 그 자체로 참으로 소중한 것이지 않을 수 없다. 이 점은 아무리 강조해도 지나칠 수가 없다.

그러나 다른 한편으로 아주 간단한 하나의 측면 – 1950년대
를 전후로 나온 글을, 가령 문학작품이나 수필이나 혹은 철
학논문을 오늘의 시각에서 곰곰이 따져보면, 그 문장론적
구조나 현실묘사 혹은 논리전개에 있어 취약하거나 성긴 것
이 대부분인 것도 사실이다. 이 땅의 언어와 사유, 감각과 논
리의 엄밀성의 정도는 아직도 많은 부분에서 '지속적으로
개선되어야 할 것'으로 남아있다고 말해야 할 지도 모른다.

그 점에서 김우창의 위치는 각별해 보인다. 그것이 어떤
점에서 각별한 지는 앞으로 차근차근 그리고 객관적으로 논
의되어야 한다. 또 그의 답변이 현실의 문제에 대한 직접적
답일 수도 없다. 현실과 글, 대상과 언어 사이의 거리는 늘
멀고, 이 둘은 각각으로 요동치기 때문이다. 그러나 언어는,
적어도 감성과 이성이 어울리는 절제된 형식으로서의 언어
는 평생의 수련을 통해서만 도달될 수 있다는 것도 사실이
다. 그러니 언어의 성격은 더 없이 중요하며, 그것이 학문 활
동의 근본이라는 사실은, 비록 진부한 지적이라고 해도, 여
전히 결정적이다. 더 중요한 것은, 거듭 강조했듯이, 삶의 문
제다. 학문적 진실은 추상체가 아니다. 자유의 실천이 아니
라면 윤리란 무엇인가라고 푸코는 말한 적이 있지만, 삶의
근육과 뼈대가 아니 된다면 진리란 무엇일 것인가? 진리든
윤리든 혹은 자유의 형식이든, 이 모두는 인간적 삶의 완성
으로 귀일한다. 그리하여 이때의 삶은 그 자체로 진리를 육
화한 윤리의 형식이 된다. 사회나 역사 혹은 타자에 열린 것
이라고 해도, 진리는 우선 현재적 삶 – 지금 여기에 사는 주

체의 삶의 피와 살이 되어야 한다.

나는 감탄문이나 영탄조의 사설을 좋아하지 않는다. 그러나 이 대목에서는 이렇게 적고 싶다. 김우창의 글이 아니었다면, 해방 후의 한글문화는 얼마나 빈약할 것이고, 이 언어에서 탐색되는 우리의 자유는, 이 자유의 가능성은 아직도 얼마나 초라한 지경에 머물러 있을 것인가? 한글로 된 저작 중에서 그만큼 집요하게 사실의 객관성에 다가서려 하면서도, 이렇게 다가선 사유로 현실의 복합성을 폭넓게 진단하며, 이때의 언어가 여전히 냉정한 초연성을 유지하는 경우란 달리 보기 드물 것이라고 나는 생각한다.

논리와 엄밀성, 그리고 합리성의 훈련에 있어 그리고 이런 훈련을 통한 시적 실존의 가능성에 있어 김우창의 텍스트는 독보적이라고 말해야 할지도 모른다. 그러면서도 그의 언어는 강요도 억압도 하지 않는다

아마도 논리와 엄밀성 그리고 합리성의 훈련에 있어, 그리고 이런 훈련을 통한 시적 실존의 가능성에 있어, 김우창의 텍스트만큼 기여할 수 있는 경우란 그리 많지 않을 것이다. 그것은 어쩌면 거의 독보적이라고 말해야 할 지도 모른다. 그러면서도 그 언어는 어느 대목에서도 독자를 강요하거나 억압하지 않는다. 이질적인 문화에서 나온 지극히 이질적인 주제나 문제의식도 그의 시각 안에서는 하나로 합쳐지고 또 나뉘면서 새로운 수준의 반성적 자료로 갈무리되어 나온다. 서로 다른 생각과 생각이 그의 지휘 아래 어울리면서 새로운 의미지평을 열어 제치는 것이다. 사유의 다성적 편성술이라고나 할까.

새로운 가능성의 지평

결국 김우창이 보여주는 것은 가능성의 지평이다. 그리고 그렇게 열린 지평 하나 하나는 자유의 공간처럼 여겨진다.

그래서 우리는 그의 글에서 사유의 윤리적 가능성 그리고 그 자유의 공간으로 들어서는 체험을 하게 되는 것이다. 김우창은 우리가 꿈꾸고 기획하고 염원할 수 있는 진실과 선의 그리고 아름다움의 경계를 그 누구보다도 넓고 깊게 열어 보인 학자이지 않나 나는 생각한다. 그 점에서 그는 사유의 가능성을 단순한 가능성이 아니라 하나의 현실로 바꾼 인간 - 가능성의 한 실질적 증거가 된다. 그리고 이 점에 그의 학문적 에토스는 있을 것이다.

심미적 이성의 구조

- 아도르노와 김우창

제일 피곤할 때 적(敵)에 대한다

날이 흐릴 때면 너와 대한다

가장 가까운 적에 대한다

가장 사랑하는 적에 대한다

우연한 싸움에 이겨보려고

김수영, 〈적(敵) 이(二)〉(1965. 8. 6)

이 자리에서 오늘 필자가 할 일은 아도르노와 김우창의 문제의식을 문학적 사회정치적 철학적 문화적 비교 관점 아래 스케치하는 것이다. 이것은 말할 것도 없이 매우 복잡한 문제다. 이 복잡함은, 줄여 잡아도, 세 단계로 나눠진다. 아도르노와 김우창의 비교가 복잡하고, 이 비교 이전에 각 당사자가 복잡하며, 이들이 쓴 개별 저작 하나하나가 여러 다양한 접근을 허용한다.

예를 들어 아도르노에게 《부정의 변증법》이나 《미학이론》 그리고 《계몽의 변증법》을 읽는 방식은 한두 가지가 아니다. 그렇듯이 그를 인식이론과 도덕이론, 사회이론과 미학, 문학 그리고 방법론, 자본주의 비판 등등의 관점에서 접근하는 경우가 있다.* 뿐만 아니다. 이러한 접근은 범주적으로 더욱 더 세분화될 수 있다. '소외'나 '사물화', '부정(성)'과 '비판', '자율성' 혹은 '자연' 혹은 '미메시스' 개념 등등에 대한 논의가 그것이다. 우리는 아도르노에 대한 수 없이 많은 개별 논문들이 대개 이런 주제를 다루고 있음을 확인할 수 있다.

이 각각의 면모는, 뛰어난 사상가가 흔히 그렇듯이, 깊은 통찰을 담고 있다. 그리고 이 문제의식은, 이때의 통찰내용이 무엇이든 간에, 결국에는 자연과 인간의 관계를 어떻게 새롭게 설정하고, 사람이 책임 속에서 어떻게 자유를 구가하며, 기존의 이성을 어떻게 오늘의 시대현실에 맞게 재구성함으로써 이성의 비판적 잠재력을 복원할 것인가라는 데로 수렴된다고 볼 수 있다. 또 이것이 개인의 자유와 공동체의 선의를 향한 것이라면, 그것은 행동의 문제와 이어지며, 그 점에서 윤리학과도 연결되는 것이다. 그리하여 이런 분과학문적 접근은 그 주변에 현상학이나 해석학, 형이상학 등의 철학은 말할 것도 없고, 심리학과 교육학, 정신분석과

---

* 아도르노 학술대회의 논문집을 묶은 다음과 같은 책들이 그 예다. Ludwig v. Friedeburg u. Jürgen Habermas(Hg.), Adorno-Konferenz 1983, Frankfurt/M. 1983; Axel Honneth(Hg.), Dialektik der Freiheit, Frankfurter Adorno-Konferenz 2003, Frankfurt/M. 2005

법학과 사회정치철학, 음악, 문학비평, 미학 등 다양한 학문 분야를 자연스럽게 거느린다.

개별분과 내의 복잡함과 각 분과와 분과의 관계에 깃든 복잡함, 그리고 이 모든 것이 이루는 한 이론가의 학문체계적 복잡함은 아도르노에게 그렇듯이, 김우창에게도 해당된다. 예를 들어 김우창의 한용운론이나 윤동주론은 한국문학의 비평분야에서 독특하다. 그것은 밀도 높은 이론적 논거 위에서 1920~40년대 식민지 조선현실의 사회역사적 맥락을 헤아리는 가운데 이 두 시인이 무엇을 고민했고, 전통과 현대 사이에서 어떤 출구를 마련하고자 했던가를 논의한다. 이러한 논의는, 논리의 정밀성과 철학적 사유의 깊이 그리고 포괄적이고도 균형 잡힌 해석이라는 점에서 한국의 여타 비평가에게는 드문 혹은 거의 없다고 해야 할 독보적인 지평을 보여주지 않나 여겨진다. 그러니까 김우창의 사유는, 한국문학비평이라는 한 분야에서 보아도 그 이전과는 전혀 이질적인 세계를 보이는 것이다. 그리고 이 이질성 혹은 독보적 면모는 시평(詩評)이나 소설평뿐만 아니라, 또 영문학이나 외국문학 일반의 관점에서뿐만 아니라, 철학과 정치학, 한국문화의 관점에서도 확인된다.

곳곳에 겹침과 착종이 있고, 이러한 착종을 풀어헤치는 일관된 문제의식과 강인한 사유의 힘이 있다. 이른바 복합계(complex system)는 과학의 인식론일 뿐만 아니라 이 인식이 향하는 자연과 사물의 원리이면서 인간과 그 현실의 성격이기도 하다. 그러나 우리는 이 잡다하고 거추장스런 개념들의 비계를, 때로는 뼈대만 남긴 채, 다 떨쳐버릴 수도 있어야 한다.

어떻게 할 것인가? 나는 두 가지 사실을 다루고자 한다. 첫째는 아도르노와 김우창은 어떤 점에서 만나며, 이 접점에서 이들이 갖는 문제의식의 핵심이 무엇이냐는 것이고, 둘째는 이런 식으로 두 사상가의 사유를 내 나름으로 정리하면서 그 요체를 나의 예술철학적 관심에 맞게 재구성하는 것이다.

첫째, 나는 아도르노와 김우창에 담긴 한 가지 사실 - 왜 예술의 경험이 삶에 필수불가결한 것인지, 심미적 경험에서 이뤄지는 감성과 이성의 교차, 주체와 객체의 소통, 자아와 타자의 만남이 어떤 이유에서 절실하고, 이 절실성 아래 이뤄지는 개인적 실존적 형성이 어떻게 사회적 변화로 이어지는지를 적고자 한다. 말하자면 그것은 '심미적 경험의 형성적 힘'에 관한 것이고, '심미적 인식이 갖는 성찰적 반성적 비판적 잠재력'에 대한 것이다. 이것은 좁게 보면 미학적 예술이론적 논의가 되지만, 넓게 보면 인문학의 핵심적 주제이기도 하다. 왜냐하면 여기에는 문예론과 미학, 비평론과 예술론, 시론, 화론, 사회철학과 정치철학 그리고 윤리학과 교육학, 나아가 시민사회론 등이 다 함께 작용하는 까닭이다. 이 모든 것은 동시에 작용하면서 궁극적으로는 '이떻게 주체가 자기 삶을 주체적으로 살 것인가'의 문제로 귀결된다고 할 수 있다.

여기에서 드러나는 것은 이 글에서의 논지를 이렇듯 두 사상가의 심미적 미학적 예술철학적 측면으로 줄여보아도 문제의 복잡성이 사라지지 않는다는 사실이다. 그리고 이 복잡성은, 그 내용과 사연이 어떠하건 간에, 그것이 결국 삶의 문제로 귀결되는 것이니 만큼, 놀랄 만큼 단순한 사실 – '지금 여기'로부터, 다시 말해 '지금 여기에서 내가 어떻게 내 삶을 살 것인가, 아니 어떻게 내 삶을 살고 있는 것인가'에서 시작할 수 있다. 이런 식으로 나는 예술과 그 경험, 심미성, 미학과 심미적 이성의 문제를 풀어가고자 한다. 이것이 두 번째 – 기존의 성취를 자기화하려는 나의 해석방향이다.

1. 헤지펀드 멘탈리티 – 오늘의 현실

오늘의 현실은 지극히 혼란스럽다. 이 혼란스러움은 지금 여기 한반도의 남쪽이나 이 남쪽을 넘어서는 국제적 차원에서나 크게 다르지 않다. 많은 것이 급속도로 변하고 있고, 이 변화 속에서 일어나는 일들은 도대체 제대로 헤아리기 어렵다. 사람은 하루하루도 그 날 무엇이 일어났는지 가늠하기가 쉽지 않고, 매일 매 순간 정신없이 이곳에서 저곳으로, 지금 순간에서 그 다음의 순간으로 옮아가면서, 아니 이렇게 옮아가도록 보이게 보이지 않게 강제되면서 매일 매순간을 고갈시키고 있다. 어떤 시간도 현대인에게는 자기 자신의 시간이 되지 못한 채, 마치 다른 시간대에 사는 다른 사람의 다른 시간처럼 낯설게 닥쳤다가 홀연히 사라지는 것처럼 보인다.

이런 정신없는 일상에는 물론 수익과 이윤의 원칙이 있고, 이 원칙을 추동하는 시장과 자본의 힘이 있으며, 이 힘을 퍼트리고 행사하는 신자유주의의 이데올로기가 있다. 그러나 이것으로 그 책임의 소재가 다 거론된 것일까? 최대수익의 시장 이데올로기 이상으로 이 이데올로기에 젖어든 인간의 탐욕도 거기에는 자리한다. 혹은 개별적 실천을 왜곡하는 데까지 뻗은 상품교환의 전(全)사회적 확대라고나 할까. 더 많은 수익과 더 빠른 이윤창출을 위한 고수익 헤지펀드 멘탈리티(Hedgefonds-Mentalität)는 마치 인간을 과즙처럼 짜대며 이 지구세계를 하나로 짓누르고 있다. 주체는 이제 사물(자연)에 대해서뿐만 아니라 자기 자신에 대해서까지 대상적으로 대하고, 그 때문에 주객은 어떤 의미 있는 상호작용이 아니라 하나의 사물 대 또 다른 하나의 사물로 관계하는 것이다.

그러니 현대사회에서 '자기실현'이나 '행복'은 까마득한 일인지도 모른다. 만약 있다고 해도, 그것은 많은 경우 거죽에 불과할 것이다. 삶의 관계는 실천을 통해 의미를 창출해가는 생산적 관계가 되지 못하기 때문이다. 모든 사회적인 것은 완벽하게 사물적이고 자연적인 상태로 퇴락해 버린 지도 모른다. 의미의 고갈은 이 퇴락의 상태를 일컫는 것이고, '사물화'란 이런 근대적/현대적 퇴락현상을 지칭한다. 자본주의 상품사회란 인간관계의 이런 전적인 의미고갈상태를 지칭한다고 할 것이다.

현대사회에서 의미가 고갈되어 간다면, 이때의 의미란 무엇보다 형이상학의 의미다. 여하한의 의미의 부정에서 더 나아가 이 의미의 나락 혹은 소멸은 현대사회에서 구성적이다. 그리하여 많은 것은 파편처럼 분열되어 있고, 일시적이고 유동적이며, 따라서 공기 중의 입김처럼 순식간에 증발되어 버린다. 이것은 현대예술이 처한 일반적 상황 – 전통적 미적 규범과 범주 그리고 형식원리가 해체되고 부인되는 상황을 고려하면, 쉽게 이해된다. 이 같은 전적인 의미고갈의 상황에서 개인의 삶의 역사는, 적어도 건전하고도 지속적인 의미를 가진 것으로서의 그 역사는 더 이상 자리하기 어렵다고 말해야 하는 지도 모른다.(사실 아도르노의 관심이 철학이 아니라 '철학적 미학'으로 넘어가고, 더 하게는 '미학' 혹은 '심미적인 것'으로 넘어가는 것은 이와 깊게 관련된다. 현대적 삶의 폭력성, 그 추문적 성격은 철학의 가능성을 이미 넘어가기 때문이다.)

많은 것은 자기만의
수사 아래 있다

개인의 경험은 탈가치화되고, 그 삶은 회복할 수 없이 손상되어 가고 있고, 실제로 상당 부분 이미 손상되어버렸다고 말해야 한다. 여기에서 삶은 얼마나 구성적일 수 있고, 주체는 얼마나 교정적일 수 있을까? 많은 것은 자기기만의 수사(修辭) 아래 있다. 그리하여 사람의 인식 역시, 마치 경험이 그러하듯이, 근본적으로 빈곤하거나 공허하거나 고통스러울 수밖에 없다. 현대세계에 대한 철학적 문학적 인식이 비관적이라는 것, 그리고 시인의 현실경험이 우울한 것은 이 때문일 것이다.

아마도 시인과 철학자의 우울은 앞으로도 계속될 것이다. 단순히 계속될 뿐만 아니라 더욱 더 심화되면서 세대와 세대를 넘어, 지역적 경계와 인종적 차별 없이, 골고루 마치 은 총처럼 인간의 세계에서 퍼지면서 지속될 지도 모른다. 그리하여 이성적인 사회와 이런 사회를 위한 제도적 변화 그리고 이 변화를 위한 계몽의 의지는 거듭 좌절될 것이고, 이 좌절의 경험이 축적됨에 따라 도처에서 탄식과 절망, 포기와 체념이 횡행하게 될 것이다. 아마도 인간의 세계는 이 지옥 같은 현실 속에서 한결같은 일관성을 입증할 것이고, 그 끔찍한 불변성 – 정체성(停滯性)과 순환성 속에서 영원할 수도 있다.

그러나 불변의 정체성이란 퇴락이고 퇴행이며 타락이고 낙후다. 인간 삶은 시시철철 내걸리는 그 다채롭고 화려한 슬로건과 이념의 깃발에도 불구하고 아마도 근본적으로는 변하지 않을 지도 모른다. 쓸쓸하고 안타깝고 아쉬우나 우리는 이 현실을 '그렇다'고 인정해야 할 지도 모른다. 그러나 바로 그 때문에, 바로 이 인간사회의 완강하기 그지없는 불변성 때문에라도 보다 참된 자유와 평등과 이 이념을 위한 사회적 연대는 더욱 절실해질 것이다. 그렇다면 그 연대는 어떻게 이뤄져야 할까? 그것은 개별적으로, 보이게 보이지 않게, 점점이, 파편적으로, 불연속성 아래, 불규칙적으로, 지금 여기로부터, 각자의 생활 속에서, 그러나 아무런 약속이나 기대도 없이, 당장 그리고 쉬지 않고 행해져야 하지 않을까?

나의 문제의식은 이토록 수세적이고 소극적이다. 외향화되어 있다기보다는 내향화되어 있고, 명시적이기보다는 암묵적이며, 선명하기보다는 내밀하다. 그러나 바로 여기 - 소극성과 수세성, 내향성과 암묵성 그리고 내밀성 속에 심미적인 것의 의미도 자리한다고 볼 수 있다. 나는 예술-시-심미적인 것-미학도 이런 관점에서 이해한다.

2. 예술철학의 어려움과 즐거움

자명한 말이지만, 모든 것은 '걸쳐 있다'. 그 때문에 전체가 파괴된 곳에서 이 전체를 파악하려는 의욕이 생기는 것은 자연스럽다. 그러나 이것은 가능한가? 혹은 쉬운가? 아니다. 그것은 지극히 어렵다. 인간은 유한성의 조건으로 인해 제약되기 때문이다. 그의 감각은 변덕스럽고 그 사고는 피상적이다. 사고가 깊다고 해도 이 사고는 지각적 환경적 조건으로 인해 언제나 일정하게 틀지어져 있다. 게다가 우리는 '전체'라는 이념 아래 많은 선의의 것들을 희생시켰던 정치체제 - 전체주의의 엄청난 폐해를 역사적으로 지나왔다. 그리하여 '전체는 곧 거짓'이라는 아도르노적 테제에도 낯설지 않다. 삶의 전체성은, 그것이 희구되는 열렬함의 정도만큼이나, 진실하면서 동시에 기만적이다.

자기출발

그렇다면 있을 수 있는 이 기만성을 가능한 한 줄이기 위해서는 어떻게 해야 하는가? 물론 여기에도 여러 가지 방법과 절차가 있다. 그러나 최대한으로 요약하면 이렇다. 첫째, 자기 자신으로부터 출발해야 하고 - 왜냐하면 그것이 가장 덜 허황될 수 있는, 그리하여 더 진실할 수 있는 하나의 길이기 때문이다 -, 둘째, 이런 자기출발은 그러나 마땅히 주체를 에워싼 현실적 맥락 - 사회역사적 현실에 열려 있어야 한다. 그래서 현실이 어떠한지, 사회의 성격은 무엇이고 역사는 어떻게 되어 가는지를 개인/자아/주체는 부단히 주목해야 한다. 그러면서 이 모든 외적 사회적 개방성은 다시 주체의 현존적 삶의 현재를 다독이는 데로 돌아올 수 있어야 한다. 셋째, 주체와 대상, 개인과 사회의 상호작용 시 일어나는 선택과 결정과 판단은 자발적이고 자율적으로 이뤄져야 한다 - 왜냐하면 이 자율적 행위로부터 비로소 자기책임이 이뤄질 수 있기 때문이다 -.

왜 자율적 선택과 자발적 행위 그리고 자기책임이 필요한 것인가? 그것은 자발성과 자율성 그리고 자기책임 속에서 주체는 비로소 조금씩, 마치 꽃과 나무처럼, 나날이 자라날 수 있기 때문이다. 이러한 식물적 자기형성(Selbstbildung)은 개인에게 일상적 갱신의 기쁨을 안겨주고, 주체는 이런 기쁨을 확인하는 가운데 다른 주체들과 만나 즐거이 영향을 주고받을 수 있다. 그러니 각 주체의 자기형성이 모이고 쌓여 사회적 자기변화로 귀결하는 것은 분명하다. 즉 개인의 자기형성은 시회의 자기형성으로 결합된다. 부단한 형성의 자기쇄신 과정 속에서 개인과 사회, 주체와 객체는 말의 바른 의미에서 생산적으로 함께 만나는 것이다. 사물화에 의해 차단된 삶 - 현실의 전모를 기존과는 다르게, 말하자면 새롭고도 온전하게 경험하게 되는 것은 이런 만남을 통해서다.

주체와 사회의
자기형성적 상호침투

예술의 언어는 바로 이 점 - 주체와 사회의 자기형성적 상호삼투를 장려하고 촉구한다. 예술은 삶의 사물화/파편화에 대항하는 안티테제인 까닭이다. 예술의 경험은 주체와 객체, 정신과 자연을 매개하는 전체의 경험이다. 이 상호삼투의 근거는, 거듭 강조하거니와, 주체의 자발적 자기형성이자 자기조직에의 의지다. 내가 아도르노와 김우창에게서 '예술의 이성' 혹은 '심미적 합리성' 혹은 '심미적인 것의 의미'를 알아보고자 하는 것은 그 때문이다. 그것은 지금의 파편화된 삶에서 상실된 어떤 원형을 새로 경험케 하는 것이다 .

이 대목에서 나는 한 걸음 물러나지 않을 수 없다. 이 두 논자에게 있어 예술이나 이성, 합리성이나 심미성은 결코 간단치 않다. 이것은 근본적으로는 미학적 예술철학적 주제이지만, 그러나 미학적 영역에만 국한되지 않는다. 거기에는 많은 다른 문제영역들, 예를 들어 인식론과 사회론, 정신분석과 마르크시즘, 문명비판과 문화론, 정치론과 윤리학 등이 너무도 긴밀하게 얽혀있다. 이것은 두 사상가의 저작이 이론적 사변적 논의에만 머물지 않는다는 사실에서 이미 확인된다. 이들은 다양한 예술장르에 대해서도 논평했고 - 아도르노의 경우 문학작품 이상으로 음악작품에 대한 논평이 많고, 김우창의 경우 시나 소설작품에 대한 평문 이외에 조각이나 그림 그리고 건축에 대한 평문이 많다.

어찌되었건 이들의 예술비평은 대개, 특히 아도르노의 그것은 철학적 미학의 형태를 띤다. 그리고 이런 철학적 미학과 예술비평을 문화비평적 시각이 에워 싼다 –, 그때그때 사회정치적 사안에 대한 입장표명을 멈추지 않았으며, 그러면서도 각자의 사상도를 꾸준히 펼쳐나갔다. 그리하여 이들의 글에는 그 어떤 것이나 저마다의 색채와 정체성을 간직하고 있고, 따라서 단순한 개념규정이나 논증만으로 해소될 수 없는 의미론적 충일성과 함의를 내포하는 것이다. 아마도 이들 논자가 지닌 스타일은 이런 의미론적 충일성의 결과일 것이다.[*]

이러한 사실은 아도르노와 김우창을 다루는 이 글의 성격에 대해, 그리고 좀더 넓게는 미학적 예술철학적 논의의 성격에 대해 무엇인가 반성케 한다. 말하자면 미학에서의 좋은 글은 단순히 주장이나 설명, 안내나 해석만으로 끝나는 것이 아니라는 것, 그것은 대상의 전체를 포괄해야 하고, 주

---

[*] 나는 글에도 일정한 단계 혹은 층위가 있다고 생각한다. 그리고 이런 층위에 따라 글의 종류는 여럿으로 갈라진다. 안내나 소개를 지향하는 글이 있는가 하면, 논증과 입장규정으로 끝나는 글이 있고, 관련 사안과의 비판적 대결을 시도한 논쟁적 글이 있는가 하면, 의미의 지평을 여는 창의적인 글도 있다. 또 대상서술적으로 끝나는 글이 있는가 하면, 대상진술의 의미를 이렇게 서술하는 주체의 문제로 되돌리는 글도 있다. 글은 이 가운데 하나의 속성을 띨 수도 있고, 여러 속성을 가질 수도 있다. 그 어느 것이나 그 나름의 의의를 지니는 것은 분명하다. 그러나 인문학의 글은 무엇보다도 이 '전체'라는 목표를 지향하고, 이렇게 지향하는 주체 자신의 문제를, 의식적이든 무의식적이든, 의식할 때, 그래서 자기반성적 회귀성을 스스로 내장할 때, 비로소 완성된다. 또 이렇게 자기반성적 에너지를 내장할 때, 그 글은 좀더 오래가는 것이 될 것이다. 왜냐하면 이런 글 속에서 삶과 글, 생활과 예술은 그다지 어긋나지 않을 것이기 때문이다. 인문학의 언어가 사회과학이나 자연과학의 언어와 다른 것은 이 자기회귀적 반성성, 이 반성성 속의 자기형성, 그리고 이 자기형성에서 이뤄지는 전체에의 지향에 있다고 나는 생각한다. 여기에 대해서는 문광훈, 〈기호학적 분석의 미덕과 미비〉,《비평》, 2007년 가을, 통권 16호, 331-346쪽 참조

장하거나 설명하는 데 그치는 것이 아니라 스스로 돌아보고 성찰하는 글이어야 한다는 것, 그래서 사유적으로 엄정할 뿐만 아니라 때로는 시적이고 서정적이어야 하며, 적확성 이상으로 여운과 뉘앙스를 허용하는 것이어야 한다. 그리하여 글 자체가 하나의 '작품'일 수도 있어야 한다.(아도르노는 사유의 철저한 부정성에도 불구하고 '작품' 개념이나 '예술' 개념 그리고 '자율성' 개념을 해체하는 데로 나아가지 않는다. 이 점에서 그는 고전적 전통주의자의 면모를 지니지만, 다른 한편으로, 예술적 아방가르드가 그랬듯이, '기술'이나 '질료', '구성'이나 '실험'을 중시한다. 그만큼 현대적으로 세련되었다는 뜻이다. 그러나 더 중요한 점은 물론 이런 사실 자체가 아니라 사유의 부정성 속에서 무엇이 행해지고 있는가다.) 이렇게 될 때, 논의하는 글은 논의되는 대상의 스타일을 체화하는, 그래서 그 나름의 정체성을 스스로 내장하는 단계로 들어선다.

이러기 위해서는 사유의 깊이와 언어적 유려함, 감성의 섬세함과 표현의 신선함, 판단력과 인식의 정확성이 전제되어야 한다. 그리고 이 모든 요건을 관통하는 덕성은 무엇일까? 나는 그것이 자기언어라고 생각한다. 한국에서 이뤄지는 미학적 예술철학적 논의의 답답함과 지루함은 아마도 이런 자기언어의 부재 때문에, 혹은 이런 여러 요소들이 '동시에' 구비되지 않아서 오는 것인지도 모른다. 이때 대상장악력 ─ 해석력과 표현력은 현저하게 떨어진다.

그러므로 문제는 다시 삶의 전체고, 이 전체로서의 현실이며 이 현실에서의 인간이다. 그러나 이 전체를 제대로 다루기란 매우 어렵다. 현실도 어렵고, 인간도 어렵다. 왜냐하면 사회의 많은 것은 '거짓보편성'이기 때문이다. 삶의 대상들은 대개 환산화 원리 혹은 교환원칙에 의해 규정되기 때문이다. 게다가 이 땅 - 한국에서의 예술철학적 논의의 역사는 일천하다. 전혀 없었다고 말할 수는 없겠지만, 사유의 엄정성과 논리적 체계성 그리고 표현의 정확성이라는 관점에서 보면, 이런 기준을 충족시킬 저작과 기록의 예가 매우 드문 것도 사실이다.

예를 들어 가장 기본적인 사항들 - (심)미학(die Ästhetik/aesthetics)에 대한 견해나, '심미적인 것(das Ästhetische)'과 '예술적인 것(das Künstlerische)'의 구분, 미/아름다움에 대한 이해에 있어서도 체계적인 이해와 납득할 만한 범주적 구분 그리고 그 통합이 아직 이뤄지지 않지 않았나 여겨지기 때문이다.[*] 그러나 이것은 기술적 차원의 미비일 뿐이고, 내용적 차원의 빈곤은 더욱 혹독한 것이라고 말하지 않을 수 없다.

---

[*] 예를 들어 die Ästhetik/aesthetics을 '미학'으로 부를 수는 있지만, 그렇다고 이것이 '미'에 대한 학문만은 아니다. 취급대상을 미에만 제한시킬 때, 그것은 고전적 혹은 전통적 의미의 미학에 지나지 않는다. 적어도 19세기 중반을 지나면서, 특히 20세기에 들어와서 미학의 근본범주는 아름다운 것(das Schöne)을 훨씬 넘어서면서 복잡화되고 다양화되기 때문이다. 추악함이나 전율, 끔찍함과 섬뜩함은 현대의 대표적인 심미적 범주를 구성한다. 미학은 단순히 '미'만 다루는 것이 아니라 여러 다양한 심미적 가치들을 성찰하는 것이다. 이런 관점에서 보면, 예술적인 것은 미학적인 것의 일부이지 그와 동일한 것이 아니다. 심미적(審美的)인 것은, 그것이 미를 단순히 찬양하고 누린다는 것이 아니라 '심사(審査)하고 판단(判斷)한다'는 점에서, '미학적인 것'이란 말보다 더 정확해 보인다. 그러니까 아름다움의 심미적 경험에는 이 아름다움을 심사하고 검토하면서 '판단력을 키워주는' 측면이 분명 있고, 이 판단력의 장려는 심미적 잠재력의 한 핵심이다. 여기에 대해서는 문광훈, 《숨은 조화: 심미적 경험의 파장》, 아트북스, 2006, 22-25쪽 참조. 미학적 예술철학적 주제와 관련하여 앞으로 더 정밀하고 더 세분화해서 논의해야 할 부분은 많다

예술철학적 논의의 어려움은 여기에서 그치지 않는다. 근본적인 것은 지금 세계의 급변하는 성격이다. 지금의 세계는 정말이지 하루하루를 예측하기 힘들 정도로 급속도로 변하고 있다. 나의 감각과 사고와 언어는 이 속도를 어떻게 따라잡을 것인가? 아니 이런 질문 이전에 감각과 사고와 언어의 성격은 어떠하고, 이런 외적 변화 앞에서 주체는 어떻게 스스로 변하고 있는 것인가? 우리는 이것을 먼저 파악해야 한다. 그런 다음 현실과 세계의 복합성을 어떻게 포괄할 수 있을지 물어야 한다. 그런 다음 이 현실에 대한 각자의 대응방식과 그 삶의 영위방식에 대한 대답이 있을 수 있다. 무엇보다 심미적 주체는 전체주체(Gesamtsubjekt)인 까닭이다.

심미적 주체는
전체주체다

예술은 전(全)인격적 문제라고 카프카는 말하지 않았던가. 이런 일련의 질문들에 대한 답변은 결코 간단하지 않다. 그리하여 전체를 거머쥔다는 것은 매력적인 일이지만, 그것은 차라리 성공하기보다는 실패할 가능성이 훨씬 높다. 게다가 우리는, 이미 언급했듯이, 여하한의 '전체' 혹은 '전체성'이란 술어 속에 깃든 폭력의 가능성을 이미 잘 알고 있다. 그러나 바로 그 때문에 예술철학적 논의는 삶의 전체와 만나는 위태롭고도 즐거운 모험이 될 수도 있다.

심미적 이성

이 좁은 지면에서 아도르노와 김우창 같은 논자를 논의한다는 것은 단순화에 단순화를 범할 오류가 예정되어 있는 듯이 보인다. 그렇지만 그 핵심이 축약될 수 없는 것은 아니다. 나는 그것이 '이성적 사유의 심미적 구조화'에 있다고 판단한다.* 그것은, 다른 식으로 말해, 이성의 심미성이고, 심미적인 것의 이성적 토대다. 다시 줄이면 그것은 예술의 이성이고, 심미적 이성이다. 아도르노와 김우창의 사유는 이 심미적 이성 혹은 심미적 합리성(Ästhetische Rationalität)에서 만난다.

3. 이성의 심미적 토대

나는 위에서 아도르노와 김우창이 이성을 심미적으로 구조화하는 데서 어떤 공통점이 있다고 언급했지만, 이 '이성의 심미적 구조화 혹은 정초'만 하더라도 거기에는 논의 상의 기나긴 맥락이 있다. 김우창의 문제의식 앞에는, 적어도 한국의 지성사적 관점에서 보면, 쉽게 그 선구자를 거론하기 어렵지만, 아도르노의 경우 그 앞에는 벤야민이 있고, 벤야민 앞에는 니체가 있으며, 이 니체 앞에는 쉴러와 칸트가 있다. 그리고 더 넓게 보면, 이성의 심미적 구조화는 바움가르텐 이후의 미학사 전체를 수반하는 핵심적 주제의 하나라고도 말할 수 있다. 여기에서 '공동감각(sensus communis)'이 ~공동감각~ 나 '주관적 보편타당성' 같은 어휘는 주된 열쇠어다. 이렇듯이 이성과 감성, 정신과 정서, 로고스와 파토스, 혹은 부분과 전체, 자아와 타자, 개별과 일반의 상호매개 가능성에 대한

---

* 문광훈, 《아도르노와 김우창의 예술문화론: 심미적 인문성의 옹호》, 한길사, 2006년, 10쪽. 이성의 심미적 구조화에 대해서는 특히 이 책의 121-170쪽을 참조.

성찰은 참으로 오래 묵은 것이다.

이런 지성사적 전통의 배경 앞에서 시도되는 이성의 심미적 정초는 아도르노와 김우창에게 약간 다르게 나타난다. 아도르노에게 '미메시스와 합리성의 변증법'이 강조된다면, 김우창은 '생활 속의 보편 또는 일상의 아름다움'으로부터 출발한다고 할 수 있다. 그래서 아도르노가 '철학의 미학화'를 시도한다면, 김우창은 '내면적 실존의 절실성'을 추구하는 것이다.* 그러나 이것은 말할 것도 없이 복잡다단한 사상가의 다면체적 모습을 지나치게 단순화한 정식임엔 틀림없다. 그것이 납득할 만한 지적이라고 해도, 두 논자가 보여주는 감각적 사유적 언어적 사상적 독특성이 갖는 묘미와, 이런 묘미가 각각의 글에서 구현하는 다채로움에 비한다면, 이러한 규정은 공허한 것이라고 말해야 한다. 독창적 개성은 이 개성을 구현한 각각의 문장을 직접 하나하나 음미함으로써 천천히 감식하고 향유하는 수밖에 없다. 그런 점에서 두 사상가의 세세하고도 특수한 곡절이 만들어내는 차이점보다 그 전체 그림에 내장된 어떤 방향적 유사성이 내가 이 글에서 책임 있게 다룰 수 있는 부분 같아 보인다. 그 유사성이란 이들이 마치 '사유의 쾌락원칙'에 추동된 듯한 글을 써왔다는 사실에 있을 지도 모른다.

나는 이 유사한 사유원리를 세 가지 - 첫째, "예술의 비판적 잠재력", 둘째, "예술은 부서진 행복의 약속", 셋째, "심미

---

* 앞의 책, 123쪽과 197쪽 이하

적 화해의 비판적 복권"이란 말로 거론한 적이 있다.[*] 더 자세히 살펴보자. 그러나 기존의 언급을 재인용하기보다는 - 그것은 구태의연하고 지루하므로 - 핵심술어를 중심으로 다시 자유롭게 써 보고자 한다. 그리고 이러한 방식은 벤야민이 제기하고 아도르노가 심화한 사유법 - '별자리 속의 사유법(Denken in Konstellation)'과도 무관하지 않다.

1) 예술의 비판적 잠재력

한 사상가의 정신적 인상학을 스케치하는 데는 어떤 방법이 적당할까? 내가 즐겨 쓰는 한 방법은 그 사상가를 구성하는 주요 개념어들을, 마치 밤하늘의 별자리처럼, 불규칙적으로 열거한 다음 이것을 서로 이으면서 그 전체 의미를 파악하는 것이다. '별자리'나 '짜임관계(Konfiguration)' 혹은 '전체국면'이나 '패턴(pattern)', 아니면 '맥락(context)'에 대한 의식은 벤야민 이후 현대사상과 철학이 공유하는 주된 문제의식의 하나다. 세상이 그렇고, 이 세상을 바라보는 이들의 시각도 그렇다. 특히 거장들은 개별적으로는 조감될 수 없다.

아도르노에게는 신화와 계몽, 자연지배와 인간지배, 미메시스(Mimesis)와 합리성, 동일성과 비동일성, 도구적 기술적 이성, 사물화와 교환원리, 계몽과 신화, 비화해적 화해, 전체성 비판 등과 같은 술어들이 중요하다고 일단 말할 수 있다. 근대 이전의 세계를 신화적 세계라고 한다면, 이 신화적 세

---

[*] 앞의 책, 170쪽, 225쪽, 297쪽 이하

계는 비합리적인 힘들이 횡행하는 폭력적인 공간이었다고 할 수 있는 반면, 근대 이후의 세계는 폭력의 신화적 공간을 지식의 힘으로 파악하고 이성으로 제어하고자 했던 합리적 공간이었다고 할 수 있다. 아도르노 미학의 핵심개념인 '미메시스'는 이 제어를 위한 도구 - 자연에 대한 인간의 지배를 가능하게 한 이성의 첫 형태로 간주된다.

그러나 이 이성은 근대 이후 시간이 감에 따라 이윤창출을 위해 철저히 계량화되고 수단화한다. 그런데 이것은 방부제를 넣어 한 때 살아있던 것(시체)의 부패를 막음으로써 그 소멸에 대항하려는 미이라에서도 확인되는 일이다. 말하자면 미이라는 도구적 이성의 원시적 형태인 셈이다. 흥미로운 사실은 자기부정을 통한 자기보존의 이런 이율배반적 방식이 미이라의 성격에 그치는 것이 아니라 근대적 주체의 성격이면서 - 이 주체는《계몽의 변증법》에 따르면 오디세우스가 구현한다. 왜냐하면 오디세우스는 '이름 없는 자(nobody/Niemand)'로서 간교한 자기부정을 통해 외눈박이 거인 퀴클롭스의 마수에서 벗어나기 때문이다 -, 근대적 이성의 경로이며, 더 나아가 현대 예술의 특징이기도 하다는 점이다. 이성이나 주체, 예술과 사회는 자기부정과 자기보존, 모방과 거부 사이의 긴장관계 속에 자리하는 것이다. 그리하여 계몽의 변증법은 자기를 유지하기 위해 자기를 지우는 미메시스적 행동의 변증법이 되는 것이다.

근대적/현대적인 것은, 그것이 학문이든 사회든, 혹은 이성이든 주체든, 대상의 개별성과 특수성을 존중하는 것이 아니라 미리 주어진 일반적 추상적 틀에 맞게 철저하게 왜곡하거나 배제시켜 버린다. 사물의 이질성이 이질성 자체로서 고려되는 것이 아니라 그 다채성을 증발시키면서 동질성의 한 원리로 환원되는 것이다. 이것이 곧 '체계사고(System-Denken) 혹은 개념적 술어의 강제성'이다. 이러한 강제체계는 사유 일반의 성격이고, 이 사유를 추동하는 이성, 특히 과학적 기술적 도구적 이성의 성격이기도 하다. 이성이 스스로 도구화한다는 것은 기존질서에 봉사한다는 것이고, 이런 봉사를 위해 지배의 도구로 전락한다는 뜻이다. 자연지배의 도구였던 이성이 대상을 넘어 이제는 인간에 대한 인간의 지배도구로 전락해 버린 것이다.

그리하여 주체의 내적 자연(Natur, 본성)의 억압과 사물의 외적 자연의 억압은 동시적으로 병행한다. 삶의 사물화란 이런 내외적 본성 – 주체와 주변 환경에 대한 억압의 보편적 확대를 일컫는다. 이 보편적 확대 아래 진리의 구체성은 사라지고 삶의 의미들은 휘발된다. 이것이 이른바 '보편적 현혹연관항(universeller Verblendungszusammenhang)'이다. 자본주의의 실상에 대하여 아마도 아도르노의 이 정식보다 더 심각한 비판의 표현도 없을 것이다. 이 사물화를 사회의 보편적 지배현상으로 만든 것이 '교환원리'라고 한다면, 아우슈비츠라는 인류사적 파국현상은 이런 이성의 파행을 극직으로 증거하는 역사적 사례라고 할 수 있다. 전체주의 체제란 개인의 독자성을 묵살함으로써 그 고유성을 동질화한,

삶의 사물화

전체주의 체제란 보편적 기만의 정치적 버전이다

보편적 기만의 정치적 버전(version)이 된다.

이에 비하여 김우창에게 중요한 것은 사실충실의 원리, 감각과 지각의 개방성, 개인과 실존, 마음과 고요, 명상과 관조, 경애와 신독(愼獨), 어짊(仁), 고요와 정관(靜觀), 생태학적 관심, 생명에의 공감과 연민, 균형에의 지향과 같은 것들이다. 그의 논리는 여느 한국 학자에게 보기 힘든 언어적 엄밀성과 정치(精緻)한 사고절차를 보여주지만, 그리고 그의 이성은 서구의 합리성 유산을 그 나름으로 재구성하고 소화한 것이지만, 이런 면모는 글의 밖으로 드러나기보다는 그 속에 깊게 내장되어 있다. 그의 학문적 강인함은 내장된 강인함이다. 그리고 이것은 그가 사용하는 절제된 언어와 그 어조의 부드러움에서 어느 정도 느껴지는 바이기도 하다. 그에게 있어서는 논리의 절차도 급작스럽게 이뤄지는 것이 아니라 차근차근 단계적으로 이뤄지며, 사용되는 어휘 역시, 어떤 윤기나 물기도 사상한 채, 정선되어 있다. 그래서 지극히 메마른 것이다.

김우창의 학문적 강인함은 내장된 강인함이다

이 정선된 언어로 그는 김우창은 여기의 사실로부터 출발하고, 사실에 대한 감각과 경험의 구체적 내용을 중시한다. 그리고 이때의 감각은 지각의 표면적 차원을 넘어선다. 그래서 그것은 개체에서 일반으로 나아가고 개인에서 사회로 확산되며 감성에서 이성으로 이어진다. 그리하여 글이 담은 개인의 실존적 느낌과 사고 속에 이미 사회적인 것의 흔적이 배어들고, 전체적인 것의 테두리가 의식되는 것이다. 마

음은 바로 이 둘 – 개인과 사회, 감성과 이성, 개별과 전체를 매개하는 주체의 내밀한 심급이라고 할 수 있다.

마음이 개체와 전체, 자아의 안과 그 밖을 매개하는 주체의 전통적 심급이라면, 심미적 이성은 이런 마음의 연결작용을 보다 적극적으로 행하는 현대의 과학적 술어라고 말할 수 있을 지도 모른다. 김우창은 아도르노처럼 심미적 이성의 구조를 그 어디에서도 일목요연하게 규정하거나 정의하지 않는다. 현대의 미학자들은 이런 일목요연한 정의가 부질없다는 것을 잘 안다. 차라리 그보다는 이 암묵적 원리를 여러 예술장르의 해석에 적용시키고, 이런 다양한 장르의 경험에서 심미적인 것의 에너지를 확인하는 것이 더 의미 있을 것이기 때문이다. 어쩌면 수백 편은 될 시평과 소설평이, 또 조각과 설치미술과 음악과 건축에 대한 평문이 그 자체로 심미적인 것의 잠재력을 증거하는 자료라고 해야 할 것이다.

감각과 정신, 의식과 지각, 감성 그리고 사유의 관계가 갖는 의미는 복잡하기 그지없지만, 마음의 초월적 구성적 작용에 대한 이해는 심미적 이성에 대한 이런저런 논의로 인해 훨씬 더 정밀한 해명의 수준을 확보하게 되었다고 말할 수 있을 것이다. 그리고 이런 의미론적 풍요성에 전통적 사유 – 성리학을 비롯한 유가전통과 동양철학에 대한 재해석은 분명 큰 몫을 했다. 경애와 신독(愼獨), 주의(注意), 깨어있음, 어짐에 대한 논의는 바로 그 옆에 자리하고, 생명에 대한

마음의
초월적 구성작용

경외나 생태학적 관심은 그 줄기를 이룬다.

여기에서 주목해야 할 하나의 사항은 역설과 모순과 균열, 불일치와 양가성과 이의성(二義性)의 편재성이고, 이 편재하는 모순과 역설에 대한 두 논자의 대응방식이다. 예를 들어 아도르노의《미학이론》은 수도 없이 많은 유보와 제한, 가정과 거리두기로 뒤덮여 있다. 이것은 복잡하기 그지없는 그의 문장에서, 그 통사론적 의미론적 구조에서 이미 확인된다. 그것은 그만큼 삶의 세계가 모순과 역설과 불일치로 차 있음을 뜻한다. 삶의 계몽이 세계의 사물화를 유발했듯이, 계몽주의의 이성은 현대에 들어와 비이성으로 전락한다. 그렇듯이 사유는, 그것이 진행됨에 따라, 대상의 충일성을 사상(捨象)하면서 구체의 생생함으로부터 점차 멀어진다. 인식의 파행과 진리의 왜곡은 이렇게 해서 일어난다.

그런데 사유와 인식의 이러한 왜곡 그리고 그 역설성은 언어에서도 드러난다. 말은 무엇을 진술하는 것 이상으로 진술하지 못하는 것이다. 혹은 이 무능을 그것은 의식한다. 그리하여 참된 언어는 지칭하는 것 이상으로 지칭되지 않는 것 – 침묵의 영역을 포섭하는 것이다. 그리하여 아도르노의 언어는, 마치 인식이나 사유가 그렇듯이, 모순과 역설과 균열을 앓는다. 그의 비동일적 사유방식은 이런 모순과 균열을 앓은 인식론적 결과에 다름 아니다. 비동일성(Nichtidentität)은 그의 사유방식이자 문체이고, 더 나아가 그의 삶의 양식을 관통하는 가장 중대한 핵심원리다.

참된 언어는
말하여지는 것과 함께
말해지지 않는 것을
포함한다

예를 들어 아도르노의 언어는 얼마나 낯설고 이질적인 단어로 가득 차 있고, 그 문장은 얼마나 많은 복문과 접속법과 인칭대명사와 재귀대명사로 뒤덮여 있는가? 그것은 그 자체로 비동일적 현실세계의 복합적 의미구조를 체현하는 것이다. 아도르노에게 있어서는 어떤 개념이나 의미, 인식이나 입장도 변증법적 순환과 부정의 원리에 의해 건드려지지 않는 것이 없다는 것, 그래서 모든 것은 비동일적 운동 속에서 끊임없이 유동하는 것이라는 오직 바로 그 점에서만 동일적인 것이다. 이것은 그가 위대한 전통의 실체를 그 왜곡에 대한 가차 없는 비판을 통해 그 나름으로 구제하려는 완강한 노력의 표현이 아닐 수 없다.

비동일적 현실세계의 복합적 의미구조를 체현하는 것

삶의 소멸과 인간소외, 주체의 분열 그리고 이런 분열로 인한 다의성 혹은 의미의 고갈은 현대사회의 병리학적 징후다. 아도르노가 카프카와 베케트를 좋아한 것도 이들 작가가 이런 현대적 분열증을 가장 잘 드러낸다고 보았기 때문이다. 더 넓게 보면, 현대예술의 일반적 성격이 의미전복적인 것이다. 사유, 인식, 진리, 언어가 동일적 비동일성 속에서 개별적 차원의 모순을 보여준다면, 그 전체적 모순은 역사와 문명에서 드러난다고 할 것이다. 문명의 역사는 최정점의 과학기술 아래 야만적으로 퇴행한다. 이것이 이른바 자연사적 신화적 퇴행이다. 현대사회, 특히 현대 자본주의 사회는 이런 진보와 퇴락, 역동성과 정태성이 뒤엉킨 동일적 비동일성의 착잡한 구조체계가 되고, 이 착잡한 구조체계야말로 아도르노가 파악한 '근대구성'의 근본성격이다. 이렇듯이 현대인은 겹겹의 자기모순과 이율배반 그리고 불일치 속에서 살아간다. 아니 자기모순의 덩어리가 곧 현대적 삶이고, 현대인의 삶이다.

계몽의 신화화, 이성의 탈이성화

계몽의 신화화나 이성의 탈이성화에서 보이듯이, 김우창에게는 사유의 파행이나 합리성의 퇴행 같은 면모가 아도르노에게서처럼 강렬하게, 적어도 그 지적 지형도의 얼개를 구성할 정도로 결정적인 것으로 나타나지는 않는다. 그러나 그 역시 조선이란 한국의 전통사회가 근대화로 자연스럽게 이행해간 것이 아니라 강요된 형태로 식목된 그런 암울한 역사를 겪은 곳에 살았기 때문에, 그래서 이때의 근대화란 것도 서구사회의 근대화가 아니라 서구의 근대화를 수입한 일본 제국주의의 변질된 근대화였기 때문에 착잡하고도 모호한 근대성의 인식을 아니 가졌다고 말할 수 없다. 사안의 정도는 달랐겠지만, 그 역시 사고와 인식과 이성과 표현의 자기모순 – 근대성의 자기분열을, 20세기를 살았던 한국의 지식인이라면 대개 그러했을 것이듯이, 격심하게 공유했을 것임에는 틀림없다. 이 점에서 우리는 근대의 구성과 이성의 비판적 재검토라는 아도르노적 문제의식을 김우창에게서도 어느 정도 확인할 수 있다고 말할 수 있다. 심미적 이성의 탐구는 그런 맥락에서 나온 것이다.

아도르노와 김우창에 공통되는 개념어는 변증법, 이성적인 면모, 개별성과 구체성과 개인성에 대한 존중과 사회정치적 관여, 문명비판적 차원, 계몽의 계몽, 사유의 근본적 철학성과 성찰성, 형이상학적 차원에의 관심 등이라고 할 수 있다. 그러나 여기에서 거론하는 그 모든 것은, 그것이 온전한, 말하자면 부서지고 부정되고 균열되지 않은 형태로는 고수되지 않는다는 점에서, 해체적이고 자기부정적이며 자기반성적이다.

가령 아도르노와 김우창은 이성의 힘을 신뢰하지만, 이러한 신뢰는 표면적으로 드러나기보다는 글의 배후에 자리잡고, 절대적으로 옹호되기보다는 차라리 유보하는 가운데 견지된다. 그리하여 이들은, 정확히 말하자면, '이성적'이긴 하지만 '이성주의적'이지는 않다. 아도르노와 김우창이 이성주의자라면, 이것은 이성의 폐해를 의식하는데 이성이 불가피하다는 바로 그 점에서만 그렇다고 해야 한다. 오히려 그들은 개체의 특수성과 개별성을 중시하고(아도르노), 개인의 감각과 지각을 소중히 여기며(김우창), 나아가 이런 개별적 감각과 사유의 경계초월적 운동을 의미 있게 여긴다. 이들이 형이상학적이라면, 그것은 사변철학이 지닌 절대체계를 논증적으로 문제시하면서도(모더니스트들처럼), 이 개념적 논증만으로 삶의 전체가 환원되거나 해소될 수 없을 것이라는 확고한 믿음 위에 있다(현대의 탈구조주의자들처럼). 이들은 어떤 것도 실체화/절대화하지 않는 것이다. 그러니까 아도르노와 김우창은 형이상학이 불가능한 현대에서 형이상학적 갈망을 지닌 사상가, 혹은 탈형이상학적 형이상학의 비판가로서 자리한다.

아도르노와 김우창은 '이성적'이긴 하지만 '이성주의적'이지는 않다

탈형이상학에서의 형이상학

아도르노와 김우창의 자기투시는 이렇듯이 철저하다. 그리고 이 철저성이 그들 사유의 세련성과 정밀성으로 나타난다. 그러나 이것은, 다시 한번 더 말하여, 역설적이다. 사유가 근본적으로 추상화-표준화-일반화를 지향한다면, 아도르노와 김우창은 사유를 통해 이 추상화/일반화 경향마저 거스르고자 하기 때문이다. 이들 사상의 근본적으로 심미적인 성격은 바로 이 점에서 찾을 수 있을 지도 모른다. 왜냐하면 특수하고 개별적인 것을 지향하는 것은 예술의 성격이지 철학과 사유의 속성은 아니기 때문이다.

이야기를 한다는 것, 표현한다는 것은 늘 어떤 특수한 사연을 말한다는 뜻이다. 이에 반해 생각한다는 것은 언제나 어떤 추출된 것의 사유다. 사유가 일반성/추상성에의 경향을 지닌다면, 이야기와 표현은 구체성과 개별성에의 경향을 지닌다. 그래서 이것은 동일한 것의 연속인 세계 - 관리되는 세계의 표준화 경향을 거스른다. 예술은 여하한의 동질화 강제를 견디지 못한다. 대상의 충일성과 이질성을 일원화하는 것이 기성의 질서라면, 이 기성의 질서는 분명 지배적이고 억압적이며 배제적이다. 그런 점에서 그것은 공식적 담론 - 권력의 이데올로기이기도 하다. 예술은 이 지배언어에 저항한다. 예술의 언어가 근본적으로 비이데올로기적인 것은 그 때문이다. 이것은 이 언어를 추동하는 사고의 자기운동성, 즉 반성성에서 온다.

사유는 스스로 움직일 때, 사회에 대한 비판이 될 수 있다.

사유가 움직인다는 것은 주체가 자기생성성 속에서 기존의 틀을 반성한다는 것이다 사유가 움직인다는 것은 주체가 자기생성성 속에서 기존의 틀을 반성한다는 것이고, 이 반성 속에서 특수와 일반을 매개한다는 것이기 때문이다. 그리하여 반성할 때 사유는 스스로의 사물화 위험성을 벗어날 수 있다. 아도르노는 민주주의 체제에서도 파시즘이 존속할 수 있음을 자주 경계했다. 예를 들어 자본주의는, 그것이 근본적으로 '관리되는 세계'라는 점에서 파시스트적 나치즘적 전체주의나 스탈린적 사회주의와 크게 다르지 않다. 이런 점에서 볼 때, 사회정치적 병리학은 인간이성의 왜곡과 깊게 이어져 있다. 그러므로 사회분석과 이성비판 그리고 자본주의 진단은, 아도르노가 보여주듯이, 밀접하게 연관되어 있는 것이다. 실제로 그의 미학이 비판이론의 사회이론적 결과로 간주되어야 한다고 주장하는 학자도 있다.

행복과 자유는 이성의 비판적 사고를 통해 비로소 실현될 수 있다. 예술은 이 비판적 사고, 이 사고의 부정성을 '감각적으로' 체현한다. 그 점에서 철학과 다르다. 철학이 사유와 논증과 개념을 통해 부정적 의식을 구현한다면, 예술의 부정성은 개별적 사례에 지각적으로 접근함으로써 이뤄진다. 예술은 사물화된 환산원리에 반하는 어떤 특수한 영역이기 때문이다. 예술은, 그것이 개별적인 것의 특수성과 고유성 그리고 유인무이성에 골몰한다는 점에서, 분명 예외적이다. 그것은 개별적인 것의 진실에 주목하고 기억하고 표현함으로써 교환원칙이 강요하는 거짓보편성에 저항한다.

예술은 개별적인 것의 진실에 주목하고 기억하고 표현함으로써 교환원칙의 거짓보편성에 저항한다

오늘날 우리는 자기모순의 아포리아 없이 대상과 자신을 고찰하기 어렵다. 이때 새로 고찰되는 것은 타자적인 것이고 비동일적인 것이다. 그러니 이 모순과의 만남이 긍정적일 수는 없다. 그것은 부득불 부정적(否定的) 형태를 띤다. 비동일적인 것의 경험과 그 전달은 긍정적이기 어렵다. 비동일적인 것은 그 자체로 부정적이다. 그것은 모순된다. 이 모순과의 동거, 이 모순과의 정면대결 없이 삶의 타자성은 구제될 수 없고, 이 구제를 위한 시작은 시도될 수 없다. 예술의 진실성은 타자성과의 만남을 회피하지 않는 데 있다.

2) 예술은 부서진 행복의 약속

아도르노는 합리성 개념과의 비판적 대결을 통해 근대를 재구성하고자 노력했고, 이 근대비판의 심급으로 철학의 부정적 정신을 상정했다면, 이 부정의 정신은, 앞서 언급했듯이, 심미적으로 구조화되어 있다. '심미적으로 구조화되어 있다'는 말은 그의 철학적 인식이 문학과 음악 등 예술작품의 통찰에 의존하며, 예술경험의 이 인식내용이 그의 사상적 근본에너지가 되고 있다는 뜻이다.

그렇다면 이 심미적 예술적 인식은 무엇을 지향하는가? 아도르노의 맥락에서 그것은 '해방된 사회'다. 무엇으로부터의 해방인가? 그것은 간단히 말해 일체의 폭력과 지배로부터의 해방이라고 할 수 있다. 지배 없는 비폭력의 사회는 문명의 파국이 일어나지 않는 사회이고, 이성이 이성을 옥죄이지 않는 곳이며, 상품의 교환원리가 인간을 사물화시키지 않고 그 사회적 관계를 소외시키지 않는 것이어야 한다. 왜냐하면 사물화로부터 자유로울 때, 인간은 비로소 행복할 수 있을 것이기 때문이다. 이 점에서 예술은 '행복에의 약속' (promesse du bonheur)라는 스탕달의 벨리슴(Beylisme)에 우리는 가 닿는다.[*]

행복에의 약속

그러나 이러한 행복은 오늘의 인간에게 가능한 것인가? 온갖 찬란하고 화려한 이념들이 각종 이데올로기로 변질되면서 인간과 그 현실을 옥죄었던 '극단의 시대'(에릭 홉스봄) 20세기를 역사적으로 겪었던 현대인에게 더 나은 미래의 꿈이 아직도 아무런 유보 없이 간직될 수 있는가? 이렇게 우리는 묻지 않을 수 없다.

좋은 말들 - 그럴듯하고 아름답게 들리는 말들에 아도르노는 지극히 인색하다. 예를 들어 '사랑'이나 '행복' 같은 말을 그는 거의 쓰지 않는다. '희망'도 마찬가지다. 그가 희망의 언어를 쓴다면, 그것은, 마치 벤야민이 카프카에 대해 썼듯이, '희망 없음의 희망'에 가깝다고 말해야 할 지도 모른다. 그 정도로 오늘날 진선미의 술어들은 위태롭고 취약하며 거짓되기 쉬운 것에 속하기 때문이다. 이것은 김우창에게도 크게 다르지 않다. 그의 언어는 쉽게 약속하거나 쉽게 전망하지 않는다. 좋은 말들에 대한 이러한 인색함은, 아도르노에게 있어, 그가 아우슈비츠라는 서구 역사의 파국적

희망은 '희망 없음의 희망'

---

[*] 앞의 책, 228쪽 이하

한국인문학과 김우창

현상을 겪었기에 김우창보다 더하다고 말해야 할 것이다. 그러나 동시에 한국의 현대사 역시, 그것이 해방 전후의 좌우대립이든, 1960년대에서 80년대에 걸친 군부독재이든, 아니면 남북분단 하의 체제적 대립이든, 그 어느 것이나 간단하지는 않았다는 것, 아니 이것 역시 견디기 힘들 정도로 많은 갈등과 희생과 폭력을 동반했다는 점에서, 김우창에게도 사소한 것이 결코 아니었을 것이다. 희망에 대한 두 사상가의 주저와 유보는 아마도 이같은 현실적 맥락에서 이해될 수 있을 것이다. 이 두 사상가의 기조에 배인 우울 혹은 비관의 감정도 이와 연관될 것이다.

진선미의 세계는, 다시 한번 더 말하여, 아도르노에게 글의 배후에 혹은 그 여운으로 흐를 뿐, 밖으로 쉽사리 드러나지 않는다. 그러나 바로 이 여운 속에 지상을 뛰어넘는 어떤 갈망 – 형이상학적 갈망이 숨 쉬고 있다. 아도르노의 신학적 차원은 이 형이상학적 갈망이 기거하는 곳이다. 그러니까 그의 미학은 신학적 갈망을 통해 마침내 우울하게 구성된 반(反)체계의 체계이고, 반(反)가치의 가치라고 할 수 있다. 그것이 '반'체계이고 '반'가치인 것은 기존의 규범과 질서를 부정하기 때문이고, 그럼에도 불구하고 '체계'이고 '가치'인 것은 이 전복적 성격 속에서도 여전히 어떤 질서를 염원하기 때문이다. 그에게 부정되는 것은 역사나 문화만이 아니다. 진리가 그렇고 인식이 그러하며, 주체가 그렇고 미학이 그렇다. 그는 모든 것을 평준화하는 근대화의 진보사관(進步史觀)과 이 사관에 깃든 무기억적 횡포에 대항하는 프루스트적 기억 속에서 모든 것을 해체하고 비판하면서 '절대적으로 근대적이고자' 한다. 그런 만큼 아도르노의 부정은 '전면적'이다.

아도르노는, 그가 호르크하이머와 《계몽의 변증법》에서 지적하였듯이, 모든 '온전한' 의미내용들은, 그것이 상품물신적 사회에서는 이데올로기적이라는 점에서 '비진리'라는 입장을 고수한다. 그런 점에서 사회이론적 철학적 좌절은 현대사회에서 피하기 어렵다. 부정적 사유가 극단화되는 것은 이 때문이다. 이런 점에서라도 우리는 부정적 사유가 물신화할 가능성도, 그래서 지식인 특유의 허황된 포즈로 변질될 위험성까지도 유의해야 한다.

아도르노 사유의 이 극단적 면모는 김우창에게 있어 순화된 것으로 나타나는 듯하다. 그러나 그 역시 서구지성사, 특히 근대 이후의 독일지성사에 그 나름의 비판적 입장을 견지하고 있고, 그 때문에 기존의 성취가 그에게 그대로 수용되는 것은 결코 아니다. 아도르노가 비판과 부정 속에서 심미적 유토피아를 염원하며, 이 유토피아에의 잠재력을 예술, 특히 심미적 경험이 가진 것으로 파악하고 있다면, 김우창 역시 예술의 유토피아적 계기를 믿는다. 단지 김우창의 예술은, 아도르노가 심미적인 것에 집중하는 반면에, 시 혹은 시적인 것의 가능성에 더 집중한다고나 할까. 그러면서 두 사람은 자신들의 관심을 예술과 학문의 일반적 지향과 그 잠재력이라는 문제로 열어둔다. 왜냐하면 예술과 그 경험은,

궁극적으로 보면, 부정성 속에서 사회적 해방에 대한 욕구를 충족시켜 주기 때문이다.

행복이 불가능한
사회에 예술은
불행의 증언을 통해
행복을 환기하는
역할을 한다

아도르노에게 사회이론과 미학은 연결되어 있지만, 이것은 굳이 그가 아니더라도, 적어도 제대로 된 미학이라면 인간과 사회에 대한 해방적 관심 없이 시도되지 못할 것이라는 점에서, 여타의 미학자 그리고 학자에게도 해당된다고 볼 수 있다. 그리하여 예술은, 아도르노 식으로 말하여 보편적 기만체제 아래에서 진리의 영역과 이어지는 하나의 희미한 끈이 된다. 혹은 김우창 식으로 말하면, 행복이 불가능한 사회에서 예술은 이 불행의 증언을 통해 행복을 환기하는 역할을 한다. 그리하여 누구에게나 예술은 아직 오지 않은 것의 부정적 각인이고 압형(押型)이다.

그러므로 오늘날의 행복은 '여러 가지 유보에도 불구하고, 아니 이 유보를 통해서만 비로소 견지될 수 있는 어떤 희미한 희망의 하나'에 속한다. 그것은 더 이상 직접적으로, 말하자면 아무런 매개 없이 도달하거나 획득될 수 없다. 부정(否定)과 회의, 의심과 제한이란 이런 매개과정에서 일어나는 조건들이다. 그렇다는 것은 행복에 대한 현대의 유보는 때때로 너무도 혹독하여 그 회의가 행복에의 전적인 부정으로까지 나아갈 수도 있음을 뜻한다. 정말이지 오늘날의 행복은 차라리 어떤 대용품 - 언제라도 교환될 수 있고 대체될 수 있는 종류의 것에 가깝다. 특히 자본주의 상품사회에서 행복은 그렇다. 왜냐하면 현대인은 근본적으로 '소비하는 인간'이고 '구매하는 인간'이기 때문이다.

나는 소비한다. 고로 나는 존재한다. 이것이 오늘날 인간
의 기본표어다. 그러나 이렇게 구매하는 상품은, 벤야민 식
으로 말하자면, '언제나 동일한 것의 새로움'(das Neue des
Immergleichen)에 지나지 않는다. 새로운 상품들은 대부분의
경우 '새로움'이라는 외관을 쓴 오래된 것들에 불과하기 때
문이다. 그리하여 그것은 거짓이고 환각이며 현혹이고 기만
이다. 교환가치 위에 선 자본주의 시장원리는 이런 가짜 대
용품을 전사회적으로 확산시키는 대량생산과 대량소비의
현혹체제다. 그래서 아도르노는 행복에 충실하기 위해 행복
에의 약속을 깨뜨려야 한다고 적는다.

이제 행복과 기쁨, 화해와 평화는 더 이상 그 자체로 실현
되지 못한다. 그것은 이제 우리의 것이 되기에는 너무도 심
하게 손상되었고, 너무나 굴곡 많은 역사를 겪어 왔다. 행복
은, 적어도 온전한 기쁨으로서의 행복은 더 이상 불가능한
것이라고 말해야 한다. 그것은 마치 '완전성'이나 '조화'가
오늘날에 불가능한 것과 같을 지도 모른다. 좋은 것들은 이
제 전적으로 불가능한 것들의 이름이 되어버린 것이다. 그
래서 오늘날에도 행복을 추구한다면, 그것은 '불가능한 것들
가운데 있을 수 있는 아주 작은 것'이라고 말해야 할 것이다.
그것은 거대한 불가능성 속의 아수 사소한 가능성이다.

거대한 불가능성 속의
아주 사소한 가능성

예술의 언어는 바로 이 사소하고 비루한 것들의 꺼질 듯

한국인문학과 김우창

한 희망을 얘기한다. 그것은 꿈이 불가능한 현실에서 왜 꿈은 지금 여기로 오지 못하는가, 왜 그것은 여기로 와서 오늘의 것이 되지 못한 채 멀리 떠나 있는가를 물음으로써 그 상실의 부당성을 환기시킨다. 불행한 현실을 '행복하다'고 미화하고 칭송하는 것이 아니라, 그 불행을 직시하고 그 불행과 대결함으로써 시인은 이 불행한 세계에서의 행복을 환기시킨다. 행복은 불행에 대한 문제제기 속에서 잠시 오늘의 것이 된다. 이렇게 김우창은 생각했다.

단순히 행복을 실현하는 것이 아니라, 또 행복의 현존을 주장하는 것이 아니라, 오히려 그 부재를 말함으로써 시인은 행복의 가능성을 예감하고 선취하며 기약한다. 그러니만큼 그것은 이미 온 행복이 아니라 오고 있는 행복이고, 실현된 행복이 아니라 실현되어야 할 행복이다. 참된 행복은 앞으로 되어야 할 행복으로 자리하는 것이다. 마치 참된 정의란 이미 온 정의가 아니라 '오고 있는 정의'이듯이. 그리하여 정의는 말의 엄격한 의미에서 무한하듯이.*

그러나 오고 있는 것, 앞으로 와야 할 것은 행복이나 정의만이 아니다. 인간이 추구하는 많은 이념들이 그러하다. 선의가 그렇고 아름다움이 그러하며, 꿈이나 열망, 진리나 어짊, 자비와 사랑도 그렇다. 사랑이나 진리, 인의(仁義)와 경모

---

* 여기에 대해서는 문광훈, 〈무한한 정의 – 벤야민과 데리다의 법이해〉, 한국독일언어문학회 2010 가을학술대회 발표문, 충남대, 2010. 11. 12-13. 41-53쪽 참조:, 〈법과 정의의 역설적 구조〉, 《가면들의 병기창-발터 벤야민의 문제의식》, 6장 2절, 한길사, 2014, 401-437쪽 재수록

(敬慕)의 원리, 나아가 이성적인 질서나 인간적인 공동체, 민주체제 혹은 시민사회 역시 더 보완되고 더 충족되어야 할 것, 그래서 이미 완성된 것이 아니라 앞으로 완성되어야 할 것으로 자리한다. 이념의 직접성에 대한 순수한 믿음은, 적어도 오늘날에 있어서의 그것은 결코 순수하지 않는 것이다. 그것은 여러 가지 전략적 정치적 상업적 계파적 동기에 의해 오염되어 있기 때문이다.

우리는 이제 행복을 깨뜨림으로써 행복을 추구해야 하고, 행복에의 약속을 부정하면서 이 약속을 이행할 수 있어야 한다. 선의가 얼마나 허약하고 얼마나 쉽게 기만으로 변질될 수 있는가에 유의하면서 선함의 가능성을 생각할 수 있어야 한다. 그렇듯이 아름다운 것들이 얼마나 추악할 수 있고, 삶의 경이가 얼마나 충격과 공포로 뒤섞여 있는가를, 힘있고 그럴 듯해 보이는 것들이 얼마나 타락하고 부패한 것인가를 직시할 수 있어야 한다. 그리고 이런 직시 속에서도 아름다움을 포기하지 않을 수 있어야 한다. 이것은 어떻게 가능한 것인가? 그것은 다시 아도르노 식으로 말하여 오직 부정변증법적으로(negativdialektisch) 가능하다고 말할 수 있을지도 모른다.

예술의 언어는 부정변증법의 언어다. 혹은 자기운동성이나 자기성찰력 혹은 자기해체력을 가진 부정적 사유의 힘이라고 불러도 좋다. 그것은 여하한의 처방된 낙관주의에 대한 비판이기 때문이다. 사유와 언어는 자기운동성 속

예술의 언어는
부정변증법의 언어다

한국인문학과 김우창

에서 비로소 자기갱신력을 가질 수 있다. 나아가 자기조직과 자기결정의 이러한 중대성은 심미적 예술철학적 논의에 그치는 것이 아니라 사회정치적 주제이기도 하다. 예를 들어 미래의 '유럽정부'와 관련하여 자기 나라의 시민들에게 이 연합의 미래를 결정할 기회를 주어야 한다고 하버마스(J. Habermas)가 강조할 때, 자기결정의 권리와 책임은 유럽연합의 주된 개혁내용이고 그 방향이다. 앞으로 세계경제의 이성적 질서도 개별적 삶의 자발성과 주권성에 기초하여 이뤄져야 한다. 신자유주의적 세계화의 문제도 민족국가적 차원을 넘어서서 해결되어야 한다면, 이런 포괄적 문제의 해결책도 그 출발은 개별적 주체의 자발성과 그 갱신력을 보장하는 데서 시작되어야 한다.

그러나 한 걸음 물러나자. 이 부정변증법의 언어도 여전히 언어임에는 틀림없다. 당연한 것이지만, 예술언어가 갈구하는 행복이 곧 행복의 실체는 아니고, 예술언어가 말하는 진실이 그 자체로 삶과 사회의 진실인 것은 아니다. 그것은 종이 위의 문자이고, 그러니만큼 추상화된 기호일 뿐이다. 양은 풀을 먹지만, 시인은 '빵'이라고 써놓은 종이를 씹는다고 했던가? 그 때문에 앎이란 무지의 전경(全景)이고 명예란 허영의 그림자이며 권력이란 수치임을 시인은 안다.

언어의 생기가 곧 현실의 생기는 아니다. 시의 발랄함이 곧 삶의 발랄함이 될 수는 없다. 말의 진실로 세계의 진실을 실현시키기에 예술의 언어는 너무도 무기력하고 허황되며 부질없다. 그러나 그것은 이 부질없다는 자각, 이 자각의 살

부질없다는 자각,
이 자각의 살아있음,
이 살아있음의
실감 속에서,
예술의 저항의 에너지는
지속된다

아있음, 이 살아있음의 실감 속에서 에너지는 끊이지 않는다. 그것은 지속된다. 어떤 에너지인가? 그것은 저항의 에너지이고, 이 저항의 에너지는 모순을 견뎌내고 역설을 증언하는 표현에서 나온다. 언어와 사유는 자신의 자유에 한계를 설정함으로써 비로소 자유로워지는 것인가? 자기를 절대적으로 설정한다면 인간의 정신은 뒤틀리기 시작한다. 거침없다는 것은 자유의 증표가 아니라 부자유의 증거다. 예술은 이 왜곡과 한계와 유보에 주의한다.

예술의 언어는 표현적 저항이다. 표현은 주체횡단적(transsubjektiv)이다. 이 표현 속에서 주체는 영육적으로 갱신해가고, 이렇게 스스로 갱신해가는 가운데 주변의 주체들에게도 그 에너지를 파급시킨다. 개별적 정체성을 확립하고 사회적 변화를 장려하는 가운데 심미적 잠재력의 혁신적 전복적 계기가 있는 것이다.[*] 그리하여 우리는 감각과 사고의 성장, 나아가 마음의 성장을 말해도 좋을 것이다. 표현 속에서 예술의 주체는, 마치 꽃잎처럼 풀처럼, 나날이 성장해갈 수 있는 것이다. 사회의 어떤 변화는 주체의 이 식물적 성장과 다른 주체의 성장, 그 사이의 교차점에서 생겨나는 것일 것이다. 오늘의 현실이 얼마나 빈곤하고 얼마나 한심하며 얼마나 불평등하고 얼마나 왜곡되어 있는지도 이런 반성적

예술의 언어는 표현적 저항이다
표현은 주체횡단적이다

---

[*] Vgl. Albrecht Wellmer, Über Negativität und Autonomie der Kunst. Die Aktualität von Adornos Ästhetik und blinde Flecken seiner Musikphilosophie, in Axel Honneth(hg.): Dialektik der Freiheit, a.a.O., S. 269.

성장 속에서 잠시 성찰될 수 있을 것이다.

3) 심미적 화해의 비판적 복권

어쩌면 삶의 화해는
심미적으로만
실현될 수 있는
것인지 모른다

어쩌면 삶의 화해는 심미적으로만 실현될 수 있는 것인지도 모른다. 왜냐하면 현실의 화해란 일정하게 기울어진 것 – 어떤 경사와 편향의 결과일 것이기 때문이다. 그리하여 더 온전한 것은 매번 매순간의 성찰 속에서, 자기비판과 자기해체의 고역을 감내하는 가운데 비로소 얻어지는 것이 될 것이다.

이 자기비판과 자기해체가 겨냥하는 것은 무엇인가? 그것은 아도르노식으로 말하여 '비동일적인 것'이 될 것이고, 김우창식으로 말하자면 '가능성'이 될 것이다. 그것은 지금 여기에 없는 것, 그래서 부재하는 것에 가깝다. 그러나 그것은 지금 여기에 전혀 없는 것은 아니다. 그것은 차라리 잠재되어 있다. 그래서 현실의 일부 혹은 파편으로 자리한다. 그것이 경험되고 지각되는 종류에 속하는 것은 그 때문이다. 그러면서 동시에 그것은 경험과 지각의 차원 그 너머로 뻗어있다. 말하자면 '경험적 초월성' 혹은 '지각의 형이상학'이라고나 할까. 어떤 타자적 지평으로 열려있는 것이다.

그리하여 참으로 형이상학적 관심은 물질적 차원에 대한 가차 없는 자각을 요구한다. 형이상학의 구제는 그 자체로 비판적 초월적 의미를 가진다. 그러므로 심미적 화해란 단순히 이미 있는 것들 사이의 타협이 아니라 기존의 경험

차원 속에서 이 차원을 넘어 타자적 영역으로 열려 있을 때, 이렇게 열려 이 타자적 영역으로 포괄하고 수용할 수 있을 때, 마침내 이뤄지는 것이다. 그런 의미에서 그것은 확대된 화해이고, 확대되고자 하는 화해이며, 확대에의 준비가 되어 있는 화해다.

타자적 지평에 열려있는 사회가 이성적 사회라면, 이 이성적 사회에서 사람은 단순히 교환원칙에 복속된 채 살지는 않을 것이다. 그저 기존질서에의 순응하라는 압박 아래 사는 것이 아니라, 자신의 주위를 돌아보며 그 삶이 어디에서 와서 어디로 가는지, 생로병사는 무엇이고, 삶의 외로움과 부조리와 불가항력과 필연성이란 어떤 것인지를 생각하며 살아가는 것일 것이다. 보다 좋은 사회에서라면, 우리는 '어떤 궁극적 사물'에 대한 의식을 잃지 않을 것이다. 이 궁극적이고도 절실하며 필연적인 사안에 대해 대응할 수 있는 가능성을 개개인에게 얼마나 그리고 어느 정도까지 부여할 수 있는가에 따라 한 사회의 이성적 인간적 수준도 판가름 날 것이다. 유물론적 차원과 형이상학적 차원을 하나로 결합시키고자 했던 아도르노가 희구했던 사회도 이와 다른 것이 결코 아니다.

그러므로 예술의 화해는 화해하려고만 하는 화해가 아니라, 비화해와 만나고 이 비화해와 대결하며, 이 비화해를 통해 자기자신을 교정하고 갱신시켜 가려는 화해다. 그것은 갈등과 흔쾌히 대결하는 화해의 의지다. 예술은 단순히 삶의 조화나 화해를 찬미하는 것으로 끝나지 않는다. 그것은 이전 혹은 그 이전의 고전적 낭만적 시기에서나 가능했던 일이다. 물론 오늘날에 와서도 조화나 화해의 덕목이 필요하지 않은 것은 아니다. 그러나, 이미 언급했듯이, 행복이 그 자체로 오늘날 가능하지 않듯이, 조화나 화해 역시 이전의 형태 그대로 실현될 수는 없다. 실현된다면, 그것은 아주 드물게 그리고 예외적인 경우에나 그럴 것이다. 대부분의 경우, 화해는 화해 자체의 불가능성에 대한 인식으로부터, 이 불가능성에 유의하고 이 불가능성에 주목하는 가운데 희귀하게 생겨나게 될 것이다.

그리하여 예술은 그 자체 안에 파열과 모순, 이반(離反)과 불일치의 흔적을 갖는다. 근대 이후의 삶 자체가 파열되고 모순되며 이반되고 불일치적인 것이기 때문이다. 더 크게 보면 자연사적 생명의 현상이 수많은 양립불가능한 요소들의 혼재 속에서 진전되기 때문이다.(어떤 양립불가능하고 우연적으로 보이는 요소들도, 차원을 달리하여 보면, 지극히 양립가능하고 너무나 자명할 정도로 필연적으로 나타날 수도 있다. 그러니까 '우연성'이나 '필연성'이란 술어 자체가 매우 자의적인 범주일 수 있다.)

모순과 불일치는 세계의 실상이자 예술의 속성으로 보인다. 이 모순 속에서 세계는 스스로 변형되는 가운데 이런저런 균열을 보여주고, 조화나 일치란 이때 나타나는 여러 무정형한 모습의 일시적 예외에 불과하다. 그러므로 예술이 진실되다면, 그것은 모순과 불일치와 균열과 이반 속에서 진실한 것이다. 예술의 진실성은 모순과 불일치와 균열과 이반으로부터 생겨난다. 모순과 이반이 삶의 비화해를 야기한다면, 예술은 오직 이 비화해 속에서 진실하고 또 진실할 수 있다. 왜냐하면 비화해에서 자기지양의 도약과 초월 그리고 그 변형이 있을 것이기 때문이다.

자기갱신과 자기변형이 중요한 것은 이 갱신과 변형을 통해 삶의 전체에 다가갈 수 있기 때문이다. 스스로 부단한 갱신 속에 있다면, 우리는 보다 온전한 것 – 보다 깊고 넓은 무엇에 다가가고 있다는 뜻이고, 이런 다가감 속에서 자기 자신을 만들고 있다는 뜻이다. 자기형성 아래 우리는 비로소 세계의 전체를 감지하고 이 전체를 예감하며 마침내 향유할 수 있는 것이다. 관조가 전체에 대한 삶의 대응방식이라고 한다면, 향유는 이 대응방식 아래 견지되는 생활의 내용이 될 것이다. 관조적 향유 속에서 인간은 비로소 자신을 만들어가면서 자기 삶을 조직할 수 있다. 그러니까 심미적 이성의 궁극적 목표는 삶의 조직이고 삶의 향유다. 이것은 다시 한번 강조되어야 한다.

자기 갱신과
자기변형

아도르노와 김우창에게는 전체성의 사고가 갖는 위험성에 대한 직시에도 불구하고 이 전체에의 지향과 이 지향 속에서의 향유적 태도가 담겨 있다. 그런데 이 전체지향성은 큰 사상가에게는 대개 확인되는 바다. 전체에의 통찰을 통해 삶의 온전한 형식이 비로소 모색될 수 있기 때문이다. 얼마나 많은 학문의 활동이 삶으로부터 멀어지는 것인가? 또 예술과 미학의 얼마나 많은 노고가 생활의 향유로부터 벗어나

전체에의 통찰

있는가? 예술의 언어는 마땅히 '예술을 사는 삶'으로 귀착되어야 한다. 이렇게 삶의 현재로, 현존적 삶의 여기로 귀착할 수 있을 때, 모든 학문적 술어도 단순히 논증의 도구로써가 아니라, 또 기술적 이성의 수단으로써가 아니라, 삶의 지금 여기의 충일성에 복무하는 유용한 매체가 될 수 있다. 그리고 이렇게 할 수 있다면, 우리는 굳이 '학문과 삶의 일치' 혹은 '지행합일(知行合一)'과 같은 해묵은 말을 꺼내지 않더라도 이미 삶 속에서 삶의 활동의 일부로서 예술을 실천하고 있을 터이다.

그러므로 중요한 것은 학문적 진리 자체가 아니다고도 말할 수 있다. 더 나아가면, 예술학과 미학의 논의에서 중요한 것은 미학적 심미적 진실 자체가 아니라고 할 수도 있다. 궁극적으로 중요한 것은 우리의 예술철학적 논의와 심미적 탐구가 어떻게 우리 각자가 독립된 주체로서 자유롭고도 책임 있게 살아가는 데 필요한 원칙과 바탕을 마련하는데 기여하는가다. 거꾸로 말해 독립적 삶의 납득할 만한 근거를 마련하는데 이바지하지 못한다면, 이런 마련을 통해 각자의 생애가 사회적 공동체에서 행복한 데로 이어지지 못한다면, 미학과 예술론은 공허하고 부질없다.

아무리 오늘의 사회가 급박하고, 아무리 자본주의 소비 체제가 비진리의 기만연관항 아래에 포박되어 있다고 해도, 이 비관적 상황이 우리가 손상된 삶을 손상된 채로 계속 살아가야 할 이유는 될 수는 없는 것이다. 우리는 여하한의 부정성을 부정할 수 있어야 한다. 예술에서 오는 압도적 기쁨도, 그것이 삶의 활기를 북돋지 못한다면, 전적으로 무의미하다. 한 사회의 건전성도 그 사회가 가진 예술과 상징과 언어와 감각과 사유의 풍요성 – 그 너그러움의 깊이와 넓이에 달려 있을 것이다. 왜 그런가? 이 너그러움의 깊이와 넓이야말로 거짓 없는 보편성의 이름일 것이기 때문이다.

한 사회의 건전성은 예술과 상징과 언어와 감각과 사유의 풍요성 –그 너그러움의 깊이와 넓이에 달려있다

예술은 그 자체로 타자적이다. 그것은 달라야 한다. 예술은 철저하게 달라야 한다. 이 철저하게 다른 속성 – 심미적 변별력이 한 사회의 병리학을 치유한다. 참된 예술철학은 비판 속에서, 오로지 비판적 자기초월의 부정성 속에서 살아간다. 왜냐하면 이 부정성을 통해 그것은 반성적 사유의 의미전복적 운동을 행할 수 있기 때문이다. 이 부정성–자기초월성–의미전복성이야말로 심미적 잠재력의 혁신적 계기다. 이 혁신성 아래 예술은 자기의 형식과 내용을 고치고, 예술의 주체는 자신의 삶을 고친다. 예술은 말의 엄격한 의미에서 동일논리적 이성에 대한 비판이기 때문이다. 그것은 근본적으로 아직 복원되지 않은 것의 권리 – 타자의 이름이다.

예술은 사물화에 대한 안티테제다. 아도르노의 철학적 미학이나 김우창의 심미적 이성론은 결국, 마치 김우창이 읽는 데카르트의 철학적 탐구가 그러했고 아도르노 철학에 대한 마틴 젤(M. Seel)의 지적이 그러했듯이, 삶의 영위의 문제나 이성적 질서의 조직가능성의 문제로 귀결된다. 이 질서는 기존질서와는 다른 질서 – 어떤 항체적 대안질서다. 그것

항체적 대안 질서

은 이미 있는 삶에 대한 '어떤 다른 삶의 가능한 형식'에 대한 것이다. 그리하여 심미적 가능성에 대한 탐구는 결국 다른 삶의 조직적 가능성에 대한 탐구가 되는 것이다. 이 점에서 나는 다시 타자의 존재 혹은 비동일성적인 것의 의미를 생각한다.

삶의 납득할 만한 원리는 우리의 외부로부터 오는 것이 아니다. 그것은 집단으로부터 강제되는 것도 아니고, 사회로부터 일방적으로 부과되는 것도 아니다. 그것은 지금 여기에서, 나의 구체적 경험으로부터 시작한다. 그러면서 이렇게 시작된 원칙은 보다 넓은 사회현실로 나아간다. 어떤 절대적인 원칙, 어떤 객관적인 법칙이 처음부터 명약관화하게 자리하는 것이 아니라 그때그때의 현실 속에서 만들어지는 것이고, 상황에 따라 주체는 그 법칙을 교정해 간다. 삶의 보편적 척도는 현실 자체로부터, 이 현실과 인간이 만나 대결하고 싸우며 삼투하는 가운데, 만들어진다. 비동일적이고 타자적인 것들과의 이런 대결을 위해 주체의 감각은 열려 있어야 하고, 그 사유는 복합적이어야 하며, 그 언어는 유연해야 한다.

위대한 타자

이런 관점에서 보면, 예술가 역시, 마치 예술작품이 타자적 지향을 갖듯이, '타자적'이다. 구스타브 말러(G. Mahler)를 일러 한 평자는 '위대한 타자'라고 최근에 부른 적이 있지만[*], 뛰어

---

[*] Volker Hagedorn, Der groβe Andere, Die Zeit, 1. 7. 2010 Nr. 27 이 평자는 말러 음악에서는 '신학이 감각성으로 전환된다'는 미하엘 길렌(M. Gielen)의 논평을 인용하고 있

난 사상가나 저자 역시 위대한 타자다. 이들은 화합할 수 없이 어긋나고 불일치하며 파편적인 것을 어떤 거대하고도 일관된, 그러나 전적으로 기존과는 다른 형식 안으로 전환시키기 때문에, 그럼으로써 점증하는 세계의 모호성에 그 나름으로 답하는데 성공하기 때문이다. 그리하여 이들은 어떤 계승자도 없이 단 1회적으로 존재한다. 예술가는 보이는 보이지 않는 삶의 경계선 위에 서서 이 경계를 확장하고 심화한다.

그리하여 우리는 이 위대한 타자 앞에서 한편으로 그 사유의 강인함과 언어의 정밀성 그리고 그 표현의 섬세함에 부끄러움을 느끼면서도 - 왜냐하면 그것을 따라갈 수 없으므로 -, 다른 한편으로는 의미에 대한 우리의 갈구가 해소됨을 느끼게 된다 - 그들 역시 우리와 다를 바 없는 꿈을 갖고 있음을 확인했음으로 -. 그것은 전혀 새로운 것의 전혀 새로운 구현이 아닐 수 없다. 이 타자성 속에서 삶의 물질성(유물성/경험성)과 형이상학(초월성/정신성)은 하나로 만난다. 타자에의 이 개방성과 복합성 그리고 유연성 속에서 주체는 매일매일 자신을 키워갈 수 있다. 심미적 경험은 주체의 이런 자기성장적 의미전복적 계기를 부여한다. 심미적인 것의 에너지는 바로 이 점에 있다.

만약 예술의 경험이 의미 있는 것이라면, 이 의미는 바로 심미적인 것의 자기변형적이고 사회변화적인 계기에서 온다고 해야 할 것이다. 그깃은 예술의 경험주체로 하여금 더

는데, 아도르노와 김우창의 경우 감각(경험)과 신학(초월)이 철학(사유)을 통해 매개되고, 이렇게 매개된 결과가 미학이지 않는가 나는 생각한다.

솔직하게 느끼고 자유롭게 사고하며 자발적으로 행동하게 한다. 그러면서 이 자발적 행동에서 자유의 대가가 무엇이고, 왜 자유에는 책임의 구속이 필연적으로 수반하는지 깨닫게 한다.

자유와 책임 사이의 이 길항관계, 이 관계의 긴장 속에서 왕래하게 하고, 이 왕래를 통해 각 개인이 어떻게 보다 주체적이고 내실 있는 삶을 영위할 수 있는지를 훈련케 한다는 데 예술경험의 의미는 있다. 그것은 자기형성의 훈련이고, 이 형성을 통한 자발적 삶의 자기조직술을 연마하는 일이다. 그리고 개체적 자기조직의 삶은, 그것이 공적 삶에 대한 참여 속에서 완성된다는 점에서, 사회적으로 매개된다. 사람의 기쁨과 행복도 이렇게 개체적으로 경험되는 것이면서 동시에 사회정치적으로 확인되는 것이다. 이때 우리는 더 이상 지배가 아닌 화해의 상태를 떠올릴 수 있을 지도 모른다. 이 화해 속에서는 더 이상 말 많은 율법이 설파되는 대신 말 없는 사랑을 실행될 것이다.

율법의 조항이 아닌 사랑의 질서

그러나 우리는 이렇게 선뜻 율법의 조항이 아니라 사랑의 질서로 나아갈 수 있는가? 우리는 지배의 이념을 선창하는 것이 아니라 화해의 삶을 굳건한 믿음 아래 살아갈 수 있는가? 이 화해와 사랑이 녹아있는 지금 여기의 생활에서 예술의 힘을 예증(例證)할 수 있는가? 그래서 이 예증된 삶이 그 자체로 심미적인 것의 에너지와 아름다움의 진실이 되게 할 수 있는가?

아름다움은 결국 삶 안에서, 생활의 곳곳에서 확인되고 입증되지 않으면 안 된다. 예술에 관한 한 모든 것은 삶에서 결국 완성되어야 하기 때문이다. 그것은 오고 있는 완성이면서 이미 온 완성이고, 이루어질 아름다움이면서 이루어진 아름다움이기도 하다. 우리는 주어진 제약 속에서 충분히 진실되고 선하며 아름다운가? 우리의 감각과 언어와 사유는 얼마만큼의 진선미를 구현하고 있는가? 내가 던지는 것은 바로 이런 물음들이다. 왜냐하면 이런 물음에 우리가 '비상투적으로' 대답할 수 있다면, 우리는 이미 심미적 화해를 실천하는 것이기 때문이다.

감각과 이성, 이성과 사고, 사고와 언어, 이 언어와 감각의 관계가 신선함을 견지할 때, 인간은 현실과 차단되지 않을 것이고, 그러니만큼 현실과 새롭게 만나 이 현실을 부정적으로 조직할 새 가능성을 얻을 것이다. 상투성 속에서는 모든 것이 퇴행한다. 아무 것도 자라나지 못하기 때문이다. 부정적 자기물음을 부단히 던질 수 있을 때, 사회의 불합리와 야만성은 줄어들 것이다. 완전히 해방된 사회가 존재할 수 없는 것이라면, 그래서 집단의 불합리를 점진적으로 줄여가는 사회야말로 정치적으로 동의할 만한 민주사회라면, 이 사회는 심미적 방식을 통해 가장 비강제적으로 실현될 수 있을 지도 모른다.

한국인문학과 김우창

4. 표현적 실천은 가능한가? - 다섯 가지 테제

아도르노나 김우창 같은 거장의 문제의식을 원고지 200매 정도로 요약하려고 애쓰면서 거듭 느끼게 된 것은 어떤 무모함이었고, 이 무모함은 결국 이 일조차 쓸모없는 것이 되지 않을까 하는 의구심을 쉼 없이 자아내었다. 그러나 이 자괴감은 다른 한편으로, 다루는 대상이 무엇이든, 우리의 삶자체가 유한성의 조건 안에서 움직이는 것이라면, 불가피한 것이기도 하다. 설령 단순화의 위험을 내포한다고 하더라도 사안은 어떻게든 때로는 몇 마디로 요약될 수도 있어야 한다는 것도 현실의 정당한 요구다. 그래야 우리는 그 대상으로부터 무엇인가 배우고, 이렇게 배우면서 사람은 각자인 채로 다시 함께 시작할 수 있지 않는가? 많은 글은 논의의 복잡함이나 분야 혹은 전공의 차이를 내세우며 제대로 시작하기도 전에 멈추고 말지 않는가? 이 글을 지탱해온 것은 이런 한편에서의 이런 절실함 때문이었다.

시장화된 사회가 인간이 선택하는 삶의 유일한 형식일 수는 없다. 또 그렇게 해서도 안 된다. 심미적 경험은 자본주의적 삶이 강요하는 도구주의적 지배를 문제 삼고 사물화된 삶에 거스르는 주체의 저항력을 키워준다. 왜냐하면 예술은 근본적으로 비동일적 동일성 - 타자의 전체성을 지향하기 때문이다. 예술경험에서 주체는 자기 자신의 관점을 기존과는 다르게 구성할 수 있고, 그래서 탈중심적으로, 존재의 가장자리로, 잊혀지고 패배하고 망실된 것의 변두리로 부단히

예술은
비통일적 동일성
─타자의 전체성을
지향한다

자리 옮겨 갈 수 있다.

여기에서 핵심은 '표현'이란 어휘이고, 더 정확히 말하자면 표현의 실천성 표현의 실천성이다. 표현은 그 자체로 실천적이다. 적어도 제대로 된 것이라면, 표현은 대상의 진술이나 묘사, 설명이 나 전달로 끝나지 않는다. 대상에 대한 표현에는 대상의 속 성을 전달하고 진술하는 모사적 모방적 차원 이외에도 그 숨겨진 면모를 새롭게, 세상에서 처음 드러나게 하는 생성 적 창출적 면이 들어있다. 그리고 이렇게 드러나는 것은 대 상의 속성뿐만 아니라 이 속성을 관찰하고 성찰하는 주체 자신의 속성도 자리한다. 참된 표현은 대상창출적이고 주체 생성적인 것이다.

그리하여 우리는 표현 속에서 대상을 인식할 뿐만 아니라 자기 자신도 인식한다. 대상을 묘사할 뿐만 아니라 창출하 기도 하는 것이다. 주체는 표현을 통해 대상과 더불어 새롭 게 생겨날 수 있고, 이렇게 생겨나는 가운데 주체와 대상, 인 간과 사물은 다시 기존과는 다르게 관계할 수 있다. 표현의 행위에는 자기형성적이고 타자생성적인 계기가 내포되어 있는 것이다.

인간 자신의 내적 자연(목소리 혹은 내밀한 충동)을 표현함으 로써 외적 물리적 자연을 이해하게 되는 진환을 찰스 테일 러(Ch. Taylor)는 '표현적 전환'이라고 부르면서, 이 표현적 전 환이 주체/자아의 이념형성과 밀접하게 연관되어 있을 뿐만 아니라 사실은 근대문화의 주된 토대임을 지적한 바 있지만[*], 이러한 논지에서 하나의 핵심도, 물론 여기에서도 많은 것이 얽혀 있지만, 바로 이 같은 '자기표현의 형성력'이라고 할 수 있다. 그러니까 표현행위는 그 자체로 표현의 주체를 변화시키면서 이 주체가 만나고 교류하는 타인까지 변화시키는 것이다. 우리는 각자의 주권성을 상호주체적이고 공동체적으로 실현하기 위해 표현적 실천을 행할 필요가 있다. 예술과 그 경험은 이런 표현적 실천에 적절하다.

이제 남은 것은 무엇인가? 나는 다섯 가지 사항을 언급하고 싶다.

1) 미학적 논의는 삶의 전체를 향한 것이다.

이것은 자명한 것이지만, 그러나 많은 것들이, 특히 학문에 있어 여러 연구와 활동이 조감하기 어려울 정도로 파편화된 오늘날에 와서, 다시 한번 더 강조되지 않으면 안 된다. 창조에는 분업이 없다. 아도르노와 김우창의 글에서 보듯, 이들의 글은 어떤 것에서나 삶과 인간과 현실과 세계를 그 전체성 속에서, 온전한 형태의 가능성 속에서 다룬다. 학문의 노동분업은 사회적으로 강제된 것이지 원래 그런 것이 결코 아니다.

우리는 미학적 논의가 '논의'로 그치는 것이 아니라, '삶

---

[*] Charles Taylor, Sources of the Self, The Making of the Modern Identity, Cambridge Univ. Press, 1989, p. 374ff.

의 활동이자 그 에너지'가 되도록 해야 한다. 아도르노는 '심미적 경험의 개념비판적 차원'을 거듭 강조했다. 나는 무엇보다 예술경험의 생활적 자기형성적 차원을 강조하고 싶다. 학문은 단순히 개념의 규정으로 그치는 것이 아니라 무엇보다, 그리고 궁극적으로 삶의 활동이고, 삶의 활동이어야 하기 때문이다. 그래서 그것은 나날의 생활을 북돋고 자아를 다독이며 돌보는 어떤 양생적(養生的) 실천이 되도록 해야 한다. 또 그렇게 될 때, 그것은 스스로도 즐겁고 타인도 즐겁게 하는 유쾌한 놀이가 될 것이다. 이 대목에서 심미적 활동은 윤리와 분리될 수 없다.

미학적 논의가 '논의'로 그치는 것이 아니라 '삶의 활동이자 그 에너지'가 되도록 해야 한다

2) 절대적인 것은 오직 현존적 현재다.

미학 언어의 대상이자 주인공은 이런저런 개념으로 뒤덮인 추상성이 아니라 삶의 구체성이고, 존재하는 것의 일반성이 아니라 그 개별성이다. 이 구체적이고 개별적인 것만이 지금 여기의 현존적 현실을 구성하기 때문이다. 이 구체적이고 개별적인 것만이 삶의 생생한 경험과 신뢰 그리고 그 기쁨을 제공하기 때문이다. 그리고 이 기쁨은 각각의 사물이 처하고, 각각의 인간이 누리는 지극히 개별적이고 구체적인 충일성으로부터 그 밖으로, 사회역사적 현실의 전체로 나아간다. 예술은 경험 속에서 경험대립적이다. 단순히 사물화된 세계를 외면하는 것이 아니라 이에 다다가 이 세계와 닮음으로써 이 사물화된 세계에 대항한다. 이것이 심미적 태도고 예술적 미메시스의 비판적 부정이다.

예술적 미메시스의 비판적 부정

이 부정적 비판 속에서 예술은 근현대 학문과 상품사회의 거짓 긍정성에 대항한다. 부단한 경계초월은 예술의 존립근거다. 따라서 우선시되어야 할 것은 삶의 진리이지 예술의 진리가 아니다. 변함없는 스승은 현실이지 현실에 대한 개념이나 정의가 결코 아니다. 현실-삶-살아있음-지금 여기 생애의 현장성이야말로 최고의 진실이고, 이 진실을 위한 척도다. 예술이 필요하다면, 그것이 그 자체로 충족되어서가 아니라, 이 생생한 현실에 더 가까이 다가가게 하고, 이렇게 다가가 나의 삶을, 나의 주체를 더욱 생기 있게 만들기 때문이다.

3) 다양한 예술경험으로 현존적 충일을 증거하자.

현재의 충실은 현실 그 이상으로 이 현실을 표현하는 행위에 있다. 표현 속에서 현실은 의미론적으로 농축되고 집약되기 때문이다. 예술은 충일한 표현의 형식이다. 그래서 우리는 예술작품 속에서 때로는 현실보다 더 현실적인 것 - 더 밀도 있고 더 농축된 현실의 고갱이를 경험할 수 있다. 예술의 현실은 있는 그대로의 현실이 아니라 묘사되고 진술되며 성찰되고 기억된 현실이기 때문이다. 즉 그것은 되비쳐진 현실 - 반성된 현실이다.

되비쳐진 현실
-반성된 현실

심미적 반성은 때때로 의사소통적 매개의 법칙마저 거스르는 단계로까지 나아간다. 그것의 타자지향성은 극단적인 경우 여하한의 소통을 중단시킬 수도 있다. 그러나 이 반성된 현실 속에서 침묵은 억압되는 것이 아니라 비로소 제 목소리를 낸다. 그래서 그것은 좀더 공정하고 좀더 납득할 만한 내용을 담는다고 할 수 있다. 예술은 표현적 실천 속에서 역사적 누락에 거스르는 대항적 힘(Gegenkraft)을 갖는다. 따라서 시나 소설, 그림이나 음악, 건축이나 조각, 영화, 연극, 춤 등등 가운데 하나의 혹은 몇 개의 예술장르가 아니라 이 모든 예술장르에 대한 그때그때의 구체적 경험과 이 실존적 경험의 사회역사적 파장을 증거하는 다채로운 글이 나와야 한다. 이런 글이 그 나름으로 납득할 수 있고, 그래서 삶의 넓이와 깊이 그리고 그 올곧음을 깨닫는데 기여한다면, 그것은 그 자체로 '오래 가는' 예술론이자 미학이 될 것이다.

역사적 누락에
거스르는 대항적 힘

4) 예술은 타자성과 대결한다.

삶에의 헌신 속에서 글은 이미 죽은 자와 앞으로 태어날 자를 향해 있다. 그러면서 그것은 지금 여기를 구속하고 억압하는 것이 아니라 신장하고 장려하는 것이다. 그리하여 심미적 충일성은 '이미 있는 것의 충일성'이 아니라 '아직 오직 않은 것, 그래서 앞으로 올 것의 충일성'이다. 예술은 부재하는 것, 잊혀진 것, 패배하고 밀려난 것, 억압되고 배제된 것을 적극적으로 다룬다. 이 부재와 망각, 패배와 억압과 배제와 침묵이 자리하는 곳은 어디인가? 그것은 타자성의 영역이다.

이 타자성의 중앙무대에는 무엇이 있는가? 거기에는 모순과 균열, 불일치 그리고 부조화가 있다. 혹은 말할 수 없는

타자성의 중앙무대

것과 표현할 수 없는 것, 파악하기 힘든 것과 왜곡되지 않은 것들이 있다. 혹은 아도르노 식으로 말하여, 그것은 비동일적이고 비규정적인 것들이다. 이 낯선 것들은 어떤 특별한 곳에 있는 것이 아니라 우리가 매일 살아가는 일상의 사소한 목록을 이룬다. 가장 밝은 것에도 어둠은 스며 있고, 가장 명백하게 보이는 것에도 모호함은 사라지지 않지 않는가? 마치 경쾌하고 발랄한 모차르트의 음악에 어둠과 비애와 위험이 곳곳에 스며들어 있듯이.

〈피아노 소나타 K331〉이나 《피아노 협주곡 20번》(K466) 혹은 《현악4중주 4번》(K516)에는 어두운 절망과 억제된 파토스가 숨 쉬고 있다. 《피아노 협주곡 9번》은 놀랍게도 그의 나이 겨우 20살 때 작곡한 것이다. 최상의 청년기에 최저의 심연을 잊지 않는다는 것, 그것은 그 자체로 예술적 강렬성이고 그 폭이며 밀도 아닌가? 우리는 비애의 순간에서처럼 기쁨의 순간에서도 모든 가면을 내던져버릴 수 있어야 한다. 그럴 때, 보이는 현실을 너머 많은 것이 삶의 알 수 없는 비밀과 깊은 신비를 이룬다는 사실과 직면하게 된다.

아마도 신은 이 어둠과 부재의 침묵 속에 거주한다고 해야 할 것이다. 타자성의 영역이야말로 모든 신적인 것의 자리다. 감각과 경험과 사고와 언어와 인간과 사물과 자연과 죽음과 우주는 동일한 사실의 다양한 이름에 지나지 않는다. 그러니 예술이 관계하는 이 모든 순환회로를 떠올리고, 이 회로를 무한한 반성의 유쾌한 놀이 속에서 오가면서, 자기를 다독이는 가운데 타자성의 권리를 복원하도록 하자. 예술은 말없는 부재와 친척지간이다.

이해되지 못한 어둠에 배인 침묵의 연관관계를 투명하게 드러내는 것, 사라지고 붕괴되기 직전의 행복한 한 순간을 드러내는 것, 그것이 예술의 진리고 표현의 작업이다. 모든 뛰어난 예술은 소멸과 붕괴와 망각에 대항하는 면역체계다. 계몽의 이성작업은 이와 다를 것인가? 아니다. 계몽의 자부 역시 말없는 관계의 의미심장한 뜻을 드러내는 데 있다. 그 점에서 예술의 표현은 그 자체로 약속이고 투시이며 행동이고 실천인 것이다. 모순과 만나고 모호성을 배제하지 않는 한, 그 언어는 좀더 온전해질 수 있고, 따라서 삶의 전체에 한 걸음 더 다가갈 수 있다. 또 그렇다면 그것은 그 자체로 '정치적으로 올바르고' '윤리적으로 선하다'고 말할 수 있을 것이다. 사랑은 전체를 보고자 하는 의지인 까닭이다.

사랑 안에서 정치와 윤리는 하나로 만난다. 그렇다고 한다면, 예술은 이 사랑의 힘으로 행해진다고 말하지 않을 수 없다. 타자성의 복원만큼 더 사랑에 가까운, 더 사랑스런 일이 어디 있을 것인가? 예술은 사랑의 행위다. 예술의 언어는 타자성의 영역에 부단히 스며들어 이 부재하는 것들의 권리를 복원한다. 참으로 심미적인 것은 전체를 포괄하고자 하고 이 전체를 육화하고자 한다.

사랑 안에서 정치와 윤리는 하나로 만난다

5) 예술표현은 자기형성과 타자형성의 교차점이다.

예술은 자기 자신으로부터 시작하고, 자기를 다독이고 만들며, 이런 자기조직 속에서 그와 이웃한 타자의 조직에 참여한다. 예술작품은 자기형성 속에서 스스로 창조되고, 이렇게 창조된 작품은 이 작품을 읽고 향유하는 사람으로 하여금 스스로 창조하게 한다. 그리하여 심미적 이성은 자기형성과 타자형성이 상호교차적으로 일어나는 하나의 사건이다. 이것이 심미적 생산력의 자발성이고 자기형성력이다.

개인적 절실성과 사회적 참여가 주체의 자기형성 아래 하나로 만나는 것

개인적 절실성과 사회적 참여가 주체의 자기형성 아래 하나로 만나고, 이 자발적 자기형성에서 자기책임도 견지되는 것이라면, 이 형성의 자기실천은 민주사회의 시민적 덕성이 아닐 수 없다. 그렇다는 것은 예술의 자발적 형성과정에 시민교육과 교양의 길 또한 놓여있다는 뜻이 된다. 더욱이 경제력의 규모에 비해 민주주의의 내실화 수준이 낮고, 정치적 시민권에 비해 사회적 시민권이 안정적으로 확보되지 못한 한국사회에서, 또 사회의 집단적 감정적 열기에 비해 시민 개개인의 의식내용과 행동방식이 '모범적'이라고 말하기 어려운 이 땅에서 개체적/구체적인 것으로부터 일반적/보편적인 것으로의 성숙을 '비강제적이고 자발적으로' 도모하는 예술의 경험은 중대한 덕목이지 않을 수 없다. 우리는 예술을 통해서 이성적 사회의 각성된 시민으로 나아갈 수 있을 것이다.

이 점에서 나는 다시 출발점으로 돌아와 선다. 극도로 복잡한 현실이 있고, 이 현실 속의 사회가 있으며 이 사회에

서 살아가는 인간 개개인이 있다. 한국 현실이 있는가 하면 지구현실이 있고, 나라는 개별 인간이 있는가 하면 종적 존재로서의 인간 일반이 있다. 인간과 사물이 있고, 인간과 자연, 인간과 존재하는 것 모두가 있다. 남은 것은 예술철학적 실천으로서의 나의 글이 어떤 성격을 지니고, 어떤 문제의식 하에 어떤 주제를 다룰 것이며, 어떤 책을 쓰고 이 책으로 어떻게 타인과 만나는 가운데 자기 삶을 꾸려갈 것인가가 있다. 글은 수치와 모욕이 없는 삶을 구성하는데, 옳고 선한 삶에 대한 감각을 키우는데 정녕 쓸모 있는 것인가? 이 물음에 예술적으로 대답하는 것은 전인적인 노력을 요구하고, 여러 가지 자질 – 감수성과 사고력, 표현력 이외에도 해석력과 관점, 유연함과 탄력성을 동시에 요구한다.

여러 자질의 동시적 구비와 이런 구비를 위한 각고의 노력, 그리고 그 노력으로서의 매일 매순간의 부단한 연마……. 이것은 무엇을 말하는가? 그것은 매일 매 순간 감각과 사고와 언어와 관점을 갈고 닦아 최고의 무기가 될 수 있도록 해야 하고, 이 무기를 자유자재로 쓸 수 있어야 하며, 종국적으로는 이 무기 없이도 싸울 수 있어야 함을 뜻한다. 그리하여 그것은, 시인 김수영이 썼듯이, "제일 피곤할 때 적에 대한다"는 태도와 다르지 않다.

우리는 삶의 적을 날이 맑을 때뿐만 아니라 "흐릴 때도 만나"는 것을 피하지 않아야 하고, "가장 사랑하"기도 해야 하며, 설령 이긴 싸움이라도 이 싸움이 "우연한" 것에 지나지 않다고 미련 없이 말할 수 있어야 한다. 그래서 〈적(敵) 이(二)〉의 다음 연에서 쓰듯이, "이조 시대 장안에 깔린 개왓장수만큼" "많은 것을 버릴" 수도 있어야 한다. 이렇게 제 안의 것을 버리고 제 밖의 것을 다시 품으면서, 수많은 친숙한 관계들을 해체시키면서 언제나 더 크고 더 넓은 현실과의 자기싸움으로 다시금 나설 수 있어야 한다. 그것은 세계를 자기화하는 싸움이고, 이렇게 자기화한 세계의 힘으로 오늘의 현실과 만나 이해하고 분석하며 이겨내는 싸움이다. 나는 이 싸움의 출발점에 매번 선다.

나는 다시 묻는다. 우리는 표현 속에서 자라날 수 있는가? 나는 표현 속에서 자라나고 있는가? 이렇게 자라나며 내 마음의 밭을 일구고 내 지금의 삶을 어제와는 다르게 조직할 수 있는가? 그리하여 나의 주변을 돌아보고, 내가 속한 사회를 새롭게 이해할 수 있는가? 이런 돌아보는 이해가 해방된 인류를 향한 새로운 변화를 예비하는 무엇이 되게 할 수 있는가? 아니, 이 예술의 유토피아가 또 하나의 이데올로기에 불과하고, 인간성의 이념이 그저 계급적 이해관계의 변주에 지나지 않을 수 있다는 지독한 현실의 기만 앞에서도, 이 환멸을 넘어 우리는 연대적 인류의 이념을 내버리지 않을 수 있는가? 오, 나는 무한히 이어지는 반성적 실행 속에서 말할 수 없는 것을 쓰고, 꿈꿀 수 없는 것을 기록할 수 있는가? 이런 일련의 물음에 우리 각자가 그 나름으로 대답할 수 있을 때, 아도르노와 김우창의 저작은 전혀 다른 새로운 모습으로 태어날 수 있을 것이다.

심미적 감성에 대하여

그녀는 홍겹고 진지하고 우울하고 또 합리적인 모습을 보였다.
시국에 대해서는 별로 홍미를 보이지 않았다. 그런 덧없는 것들
과는 전혀 다른 차원의 감정들이 있다는 것이었다. 그녀는 진실
을 왜곡하는 시인들에 대해 한탄을 하더니, 눈을 들어 하늘을
보며 별의 이름을 물었다.

플로베르, 《감정교육》(1869)

감각과 이성의 상호소통이라는 문제는 〈심미적 감성에
대하여〉라는 이 글의 바탕을 이룬다. 여기에서 결정적인 것
은 서로 다른 감각의 마당은 단순히 부가적/연상적으로 연
결되는 것이 아니라 상호협력적으로(synergisch) 작동한다는
사실이다. 그래서 색채와 모양, 소리와 맛과 냄새 그리고 표
면의 느낌은 우리의 몸을 동시에 관통한다. 나아가 이러한
상호작용은 감각 사이의 관계에만 적용되는 것이 아니라 감

각과 오성, 감성과 이성 사이의 관계에도 적용된다. 그리하여 감각은, 그것이 적어도 제대로 된 감각이라면, 이성의 또 다른 측면이 된다. 이런 일련의 논의에서 모아진 생각들은, 요약하면, 6개의 테제로 모아질 수 있다.

첫째, 감성/감각은 그 자체로 순수하지 않다. 그것이 본능적으로 보일 수 있지만, 본능의 내용도 사실은 문화관습적으로 길들여지고 인류학적으로 조건지어진 것이다.

둘째, 필요한 것은 감성의 사회적 문화적 역사적 조건과 그 맥락을 살피는 일이다.

셋째, 여기에서 결정적인 것은 감성 자체가 아니라 감성의 번역가능성이고 조직가능성이며, 이 번역과 조직을 통해 어떻게 현재의 생활세계를 이성적으로 변형시킬 것인가다.

넷째, 감성의 섬세화만큼이나 중요한 것이 감성의 방향잡기(orientation)라고 한다면, 예술의 성찰력은 이 방향을 바로 잡는데 기여한다.

다섯째, 결국 감성의 문제에서 우리가 해야 할 것은 심미적 경험을 통해 반성적 성찰적 감각을 복원하는 일이다.

그러나 그 전에 해야 할 것은, 특히 이것은 한국사회에서 필요한 데, 감성을 여하한의 외적 의무감으로부터 해방시켜 감성적으로 자유로워지는 일이다. 이것이 여섯 번 째 일이다.

이 글은 전남대 호남학연구원이 개최하는 감성인문학 콜로키움(2011. 2. 25)에서 발표될 예정이다. 여기 연구자들은 '세계적 소통코드로서의 한국적 감성체계정립'을 목표로 인문한국 지원사업(HK) 장기의제를 수행하고 있는데, 그 핵심은 감성문제를 한국인문학의 지평 아래 탐색하는 데 있다. 올해 3차 연구주제는 '호남의 감성'이다. 이 모임에서 나는 〈심미적 감성에 대하여〉라는 글을 발표하고자 한다. 이 주제에는 사실, 전혀 과장을 하지 않는다는 다짐을 해도, 인문학적으로 중대한 문제의식들이 거의 모두 얽혀있다고 말할 수 있다. 예를 들어 이런 질문들이다.

1. 인문학의 핵심문제들

감각/감성/감정(pathos/affectus)은 개념사적으로 어떻게 이해되어 왔는가? 감성의 문제가 근본적으로 개념적/담론적으로 고갈될 수 없다는 사실에도 불구하고 끊임없이 규정되어 온 것은 어떤 이유에서인가? 감성과 이성은 어떻게 관계하는가? 왜 철학사/사상사/지성사/정신사에서는, 적어도 서구의 그것에서는 감각과 감성 그리고 육체가 전반적으로 평가절하되어 왔는가? 대부분의 사람들이 생각하듯이, 감성이나 감각은 반드시 표피적이고 저급한 것인가? 감성은 인식이나 상상력, 무의식이나 욕망과 같은 다른 인간적 능력과 어떻게 관계하는가?(이것은 거시적 지성사적 물음이다) 이른바 감각의 기능을 열등하거나 저급한 것으로 파악하지 않는 이른바 새로운 의미의 '감각의 복권'은 시기적으로 대략 언제부터 시작되는가?(계몽주의 이전의 감성론과 그 이후의 감성론은 이

런 질문을 통해 나눈다)

　여기에서 미학(aesthetics/Ästhetik)이 하나의 독립적인 분과로 탄생하면서 다음과 같은 질문이 연이어 생겨난다. 감성과 이성은 반드시 대립적/적대적으로 파악되어야 하는가? 혹시 이 이분법적 접근 자체가 추상적인 것은 아닌가? 감각과 정신의 교차는 마음의 형성에 어떻게 기여하는가? 감각의 갱신은 예술의 경험에서만 가능한 것인가, 아니면 자연미의 경험에서도 있을 수 있는가? 또 미와 추는 어떻게 관계하는가? 미학에서는 오직 미만 다뤄져야 하는가, 아니면 추나 충격, 끔찍한 것과 경악스런 일 그리고 전율도 포함되는 것인가? 미적인 것(das Ästhetische/the aesthetic)과 비미적인 것에 대한 감각반응 상의 차이는 무엇인가? 왜 아름다운 것과 숭고한 것은 전통미학에서 각별한 위치를 차지하는가? 미와 미학적인 것, 아름다움과 심미적인 것은 같은 것인가 다른 것인가? 자연에서의 미와 예술에서의 미 그리고 인간에서의 미는 어떻게 구분되는가? 이 세 가지는 서로 겹치기도 하는가? 도대체 아름다움에 대한 객관적 판단기준은 있을 수 있는가? 만약 있을 수 있다면, 그것은 어떻게 설명될 수 있는가?

　미에 대한 이러한 질문들은 미학 이외의 분야로 확대시킬 수도 있다. 미학과 철학의 관계는 어떠한가?(미학적 철학) 미와 진선(眞善)의 관계는? 예술에서의 정치적 책임과 실천은 어떤 위치를 갖는가? 예술에서의 자율성과 사회성은?(예술의 사회학, 혹은 미학과 정치윤리학의 관계) 미의 객관적 기준은, 고전미학에서 주장하듯이, 합의될 수 있는 것인가? 주관주의적 전통미학(관념주의)에 대한 쇼펜하우어와 키에르케고르, 니체와 하이데거 그리고 아도르노의 비판은 어떠한가? 작품을 중시하는 이들의 객관주의적 입장은 정말이지 '객관적'인가? 이러한 일련의 논쟁에서 가다머의 놀이개념이나 야우스의 수용미학은 어디쯤에 자리하는가?

좀 더 물음을 던져 보자. 왜 1970년대 이후에 이른바 '심미적 경험'의 이론이 유행하게 되었는가? 아름다움이란 개념에는 혹시 지배적이고 계급적인, 그래서 권력적이고 이데올로기적인 요소는 없는 것인가? 후기구조주의/해체론의 입장이 줄이고 줄여 기표의 자유와 주체의 탈중심화를 강조한다고 본다면, 주객대립을 허물며 이뤄지는 이들의 유희적 개입은 현대미학과 어떻게 이어지는가? 푸코의 '자아기술/실존미학'이건 라캉의 프로이트 재구성이건, 데리다의 해체적 글쓰기건 크리스테바의 기표이론이건, 아니면 버틀러(J. Butler)의 페미니즘적 전복이건, 이 모든 텍스트적 실천은 사실 하나의 지점 - 합리성 비판과 주체의 재구성 문제에 닿아있다고 할 수 있다. 그리고 이것은 심미적 주체/자아/주관성에 대한 근대 이후의 담론사를 이루는 것이기도 하다.

이러한 질문에 이르면 분과학문 사이의 경계는 이미 상당히 허물어져 있다. 그래서 이렇게 묻지 않을 수 없다. 도대체 학문의 분류법이나 범주경계는 쓸모 있는 것인가, 쓸모없는 것인가? 예술을 이루는 개별 장르들 - 문학과 회화와 음악과 건축과 조각, 연극과 영화 그리고 무용 등의 상호관계에 대한 물음도 여기에서 나온다. 이 관계를 각 매체의 표현가능성이란 관점에서 질문할 수도 있지만(이것이 매체미학이다), 더 큰 맥락에서, 예를 들어 정신과학/인문과학과 자연과학의 비교론적 관점에서 질의할 수도 있다. 이렇게 해서 나온 주된 물음의 하나는 '우리가 어떻게 보고 무엇을 보는가'다.

무엇인가를 느낄 때, 이 느낌은 사람의 몸에서 어떻게 생겨나는가? 이렇게 생겨나는 감성에서 의식은 어떻게 작동하는가? 자유의지의 추동력은 신경세포(뉴런)인가 아니면 주체의 자발성인가? 아니면 사회적 요소인가? 기억의 문제나 자발성의 존재여부, 인간본성의 문제, 자아의 신경학적 뇌세포적 근거, 나아가 역사적 사실의 구성적 성격은 이 같은 과학적 철학적 종교적 질문들의 옆에 자리한다. 최근에 급격히 늘어난 뇌연구나 신경생리학적 인지심리학적 진화심리학적 논의는 바로 이런 문제를 다루고 있다.

진실을 향한
모든 학문적 탐구에는
아름다움이 있다

좀더 다른 더 넓은 각도에서, 말하자면 메타이론적으로 보아, 진실을 향한 모든 학문적 탐구에는 아름다움이 있다고도 말할 수 있다. 왜냐하면 자연과학의 거대이론(grand theory)에 내재된 포괄성과 전체성에서는 이론의 대칭적 형식과 절도(節度) 그리고 우아함이 느껴지기 때문이다. '이 세계와 우주를 가장 내적으로 응집시키는 요소는 무엇인가'라는 물음에 대한 간결하면서도 설득력 있는 정식은, 마치 $E=mc^2$이 보여주듯이, 그 자체로 얼마나 아름다운가? 세계의 실체를 하나로 설명하는 혹은 설명하려는 통일적 원리는 어쩔 수 없이 아름답게 보이고, 이 아름다운 것은 상당 부분 진실하다.

그렇다면 그 종류가 어떠하건, 이 모든 질문들은 어디로 향하는가? 그것은 아마도 예술의 경험을 통해 우리가 '어떻게 감각과 사고와 행동과 언어와 판단의 납득할 만한 능력을 가진 건전한 주체로 살아갈 수 있는가'라는 문제로 수렴될 것이다. 이 모든 예술에서 감수성은 어떻게 자라나고, 감성과 이성과 언어는 어떻게 서로 관련을 맺으며, 이에 대한 객관적 이론은 과연 가능한 것인가?(예술론 일반) 이것을 다시 이렇게 쓸 수 있다.

우리는 심미적 경험을 통해 건전한 마음을 조직할 수 있는가?(심성미학) 여기에 대한 거시적 물음은 다음과 같이 될 것이다. 예술경험과 개인성은, 심미적 경험과 개인성의 근대사는 어떻게 연결되는가? 이때 사랑이나 너그러움(寬容), 어짊(仁)이나 인간다움(Humanität) 같은 전통적 덕성은 어떻게 기능하는가?(전통사상과의 관계) 예술의 경험은 과연 '정치적으로 올바른' 판단과 실천을 행하는데 도움 되는 것인가? 예술과 시민, 아름다움과 시민사회의 관계는 어떠한가? 이 땅의 현실에 뿌리박고 있으면서도 다른 나라와 문화 그리고 다른 사상에 열려 있는 보편적 미학은 정말 가능한가? 이 대목에 오면 우리는 '한국미학'의 가능성을 묻지 않을 수 없게 된다. 한국에 과연 미학사와 예술이론사는 있는가? 등등……. 심미적 주체와 주관성을 둘러싼 동서양의 담론은 이토록 복잡다기하게 얽혀 있고, 이런 담론의 중심에 심미적 감성의 문제가 놓여 있는 것이다.

그러나 심미적 감성의 문제에 들어와서 사안을 살펴보아도 그 복잡함은 사라지지 않는다. 인문학의 많은 문제가 그러하듯이, 심미적 감성에 대해 질의하는 것도, 단순화하면, 기쁜 그래서 만족할 만한 삶을 살기 위해서일 것이다. 즉 행복하기 위해서다. 그래서 이 질문은 다음과 같이 변주될 수 있다.

심미적 감성에서 기쁨과 즐거움, 쾌락과 행복은 어디 쯤에 있는가? 아름다움의 경험은, 칸트가 말하듯이, 주관적이면서도 동시에 납득할 만한 것이 될 수 있는가? 그래서 '전달할 수 있는' 것인가? 전달할 수 있어 공감할 만한 감각 - 이 공동감각(common sense)과 사회적 이성은 어떤 관계에 있는가? 이때의 이성이 예술적으로 유발된 것이라면, 그것은 심미적 이성인데, 이 심미적 이성과 행복은 어떻게 이어지는가? 예술경험이 근본적으로 '놀이(Spiel)'라고 한다면, 사람은 놀이를 통해 심성을 단련하고 삶의 감정을 고양시킬 수 있는가? 그리하여 결국 심미적 감성에 기대어 사람은 '개인적으로 행복하고 사회적으로 건전한 삶'을 회의 없이 살 수 있는 것인가? 우리는 이 유한한 삶에서 이 삶을 넘는 어떤 형이상학적 지평을 꿈꾸며 자신을 다독거릴 수 있는가? 만약 그럴 수 있다면, 우리는 지금의 영혼적 빈곤을 어느 정도 상쇄할 수 있을 지도 모른다. 만약 그런 삶을 살 수 있다면, 우리의 위로는 거짓위로가 아니라 있을 수 있는 그래서 납득할 만한 위로라고 말해도 좋으리라…….

이런 쉴새 없이 터져 나오는 질문 앞에서 나는 망연자실 해진다. 왜냐하면 심미적 감성을 둘러싼 이러한 문제들은, 이미 드러났듯이, 단순히 감성이론적 차원에 그치는 것이 아니라, 또 더 나아가 미학적 예술철학적 주제에 그치는 것이 아니라, 지난 수천 년 간의 지성사적 논제의 핵심을 이루기 때문이다. 이 지성사적 철학사적 사상사적 고민들은, 서양과 동양을 막론하고, 바로 이 같은 질문들에 대한 상이한 답변의 시도에 다름 아니다. 그 시도는 모두, 내용과 방법이 어떠하건, 다시 줄이자면 심미적 감성과 이성의 다양한 영향/작용에 관한 것이라고 말할 수 있다.

그리하여 나는 다시 묻는다. 감성과 이성과 예술과 행복과 책임은 어떻게 이어지는가? 예술의 경험은 보편성을 요구할 수 있는가? 우리는 가장 사적이고 내밀한 개별적 경험 속에서도 어떤 더 넓게 퍼진, 그래서 사회적으로 공감할 수 있는 선하고 정의로운 의미의 지평 안으로 들어갈 수 있는가? 쾌와 불쾌의 주관적 경험은 과연 어떻게 사회적 구속력을 가지는 것인가? 그래서 우리가 느끼는 즐거움과 기쁨의 체험에 '사익적으로 무관계한' 투명성을 보장할 수 있는가? 칸트가 예술경험/취미판단을 '무관심한 호감 무목적적 목적성 (interesseloses Wohlgefallen)' 혹은 '무목적적 목적성(zwecklose Zweckmäßigkeit)'이라고 부른 것도 이 때문이다. 그리고 이것은 그가 말한 심미적 판단의 '주관적 일반성(subjektive Allgemeinheit)'이기도 하다. 심미적 감성론에서 도달하게 되는 물음도 이와 다르지 않다. 어떻게 시작할 수 있을까? 다시 하나하나씩 꼼꼼하게 짚어보자.

2. 왜 '감성'이고, 왜 '심미적'인가?

1) 몸으로부터

감성/감정/감각은 말할 것도 없이 육체에 결부되어 있다. 그 때문에 그것은 기본적으로 사적이고 내밀하며 주관적이고 수동적이다. 적어도 서양의 전통철학적 미학적 관점에서 보아, 감정은 그렇게 이해되어 왔다. 이 감정의 종류와 영역을 이루는 것에는 정열이나 정념, 고통이나 그리움, 경악과 경이, 찬탄과 매혹과 분위기, 감수성과 의미와 정서 그리고 오감 등 여러 가지가 있다. 그리고 그 제각각은 고유한 내용을 가진 채 고유한 방식으로 자리한다. 그래서 규정하기 어렵다. 그러나 그럼에도 불구하고 그것은 어떻게든 체계화되고, 일정한 구조물로 형식화되어야 한다.('감성인문학'에서도 시도하는 것도 감성'체계'의 정립이다.) 그러나 이것은 분명히 모순된 요구다. 이 요구는 어떻게 충족될 수 있는가?

체계란 주지하다시피 감성에 논리/정신/이성을 부여함으로써 얻어진다. 그렇다는 것은 감성의 정신화 혹은 감각의 이성화를 꾀한다는 뜻이다. 이 이성화를 통해 감성은 깊이, 즉 구조를 얻는다. 그래서 견고해진다. 대외적 설득력은 이 논리적 견고함을 통해 비로소 확보된다. 거꾸로 말하여,

구조적 체계적 견고함이 없다면 논지의 설득력은 떨어진다. 그래서 그것은 '사고'가 아니라 '견해'로 추락한다. 그리하여 이 모든 것은 감성과 이성, 파토스(pathos)와 로고스(logos), 개별적인 것과 일반적인 것, 구체적인 것과 보편적인 것을 하나로 이어 보겠다는 것이고, 이렇게 잇는 것의 출발점이 자 매개체로 감성을 삼는다는 뜻이다. 그런데 왜 이성이 아니라 하필이면 감성인가?

정신과 이성이 학문활동에서 중요한 것임에는 말할 나위도 없다. 이 정신과 이성을 지탱하는 것이 논리이고 논증이며 개념이고 정의(定義)다. 사안에 대한 깊이 있는 분석과 천착은 논리와 개념을 통해 이뤄진다. 예를 들어 논리/논증을 활동의 최고기준으로 삼은 하나의 철학적 흐름은 논리실증주의라고 할 수 있다. 그러나 이러한 활동에 허점이 없는 것은 아니다. 논리에 대상의 모든 것이 담길 수 있는가? 우리는 삶의 전체를 개념적 언어적 논리로 파악할 수 있는가? 그렇지 않다. 대상의 밀도(density/Dichte)나 충일성(fullness/Fülle)은 논리 속에서 휘발된다.

그리하여 추상적이고 일반적인 것이 아니라 가장 개별적이고 구체적인 것으로부터 출발하라는 것은 학문적 탐색의 변함없는 명령이다. 이 구체성으로부터 출발하는 것이 무엇인가? 그것이 다름 아닌 감각이고 감성이며 정서고 느낌이다. 느끼는 것은 언제나 '내'가 느끼는 것이지 우리가 느끼는 것이 아니다. '우리의 느낌'이라고 할 때, 이 느낌은 내가 느

구체성으로부터의 출발

끼는 지극히 주관적이고 특수하며 고유한 것을 바탕으로 한다. 또 느낌은 '저기 저곳'의 일이 아니라 '여기 이곳에서 지금' 느끼는 것이다. 그만큼 그것은 현재성과 주관성, 직접성과 생생함을 전제한다. 그런데 이 느낌에는 정서만이 아니라 의식과 정신과 이성이 이미 작동한다. 이렇게 작동하는 것의 바탕은 물론 몸이다.

최근의 뇌연구가 보여주는 가장 확실한 사실의 하나는 인간의 정신이 얼마나 개별적 뇌영역의 작동 혹은 작동중지에 의존해 있는가라는 점이다. 뇌의 작동에서 의식이 생기는 것이라면, 이 의식의 바탕은 감각/느낌이다. 이 느낌은 신경세포적 단위에서의 자극으로부터 발생한다. 많은 세포가 살 수 있는 기간은 일주일이고, 대부분은 1년을 넘어 살지 못한다. 몸의 분자 가운데 사람이 사는 동안 여러 번 교체되지 않는 것은 없다. 그러니까 인간은 부단한 해체과정의 한 가운데에 놓여있고, 육체의 생물학적 질료는 쉬지 않고 사멸하거나 대체되거나 갱신되어가는 것이다.

그렇듯이 감성 역시 거듭 변한다. 그러면서 그것은 일정한 연속성 아래 있고, 이 연속성/일관성에 작용하는 것은 정신과 이성이다. 감성은 이 부단한 육체의 영고성쇠 속에서 의식과 얽힌 채 생겨난다. 그렇다면 문화의 여러 분야 가운데 이 몸으로부터, 이 몸의 구체적이고도 생생한 감각으로부터 출발하는 대표적인 의미화 활동은 무엇인가? 그것은 예술이다.

이 몸으로부터
이 몸의 구체적이고도
생생한 감각으로부터
출발하는 의미와 활동

그러나 예술은 구체적 감각으로부터 시작하되 이 감각에 그치는 것이 아니라 감각 너머의 차원 - 정신과 이성의 저편으로 넘어간다. 이성은 물론 탈주관적 차원 - 일반적이고 보편적 차원을 대변한다. 왜냐하면 그것은 단순히 '느껴진 것'이 아니라 이 느껴진 것을 생각한 것, 따라서 성찰하고 반성한 영역이기 때문이다. 그래서 여기에는 객관적인 무엇이 이미 들어있다.

그러니까 예술의 감성은 '반성되고 성찰된 감성'이고, 따라서 '객관화된 주관성'이며, 그 점에서 이성적인 것이기도 하다. 심미적 감성은 감각만의 내밀하고 사적이며 편향되고 특수한 감각이 아니라 이 사적 편향성을 넘어선 감각 - 열려있는 보편감각인 것이다. 열려있는 보편감각, 그것은 이미 이성의 일부다. 그러므로 예술의 감성은 개별적 일반성 혹은 구체적 보편성을 구현한다.

감성에 대한 질문 다음에 던져야 하는 것은 '왜 심미적인가'라는 질문이다. 이것은 조금 더 복잡한 문제다. 여기에는 'aesthetics/Ästhetik'에 대한 번역에서부터 '(심)미적인(ästhetisch/aesthetic)' 혹은 '심미적인 것'이란 어휘가 갖는 의미에 이르기까지 여러 사항이 얽혀있다. 차례대로 살펴보자.

2) 4가지 오해

인문학의 다른 분야에서도 크게 다르지 않지만, 미학의 주요 범주 역시 한국에서는 아무렇게나 사용되는 경우가 많

아 보인다. 사용되는 어휘가 심각한 반성이나 검토를 동반
하지 않는다면, 그것은 정확하고도 깊은 의미를 내장하기
어렵다. 이 반성과 검토는 물론 개념적 구분을 전제한다. 그
리고 이렇게 구분된 것은 삶의 전체와 현존적 주체의 통일
성이라는 관점에서 다시 통합되지 않으면 안 된다. 그렇지
않으면 힘들게 획득된 인식의 조각들이 뿔뿔이 흩어지고 말
기 때문이다.

　심미적 범주에 대한 논리적 취약성은 아마도 이런 통합
－개념적 구분과 삶의 전체 사이를 부단히 왕래하지 못하는
데서, 이렇게 왕래하며 자기사유의 탄력성을 견지하지 못하
는 데서, 그래서 결국 정밀하고도 유려한 언어를 구사하지
못한 데서 나올 것이다. 어설픈 사고는 어설픈 언어를 동반
한다. 이런 여러 겹의 미비는 심미적인 것이나 아름다움 혹
은 미학과 같은 가장 기본적인 술어에 대한 정의의 허술함
에서 이미 확인된다. 그것은 4가지로 언급될 수 있다.

미적이 아닌
심미적인 것

　첫째, 왜 '미적'이 아니라 '심미적'인가? '미적(美的)'이란
말은 단순히 '아름다운'이라는 뜻이지만, '심미적(審美的)'이
란 말에는 '미를 심사하는'이란 뜻이 들어있기 때문이다. 심
미적 경험에서 평가하고 심사하며 판단하는 일은, 칸트의
《판단력 비판》에서 보이듯이, 결정적이다. 따라서 미적이란
말보다는 심미적이란 말이 더 정확한 표현이라고 나는 생각
한다. 혹은 미적이란 말을 사용하더라도 심미적 활동에 깃
든 심사와 판단의 요소를 고려하는 것이 필요하다. 이와 마

찬가지로 '미학'이란 말보다는, 정확히 하자면, 미를 심사하고 판단한다는 의미에서 '심미학'이 더 적당하다고 해야 할 것이다. 그러나 이것은 관습적으로 이미 널리 사용되는 까닭에 그냥 받아들이되, 미학에서 심미적 차원을 잊지 않으면 될 것이다.*

둘째, 미학의 대상은 미뿐만 아니다. 아름다움을 미학의 유일한 대상이라고 여기는 것은 대략 200년 전에나 타당했던 관점이다. 적어도 19세기 말엽을 지나면서 - 이것을 흔히 '심미적 근대(modern)'라고 한다 - 미학의 대상은 더 이상 미에만 국한되는 것이 아니라 그보다 훨씬 넓은 영역을 지칭하게 된다. 사실주의와 자연주의 사조 이후 추악이나 전율, 광기와 충격과 끔찍함은 인간현실의 흔하디흔한 경험이 되었다. 이것은 모두 부정적(negative)이다.

예를 들어 파편적이고 일회적이며 불연속적이고 균열된 것들 역시 이 목록에 속한다. 사실 근대적 삶의 대체적 모습은 이런 부정적 내용으로 차 있다. 대도시의 삶은 특히 그렇다. 도시의 생활에서 많은 사건은 우발적으로 일어나고, 그 경험은 일회적이고 파편적이다. 의식은 균열에 차 있기 때문에 사람은 늘상 걱정과 불안 그리고 분열에 시달린다. 현대학문의 일반적 문제의식은 이러한 인간적 사회경제적 정치적 문화적 불화(不和)를 반영한다. 예술의 방법론이 실험

---

* 미학/심미적인 것을 둘러싼 정확한 개념규정에 대해서는 문광훈, 《숨은 조화》, 아트북스, 2006, 22-25쪽 참고

적이고 몽타쥬적으로 되는 것도, 그리고 그 표현방향이 반리얼리즘적으로 추상화되는 것도 그런 이유에서다. 그러므로 심미적인 것을 미에만 국한시킨다면, 우리는 미에 대한 피상적 이해를 피하기 어렵다. 적어도 현대의 미는 추와 광기를 정면으로 관통하며, 또 관통할 수 있어야 한다. 그리하여 필요한 것은 미개념의 탈경계화다. 릴케 역시 "아름다움은 끔찍함의 시작"이라고 쓰지 않았던가?

셋째, 그러므로 우리는 미학의 대상을 미를 넘어서는 보다 넓은 영역, 즉 심미적인 것으로 파악할 필요가 있다. 이때 심미적인 것은 더 이상 예술작품이나 아름다운 풍경과 같은 주어진 대상으로 제한되지 않는다. 그것은 물질적 물리적 대상을 포함하면서도 '주관적으로 교류하는 모든 종류의 표상/상상력'과 관계한다. 그것은 외면적 가시적 표피적 차원을 넘어서 내적이고 의식적이며 꿈결 같고 형이상학적인 차원까지도 포괄한다. 이러한 관점은, 우리가 한국사회의 병리학 – 눈에 보이는 것을 중시하고 외양적인 것에 골몰하며 과시하기를 일삼는 이곳 특유의 허영을 고려할 때, 더욱 중요한 것이지 않을 수 없다. 이런 물질적 정신적 허영이 다름 아닌 감성의 왜곡으로부터 연유한다는 사실은 자명하다. 심미적 감성은 이 땅에서 왜곡된 감성 가운데 하나다.

넷째, '심미적인 것'과 '심미주의적인 것(das Ästhetizistische)'의 동일시 역시 이런 왜곡된 판단의 하나다. 심미주의적인 것은, 역사적으로 보아, '예술을 위한 예술(L'art pour l'art)' 유파에서 보는 유미주의적(唯美主義的)인 것이다. 유미주의적 미이해에서 현실과 이성은 휘발되고, 주체적 판단과 사회적 책임의 문제는 사라진다.

그러나 말의 바른 의미에서 심미적인 것은 예술과 현실, 미학과 정치, 삶과 예술의 긴장을 포용할 뿐만 아니라 이때의 긴장을 생산적 에너지로 변모시킬 줄 안다. 그 근거는 무엇인가? 그것은 개인의 자기형성적이고 사회의 변혁적 계기를 장려하는 반성적 비판적 성찰력에서 온다. 심미적인 것은 반성적 부정적 저항적 잠재력을 지닌다. 그런 점에서 심미적 잠재력은 인문학의 핵심이 아닐 수 없다. 이 반성적 잠재력에 의지하여 인간은 자신의 감각과 사유를 갱신하는 가운데 사회의 정치제도적 변화에 참여할 수 있다. 현대의 대표적 미학자인 아도르노(Th. Adorno)가 《심미적 이론(Ästhetische Theorie)》에서 전개한 '심미적 합리성(Ästhetische Rationalität)' 개념도, 줄이고 줄이면, 이 예술경험에서 이뤄지는 개인적 자기형성과 사회적 변혁의 가능성 문제로 수렴된다고 할 수 있다.*

이런 점에서 '심미적 합리성/심미적 이성'이란 개념은 심미적인 것의 에너지를 이성 쪽에서 파악하려는 예술철학적 시도라고 볼 수 있고, '심미적 감성'이란 개념은 감성 쪽에서 심미적인 것의 에너지를 활성화하려는 움직임이라고 볼 수

개인적 자기형성과
사회적 변혁의 가능성

---

* 이 점에서 나는 아도르노의 '심미적 합리성'과 김우창의 '심미적 이성'을 비교예술론적 비교문화적 차원에서 비판적으로 검토하면서 앞으로 있게 될 한국에서의 미학적 가능성을 서술한 적이 있다. 문광훈,《심미적 인문성의 옹호 – 아도르노와 김우창의 예술문화론》(한길사, 2006)을 참조

있다. 그 어느 것이든, 공통되는 것은 감성과 이성을 그 나름으로 통합하려는 심미적인 것의 역학을 강조한다. 그러므로 문제는 이 역학이고, 이 역학 속의 에너지이며, 이 에너지가 야기하는 긴장 사이의 왕래와 이 왕래를 통한 변증법적 자기갱신력이다. 이 자기갱신의 개인적이고도 사회적인, 실존적이고도 공적인 가능성에 미학과 인문학의 많은 문제가 걸려있는 것이다.

3. 사실적 상호협력

이렇듯이 심미적 감성의 문제에는 감성이론적 주제뿐만 아니라 그보다 넓은 주제 – 미학적 예술철학적 인문학적 주제들이 헤아리기 어려울 정도로 복잡하게 얽혀 있다. 그러나 그 주된 흐름을 대략적으로라도 그려낼 수는 없을까?

1) 감각의 소통

서구의 철학사/지성사/정신사는 감정의 문제에도, 정도의 차이는 있는 채로, 그 초창기부터 현대에 이르기까지 꾸준히 골몰해 왔다. 그러나 감각적 삶의 의미는, 대체적으로 보아, 전통적으로 폄하되어 왔다고 할 수 있다. 왜냐하면 감각은 영혼의 일부가 아니라 동물적이고 육체적인 영역에 속하는 것으로 간주되었기 때문이다.

흔히 말하여 몸과 정신, 감각과 이성, 감정과 지성의 이분법적 적대주의는 이 서열화된 관점으로부터 연유한 것이다. 이 같은 원칙은 대략 1700년까지 계속된다. 그리고 이 이분법은 흥미롭게도 뇌연구나 신경생리학의 연구에서도 되풀이된다고 할 수 있다. 왜냐하면 이들 현대의 연구자들은, 마치 전통철학이 고급영역(인식/의식/이성)과 저급영역(감정/정서)을 구분했듯이, 인간의 진화과정에서 대뇌의 저급기능(변연계/limbic system)이 우선 발달하고, 그 다음에 논리적 합리적 고급기관으로서의 대뇌피질이 작동한다고 주장하기 때문이다.

그러다가 계몽주의를 전후하여 감각에도 외적/저급한 차원과 아울러 내적/고급한 차원이 있다는 생각도 점차 나타난다. 더불어 이성뿐만 아니라 감성 역시 그 나름의 역할을 한다는 주의가 생겨난다. 파스칼이 말한 '섬세의 정신(esprit de finesse)'과 '기하학의 정신(esprit de géométrie)', 루소의 자연(감각)귀환도 이런 이분법을 극복하기 위한 시도의 예라고 할 수 있다. 이런 시도의 정점에는 바움가르텐(Baumgarten)이 있다. 그는 이성/정신/영혼 우위의 기존경향에 거슬러 감정의 고유한 가치에 주목함으로써 미학을 철학으로부터 독립된 분과학문으로 정초하고자 했던 것이다.

미학사의 복잡다기한 흐름을 훑어보면서 갖게 되는 첫 느낌은 감성과 이성, 육체와 영혼, 느낌과 생각을 이분법적으로 이해하는 것 자체가 지극히 추상적이지 않는가라는 점이다. 왜냐하면 감각이든 이성이든 이 모두는 나(개인)의 몸에서 구체적으로 일어나고, 이 구체적 느낌에서 감각과 이성, 육체와 정신은 구분하기 어려울 정도로 얽혀있기 때문이다. 이것은 사실 학문의 개념적 논리적 사안이기 이전에 우리가 매일처럼 지각적으로 경험하고 몸으로 느끼는 일이다.

예를 들어 보는 것은 듣는 것과 이어져 있고, 듣는 것은 냄새 맡는 것이나 만지는 것과 분리되어 있는가? 베토벤의 어떤 곡을 들으면, 우리는 넓게 펼쳐진 들과 초원의 바람, 이 바람에 흔들리는 나뭇잎을 떠올리지 않는가? 좀더 일상적으로, 숲길을 걷거나 달릴 때, 우리는 나뭇가지와 그 둥치를 보고 새소리를 들으며 초록빛 향기를 동시에 맡지 않는가? 혹은 송편을 빚을 때 우리는 그 모양을 눈으로 보면서도 손으로 만지며 확인하지 않는가? 또 끓는 라면에서 우리는 뜨거움과 맛을 함께 느끼고, 빨간 사과 앞에서는 이미 침을 삼키고 있지 않는가? 이렇듯이 시각과 청각과 후각과 미각과 촉각은 매우 밀접하게 관련되어 있는 것이다. 메를로 퐁티가 《지각의 현상학》에서 강조한 한 가지 사실도 감각들 사이의 숨겨진 소통관계이고, 이 관계에서 이뤄지는 몸의 공감각적 통합작용이었다. 이것은 논리적 사고나 과학적 인식에 정향된 전통철학에서 광범위하게 누락된 사항이기도 했다.

서로 다른 감각의 마당은 단순히 부가적/연상적으로 연결되는 것이 아니라 상호협력적으로(synergisch) 작동한다. 그래서 색채와 모양, 소리와 맛과 냄새 그리고 표면의 느낌은 우리의 몸을 동시에 관통한다. 단지 이 공감각적 상호협력의 그물망에 몸은 너무 본능적으로 얽혀 있어서 우리는 아주 드물게 의식할 뿐이다. 그러나 공감각적 지각은 예외적 현상이 아니라 나날이 경험하는 일상적 사실이다. 사람의 몸은 다른 감각이 협력적으로 작동하는 하나의 체계다. 최근에 이뤄진 뇌연구나 신경생리학에서의 광범위한 연구는 바로 이런 점을 겨냥한다.

지금으로부터 30년 전만 해도, 그러니까 1980년대만 해도 자아가 경험하는 유일무이한 것들은 대개 종교적이고 형이상학적으로만 대답될 수 있다고 간주되었다. 자아란 신적인 무엇에 의해 조절된다는 주장이 그 대표적 예다. 그러나 이 이원주의적 접근법은 그때 이후 점차 위축되기 시작하면서 의식현상도 설명할 수 있다는 논의가 더 늘어난다. DNA 발견자인 프란시스 크릭(F. Crick)이나 철학자 데넷(D. Dennett), 노벨의학상을 수상한 뇌연구자 에델만(G. Edelman)의 논의가 그것이다. 'IQ'란 말 대신 요즘에는 '정서적 지능 (Emotional Intelligence)'란 말을 자주 쓰고, 이른바 '감정과 이성의 공진화(coevolution)'를 얘기하는 것도 이런 맥락에서다. 이 같은 다양한 노력 중에서도 포르투갈 출신의 신경과의사인 다마시오(A. Damasio)의 업적은 단연 두드러진다.

다마시오는 《데카르트의 오류》(1994)라는 책에서 육체적 정서와 정신적 과정을 분리시키는 것은 치명적 오류란 점을 지적한 바 있지만, 이러한 문제의식은 《일어나는 것에 대한 느낌》이란 책에서 더욱 발전한다. 의식이란, 몸과 머리가 어떻게 상호작용하는가를 두뇌가 기록할 때, 벌써 생긴다. 사람은 몸과 뇌의 친밀한 상호관계 속에서* 의식의 능력을 갖게 되는 것이다. 이 추론이나 결정의 과정에 감정은 몸과 의식을 잇는 고리로 기능한다. 특이한 것은 이 때의 논의가 세계를 해명하는 듯한 거창한 사변을 통해서가 아니라 철저하게 경험적인 사실, 말하자면 아이오와 대학병원에서 그가 행했던 의식장애 환자의 진단을 근거로 전개된다는 점이다. 그 중의 한 예가 데이비드라는 사람의 경우다.

이 환자는 자기에게 아내와 아이가 있음을 알지만, 이들의 얼굴이나 목소리를 기억하지 못한다. 46살 때 앓은 뇌막염 때문에 그의 측두엽이 손상되었고, 그래서 매우 심각한 의식장애를 겪었기 때문이다. 그는 아들의 사진을 보고도 자기 아들임을 알아채지 못한다. 이유는 외적 대상과 자신의 삶 사이에 어떤 실질적 관련성을 만들어낼 수 없기 때문이다. 다시 말해 이전에 겪었던 경험의 이질적 자료를 파편적으로 상기할 뿐, 서로 결합시켜 하나의 사실적 전체

---

* Antonio R. Damasio, 〈The Feeling of What Happens〉, 1999. 몸과 뇌의 상호관계, 또 뇌의 신경체계 안에서 일어나는 각 부분의 상호작용을 정밀하게 해명하는 일은 극도로 복잡하다. 그러나 그에 의하면 감정이 일어나는 과정은 세 단계로 구분된다.(37쪽) 첫째, 비의식적으로(nonconsciously) 실행되는 '정서(emotion)의 상태', 둘째, 비의식적으로 재현될 수 있는 '느낌(feeling)의 상태', 셋째, '느낌의 의식적 상태.' 이러한 세 단계는 생명조절(life regulation)의 네 수준에 대한 설명과도 연결된다. 첫째, '기본적인 생명조절'(신진대사 같은 단순한 반응패턴), 둘째, '감정'(복잡한 반응패턴), 셋째, '감각상의 패턴'(고통과 즐거움을 나타내는) ─ 앞의 세 가지는 의식 이전 상태다. ─. 넷째, '이성'(의식적 이미지로 표현되고 행동으로 실행)(55쪽) 여기에서 중요한 것은 첫째, 감정에 의식이 있는가 없는가이고 둘째, 비의식의 단순하고도 기계적인 반응으로부터 의식의 복잡하고 유연한 반응으로 이어지는 연쇄고리에서의 상호작용이 어떠한가다. 전체적으로 보면, 인간의 자아는 의식하지 못하는 '원자아(Proto-self)'로부터 대상을 만나고 그에 대한 이미지를 만들면서 '핵심자아(core-self)'로 이어지고, 이때부터 주의가 늘어나고 기억이 작동하면서 의식 역시 확장되고('자서전적 자아(autobiographical self)'), 마침내 언어를 사용하고 창조성이 더해지면서 양심이 생겨난다.(310쪽)

를 만들어내지 못하기 때문이다.˚ 단편적 자료의 결합능력
은, 다마시오의 용어로 풀이하자면, "확대된 의식(extended
consciousness)"으로부터 온다.

이것은 각도를 달리하여 설명될 수도 있다. 인간의 몸이
라는 유기체는 철저하게 통합되어 있다. 살아있는 유기체는
한결같은 내적 상태를 유지하기 위해 조절된 생리학적 반응
체계를 지닌다.(온도, 산소농도, pH(수소이온 농도지수) 등의 자동
조절) 이 조절을 통해 몸은 항상성(homeostasis)을 유지한다.
그러니까 내분비선이나 면역체(항체) 그리고 신경체계 사이
의 상호관계가 유기체의 체계적 안정성과 일관성을 만들어
내는 것이다. 감성은 이렇게 통합된 생명조절체계의 일부를
이루고, 그러니만큼 그것은 "기나긴 진화의 역사를 통해 세
밀하게 조정된(fine-tuning)의 결과"라고 할 수 있다.˚˚ 감성은
단순히 외적 자극에 기계적으로 반응하는 것이 아니라 몸의
유기체가 살아남기 위해 스스로 고안하지 않을 수 없었던
생물학적 장치의 일부인 셈이다.

그리하여 감정의 내용에는 물론 기계적 반응도 있겠지만,
상당히 합당한 행동도 있다. 이 합당한 행동을 만들어내는
것이 확대된 의식이다. 확대된 의식을 통해 몸의 유기체는
고도의 정신적 능력, 예를 들어 유용한 물건을 만들어내고,
타인의 마음을 고려하며, 자신과 타자에게 있는 죽음의 가

---

* Ibid, p. 115ff
** Ibid, p. 53

능성을 느끼고, 삶을 소중히 여기며, 선악감각을 구성하거나 아름다움을 느끼고, 감각과 사고의 부조화를 느낄 수 있는 능력을 갖추게 된다.[*] 이러한 진리감각은 추상적 사고의 부조화에 대한 느낌에서 생겨난다. 그러니까 감성은 보상이나 처벌, 고통이나 즐거움, 이익이나 불이익에 대해서처럼 선과 악에 대한 생각으로부터도 분리될 수 없는 것이다.[**]

다마시오의 이 같은 연구에서 눈에 띄는 사실은 의식현상을, 지금까지 흔히 그랬듯이, 더 이상 신적 심급이 아닌 몸의 생화학적 조절체계로 설명한다는 점이다. 더 흥미로운 것은, 육체적 기능이건 정신적 기능이건, 아니면 감정이건 의식이건, 이 모두는 궁극적으로 유기체의 생존이라는 궁극적 목표를 가진다는 지적이다. 가장 단순하고 근본적인 차원의 의식이 오직 살겠다는 일념으로 자기에 대한 관심을 펼치는 것이라면, 높고 복잡한 차원의 의식은 확대된 의식으로서 자기를 넘어 타인에 대한 관심을 가지고 삶의 기술을 섬세화하도록 도와준다. 놀라운 일은 의식의 이 같은 섬세화 과정이 다름 아닌 진화를 야기했고, 그래서 삶/생명의 기술은 자연사에서의 하나의 성공을 나타낸다는 점이다. 그러니까 감성/감정/정서의 문제는 가장 단순하고도 미세한 생물학적 차원으로부터 가장 복잡하고도 장구한 역사적 진화적 차

---

[*] Ibid, p. 230
[**] Ibid, p. 55. 그래서 다마지오는 이렇게 쓴다. "[…] 의식은 느낌(feeling)으로서, 특별한 종류의 느낌으로서 시작한다. […] 의식이란 느낌처럼 '느끼고(feel)', 그것이 하나의 느낌으로 느낀다면, 의식이 느낌인 것은 당연하다."(312쪽) 여기에서 드러나는 것은 감성과 의식, 느낌과 정신의 생물학적 불가분리성이다.

원에까지 걸쳐 있는 것이다.

이같은 일련의 논의에서 의식현상이란 문제가 물론 완전히 해명되는 것은 아니다. 감정과 의식의 상호관계란 앞으로 더 깊이 그리고 더 선명하고도 포괄적으로 연구되어야 한다. 그러나 그럼에도 감성으로부터 의식이 발생하고, 이 발생에서 유기체의 항상성이 결정적이며, 이 항상성을 통해 몸은 외적 환경에 적절하게 반응하는 능력을 갖게 되었다는 다마시오의 테제는 감성/감정/정서/감각/감수성에 대한 인문학적 이해에 중대한 시사점을 안겨주는 것으로 보인다.

이 시사점의 핵심은 무엇인가? 그것은 이른바 낮은 기능(변연계)과 높은 기능(대뇌피질)이 뇌진화에서 순차적으로 전개되는 것이 아니라 분리불가능한 통일성을 이룬 채, 다시 말해 어떤 항상적 균형과 조절(homeostatic balance and regulation) 속에서 전개된다는 것, 따라서 인식/이성이란 이 균형을 통한 생존의 역사에서 감성 없이는 처음부터 불가능하다는 확연한 사실이다. 그러니까 감성과 이성에 관한 한, 환원주의적 이분법은 더 이상 추상적이고 불명확할 뿐만 아니라 부정확하고 불가능하다. 감성과 이성, 뇌의 생리학적 과정과 인식적 과정 사이에는 매우 밀접한 평행관계가 자리하기 때문이다. 이 점에서 우리는 어떤 당위적 요청으로서가 아니라 '사실로서의 감성적 의식구조 혹은 의식/이성의 감성적 토대'를 말할 수 있을 것이다.

감성과 이성에 관한 한, 환원주의적 이분법은 부정확하고 불가능하다

2) 감성 – 또 다른 이성

감성과 이성이 인간의 몸에서 나눠질 수 없다는 명제가 하나의 가설 혹은 당위로 주장될 문제가 아니라 엄연한 사실로 자리하는 것이라면, 그리고 감각과 의식이 이렇게 상호협력하는 가운데 생물학적 물질은 소멸과 생성을 거듭하고, 생명의 기술은 이 생멸의 메카니즘 속에서 스스로 살아남기 위해 점진적으로 섬세화되는 것이라면, 감성이란 생명의 섬세화기술에서 하나의 불가결한 축이 된다. 그렇다면 남은 것은 감성과 이성의 교차를 적극적으로 활성화하는 일이고, 이런 교차의 예를 다각도로 살펴보는 일이다.

감성의 이론 혹은 감성의 철학에서 결정적인 것은 몸의 생물학적 바탕 위에서 감성을 어떻게 이성화하고, 이성을 어떻게 감성화할 것인가다. 이것은 사실 현대의 철학적 논의 – 후기구조주의나 포스트모더니즘에서 이뤄진 합리성비판에서도 되풀이되어 제기되던 문제였다. 이성 역시, 이들 철학자에 의하면, 지극히 불안정하고 우발적이며 변덕스럽고 일시적이다. 그 점에서 이성에는 하나의 절대적 관점이 아니라 여러 개의 관점이 있을 수 있고, 그 때문에 그것은 어느 정도 감정적인 성격을 공유한다고도 볼 수 있다. 그러니까 이성은, 그것이 적어도 바른 이성이라면, 그 자신의 부분성과 잠정성을 허용하는 열린 것이어야 하고, 이 열린 이성에는 감성도 들어서 있다. 거꾸로 말해 감정에는, 적어도 그 깊고도 내적 차원에서의 감정에는 이성으로의 지향이 들어있다고 할 수 있다. 그리하여 진리에의 접근방식은 하나가 아니라 여럿이 될 수밖에 없게 되는 것이다.

이성의 감성화든 감성의 이성화든, 이러한 요구를 다시 감성이란 축에 적용시키면, 그것은 '어떻게 감성을 신뢰할 만한 판단의 기관으로 만들 것인가'가 된다. 이것은 흥미로운 물음이고, 우리는 이 물음에 그 나름으로 응전할 수 있다. 왜냐하면 이 글에서 필자가 선택한 감성은 아무러한 감성이 아니라 '심미적 감성'이고, 이 심미적인 것에는, 위에서 살펴보았듯이, 감성과 이성, 감각과 정신, 육체와 영혼을 매개하는 에너지가 내장되어 있기 때문이다.

참으로 심미적인 것은 추상적으로 작동하는 것이 아니라 감각적으로 작동하며, 이렇게 구체적 세부에 감성적으로 충실하면서도 단순히 지엽적인 것으로 빠지는 것이 아니라 전체로 열려 있다. 혹은 이 전체를 향해 나아간다. 그래서 그것은 대상의 충일성과 완전성을 그 나름으로 구현한다. 이 점에 대해 현대의 미학자들은 거의 예외 없이 동의한다. 미학이란 학문을 개시했던 바움가르텐 역시 그러하다. 그가 심미적 인식방식을 '시적으로(poetisch)' 규정하면서 이 시적인 것의 심미적 진리(veritas aesthetica)가 논리적 진리(veritas logica)를 보완할 수 있다고 보았던 것도 이런 맥락에서 이해할 수 있다.*

논의를 한 걸음 더 진척시키자. 그렇다면 필요한 것은 심

---

* Brigtte Scheer, Gefühl, in Karlheinz Barck u. a. (hg) Ästhetische Grundbegriffe, Bd. 2, Stuttgart/Weimar 2001, S. 646.

미적인 것에 대한 포괄적이고도 체계적인 접근이다. 혹은 더 정확히 말하여 심미적인 것의 고유한 논리에 대한 지속적 탐색이다. 심미적인 것에 고유한 논리가 있다는 입장은 그것이 그 나름의 독자적 영역을 가진다는 뜻이고, 이것은 곧 예술의 자율성 이념과 이어진다. 자율성 이념에 대한 생각은 칸트 이래 면면히 이어지는 흐름이기도 하다. 이 전통적 자율성 미학에 벤야민이나 아도르노는 반기를 들지만, 그래서 예술이론을 이데올로기비판적으로 재구성하지만 − 이들이 '작품'이나 '진리'라는 개념을 중시한 것은 그 때문이다 −, 그렇다고 해서 이들이 자율성 개념을 완전히 무시한 것은 결코 아니다. 아도르노는 특히 그렇다.

아도르노는 미학을 상당 부분 '철학화'했지만, 그렇다고 예술의 가능성이 철학 때문에 오용되었다고 말하긴 어렵다. 오히려 예술의 주체성과 자율성은 그의 철학적 사유에 힘입어 현실과 다층적으로 결합한다. 현대의 미학적 사유에서 아마도 아도르노만큼 예술의 부정적 비판적 계기와 이 계기를 통한 진리매개와 세계해명이란 주제를 깊이 있게 성찰한 경우도 드물 것이다. 그는 근본적으로 전통주의자이지만, 그의 미학적 사유는 후기조화론적이고(postharmonistisch) 후기유기체론자적(postorganizistisch)이다.

이러한 접근은 되풀이하건대 심미적 역학에 대한 정확하고도 면밀한 개념규정을 전제한다. 이 작업에는 감각적 감성이 어떻게 '반성적 감성'으로 변모되는가, 여기에서 사유의 변증법은 어떻게 작동하는가, 심미적인 것의 반성적 성찰적 부정적 비판적 계기란 과연 무엇인가, 그리하여 심미적 감수성은 어떻게 촉진될 수 있는가 등의 물음이 포함된다. 이것은 감성을 감각주의적이거나 심리적인 것으로 파악하는 것이 아니라, 이성/지성/정신을 보충하거나 그와 유추관계에 있는 것으로 파악하는 데서 가능하다. 감성은 더 이상 저급하지도 열등하지도 않다. 감성은 이성의 대립축이 아니라 이성의 또 다른 면이기 때문이다.

이제 감성은 마땅히 이성과 동등한 권리를 지닌 인간능력으로 간주되어야 한다. 사실 이것은 현대의 문제의식이라기보다는 프랑스와 영국의 계몽주의에 대한 독일계몽주의의 자기비판적 성찰 속에서, 비록 현대미학에서처럼 정치한 형태는 아니라고 해도, 이미 어느 정도 자리한 것이었다. 예를 들어 칸트가 '자기사고(Selbstdenken)'를 강조할 때, 그것은 느끼고 생각하는 주체의 객관화된 주관성 – 감성의 이성성 없이는 불가능한 것이었다. 단지 이러한 문제의식은 오늘날에 와서 더욱 적극적으로 의식되고 주제화되는 것이다.

감성은 이성과 동등한 권리를 지닌 인간능력이다

그러므로 미학 자체가 개인적이거나 사회적인 것이 아니다. 그렇듯이 자율적이거나 정치적인 것도 아니다. 제대로 된 미학이라면 자신의 심미적 영역을 지키면서도 비심미적 영역 – 정치경제적이고 사회문화적인 면에 개입할 것이다. 예술은 자기의 정치적 이데올로기적 가능성을 문제시할 정도로 철저하게 자율적이면서 동시에 이 같은 자율성 속에서도 비미적 영역에 관계할 정도로 변증법적이다. 감각적이고 이성적이며, 내용적이고 형식적인 이 같은 얽힘을 통해 예술은 오늘의 삶이 어떠하고 인간은 누구이며 현실은 어떻게 자리하는지 보여준다.

여기서 드러나는 것은 삶과 인간 그리고 현실의 결함이다. 결함이란 한 마디로 소외상황이다. 인간이 인간에 대해 소외되어 있을 뿐만 아니라 자기 스스로 소외되어 있고, 인간의 현실이 소외되어 있으며, 그의 생애 또한 소외의 비틀린 모습을 숨기지 못한다. 근대적 삶의 세계는 총체적으로 소외되어 있는 것이다. 사물화(Verdinglichung)란 이 보편화된 소외를 뜻한다. 이 사물화된 세계에서 예술은 가장 덜 소외된 영역으로 자리한다. 그렇다는 것은 예술이 이 세계의 편재화된 소외로부터 완전히 벗어날 수는 없지만 부분적으로는 벗어날 수도 있음을 뜻한다. 예술에 대한 쉴러의 역사철학적 확신은 이런 종류의 것이었고, 그가《인간의 심미적 교육》을 쓴 것도 그 때문이었다.

근대 이후의 위기가 근본적으로 주관성-주체-자율적 경험의 위기라고 한다면, 예술은 이런 위기에 대해 일정하게 대응할 수 있다. 왜냐하면 예술의 경험은 1차적으로 주관적 자기경험이기 때문이다. 더 정확히 말해 자기경험이면서 세계경험이기 때문이다. 심미적 주체는 자기경험으로부터 세계경험으로 나아가고, 이렇게 세계로 확장된 사고는 다시 자신의 사고를 갱신하는 데로 돌아온다. 이 순환은 자기교정과 자기혁신의 변형과정을 이룬다. 그것은, 적어도 예술경험이 이뤄지는 한, 계속된다. 이 무한한 변형과정에서 자기인식은 세계인식과 분리될 수 없다. 그러니 예술의 자기경험이 어떻게 중성적이고 비정치적일 수 있겠는가? 심미적 자기경험에서 세계관련성은 결코 부인될 수 없는 것이다. 이것이 바르게 이해된 자율성의 의미다. 이 자율성 개념에 기대어 우리는 예술개념의 이데올로기적 도구화도 비판할 수 있다. 심미적 경험은 깊은 의미에서의 보편적 자아의 경험이고, 이 보편적 자아를 형성하기 위한 탁마의 과정인 것이다.

예술에서 내용이나 진리 혹은 사회비판은 매우 역설적이고도 모순적이며 균열적으로 실행되고, 예술의 경험에서 자기인식은 복잡한 방식으로 세계인식과 연결된다. 여기에서 필요한 것은 심미적인 것의 에너지를 주체의 내부로부터 접근하여 활성화하는 일이다. 이 내부의 여러 항목 중에서도 첫째는 감성이다. 이 감성의 종류 가운데 심미적인 것이 중요한 것은 심미적인 것에서 주체는 자기자신과 기꺼이 놀기 때문이다. 자기 자신과 놀면서 자기 밖의 타자적 세계로 나아가기 때문이다.

그리하여 예술을 감상하고 수용하는 주체는 근본적으로 즐거이 느끼는 주체다. 그러면서 그 느낌은, 이것이 사유와 인식으로 연결되기에, '진지하다'. 예술의 경험은 진지한 즐거움의 경험이다. 그러므로 심미적 주체는 자신의 감각적 사유적 능력을 객관적으로 극대화함으로써 자아를 새롭게 조직한다. 이때 감성은 이성의 다른 이름이고, 이성은 감성의 다른 짝이다. 이것이 심미적인 것의 고유논리다. 심미적 주체는 목적 없는 목적의 자기변형적 놀이를 한다. 예술이 가장 깊은 의미에서 자율적이면서도 동시에 사회적으로 개입할 수 있다고 말한 아도르노의 생각은 이런 맥락에서 이해될 수 있을 것이다.

4. 어떻게 증거할 것인가?

감성의 교차를 다루는 방식에도 여러 가지가 있다. 각 분과 내에서의 개별적 접근이 있는가 하면, 감성의 문제를 개념적으로 논증하는 철학적 이론적 접근이 있을 수 있다. 아니면 감성 자체의 굴곡을 따라가는 어떤 대중적 감상적(感傷的) 수기가 있을 수도 있다. 그러나 이 모든 것은 모호하거나 치우친 것이 되기 쉽다.

철학적 논증은 엄밀하면서도 얼마나 따분한 것인가? 감상적 수기는 즉각적으로 호소할 수 있지만, 사안을 얼마나 피상적으로 다루는 것인가? 그래서 우리는 깊이 있으면서도 선명하고, 명쾌한 논리를 지니면서도 여운을 허용하는 어떤 의미의 메아리를 갈구한다. 이 점에서 나는 '에세이'라는 장르에 주목한다. 왜냐하면 에세이는 자유롭게 쓰여진 형식을 지니면서도 그 내용은, 필자에 따라, 얼마든지 다른 깊이에

도달할 수 있기 때문이다.

미학의 전통이 없거나 매우 드물고, 그 범주적 구분을 통한 엄밀한 대상이해가 이뤄지지 못하는 곳에서 행해져야 예술철학적 과제는 무척 많다. 무엇보다 먼저 견고한 철학적 성찰이 선행되어야 한다. 그리고 깊은 성찰이 녹아있는 저작이 많이 쌓여야 하고, 이런 저작의 문제의식을 제도적으로 구현한 정치적 시민문화가 갖춰져야 한다. 그러나 무엇보다 중요한 것은 동시대 사람들이 향유하는 삶의 질적 수준이고, 이 수준에서 가늠할 수 있는 생활의 미학적 문화적 요소다. 충분히 아름답고 선하고 진실되게 산다면, '미학'이란 말을 버려도 좋지 않을까?

내가 관심을 갖는 것은 감성과 이성을 심미적으로 매개하는 방식이고, 이 방식이 심미적 경험에서는 어떻게 드러나는가라는 문제다. 왜냐하면 심미적 경험에서 감성과 이성은, 마치 유기체의 신진대사 속에서 몸이 항상적 균형을 유지하듯이, 자연스럽게 하나로 녹아들기 때문이다. 예술에세이는 감성이 이성화하는 경로를 경험구체적이면서 철학적 명상 아래 기록하는 장르다. 예술작품에 대한 개인의 느낌을 가능한 한 면밀하게(1), 그러나 오늘의 현실과 관련하여 기록하고(2), 이러한 기록이 그 나름의 설득력과 공감을 독자로부터 얻을 수 있다면(3), 그것은 그 자체로 심미적 감성의 힘 – 감성 속에서 이성의 보편적 차원을 구현한 한 가지 좋은 예가 될 것이다. 나는 심미적 감성의 훈련 그리고 예술경험도 좁게는 감성의 공동체적 사회적 근거를 드러내고, 넓게는 구체적 보편성의 자기형성적 잠재력을 증언하는 사례가 될 것이라고 생각한다.*

그러나 한국에서 수준 높은 예술에세이는 드물지 않나 여겨진다. '수준 높은'이라는 것은, 간단히 말하여, '감성적인 것과 이성적인 것에 두루 통한'이란 뜻이다. 혹은 넓게 말하여 예술과 철학을 아우른다는 뜻이고, 시의 상상력과 개념적 정확성을 포괄한다는 뜻이다. 단순히 개념적이거나 논증적이기만 하여 건조한 것도 아니고, 반대로 감성적이어서 무른 것만도 아닌 글은 어떤 글일까? 좋은 글은 이 둘의 긴장관계를 생산적으로 육화한 글이 될 것이다. 좋은 예술에세이는 그 자체로 감성 자체의 보편화에 기여한다. 반대로 그런 예술론이 드문 것은, 일상적으로 보면 심미적 감성의 왜곡으로 나타나고, 학문적으로 보면 미학적 예술철학적 전통의 부재에 연유한다. 대중적 감수성의 왜곡은 이것의 사회적 현상에 해당될 것이다.

예를 들어 우리는 카라바조(M. M. Caravaggio, 1571-1610)의 그림 둘 -《도마뱀에 물린 아이》(1595)이나 《골리앗의 머리를 든 다윗》(1605-06)에서 이런 문제를 생각해볼 수 있다. 그

---

* 감성의 사회정치성, 심미적 감성과 공동감각(상식)의 관계, 심미적 이성의 역학, 감성교육의 형성적/교양적 윤리적 측면은 이처럼 밀접하게 얽혀 있다. 이 같은 주제들을 필자는 최근에 다룬 바 있다. 〈자기형성의 심미적 윤리:김우창론〉, 《한국예술총집 문학편 VI》, 대한민국예술원. 2009년, 253-281; 〈거품가면의 행렬-공동감각에 대하여〉, 《오늘의 문예비평》, 2010년 봄호, 통권 76호, 해성, 26-62쪽; 〈심미적 이성의 구조 - 아도르노와 김우창〉, 현대사상연구소주최 '현대사상 세미나8, 아도르노, 대구대, 2010년 11월 20일 발표. 이 글은 2011년에 출간된 단행본 《아도르노》에 실려있다.

의 그림들은 극명한 명암대비의 역동적 다양성 속에서 삶의 전혀 새로운 드라마를 탁월하게 표현한다. 그것은 갈망과 싸움, 폭력과 도주, 은총과 새로운 출발 사이를 오고간다. 그리하여 거기에는 첫째, 이 그림에는 '성찰하는(re-flexive)' 계기가 들어있다. 둘째, 예술작품은 객체(대상)가 아니라 주체/개별자(감상자 자신)를 향한 것이다. 셋째, 작품의 의미는 개념적으로 규정되기 이전에 무엇보다 감상자 자신이 먼저 느끼는 것이다. 심미적 느낌은 학문적 이론적 개념이 그러하듯이 종속논리적으로 작동하는 것이 아니라, 개별/구체/특수한 것을 살리고 포용하는 방향에서 작동한다.

바로 이 점에서 그림《골리앗의 머리를 쥔 다윗》은 자기성찰적이고, 그 때문에 진실하며, 그 때문에 아름답다. 자기성찰성 속에서 삶의 진실과 아름다움은 하나로 만나는 것이다. 그러나 이때의 아름다움은, 다시 강조하건대, '예쁘다'거나 '멋지다'는 뜻이 아니다. '곱상하다'거나, 요즘 말로 '쿨(cool)' 하거나 '칙(chic)'한 것도 아니다. 그것은 깊은 의미에서 어떤 울림 – 정서적 파장과 진동을 야기한다. 감동은 이런 파장에서 온다.

5. 반성적 감각의 복권

앞에서 나는 심미적 감성을 둘러싼 철학과 미학과 인문학 일반의 문제가 무엇인지, 이 지성사적 물음에서 심미적 감성이란 주제는 위상학적으로 과연 어디 쯤에 자리하는지, 심미적인 것의 뜻은 무엇이고 그 역학은 어떠한지, 감성은 몸의 유기체에서 어떻게 의식/정신/지성/이성과 연결되어 있고, 그것이 심미적인 것과 연결될 때 또 어떤 의미를 갖는지 등을 고찰했다. 그러면서 이 모든 물음이 하나의 문제 – 심미적 감성이 왜 미학적 핵심주제일 뿐만 아니라 인문학 전체에서 결정적인 주제인가라는 문제를 말하고자 했다.

그렇다면 감성론에서 앞으로 핵심은 무엇이 될까? 감성에 대한 인문학적 접근에서 잊지 말아야 할 사항은 무엇일까? 이것은 감정에 대한 지난 수십 년 간의 연구를 조감해 보면, 어느 정도 드러나지 않나 여겨진다. 감성/정서/감각의 문제가 역사적 문화적 맥락 아래 주제화된 것은 그리 오래 되지 않는다. 그것에 대한 초창기의 문예사적 관심은 물론 낭만주의 시대에 이미 일어난 것이지만, 현대에 와서는 대략 1980년대를 전후하여 육체연구의 일부로 행해졌다. 감성은 주제 상으로 보면 사랑이나 연민, 고통이나 우울, 죽음과 애도, 눈물, 부끄러움, 죄의식, 양심과 연대, 정의 등의 개념과 나란히 자리하고, 그 주변에는 의미와 가치, 몸짓과 언어와 제의, 상징과 이미지 등의 주제도 자리하며, 분과학문적으로는 문학이나 언어학, 매체학, 예술사와 사회학, 정치학과 인류학과 철학, 심리학과 생리학과 생물학과 의학, 인지학과 정보학 등등에서 광범위하게 연구되었다.

여기에서 드러나는 간단한 사실 중의 하나는 감정이 주어진 그 자체로 '순수한' 것이 아니라는 점이다. 감정에 대한 평가나 생각 혹은 판단은 말할 것도 없고, 감정 자체나 그 표현 역시 대체적으로 문화적 형식과 틀 그리고 상징과 구조에 따라 시간적 경과 속에서 만들어진다. 그렇다는 것은 개인적 감정이 그 자체로 옳거나 그른 것은 아니라는 것이다. 오히려 그것은 문화관습적으로 일정하게 정향되어진 결과이고, 더 나아가면 이데올로기적으로 오염될 수도 있는 것이다. 예를 들면 비서구 사회에서의 (원)죄의식이나 부끄러움은 기독교적 서구사회에서보다는 약하게 나타날 것이다. 그렇듯이 매력이나 멋 혹은 미의 기준과 취향도 인류학적이고 민속적으로 조건지어진 경우가 많다.

얼마 전 MBC의《아프리카의 눈물》에서 방송되었지만, 아프리카의 어느 부족 여성들 사이에서는 입술이 시커멓고 두터운 것이 '미인'의 증표라서 여기 여자 아이들은 일정 나이가 되면, 성인식을 치루듯이, 입술 부근을 바늘로 찔러 까맣게 문신을 새겼다. 그러니까 한 사회에서 '아름답다'고 얘기되는 것은 다른 사회에서는 전혀 아름답지 않은 것일 수 있다. 마찬가지로 '부끄럽다'거나 '슬프다'는 것도 전혀 부끄럽지 않고 슬픈 것이 되지 않을 수도 있는 것이다. 이런 관습적 문화인류학적 사실은 사회역사적 맥락에서도 확인되는 일이다.

예를 들어 유럽사회에서, 대체로 보아, 1600년대 이전의 미치광이들은 흔히 '귀신 들렸다'고 하여 '사탄'으로 취급받거나 화형되었다고 한다면, 그 이후에 그들은 정신병원이나

한국인문학과 김우창

요양소에 감금되지 않았던가? 인간육체에 대한 체벌의 체계는, 푸코가 예리하게 지적했듯이, 철폐되는 것이 아니라 훈육화/의학화/약물화를 통해 변형된다. 여기에서 감정의 길들이기는 결정적이다. 문제는 이에 그치지 않는다. 조국애나 애국주의 혹은 충성의 미덕은, 물론 이 기원은 오래 되었겠지만, 적어도 체계적이고 집단적 방식으로 드러나는 예로서의 그것은 민족적 국가적 정체성의 근대적 발생과 이어지고, 더 나아가 카리스마 넘치는 지도자에 대한 숭배의식의 발생과 깊은 관계가 있다. 국가주의를 넘어서는 세계시민주의 혹은 글로벌 아이덴터티(global identity)의 문제는 이 점에서 심화될 수 있겠다.

지금까지의 이러저러한 지적은 감성의 문제, 나아가 심미적 감성의 가능성이란 문제가 결코 간단치 않음을 보여준다. 그리고 이 어려움은, 우리의 시선을 학문 내적 현장으로부터 학문 외적 현실로 옮길 때, 가중되는 듯하다. 오늘날의 상품시장사회에서 심미적 감성은 유효한 것인가? 지금의 대중매체사회에서는 사람들의 감성은 걷잡을 수 없이 변덕스럽고, 그 경험은 파편적이며, 삶에 대한 인식은 표피적이다. 단순히 감각과 사고가 파편화되어 있을 뿐만 아니라 이 파편화된 내용마저 즉시 증발해 버린다. 그래서 거의 모든 지각적 내용은 헛것처럼 보이고, 이렇게 헛것이라고 말하는 일 자체마저도 공허해 보인다. 디지털 가상의 세계에서는 모든 것이 가상이기 때문에, 무엇이 가상인가라는 언급조차 가상이 되어버리는 것이다.

현대세계는, 우리가 원하든 원하지 않든, 전적인 무의미의 영역으로 이미 들어선 것처럼 여겨지고, 정말로 그렇게 되어버린 지도 모른다. 이 의미의 황무지 세계에서 심미적 감성을 얘기하는 것은 철없는 일이 아닌가? 심미적 감성에서 강조되는 '성찰'이나 '반성' 같은 어휘들은 이 급변하는 세계에서 너무도 소박하거나 한가하게 들리지 않는가? 그래서 그것은 현실에 대한 참으로 안이한 대응방식으로 생각될 때도 있다. 과연 우리는 심미적 실천의 자기연관성, 자기성찰성 그리고 자기비판성을 오늘날에 와서도, 특히 한국처럼 '역동적인' 혹은 '들뜬' 사회에서도 신뢰할 만한 것으로 견지할 수 있을까?

아직도 한국이란 나라는 제 땅에서 태어난 아이들을 스스로 키우지 못해 미국이란 나라에 세계 4위로 '입양'시키고 있다. 또 이 나라의 한 정치인은 보온병을 '포탄'이라 말한다. 설령 '룸살롱에서 자연산을 즐겨 찾는다'고 해도 이것이 한 나라 집권당 대표의 논평이 될 만한 것인가? 이런 지겹고도 한심스런 설화(舌禍)가 지면(紙面)을 채우는 이 나라는 대체 어떤 나라인가? 그 나라는 과연 이성적인 질서를 갖고 있고, 국가라는 이름에 걸맞는 책임 있는 공동체인가? 그런 그가 상석(床石)에 올라 5. 18 묘비를 만지는 것은 당연한 일인지도 모른다. 이런 나라에서 사회문화적 역사적 발전은 제대로 이뤄질까? 진보당을 결성했다는 이유로 사형당한 죽산 조봉암이 간첩이란 누명을 벗은 데는 무려 52년이란 세월이 걸렸다.(2011. 1. 20) 죽은 자는 말이 없고, 이 죄 없는 죽음을

한국인문학과 김우창

기억하던 자의 눈물도 오래 전에 메말라버렸다. 이 땅에서의 평균적 삶은 왜 이다지 초라하고, 의식과 문화의 성숙은 왜 이리도 더딘 것인가?

모든 이론적 탐구나 언어적 진술은, 그것이 올바른 삶의 이념에, 아니 그 현재적 생활의 무늬에 결부되어 있을 때, 비로소 진실한 것이다. 이런 일련의 문제의식들은, 줄이자면, 다음의 여섯 개로 테제화할 수 있을 것이다.

첫째, 감성/감각은 그 자체로 순수하지 않다. 그것이 본능적으로 보일 수도 있지만, 이 본능의 내용도 사실 문화관습적으로 길들여지고 인류학적으로 조건지어진 것이다.

둘째, 우선 필요한 것은 감성의 사회적 문화적 역사적 조건과 그 맥락을 살피는 일이다. 오늘날 감정의 복권이 필요하다면, 이 복권은 감정의 역사적 변화경로와 현재의 문화적 조건을 고찰하는 가운데 이뤄져야 한다. 그리고 이 고찰은 결국 감성의 문화 자체를 탈감상화/탈낭만화하는 쪽으로 행해져야 한다.

셋째, 그러므로 결정적인 것은 감성 자체가 아니라 감성의 번역가능성이고 조직가능성이며, 이 바른 번역과 조직을 통해 어떻게 현재의 생활세계를 이성적으로 변형시킬 것인가다. 우리는, 파시즘의 예에서 보듯이, 예술이나 문화의 이름으로 자행된 역사의 야만성을 잊지 말아야 한다. 이를 위해서는 지금 나의 감성이, 또 우리의 정서가 어떻게 교육되고 관리되며 분류되는가를 부단히 점검해야 한다. 예술교육과 교양교육 그리고 시민교육이 자리해야 할 곳도 바로 이 대목이다.

이 같은 검토를 통해 우리는 오늘의 한국에서 왜 성형수술이 성행하고, '건강'열풍이 무엇 때문에 불고 있으며, 왜 '안티에이징' 광고가 뜨고 보톡스의 판매가 급증하는지도 잘 알 수 있을 것이다. 아름다움이나 성(性), 벌거벗음, 건강의 많은 이미지도 매체적으로 주입되고 과장되며 이상화된 것에 불과하다. 이른바 '몸정치(body-politics)'나 '생정치(bio-politics)' 혹은 '권력의 미시물리학'도 이런 관점에서 고찰할 수 있다. 아닌게 아니라 현대인의 몸과 감성과 사고와 의식은 정치와 권력 그리고 매체에 의해, 이들의 포함/배제의 전략을 통해 수없이 그리고 광범위하게 또 체계적으로 훈육화되고 있다. 이러한 권력의 제어와 매체를 통한 순치작용은 그러나 수많은 사회적 훈육화기제의 몇 개 모델에 불과하다. 여기에서 철저하게 상실되는 것은 개인이고 개인성이며, 이 개인이 지닌 자발성과 자기결정의 자유의지다. "감정과 행동가능성 그리고 정신성의 영역에서 낯선 것의 강제(타자강제)는 자기강제로 변형된 채 마침내 몸의 소외를 야기한다. [⋯]"[*]

그러므로 우리는 우리가 품은 사랑의 느낌이 정말 사랑스런 것인지, 나의 느낌이 참으로 내가 스스로 느낀 것인지 거듭 물어보아야 한다. 사고뿐만 아니라 감각이나 감성도 자

나의 느낌이 참으로
내가 스스로
느낀 것인지
거듭 물어보아야한다

---

[*] Eva Labouvie, Leiblichkeit und Emotionalität: Zur Kulturwissenschaft des Körpers und der Gefühle, Friedrich Jaeger/Jörn Rüsen(Hg.), Handbuch der Kulturwissenschaften, Bd. 3, Stuttgart/Weimar 2004, S. 81.

발적 자생적 형태가 아니라 상당 부분 외부명령의 육화된 형태를 띠기 때문이다. 개인적 지각이나 행동의 방식에는, 또 감성과 육체의 상태, 교육과 노동의 방식 그리고 기억과 관점의 내용에는 시대적 규범과 공식적 술어가 부득불 깃들고, 지배적 질서의 가치가 불가항력적으로 스며든다. 감성은 그 자체의 순결상태로 나타나는 것이 아니라 문화와 권력과 지배와 관습과 규범의 관행에 따라 이미 상당 부분 조형된 채, 발생하는 것이다. 그러므로 우리는 단순히 고문이나 형벌, 폭행 같은 공격적 현상에 대해서 뿐만 아니라 사람이 먹고 살고 일할 때 보이는 모든 움직임이나 태도, 자세나 습관, 에티켓이나 성행위, 종교적 의식과 축제 그리고 제도의 강제적 타율적 가능성에 유의해야 하고, 사회화과정에 깃든 관성적 억압적 성격을 살펴보아야 한다.

그런데 이러한 요구는 하나의 논리적 주장이나 도덕적 요청이기 이전에, 다마시오의 유기체적 항상성 개념에서 살펴보았듯이, 인간 몸의 생물학적 조건이자 능력이기도 하다. 인간의 감성에는 의식이 작용하고, 이 의식은 외부적 명령 이전에, 진화론적으로 보면 스스로 살아남기 위한 일정한 항상성을 유지하며, 이 항상성 속에서 규범을 만들고 부조화를 감지하며 진리를 찾으려는 생존정향적 모습을 보인다. 이 항상적 균형과 조절을 통해 인간의 몸은 의식적 감성 혹은 감성적 의식(consciousness)으로부터 점차 양심(conscience)으로 옮아가는 것이다.

그러므로 필요한 것은 감정의 의식화요 의식의 감정화이며, 더 나아가 의식 자체의 양심화다. 이것은 어떤 명령이나 도덕적 규율로서가 아니라 생존전략적 차원에서 보아도 절실하다. 단순히 생존 자체가 목적이 아니라 인간다운 삶이 중요하다면, 이 인간적 삶의 영위를 위해 감성의 건전화가 불가결한 것이다. 그리고 이것은, 거듭 강조하건대, 감성이 유기체의 생존에 생물학적으로 헌신한다는 명백한 사실과 상통한다. 그렇다면 우리가 이제 고민할 것은 어떻게 이런 면모를 활성화할 것인가라는 문제다. 이 점에서 나는 다시 '감성의 심미적 토대'를 돌아보지 않을 수 없다. 감성의 심미적 토대란 감성의 내용을 심미적으로 채우고 예술경험적으로 조직하는 것을 뜻한다.

넷째, 감성의 섬세화만큼이나 중요한 것이 감성의 방향잡기(orientation)라고 한다면, 예술의 성찰력은 이 방향을 바르게 잡는데 기여한다. 필요한 것은 단순히 나의 감성을 뜨겁게 만드는 것이 아니라 차갑게 만드는 것, 그래서 사회의 감정규범을 투명하게 하고, 집단의 감정공간을 이성화하는 것이다. 예술은 반성과 성찰을 통해 감성의 이성화를 장려하기 때문이다. 더 정확히 말하여, 예술의 경험은 감성과 이성, 파토스와 로고스를 오고간다.

그러나 이러한 왕래는, 파시즘 체제에서 보듯이, 감성의 기계화나 도구화가 아니다. 그것은 감성의 복잡한 메카니즘을 절차적으로 투명하게 하고, 이 투명한 감성의 논리를 믿주적으로 제도화하는 것을 뜻한다. 자신의 사적 개별적 감정이 어떤 문화적 역사적 관련성을 갖는지 주체가 부단히 성찰해야 한다면, 이러한 개별적 성찰이 설득력을 갖는 것도 제도적 틀을 통해서이기 때문이다. 그러니까 문제는 감정의 자기탐닉이나 자기밀폐가 아니라 어떻게 주체가 자기 자신을 위해, 또 사람들 사이에서 그때그때 행동의 적실성을 갖고 보편적 창출력을 가질 것인가다.

우리는 예술의 경험을 통해 감성이 사물에 어떻게 반응하고, 사람이 사람과 어떤 관계를 맺으며, 이 관계에서 어떻게 소통하는지 배운다. 심미적 감성은 대상의 반성을 통한 주체의 반성이다. 따라서 그것은 겹겹의 반성 - 반성의 반성(meta-reflexion)이다. 심미적 감성은 기존의 경험을 새롭게 재경험하게 한다. 그러므로 사회역사적 문화적 맥락의 고려가 없는 감정은 사치스런 감정이다. 위의 네 가지 사항을 하나로 모으면 어떻게 될까? 그것은 결국 어떻게 감각의 성찰적 차원을 마련할 것인가가 될 것이다.

다섯째, 종국적으로 핵심은 반성적 성찰적 감각의 복원이다. 감성의 성찰력은 어떻게 가능하고, 이성의 감수성은 어떻게 획득될 수 있는가? 감성을 반성적이고 성찰적으로 구조화하는 일은 심미적 감성이론에서 결정적이다. 이것은, 다른 각도에서 보면, 이성의 재구성과 다를 수 없다. 왜냐하면 감각의 성찰적 요소에 이성이 깃들어 있듯이, 기존이성에 대한 비판적 재구성은 감성적 정서적 요소의 도움 없이 어렵기 때문이다. 그러니까 감각이든 이성이든, 앞으로 이뤄질 감성과 이성의 재검토는 타자와의 만남 속에서 비로소 제대로 이뤄질 것이다. 이것은 감각의 반성적 이성적 지성적 측면을 고민하는 일이다. 이제 우리는 주관적인 것과 사회적인 것, 개인적인 것과 집단적인 것, 사적인 것과 공적인 것의 간극을 어떻게 이성적으로 채울 것인가를 고민해야 한다.

이것은, 적어도 지금으로서는, 머나먼 일로 보인다. 그러나 그럼에도 지금 이후의 감성은 이전보다 더욱 견고하게 자신을 무장해야 한다. 말하자면 감성적으로 더 섬세하고, 이성적으로 더 철저해야 한다. 감성적 섬세함이란 세계의 다채성에 더욱 다채롭게 반응할 수 있어야 한다는 뜻이고, 이성적 철저함이란 더 정확하고 정밀하며 투명해야 한다는 뜻이다. 그리하여 감성과 이성은 보다 높고 보다 넓은 차원에서 늘 새롭게 재회할 수 있어야 한다. 이것은 지극히 사적인 개인들의 사연을 통해 동시대 사람들의 도덕적 역사와 근대적 감성을 그려내는 데 성공했던 플로베르의《감정교육》의 결말 부분과 통하는 점이기도 하다.

여기에서 작가는 사랑을 꿈꾸었던 주인공(프레데릭)이나 권력을 꿈꾸었던 변호사 친구(데로리에)가 둘 다 실패한 것이 너무 논리적이거나 아니면 너무 감정적이었기 때문이라고 진단했다. 감성과 이성은 어떤 식으로든 중화(中和)되어야 하는 것이다. 그러기 위해서는 무엇이 필요할까?

이 대목에서 나는 니체를 떠올린다. 니체는 예술이 자유로운 놀이의 가능성을 부여한다는 데 주목했고, 특히 이 점

자유로운 놀이의 가능성

– 자유의 공간으로서의 예술을 강조했다. 그는 예술에 도덕주의적인 명제를 덮어 띄우는 것을 경계했고, 나아가 예술은 진리를 포기한다고까지 말했다. 그러나 이 말은 예술에 진리의 계기가 없다거나 불필요하다는 뜻이 아니다. 오히려 그것은 자유의 보장이 그 어떤 도덕적 명제보다 우선되어야 한다는 뜻일 것이다. 예술에는 단순한 진리가 아닌 더 높고 깊은 진리가 있다는 것, 이 깊고 넓은 진리를 얻기 위해서 예술은 여하한의 사회적 압박과 심지어 도덕적 요구로부터도 해방되어야 한다는 것이다. '정상성'이란 미명 아래 자행되는 보이는 보이지 않는 편견과 폭력은 예술의 '비정상적 정신' – 도덕과 의무의 목적으로부터 벗어난 예술의 자유로운 놀이를 통해 마침내 교정될 수 있다. 이것은, 지나친 혈연과 지연, 학연과 계파로 움직이는 한국사회 특유의 집단주의–애국주의–민족주의–도덕주의의 해묵은 병리학을 생각할 때, 중요한 것이지 않을 수 없다.

여섯째, 그러므로 시급한 것은 감성을 여하한의 외적 의무감으로부터 해방시키는 일이다. 우리는 감성을 여하한의 도덕주의적 사회적 압박으로부터 벗어나게 함으로써[*] 감성뿐만 아니라 상상력과 사유와 언어를 본래의 무한한 가능성 아래 재위치시킬 필요가 있다. 그래서 삶의 감성을 있는 그대로의 자연스럽고도 약동하는 모습 그대로 풀어줘야 한다. 우리의 감성은 경쾌한 가운데서도 진지함을 잃지 않고, 엄

---

[*] Christoph Menke, Subjektivität, in Karlheinz Barck u. a. (Hg.) Ästhetische Grundbegriffe, Bd. 5, Stuttgart/Weimar 2003, S. 785.

숙성 속에서도 삶의 타고난 기쁨을 잃지 않아야 한다. 모든 독창성이란 오직 사회 안에서, 그러나 이 기성의 규범과 절연하는 독자적 움직임 속에서만, 생겨나는 것이기 때문이다. 그 점에서 니체의 심미적 자유의 이념은 여전히 중대하다. 자유의 공간이 아니라면, 예술은 과연 어디다 쓸 것인가? 예술은 제약 없는 놀이를 통해, 오직 이 자유로운 놀이 속에서 이미 사회비판적인 것이다.

감성 없이는 이성 또한 온전할 수가 없고, 이성에 기대지 않고는 그 어떤 감성도 바를 수 없다. 감성은 이성을 풍요롭게 만들고, 이성은 감성을 정확하게 만들기 때문이다. 이 둘은 합쳐 인간 본성의 전일성(全一性)을 구성하고, 이 전일성은 인간이 마침내 자유로울 수 있는 전제조건이 된다. 감정과 이성의 균형 속에 자유로울 때, 그래서 때로는 이 균형마저 군더더기마냥 던져버릴 수 있을 때, 인간은 스스로 자기 삶을 주체적으로 만들어갈 수 있다. 그리고 이 자유로운 창조 속에서 그는 비로소 아름다운 존재가 된다. 이 과정은 그 자체로 역동적이다. 그러면서 어떤 일관성이 없지 않다.(그래서 '항상성(homeostasis)' 개념 대신에 '항역동성(homeodynamics)'라는 개념을 쓴 스티븐 로즈(S. Rose)라는 학자도 있다.)

우리 몸의 살아있는 유기체처럼 우리의 감성과 사고와 언어도 부단히 움직이지 않으면 안 된다. 아름다움이란 결국 부단히 움직이는 이 삶의 주체적이고 자발적인 창조 속에 있기 때문이다. 이 창조로부터 자아의 최선의 형태가 만들어지

기 때문이다. 그래서 그것은 기쁨의 다른 이름이 된다. 이쯤
되면 사람은 진리를 포기하면서도 진리를 놓치지 않을 수 있
을 것이다. 우리는 윤리를 말하지 않고서도 스스로 윤리적
일 수도 있다. 인간은 스스로 아름다울 때, 고양된 자유의 형
식을 스스로 향유한다. 스스로 표현하고 스스로 서술하며 스
스로 인식하고 스스로 창조하는 것, 그것이 자유의 이름이고
아름다움의 이름이다. 심미적 주체는 바로 이 같은 일을 한
다. 심미적 감성의 길 또한 이와 다르지 않다.

심미적 감성의 문제는 결국 우리로 하여금 부단한 연마와
수련의 항구적 과제 앞에 서게 한다. 이 과제란 이중적이다.
한편으로 감성은 여하한의 도덕적 사회적 압박으로부터 벗
어날 수 있어야 하지만, 다른 한편으로 이렇게 해방된 감성
을 반성적으로 비춰볼 수 있어야 한다. (이것은 마치 '호남의 감
성론'이 한편으로는 '가장 호남적인 것이 무엇인가'를 고민하면서 다른
한편으로 '이 호남적인 것을 어떻게 지울 것인가'를 사유해야 한다는 이
중적 요구를 충족시킬 때 자신의 정당성을 얻을 수 있는 것과 같다.) 말
하자면 부단한 연마를 통해 어떻게 감성을 나날의 생활세계
적 지도 위에서 '반성된 감성의 패턴'으로 만들 것인가, 그래
서 감성적 인식이 양심이 되도록 할 것인가가 감성론과 감
성의 철학 그리고 감성인문학의 핵심으로 보인다. 이런 감
성의 반성을 통해 우리는 윤리로 나아갈 수 있다. 또 이 윤
리 속에서 우리는 문명의 진전이 파국적이지 않게 막을 수
도 있을 것이다.

자본과 금융이 하나로 통합되는 이 후기자본주의 시대에

무엇보다 먼저 글로벌화되어야 할 것이 시장이 아니라 책임이라고 한다면, 그리고 이 책임의 세계화 속에 개인과 사회, 시장과 국가의 새 계약도 가능하다면, 이러한 계약은 반성적이고 책임 있는 감성의 연마로부터 시작하지 않으면 안 된다. 이 연마된 감성은 전지구적 정의를 실현하는 하나의 출발점이 될 수도 있을 것이다. 나는 이 요구가 단순히 외적 도덕적 강제적 형식으로서가 아니라 몸의 생명을 유지하는 근본적 차원에서, 그러니까 삶을 정상적/이성적으로 조절하는 생존전략적 생명조절적(bio-regulatory) 항역동적 차원에서 이뤄지길 바란다. 몸의 항상성적 균형을 스스로 유지하고 존중한다는 관점이 없다면, 그 어떤 이론적 표현적 탐구도 현실과 시간의 도전을 견뎌내지 못할 것이다. 왜냐하면 그것은 자연스럽지 못하기 때문이다. 왜냐하면 그것은 가장 생생하고 절실하며 기초적이고 실감 있는 것으로서의 육체의 직접적 요구를 외면하는 것이기 때문이다.

심미적 감성의 문제는, 되풀이하거니와, 단순히 논증과 개념의 문제로 그치는 것이 아니라 우리 각자가 나날의 삶 속에서 어떻게 감각과 사고의 갱신을 도모하고, 이 지속적 도모 속에서 어떻게 자신의 삶을 영위하는 가운데 문명의 진전에 역행하는 것을 피할 수 있는가, 그럼으로써 사회의 이성적 질서에 참여할 수 있는가라는 문제로 수렴된다. 그 점에서 그것은 부담스런 일이지만, 그것이 예술의 자발적 경험에서 일어나기에 즐겁고도 기쁜 일이다. 심미적 감성훈련은 즐겁고도 불편한 경험확장의 시도다. 짧고 허망하

며 상스럽고도 고단한 인간의 삶은 이런 식으로 잠시 상쇄
될 수 있을 지도 모른다. 부질없는 생애가 덜 부질없게 되기
위해서라도 감성의 깊이는 절실하다.

한국인문학과 김우창

선학(先學)의 업적에 대하여, 그것도 은사의 평생에 걸친
성취에 대하여 어떻게 몇 장의 글로 혹은 몇 마디 견해로 다
할 수 있겠는가? 그것은 무척 조심스럽고, 또 여러 가지 의
미에서 주저되는 일이다. 하지만 그런 재검토도 때로는 필
요하고, 무엇보다 같은 분야에 종사하는 후세대에게는 문제
의식에 있어, 또 작업의 방향설정에서 중대한 자극과 참조
틀이 될 수도 있다. 그래서 이 일을 나는 흔쾌히 떠맡게 되
었다.

큰 학자의 경우 대개 그러하듯이, 김우창 선생님의 경우
(이하 존칭 생략)에도, 이미 필자가 여러 편의 글과 책을 통해
밝혀보고자 했듯이, 몇 개의 분야나 개념어나 그 성취를 요
약하기 어렵다. 그의 글은 영문학에 뿌리를 두고 있고, 그 가

운데서도 영시를 전공하였으며, 윌리스 스티븐슨으로 박사학위를 받았지만, 이런 기본적인 사항은 어떤 쓸모를 가지는가? 그 이전에 그는 이미 칸트와 헤겔을 비롯한 독일의 지적 전통과 서구 인문주의에 오랫동안 몰두했고, 그 바탕에는 한국의 전통 시문학과 퇴계에 대한 성찰이 있으며, 여기에 중국의 노장과 유학의 전통, 그리고 데카르트 이후 서구 합리주의의 전통에서부터 푸코와 찰스 테일러 그리고 누스바움(M. Nussbaum) 같은 현대의 철학자에 이르기까지 그야말로 면면한 사상사적 탐구가 전제되어 있다. 그의 비평에는, 그것이 영문학 관련 논문이건 한국문학 비평이건, 아니면 정치비평이나 사회진단이건, 이 드넓은 사상사적 배경이 전제되지 않은 글이 없다.

우리는 무엇을 말할 수 있을까? 김우창의 글은 어느 것이나 '감각과 사고의 지속적 갱신'을 가능하게 하고, 그런 점에서 '현대의 고전'이라고 나는 어느 책에서 쓴 적이 있지만, 그런 점에서 그의 학문적 성취로부터 후학이 배울 수 있는 것은 여러 사항이겠지만, 단순화의 위험에도 최대한 줄이자면, 그것은 5가지로 말해질 수 있지 않나 여겨진다. 이 다섯 가지는 김우창 글의 회로이면서, 이 회로로부터 그의 인문학적 변별성도 나오지 않는가 나는 생각한다.

1. 사실 검토로부터

강조되어야 할 첫 번 째 요소는 사실존중과 사실검토의 사실존중 자세다. 문학작품에 대해서든 인간에 대해서든, 아니면 우리 사는 세상이나 사회 혹은 정치에 대해서든, 김우창 글의 모 든 출발점은 예외 없이 경험현실, 즉 사실이다. 사실은 우선 '있는 그대로의 사실'이지만, 있는 그대로의 사실 이전에는 '있었던 사실'이 있을 것이고, 앞으로 '있을 수 있는 사실'이 있을 것이다. 즉 현재의 사실은 과거의 사실과 미래의 사실 사이에 자리한다. 그렇다는 것은 사실을 그 자체만 고려하 기보다는 그 테두리 속에서, 그 조건 속에서 파악한다는 뜻 이다. 개별 대상은 그 자체와 자체를 있게 한 조건과의 그물 망적 배치관계 속에서 조금씩 드러나기 때문이다. 그가 지 각현상학을 끌어들여 '대상(figure)'과 '배경(background)'의 관 계를 거듭 강조하는 것은 이런 이유에서일 것이다.

왜 사실을 강조하는가? 왜냐하면 사실의 객관적 검토가 아닌 그 왜곡으로부터 온갖 크고 작은 편향이 시작되기 때 문이다. 사회에서 그 편향은 편견이나 오해로 나타나고, 학 문에서 그 편향은 거짓과 이데올로기로 변질된다. 특히 한 국사회에서 이런 사실왜곡과 그 편향은 갖가지 폐해들 - 사 회적 불평등과 권력투쟁 그리고 계층적 이념적 갈등의 원인 이 되고 있다.

이런 점에서 보면, 사실검토의 원칙이 왜 김우창에게 중 요한 것인지 드러난다. 그것은 학문의 엄밀성과 객관성을 위한 제 1의 원칙이기 때문이다. 주어진 대상의 성격을 서술 주체의 이런저런 감정이나 이해관계 혹은 의도로 덧칠하는 것이 아니라, 사실적으로 정확히 포착하고(1), 이 사실이 놓여있는 현실적 조건을 고려하며(2), 나아가 이 현실적 조건 속에서 보다 나은 가능성까지 타진하는 것은(3) 대상을 포괄적으로 이해하려는 의지의 객관적 표현이다. 이렇게 포착된 사실의 성격으로부터 우리는 사안의 옳고 그름을 구분할 수 있고, 더 많은 진실과 더 나은 방향을 협의하고 합의할 수 있을 것이다.

2. 엄밀성 – 연마된 감각과 언어와 사고

그러나 사실은 사실에 대한 의지만으로 포착되지 않는다. 사실을 제대로 포착하려면 우선 풍성하게 느껴야 하고(감각의 문제), 이렇게 느낀 것을 면밀하게 사고해야 하며(사고의 문제), 이 사고의 내용을 정확하게 표현할 수 있어야 한다(언어의 문제). 그러니까 사실은 제대로 된 감각과 사고와 언어의 '동시적 구비' 속에서, 이런 구비를 위한 오랜 연마의 기율 속에서 비로소 '객관적으로' 파악될 수 있다.

김우창의 감각은 풍성하면서도 섬세하다. 이것 역시 어느 글에서나 그 바탕을 이루지만, 무엇보다 시평(詩評)에서 잘 나타난다. 나는 언젠가 김우창의 사상가적 측면을 논의하는 글에서, 잊지 말아야 할 것은 그의 전공이 시 평론이며 그

학위논문의 대상이 윌리스 스티븐슨임을 잊어서는 안 된다
고 쓴 적이 있지만, 좁게는 시 평문에서, 넓게는 문학평론에 스타일
서 그가 보여주는 다양한 시각은 거의 예외 없이 독특하고
신선하다. 이것은 감각적 섬세함으로부터 오는 것이지만, 섬
세한 감각의 이같은 내용을 언어로 버무려내는 자유자재한
표현력/언어구성력 없이 있기 어렵다. 또 이렇게 표현된 언
어의 내용이 일종의 의미구조물 – 치밀한 논리의 의미체계
를 이루고 있다면, 그것은 사유의 힘이 아닐 수 없다. 여기에
서 스타일(style)이 나온다.

그러므로 스타일 – 문체는 단순히 수사학적 문제가 아니
라 논리와 사고의 문제이고, 나아가 감각과 언어와 사고가
어우러지는 가운데 빚어지는 세계관의 총합적 문제이다.(그
런 점에서 보면, 한 작가 뿐만 아니라 한 학자에게도 자기 고유의 스타일
은 하나의 목표가 될 만하다.) 그러나 세계관으로서의 이 스타일
은, 종국적으로 보면, '그가 어떻게 살아가느냐'라는 문제로
귀결될 것이다. 결국 스타일의 문제는 삶의 문제에서 비로
소 완성된다고 할 수 있다. 김우창의 글에서는, 자명한 일이
지만, 어느 것이든 그 자신을 느끼게 하는 김우창만의 스타
일이 있다.

3. 움직임: 나(실존)에게서 사회(세계)로

김우창의 글에서 또 하나의 특성은 사고의 움직임이라고

336   한국인문학과 김우창

나는 생각한다. 앞서 적었듯이, 그는 다루고자 하는 어떤 대상과 이 대상이 놓인 조건을 동시에 면밀하게 검토한다. 이때 '동시적 검토'라는 것은 검토의 대상이 하나로 고정되는 것이 아니라, 하나에서 다른 하나로 옮아가고, 이 다른 하나는 그 밖의 또 다른 요소로 이어진다는 뜻이다. 그리하여 그의 검토는 하나의 대상과 다른 대상, 특정 대상과 그 조건 사이를 부단히 오고간다. 이렇게 오고가는 것은 반성적 사유이고 반성적 의식이다. 이 반성적 사유 속에서 그는 이렇게 오고가는 자기 자신과 그 언어 그리고 의식도 검토한다. 그리하여 그의 사유법은 말 그대로 '변증법적'이다.

이렇게 하여 김우창은 주어진 사안을 미리 전제된 틀로 환원시키는 것이 아니라, 또 견지한 특정 입장의 구태의연한 확인으로 자족하는 것이 아니라, 지금 여기의 현실이 처한 조건 속에서 하나하나 질의한다. 그러니까 그는 그때그때의 사실과 경험 속에서 대상을 고찰하면서, 이렇게 고찰하는 자기 자신마저, 자신의 언어와 사유마저 변증법적 움직임 아래 비판적으로 고찰한다. 이것은 '반성적 사유의 이중운동'이라고 할 만하다.

이때 고찰하는 주체는 얼핏 생각하면 '우리'이겠지만, 그러나 김우창은 '우리'라는 말을 삼간다. 오히려 모든 글의 바탕에는 그 ─ 자기 자신의 실존이 자리하지 않나 여겨진다. 그러니까 어떤 검토나 성찰의 주체도 '그들'이나 '우리'가 아니라, '나'인 것이다. 이것은 위 혹은 바깥으로부터의 지시나 명령이 많은 한국에서는, 말하자면 '사회적인 것의 과부하'

에 걸려있는 우리 사회와 같은 곳에서는 강조되지 않을 수 없다. 무엇이든 객관적으로 검토해야 하지만, 그 검토의 중심에 '내'가 있다는 것은 나의 현존적 확실성이 중요하다는 뜻이다.

그러나 이것은 단순히 자아만 존귀하다거나 개인주의가 소중하다는 뜻에서가 아닐 것이다. 그것은 모든 일의 바탕에는 각 개인의 대체할 수 없는 유일무이성이 자리한다는 생존적 생물학적 물질적 기본조건을 다시 한번 상기하기 위해서일 것이다. 이것은, 문학예술이 간단히 말해 '개별적인 것의 진실 속에서 보편성을 추구하는 일'이라고 한다면, 개별적 진실에 대한 문학적 존중의 태도와 이어져 있다.

모든 검토의 심급을 개인-주체-실존-나로 둔다는 것은, 다르게 말하여, 글쓰기를 '주체의 자기반성적 활동'으로 생각하는 일이다. 그만큼 그의 글은 논리적 과장을 삼가고, 또 그만큼 정직하고 겸허한 것이 된다. 사실 김우창의 글은 반성적 주체의 전례 없는 산물이라고 할 수 있다. 어떤 글이든, 그 모든 것은 '부단한 반성 속에서 자기 삶을 살아가는, 이렇게 살아가면서 자신의 실존적 삶 뿐만 아니라, 그가 속한 사회와 문화, 인류공동체와 자연의 보다 이성적인 가능성 – 보다 고결한 진선미의 지평을 희구하는 학자의 놀라운 궤적이다.

4. 이론적 철학적 무장

앞서 말한 사실 검토의 객관성, 감각과 언어와 사고에서의 엄밀성 그리고 사고의 변증법적 움직임은 어떻게 가능한가? 여기에는 바탕이 있어야 한다. 그는 어떤 대상이든 사실과 경험에 밀착하여 긴 호흡으로 하나하나씩 끈질기게 사유한다. 그것은 그 자체로 이성적 명증성을 향한 각고의 노력이 아닐 수 없다.

김우창은 합리적 사고로 무장된 강인한 이성주의자이지만, 그리고 여기에는, 앞서 언급했듯이, 데카르트 이후의 서구 합리주의적 전통에 대한 오랜 비판적 독법이 자리하지만, 그러나 그의 이성옹호는, '이성주의자'라고 칭하기 어려울 만큼, 이성주의적 폐해에도 경계한다. 그의 이성은 흔히 말하는 도구적 기술적 산술적 이성의 과오를 분명하게 의식한다. 그러면서도 삶의 규제적 원리로서의, 말하자면 더 나은 삶과 더 나은 공동체로 나아가기 위한 근본요청으로서의 이성의 불가피성을 받아들인다.(이 점에서 그는 이성주의자다.) 그러면서도 이 이성이 포착하지 못하는 아포리아도 인정하고(이 점에서 그는 비판적 이성주의자다.), 더 나아가 이성보다 더 포괄적인 가치로서의 '어짐(仁)'이나 '자비' 그리고 사랑을, 어떤 지점에 가서는, 강조하기도 한다.(동양사상에서 흔히 '인의예지(仁義禮智)'로 부르는 것은 어짐을 정의(義)보다 더 높게 보기 때문이라고 그는 말한다.)

그러므로 김우창을 서양적 의미의 이성주의자로, 또는 동양적 의미에서 어짊과 자비의 옹호자로 말하기란 어려울 것이다. 그보다는 기존의 사상사적 맥락을, 그것이 서양이든 동양이든, 엄밀하게 상호교차적으로 검토하는 가운데 오늘의 관점에서 비판적으로 전유(專有)한 사상가로 보는 것이 더 정확할 것이다. 그러나 그가 이성주의자냐 아니냐라는 물음보다 그 특유의 사유법에서 무엇을 드러내는가, 그럼으로써 그가 도달하는 데가 어디인가를 살펴보는 것이 더 중요할 것이다. 그것은 아마도 '삶의 전체'일 것이고, '인간의 본래 모습'일 것이며, '좀더 인간적인 사회'일 것이다. 자유나 평등, 사랑과 평화 같은 보편적인 가치는 이런 곳에 자리할 것이다.

5. 사무사(思無邪) – 학문의 태도, 삶의 자세

나는 두어 해 전《궁핍한 시대의 시인》을 다시 쓰면서 김우창의 비평정신을 '사무사(思無邪)'라고 칭한 적이 있지만, 사실 그의 글에는, 그 어느 것에나 우리의 현실을 해명하고 인간의 삶을 탐색하려는 지칠 줄 모르는 에너지가 담겨있다. 그것은 학문적 과학적 충동이면서 그 이전에 개인적 실존적 충동이기도 하다.

그런데 이런 탐구의 에너지 속에는 해명에의 의지 이상으로 이 해명이 불가능할 것이라는 낙담 혹은 체념도 담겨있다(작년에 나온 그의 선집의 제목은《체념의 조형》이었다). 그러면서도 그는 이 해명작업을 쉬지 않는다. 인간을 채우는 숱한 모순과 역설에도 불구하고, 또 현실을 구성하는 애매성에도 불구하고, 그리고 삶의 근본적 아포리아에도 불구하고, 그는 이 모든 불가해적 차원을 좀더 규명하고, 그래서 한 걸음 더 다가갈 수 있는 어떤 맑고 드높은 세계를 염원한다.

그러나 이러한 염원 옆에는 이렇게 밝혀진 것이 밝혀지지 않은 미지의 일부에 불과하다는 우울한 자의식도 자리한다. 그는 글로 밝힌 것, 또 자신이 이룬 것으로부터, 그리고 심지어 이성의 능력으로부터도 늘 한 걸음 물러서고, 또 그렇게 물러설 준비가 되어 있는 듯하다. 그리하여 자신의 입장을 비우고, 언어를 비우며, 마침내 마음마저 비우는 것이다. 이렇게 비워진 언어와 빈 마음 속으로 더 큰 세계 – 알려지지 않은 저 광대한 세계가 다시 들어선다. 그의 마음, 그의 비평정신을 일러 '사특함이 없다'라고 말할 수 있는 것은 이런 맥락에서다.

이 비워진 마음 – 허정염담(虛靜廉淡)한 마음으로 김우창은 글을 쓰고, 이렇게 쓴 글처럼 그는 삶을 산다. 그의 글은 그가 살면서 느끼고 생각하며 표현한 것의 총체와 다르지 않고, 그런 만큼 오늘의 현재적인 삶이자 앞으로 희구하는 삶이 아닐 수 없다. 바로 이 점에서 나는 '글과 삶의 일치'를 말할 수 있다고 여기고, 이렇게 일치된 것으로서의 '학문과 삶의 윤리적 통일'을 떠올린다.

나날의 생활적 진실이 육화된 것이 아니라면, 우리는 어떻게 글에서 진실을 찾을 수 있겠는가? 글이 삶과 유리된 것

학문과 삶의
윤리적 통일

이라면, 글에 쏟아부은 그 많은 정열과 수고와 열망은 어디다 쓸 것인가? 글은 나로부터 세계로 나아가고, 이렇게 나아가는 가운데 동료인간과 어울리며, 이 동료인간과 생명의 세계 그리고 자연과 만나면서 다시 나에게로, 내 삶을 식물처럼 키우는 데로 마땅히 돌아와야 한다. 바로 이런 확대와 회귀의 왕복운동을 통해 인간과 현실의 보다 나은 관계를 모색하는데 김우창의 글은 놀라운 반성적 자료를 제공한다.

그러나 김우창은 이런 여러 미덕을 동시에 내장하고 있으므로, 그의 글을 이해한다는 것은 간단치 않다. 그에 대한 공정하고도 균형 잡힌 평가를 하는 것은 더더욱 어렵다. 이 글은 김우창을 읽는 여러 가능한 관점 가운데 하나일 뿐이다.

나는 김우창의 글이 '어렵다' 혹은 '복잡하다'는 말을 들을 때마다, '고전이 되는 책 가운데 간단한 것이 어디 있느냐'고 반문해 왔다. 200년 혹은 2000년 전의 오래된 책이 아니라, 또 라틴어나 산스크리트 혹은 수메르어로 쓰인 것이 아니라, 오늘의 한국어로 쓰인 것이라면, 우리가 못 읽을 이유가 무엇인가? 게다가 그것이 한글로 된 한국인문학 최고의 텍스트라면, 그를 읽지 않는 것은 엄청난 학문적 직무유기이기 이전에 연구자 자신의 자기손실이 아닐까 나는 생각한다.

Ⅲ. 세계-삶-마음-평정

정치와 삶의 세계[*]

1977년 《궁핍한 시대의 시인》을 상재한 이래 김우창이
일런의 저서를 통해 문학과 사회, 정치와 현실, 예술과 철
학, 출판과 문화 등의 분야에서 일구어온 성취의 깊이와 폭
은 몇 가지의 개념이나 사항으로 고갈될 수 없다. 그것은
1960년대 말 이후 오늘날까지의 복잡다단한 현실적 파장과
대결한 한 지적 양심의 반향판이자 그것에 대한 고도로 응
축된 비판적 사유의 결과물이다. 98년 이후의 외환위기와
금융사태를 넘기면서 2000년에 그가 펴낸 노작 《정치와 삶
의 세계》도 그 예외는 아니다.

---

[*] 《정치와 삶의 세계》, 삼인, 2000년을 읽고

이 책을 단순히 '사회정치 비평집'으로 간주하는 것은 잘못이다. 그것은 크게 보아 정치의 인간화와 제도의 합리화라는, 보다 나은 사회적 형성가능성을 궁구한 노작이지만, 이것은 일면적 지적에 불과하다. 여기에서 논의된 몇 가지 사항을 차례대로 정리하자면('정리'란 어디에서나 무모한 일이다.), 다음과 같다.

첫째, 개체적 생존의 사회적 복합성

개체와 전체 혹은 개인과 사회는 단선적 정태적으로 이어지지 않는다. 그 관계는 일정한 제약 속에서 복선적이고 역동적으로 이루어진다. 따라서 개체와 전체의 모습은 그 자체로 고정되어 있는 것이 아니라 긴 형성적 과정 속에서의 한 단계에 불과하다. 이 형성과정을 추동하는 것은 주체의 자발성 - 느낌과 생각 그리고 행동에 있어서의 주체적 변형의지이다. 공적 질서란, 그의 맥락에서는 이 역동적 관계 속에 나타나는 주체의 자발적 계기를 사회적으로 제도화한 것을 일컫는다.(〈사회적 생존의 복합구조〉 참조) 이 삶의 여러 질서 가운데 그의 시선은 작은 사회의 상호유대성을 어떻게 구축할 것인가 하는 문제에 오래 머문다. 사회의 합리적 구조와 이를 지탱하는 정치경제의 투명성은 삶의 작은 선의와 행복으로부터 시작되기 때문이다.

둘째, 작은 사회의 상호유대성

사회나 국가라는 큰 공적 구조가 아니라 좀더 작은 삶의 테두리 - 나날의 생활을 규정하는 구체적 공동체의 성립가능성을 그는 개인적이고도 동시에 사회적인, 즉 개체와 전체를 이을 수 있는 몇 가지 계기들 - 도덕과 내면, 양심과 예절, 선의와 마음 등을 중심으로 논의한다.

특이한 점은, 그가 엘리아스와의 비판적 대결에서 보여주듯이, 근대적 인간과 그 사회공간이란 인간 존재의 근본적 상호의존성을 내면화한 결과로써 성립되었다는 사실이다. 서구합리성의 역사는 상호의존성에 대한 이 인식의 성장과정에 다름 아니다. 그는 상호의존성의 서구적 의미를 그 배타적 제국주의적 속성을 잊지 않는 채로 동양 전통에서의 예(禮), 도(道) 그리고 이(理)의 의미와 연결시킨다. 특히 예의 경우 그 억압적 성격에도 불구하고 그것이 인간적 상호작용의 양식을 표현한 동양적 합리성의 원리가 아닌가 하고 그는 묻는다.(제 1부의 네 논문 참고)

셋째: 이성의 내면성과 내면적 반성의 도덕성

김우창의 이성이념은 사회적 규범이면서 무엇보다 내면적 반성의 원리로 이해된다.(〈궁핍한 시대의 이성〉 참고) 그것은 외부적으로 주어지는 것 이상으로 개인적으로 체험되는 어떤 것이다. 이 이성의 내면성은, 그것이 자아와 세계를 구성하는 원리로 작동하는 한, 자폐적이 아니라 개방적이다. 이 개방적 내면성을 통해 주체는 스스로를 반성하면서 자신의 정체성과 사회의 이념을 정립해간다.

이성의 내면성은 결국 반성의 부단한 자기 갱신 속에서

사회적 현실의 외부로 뻗어 나간다. 이 점에서 이성의 내면성은 도덕적으로 근거지어져 있다. 이성의 원리처럼 도덕의 원리도 내면적 반성공간 속에서 외부를 향해 만들어지는 것이다. 사회정치적 현실의 합리화는 내면의 반성성과 그 도덕화 과정의 바탕 위에 서 있다.

넷째: 시적 마음의 원근법

이성의 내면성, 내면성의 도덕성을 이끄는 것은 무엇인가? 그는 이것을 우리 마음의 구조에서 본다. 마음은 근본적으로 안으로부터 밖으로 번져 가는 동심원적 형태를 지니고 있다. 그것은 생활의 한가운데서 작동하면서도 이 생활을 넘어서는 형이상학적 차원으로 열려 있다.(〈바다의 정치경제학과 형이상학〉, 〈깊은 마음의 생태학〉 참조) 반성적 행위는 이 열린 마음 안에서 일어난다.

그러므로 마음의 내면공간은 혼탁함이 아니라 맑음을 지향한다. 마음이 투명하게 작동할 때, 그것은 자기 자신에게 대해서처럼 외부에 대해서도 열려 있다. 느낌과 사고의 지평확대는 이 열린 마음으로부터 시작된다. 그것은 예술작품과의 심미적 만남에서 극대화된다. '심미적'이라는 것은 '개별적인 것에서 삶의 전체적 테두리를 헤아린다 혹은 반성한다'라는 뜻이기 때문이다. 이런 점에서 심미의식은 생태의식과 상응한다. 자기 반성과 타자에 대한 관용, 삶에 대한 존중은 이 심미성의 생태의식에서 온다.

그렇다면 김우창의 탐색이 궁극적으로 지향하는 것은 무

자기반성과 타자에 대한 관용, 삶에 대한 존중은 심미성의 생태의식에서 온다엇인가? 나는 그것이 우리 이성의 구성 가능성 문제로 귀결된다고 생각한다. 이것은 데카르트적 이성의 이원론적 성격과 거리를 유지하면서도 동시에 그 명징성의 추구의지를 긍정적으로 재구성하는 가운데, 그리고 하버마스의 의사소통적 이성의 비판적 잠재력을 수용하면서도 그 언어적 상호작용에 대한 지나친 의존을 비판하는 가운데 이루어진다. 이 엄정한 탐색 속에서 그의 이성은 과학적 이성, 실증적 이성 혹은 도구적 이성과는 질적으로 다른 사회적 이성이자 도덕적 이성, 하여 인문적 이성으로 드러난다.(3부의 세 편 글 참조) 그리고 이때의 근본 추동력은 내면공간에서의 마음의 반성능력이다.

나는 김우창의 《정치와 삶의 세계》가 우리 인문학에서의 가장 핵심적인 사안을 입체적으로 사려하는 데 도움을 줄뿐만 아니라, 이른 바 세계적 차원에서 진행되고 있는 지금의 여러 갈등들 — 테러리즘을 빙자한 또 다른 형식의 테러리즘과 환경파괴, 분배의 불평등, 시민사회와 국가와의 불균형 등과 관련하여 삶의 바른 원근법을 염원하는 많은 사람들에게 더 없이 좋은 성찰자료가 될 것이라고 확신한다. 인문학이 말의 근본적인 의미에서 반성적 사고활동이라고 한다면, 삶의 다른 가능성을 반성적 사유의 거미줄과도 같은 치밀성 속에서 그러나 탄력적으로 탐색하고 있는 이 책이 우리 인문학의 기념비적 저작의 하나가 될 것이라고 나는 생각한다.

세계의 풍경과 마음의 평정[*]

    김우창의 예술 에세이집인 《풍경과 마음》은, 그의 다른
책들이 그러하듯, 몇 가지로 요약될 수 없는 여러 성찰과 탐
색, 명상과 통찰을 담고 있다. 사물을 있는 그대로 그린다는
것은 무엇인가, 동서양은 제각각 어떤 관점에서 세상을 생
각하고 그려왔으며 그 화법은 어떤 특징을 지니고 있는가에
서부터 땅과 하늘에 대한 느낌은 한 시대의 이념이나 인식,
시각체계나 화법에 어떤 식으로 관계되며, 이때의 공간체험 공간체험
은 어떻게 이루어지고 여기에서 공간의 깊이는 왜 실존적으
로 중대한가를 지나 동양은 정신, 서양은 물질이라는 상투
적 이분법에서 벗어나 참으로 동양적인 정신, 그 내면성의

---

[*] 《풍경과 마음》, 생각의나무, 2003년을 읽고

구현을 위해 우리에게 필요한 것이 무엇인가 등 많은 문제들이 다루어진다.

　이 모든 질문을 관통하는 주된 문제의식의 하나는 아마도 이것 ― 지각적 경험이든, 사회정치적 제도이건 이념적 표상이건 아니면 예술작품이건, 이 모두가 삶의 생활경험으로부터 생겨 나온다는 것이다. 이때의 '생활원리'란 단순히 일상적이고 실제적인 면만을 의미하는 것이 아니라 경험적이면서 동시에 선험적이고, 관습적이면서 혁신적이며 문화적이면서 인식적이고 또 철학적이다.

　가령 산수화에서의 지형은, 김우창이 지적한 대로, 구체적 경험을 담고 있으면서도 일반화되고 추상화된다. 그래서 그 화법과 주제는 추상화된 원형과 구체적 경험 사이에서 자유롭게 추구된다. 이것은 풍수지리에도 비슷하게 해당된다. 산수화라는 예술의 형태나 풍수지리라는 전통사상은 다같이 추상적 이론이 아니라 구체적 생활체험의 전형화된 형태를 지니는 것이다. 이것은 나아가, 그가 정철의《관동별곡》이나 이중환의《택리지》와 연관하여, 또 우리나라와 중국의 향로와 연관하여 설명하듯이, 문학이나 지리, 생활용기의 제작과 같은 삶의 다른 활동과 그 산물에서도 유추된다. 그렇다는 것은, 사물의 존재방식에 대한 이해가 한 시대와 문화에 통용되는 담론과 표상의 전체 ― 그가 인용하는 푸코적 의미의 에피스테메 속에서 이루어진다는 사실을 알려준다. 감각과 의미, 경험과 선험, 구체와 보편, 내재성과 초월성은 삶 속에서 분리되기 어려운 것이다.

이 둘의 매개를 지각적 경험 속에서 부단하게 시도한다
는 점에서 김우창의 사고는 심히 메를로 퐁티적이다. 그러
나 그 방식이 시간이나 공간, 몸과 타자성과 관련을 잊지 않
은 채로 서구의 철학과 화론만이 아니라 동양의 전통사상이
나 산수화론에 대한 재해석을 포함한다는 점에서 그의 성찰
의 외연은 메를로 퐁티보다 더 확대되는 것으로 보인다. 이
런 초보적 인상은 물론 심화되어야 한다.

위에서 드러나듯이, 김우창의 근본적 문제의식은 한 시
대의 이념과 사상을 어떻게 경험적 생활세계적 차원 속에서
규명하고 해석하며 회복할 것인가에 집중된다. 이것은 철학
과 예술, 문화와 역사에 대한, 동서양을 아우르는 통찰과 오
랜 탐구 없이는 설득력 있게 논의되기 어렵다. 이것을 그는
놀라운 인문적 전인성(全人性) 속에서 해내고 있지 않나 여
겨진다. 이것은 우리가 지금 삶의 부조화 - 자연의 무한성
과 근원적 공간의 체험으로부터 멀어져버린 현대의 삶을 고
려할 때 매우 중요하다.

그렇다면 그의 문제의식이 다다르는 곳 또는 의지하는 것
은 무엇인가? 그것은 여러 방향에서 해석될 수 있으나 나는
생활 속의 미적 차원이 아닌가 생각한다. 이것은 그가 산수
화나 풍수를 통해 현실과 초월, 경험과 형이상학의 조화를
거듭 중시하는 데서도 나타나지만 지금까지의 많은 그의 글

들에서 보여진 바이기도 하다. 단지 《풍경과 마음》은 이 문제를 지금까지 행해진 것보다 더 거시적이고 포괄적인 시야에서 탐구하는 것으로 보인다.

왜 미적 차원인가? 예술은 에피스테메의 여러 활동 가운데 감각과 의미, 주체와 객체를 매개하는, 그 때문에 삶의 다양한 실재에 가장 근접하는 창조적인 분야이기 때문이다. 새로운 삶의 조화가능성은 그에게 있어 말의 근본의미에서 심미적으로 탐구되고 기대되는 것이다. 단지 이 심미성은 개인적 실존적일 뿐만 아니라 사회적이고 정치적이며 역사적이며 문화적인 차원을 포함한다는 점이 주의할 만하다. 예술은 삶의 한 가운데서 그 초월의 방식을 암시한다. 그리하여 심미적 차원은 조화로운 질서를 위한 삶의 한 문법이 되고 될 수 있고 또 되어야 한다.

심미적 차원은 조화로운 질서를 위한 삶의 한 문법이 된다

※ 독자를 위한 작은 안내

세 번 째 글부터 읽는 것이 어떨까? 이 글의 어느 곳이든 펴서 읽고, 이렇게 읽다가 숨이 차면 그 그림에 잠시 시선을 두자. 그리고 다시 읽자. 생각이 또 차오면 책장을 덮고 조금 전에 읽었던 내용을 가만히 음미해 보자. 뛰어난 글 가운데 스스로를 돌아보게 하지 않는 글은 없다. 시를 읽듯 그림을 보고, 그림을 보듯 자기 마음을 읽으면서 우리는 김우창의 글을 읽게 된다. 화가가 산과 강을 그리며 마음 속의 안정을 구하듯, 이 책에 실린 글과 그림, 시와 생각의 어디에 머무르든지, 우리는 마음을 조용하게 둘 수 있다. 느긋함은 이 평정한 마음으로부터 오는 한 혜택일 것이다.

이 즐거움도 그러나 평이하게 여겨진다면, 처음의 두 편 글로 넘어가자. 이 글에서 우리는 견고한 사고로 무장된 집요한 탐구정신을 만나게 될 것이다. 깨우침의 즐거움은 이 만남에서 간혹 또는 곳곳에서 찾아들 것이다. 이 글이 어렵다면 또 그 옆의 그림에 눈을 쉬게 하자. 그러나 이 글 모두를 꼼꼼하게 소화할 수 있다면, 우리의 느낌과 생각은 한결 단단해질 것이다. 그때의 즐거움은, 사고의 갱신과 확대를 겪은 뒤이므로 '오래가는 즐거움'이 될 것이다. 평정한 마음 없이 세계의 풍경에 열려 있을 수 없다. 지금의 우리 사회에 절실한 미덕 중의 하나가 바로 이것 – 넓게 느끼고 깊게 생각하는 일 아니던가?

한국인문학과 김우창

시민적 개인성과 '절제의 윤리학'[*]

지금 여기의 나는 자유롭고 행복한가? 내가 자유롭고 행복하기 위해 너와 우리의 자유와 행복은 어떠하고, 이것이 가능할 수 있는 사회적 조건은 무엇인가? 그것은 개인 상호 간에, 또 나라와 나라 사이에 어떤 식으로 구비되고 실행되어야 하는가? 이를 위한 국제적 질서의 방향과 사회정치적 제도는 어떠하여야 하고, 이 제도 속의 개인은 어떻게 행동하여야 하는가? 고려대 아세아문제 연구소가 이번에 개최한 《제3회 한국민주주의 특강: 민주화 이후의 한국사회》라는 강연회는 바로 이런 물음을 삶의 전체구도 속에서 살펴보고자 한다.

---

[*] 한국민주주의 특강 참관기 – 김우창 강연을 중심으로 2003. 9. 1.《교수신문》

지금 우리 사회의 민주주의는 적어도 형식적 제도적 차원에서는 성립되었다고 말해지곤 한다. 그러나 과연 그러한가? 자기 이익을 챙기기에는 열심이어도 나 아닌 사람의 권리에는 무관심하고, 집단적 권리를 표출할 때에도 제도적 틀을 넘어서기 일쑤이다. 의무(조세나 군복무)에 때로 충실해도 권리영역(정치적 참여)에는 그리 적극적이지 못하며, 학연과 지연을 통한 온갖 편법과 한탕주의는 매일의 신문과 뉴스를 채운다. 이런 상태에서라면 우리는, 임희섭 교수가 지적하였듯이, 복종만 알지 권리의 영역에 참여하지 못하는 신민(臣民)일 뿐이다. 그렇다면 시민사회적이고 좀더 시민개인적인 특성을 지니기 위해서는 무엇이 필요한가?

한국의 현대사가, 김우창 교수의 진단에 의하면, 혁명적 정열로 움직여 왔다면 지금부터 필요한 것은 "조용한 이성적 정열"이다. 그는 타협과 합의, 이성적 토의, 제도와 법과 같은 민주적 가치를 통해 "사회복지체제를 수립"해가자고 그는 제안한다. 이 체제는 그러나 의료나 교육 등의 사회적 대책만이 아니라 문화와 환경 등 "인간적 삶의 실현에 필요한 사회적 조건의 조성으로까지 확대"된다.

이 조건에 대한 논의는 이성적 토의를 통해, 법과 제도의 섬세한 절차 속에서 이루어져야 한다. 현실에 대한 이런 논의는 남북관계, 자본주의 체제와 이라크 전쟁에 대한 서구 지식인들의 대응방식을 그가 다룰 때 그 외연을 만나고, 그 내외적 현실은 녹색공동체의 이상을 다룰 때 그 접점을 이

혁명적 정열을
넘어선 이성적 정열

룬다. 분명한 것은 개별적인 것을 하나이되 전체와의 관계 속에서 파악해야 한다는 점이다. 이 점은 민주화 이후의 민주주의의 형식이 당파적 이해관계에 의해 이슈화되는 것이 아니라 왜 어떻게 제기되고 발전했는가 하는 거시적 관점에서 파악해야 한다는 최장집 교수의 주장과 서로 상응한다.

시민문화의
내면화

절실한 것은 시민사회의 성장이고 시민운동의 활성화이며, 무엇보다도 시민문화의 내면화이다. 민주화 이전의 민주주의가 구조적 전환을 위한 힘의 집중을 필요로 하였다면, 그 이후의 민주주의에는 개혁에 대한 변함없는 의지와 더불어 '다른 목소리'에 대한 인정을 동시에 필요로 한다. 그러면서 그것은 일정하게 통일된 방향 – 사회전체의 시민적 민주화, 민주화의 내면화를 지향해야 한다. 이러한 논의는 가령 이즈음 말해지는 '전지구적 기억의 문화'와 관련하여 좀더 구체화되어야 할 것이다. 어떻든 보편주의적 원칙은 논쟁적으로서만 실현될 수 있을 것이다. 그것을 위한 소박한 길은

자기배려의 기술

무엇일까? 그것은 김우창 교수가 언급한 푸코의 '자기에 대한 배려Le souci de soi'에서 암시받을 수 있을지도 모른다.

그리스 철학에서의 성적 쾌락의 활용문제와 관련하여 푸코가 말하였듯이, 성행위의 비도덕성은 과잉이나 무절제에 있지 그 행위 자체에 있지 않다. 지혜란 절제를 이름하고, 이 절제로부터 자기지배도 가능하며 궁극적으로는 자유도 온

스스로가
스스로의 행복을 위해
추구하는 금욕

다. 자기배려의 기술이 스스로 선택하는 것이기에 즐겁고 행복한 일이 되듯, "스스로 행복하기 위해 금욕적 삶을 추구하는 것이 어떠한가" 하고 김우창은 말한다. 스스로 금욕적 삶

을 선택할 때, 우리는 개인적으로 기쁘고 공적으로도 행복
할 수 있기 때문이다. 그것은 이번 강연에서 강조된 이성적
정치문화와 시민적 개인성이 합치된 곳일 것이다. 절제의
윤리학이 정치적으로 작동한다.

사실존중과 평정(平靜)

가끔 나는 이런 질문을 받곤 한다. 영문학을 전공한 것도 아니고, 그렇다고 한국문학이나 철학을 전공한 것도 아닌데 어떻게 김우창 선생에 대해 여러 권의 책을 쓰게 되었는가? 글쎄, 나도 잘 모른다. 처음부터 '그렇게 해야 된다'고 시작한 건 아니니까. 가장 간단한 대답변은 '그냥 좋아서' 그렇게 된 것 같다. 어떤 정신의 친화력Geistesverwandtschaft이라고 할까. 그러나 이 말도 미욱한 학생의 오판일 수 있다. 그러나 이것이 없었다면 어떻게 20여년을 스스로 찾아 읽고 즐겨 배웠을 것인가?

대학교 3학년 때였을 것이다. 나는 '문학을 직업으로' 삼고자 결심했고, 그래서 닥치는 대로 읽었다. 우리 시나 소설에서 시작된 읽기는 독일문학 등 외국문학의 작품들로 넘어

정신의 친화력

갔고, 여기에 여러 평론집과 이론서가 더해졌다. 재미있는 것은 공부가 진행됨에 따라 목표도 조금씩 변해갔다는 사실이다. 작가의 재능이 없음을 일찌감치 깨달은 나는 평론가에서 학자를 지나 그냥 '쓰는 사람'이 되고 싶었다. 그러려면 무엇보다 불가결한 것이 이론적 토대로 보였다. 철학 없는 뛰어난 학자는 없는 까닭이다. 적어도 오래 남을 글을 쓰려면 문학 속에서 문학 이상이어야 했다. 선생의 책《궁핍한 시대의 시인》과《지상이 척도》를 만난 것은 그 무렵이었다. 이 책들은 나의 그런 열망을 높은 수준에서 충족시켜 주었다.

오늘의 세계에서 무엇이 일어나고 있고, 문학과 예술, 철학과 인문학이 무엇을 해야 하는지, 우리 사회가 어디로 나아가고 내가 누구이며, 자연은 어떤 의미를 지니고 마음은 어떻게 작용하는지를 탐색해보려는 이는 선생의 책을 읽길 바란다. 영국과 미국, 독일과 프랑스 등 세계 각국에서 지금 무슨 일이 일어나는지, 그에 대한 정상(頂上)의 시각들이 어떠한지 선생은 책이나 신문 그리고 편지나 신문을 통해, 내 생각엔, 거의 다 포착하고 계시지 않나 여겨진다. 그럼에도 자기 생각을 가르치거나 주장하려 하지 않는다. 그냥 '이렇게 생각해 보면 어떤가' 하고 제의하듯 말씀한다. 단정하거나 확언하는 것이 아니라 헤아리고 탐색하며 계속 고찰한다. 그리하여 대상과 이 대상을 에워싼 전체 국면이 자연스럽게 드러나도록 한다. 이 모든 것을 추동하는 것은 사실충실의 열정으로 보인다.

놀라운 것은 이런 기율이 생활의 곳곳에서도 묻어난다는

점이다. 선생은 무엇을 진단하거나 자기 의사를 표현할 때도 있는 그대로 말씀하신다. 어떤 좋은 일을 하셨어도 "내가 그 일과 관련하여 이렇게 했다"고 말씀하지 "'당신을 위해' 내가 이런 '좋은' 일을 했다"라고 언급하시지 않는다. 가능한 한 중성적으로 표현하고 평가를 삼가며 칭찬엔 손사래를 치신다. 온화하시지만 필요한 경우 누구보다 분명하고 조리 있게 생각을 밝히신다. 나는 한 번도 선생이 과장된 묘사를 하거나 당신 자랑을 늘어놓거나, 아무렇게나 예단하는 예를 본 적이 없다. 이것이 어떻게 가능한 것인가, 나는 가끔 자문하곤 한다. 그것은 아마도 평정(平靜)하고 담백한 마음에서 비롯될는지도 모른다. 이런 점에서도 여타의 학자들과 뚜렷이 구분되어 보인다.

나는 실력 있는 학자가 권위를 말하는 것에 이의가 없다. 전통이 단절되고 권위가 내팽겨쳐져 왔으니 그럴 만도 하다. 그러나 그것이 특권처럼 행사된다면? 권위는 타자의 인정에서 생겨나야지 자기가 먼저 말하여, 또 강조하여 만들어져선 곤란하다. 권위가 드물며 있는 권위조차 힘의 도구가 되어 있다면, 그것은 우울하다. 우리 사회에는 너무 많은 작위(作爲)와 기교와 껍데기가 있다. '위대'와 '탁월'이 자주 말해지는 것도 이 때문일 것이다. 그러나 반성되지 못한 말은 사사로운 토로이기 쉽다. 어떤 일이나 자기감정에 휘둘림 없이 그렇게 신중하게 판단하는 분을 나는 별로 보지 못했다.

그러나 이런 말도 직접 글을 읽는 것에 비하면 군더더기다. 찾아보라. 인터넷에서건 신문이건 책이건, 어디에든 선생의 글이 있다. 그리고 자기의 눈과 느낌과 사고로 비교하고 판단하라. 선생의 글이 난삽하다고 말하는 이들이 있다. 그럴 수도 있다. 그러나 책에 대한 만족감도 자기에게 요구하는 정도에 따라 다르게 나타나지 않는가. 적어도 '학문이 직업'이라면 그런 평가는 투정일 수도 있다. 현실의 복잡성에 비하면 글의 복잡성이란 소화되어야 할 복잡성이다. 게다가 그 글이 누구보다 정확하고 정밀한 바에야.

선생은 내게 단순히 '모셔야 할 분'이 아니다. 더 중요한 것은 20년 전이나 지금이나 내가 즐겨 배우는, 배우고 싶고 또 배워야 할 분으로 계신다. 미술사가 부르크하르트(J. Burckhardt)는 이태리 르네상스 시대의 뛰어난 조각가였던 첼리니(Cellini)를 두고 "자기 자신 안에 자기의 척도를 지닌 인간"이라고 말한 바 있지만, 나는 선생이야말로 자기 척도 속에 세상의 척도를 중첩시킨 분이 아닌가 생각한다. 이런 말도 나 자신이 부끄러워서 선생 앞에서 한 적은 없다. 그러나 선생님과 함께 이 땅에서 동시대인으로 살아간다는 것은 참으로 흐뭇한 일이다. 선생님이 계셔서 나는 행복하다.

자기 자신안에
세상의 척도를 지닌
인간

어떻게 인간은 공간에 사는가?[*]

김우창의 《풍경과 마음》(2003)은 세 편의 글 - '전통 한국의 이상적 풍경과 장소의 느낌'을 다룬 〈풍경과 선험적 구성〉(1995)과, 이에 대한 평이한 설명이라고 할 수 있는 〈동양적 전통과 평정한 마음〉(1991), 그리고 서문인 〈감각과 세계〉로 짜여있다. 그 어느 것이나, 부제가 보여주듯, '동양의 그림과 이상향에 대한 명상'을 담고 있다.

동양화가 가진 의미는 서양화와의 대비 속에서 명료하게 드러날 것이고, 그 이상향은, 그것이 당대의 사회정치적 제도 속에서 생각되는 만큼, 현실의 진단을 포함하지 않을 수 없다. 그렇다는 것은 이 책의 문제의식이 몇 개의 명제로 요

---

[*] 《풍경과 마음》 해제

약될 수 없는 좀더 복잡한 것임을 보여준다. 그러나 '해제'인 이 글에서는, 단순화의 위험에도 불구하고, 이 책의 의미가 최대한 분명하게 그려질 수 있어야 한다. 나는 《풍경과 마음》의 주된 문제의식이 다섯 단계로 언급될 수 있지 않나 여긴다. 그 중심에는 〈풍경과 선험적 구성〉이 있다.

〈풍경과 선험적 구성〉을 끌고 가는 실마리는 땅에 대한 느낌이고, 더 크게는 공간에 대한 생각이다. 사람은 땅과 어떻게 관계하는가? 어떻게 땅을 감각적으로 체험하고, 이 체험을 미적으로 표현하며 철학적으로 인식하는가? 여기에 나타난 이상향이나 행복의식은 어떤 모습인가? 그리고 그 표현으로서의 관습과 제도, 사유체계와 문화양식은 어떻게 자리하는가? 이러한 물음에 대한 답변을 김우창은 동서양 회화의 차이, 풍수지리설, 원근법, 《개자원화전(芥子園畵傳)》, 정선의 《금강전도》 등을 통해 시도한다.

첫째, 이상사회에 대한 조선조의 생각들은, 유학이든 풍수사상이든 신선사상이건, 추상적 이념으로서보다는 인간의 구체적 체험으로부터 체계화된 결과다. 사상이나 관념은 그 자체로서가 아니라 느끼고 생각하는 삶의 세계와 결부될 때, 비로소 의미 있게 된다. 이 의미 있는 전체를 그는 '문화적 규약의 심층구조' 혹은 '생성적 원형'(matrix)라고 부른다. 흥미로운 사실은, 이 원형이 매일의 감각현실에서 또 지각현상 속에 이미 자리한다는 점이다. 그래서 토지와 풍경에 대한 느낌에는 이상향에 대한 생각이 하나의 구성원리로 녹아있다. 그리고 이 원리는 한 시대와 문화의 총체적 인식체계 – 에피스테메(episteme)가 된다. 지각작용 – 공간개념 – 인식체계 – 유토피아는 서로 만나는 것이다.(지각과 이념, 감각과 이성, 구체와 추상, 자유와 필연, 생활과 심미의 변증법은 이 책을 관통하는 김우창 사유의 핵심이다.)

이러한 점은 풍수사상에서도 잘 나타난다. 풍수사상이란 한편으로 땅에 대한 구체적 느낌 – 안전과 경제, 취수와 양지 등 현실적 이익을 고려하면서도 다른 한편으로 이 감각적 체험을 합리적으로 조직한 것이다. 그래서 여기엔 한국인의 원형적 의식 – 전근대의 인식체계가 들어있다.

둘째, 땅에 대한 감각은 신체적 생물학적 경험에서 시작하여 물리적 차원을 넘어 우주적 형이상학적 차원으로 나아가고, 또 이렇게 나아갈 때 안정된다. 좋은 장소란 하나의 공간이면서 그 공간 너머 – 지평의 너머로까지 열려있다. 삶의 공간은 이 초월적 차원을 "현재에 중첩된 신비스러운 그림자로서" 포함할 수 있을 때, 비로소 완전해진다.(55)(이런 초월적 차원을 상실하고 도구화되어 버린 것이 현대의 삶이다.) 산수화란 이것을 심미적으로 표현한 것이다. 정선의《금강전도》는 그 예다.

《금강전도》에는, 김우창의 해석에 따르자면, 여러 차원의 경험들 – 땅에 대한 감각적 체험과 지리학적 이해 그리고 그 바탕에 있는 형이상학적 믿음과 유토피아적 욕망이 포함되어 있다. 산수화란 전통기법이나 소재 혹은 매체적 문제에 제한되는 것이 아니라 이를 넘어 공간지각적 문화관습적으로 구성된다. 여기에는 동양화 특유의 성격 – 대상의 물리적 재현에 치중하는 서양화의 고정된 원근법에 대하여 다원적 시점을 가진 동양화의 사의적(寫意的) 경향이 큰 역할을 한다. 동양화의 풍경은 밖의 풍경 이상으로 화가의 마음의 풍경이 되는 것이다. 이것은, 5세기의 종병(宗炳)이나 11세기의 곽희(郭熙)가 보여주듯이, 사라지는 모습을 기억하려고 그림을 그린 사실에서 잘 확인된다. 동양화에는 근원 공간에 대한 암시가 늘 들어있는 것이다. 산수화의 목표는 가시적 공간에서 어떻게 비가시적 전체성을 담는가이다. 이것이 세 번째 문제다.

넷째, 땅에 대한 서양의 태도가 동양의 그것에 비해 덜 감각적이고 더 과학적이라면, 다시 말해 동양화의 공간이 서양화의 그것보다 체험에 더 충실하여 세계의 공간성을 더 풍요롭고 무한하게 전달하는 것이라면, 이것은 무슨 뜻인가? 김우창은 지구상의 여러 문화가 땅에 대한 다른 관계를 맺고 다른 방식으로 각자의 이상향을 발전시켜 왔다고 전제한 후, 이 "다양한 것들을 하나의 편협한 주장 속에 잃어버리는 것을 경계하면서 다양한 방식들에서 배우는 것"이 중요하다고 말한다.(122) 그러니까 공간의 무한성을 상기함으로써 그 근원에 다가가는 것이 풍경에 대한 명상의 목표가 된다.

이런 몇 가지 사항으로 이 책의 논의가 끝나는가? 동서양 회화의 차이를 검토하고, 공간과 이상향의 의미를 생각하는 것은 단순히 전통을 되살리자거나 동양주의를 선창하기 위해서가 아니다. 각 문화가 지닌 인식체계나 사고관습 혹은 공간에 대한 관계에 따라 대상은 얼마든지 다르게 지각되고 표상되기 때문이다. 그렇다고 그것이 상대적이라는 것도 아니다. 사물은 최대한 객관적으로 파악되어야 한다. 땅-풍경-공간에 대한 느낌이나 묘사방식은 공간조직의 방식으로 이어지고, 이것은 결국 공간거주의 문제로 수렴되는 듯하다.

그래서 다섯째, 우리는 이렇게 물을 수 있다. 마음의 평정을 통해 사람은 주체적 삶을 살 수 있는가? 세계의 화평은 주체적 삶의 자기성찰적 결과다. 김우창은 '동양은 정신, 서양은 물질'과 같은 이분법을 넘어 삶의 전체 맥락을 고려하자고 말한다. 그러면서 서양의 정신생활에서 신앙이나 이성이 핵심을 이루었다면, 동양에서는 마음 – 정적인 상태의 자연스런 마음이 중요한 역할을 했다고 지적한다. "중요한 것은 균형을 유지하고 일정한 흐름을 유지하는 일입니다. 마음은 리(理)이기도 하지만, 기(氣)의 움직임이기도 합니다."(148)

세계의 화평은
주체적 삶의
자기 성찰적 결과다

마음의 움직임을 표현하는 것이 예술이고, 이런 표현을 통해 옛 문인들은 심신을 수련하고 사람과의 화평을 구했다. 그렇다면, 이것은 오늘날에도 하나의 모델이 될 법하다. 결국 조용한 마음으로 자기 삶을 주체적으로 살고, 이웃과 화평하게 지내는데 공간성찰의 의의가 있는 것이다.

《풍경과 마음》은 동양의 그림과 이상향에 대한 엄밀한 성찰이지만, 이 성찰을 지탱하는 것은 감각과 세계, 자유와 필연, 구체와 추상이 더 이상 조화되기 어려운 세계 – 붕괴된 현대의 부조화에 대한 의식이다. 그래서 이 의식의 바닥에는 다음과 같은 물음이 끊이지 않는다: 우리는 삶의 공간을 주체적으로 인식하고 창조적으로 조직하며 행복하게 거주할 수 있는가?

심미적 이성

− 탐구의 원리이자 삶의 태도

단순화에의 두려움

어떤 일에나 격식이나 형식이 필요한 것이지만, 또 이 형식으로 하여 어떤 글에도 제한과 규정이 있기 마련이겠지만, 그러나 내가 즐겨 읽는 또 즐겨 읽어온 책에 대해 몇 쪽의 또는 한두 편의 글을 쓰는 데 나는 늘 주저를 느낀다. 단순화에의 두려움 때문이다.

어떤 사람이 어떤 주제를 중심으로 오랫동안 글을 써온 데에는 그 나름의 절실함이 있을 것이고, 어떤 독자의 오랜 글읽기에도 그만한 이유가 있을 것이다. 거꾸로 말해 오랫동안 되풀이하여 읽을 만한 글이지 않다면, 그것은 흔히 그러하듯이 간편하게 '요약'되거나 '정리'될 수도 있을 터이다. 그러나 나에게 있어 김우창의 글은 이렇게 홀가분하게 정식화될 수 있는 성질의 것이 아니다. 또 간단하게 정리될 수 있는 글이라면, 나는 대체로 읽지 않는다.

이런 점에서 교수신문사로 부탁받은, 김우창의 심미적 이성에 대한 재검토의 준비가 내게는 되어 있지 않다. 이것은 물론 나의 무능에서 오는 것일 것이고, 다른 한편으로는 거장은 대개 그에 상응하는 크기의 반성력에 의해서만 제대로 평가 수용되어질 수 있다는 일반적인 생각을 나도 가지고 있기 때문이다. 그러나 내 주저의 더 큰 이유는 아직 나는 그를 읽고 고민하며 배우는 중에 있음에 있다. 그럼에도 불구하고 이 일을 피할 수 없다면, 나는 자주 지적되는 우리 이론에 대한 객관적 기준의 미설정이나 보편적 설득력의 필요성 이외에 나는 두 가지 기본적인 사항을 먼저 언급하고 싶다.

첫째, 검토대상에의 친화력이다. 비판적 검토에서 필요한 것은 객관성 혹은 공정성에 대한 순수의지만이 아니다. 중요한 것은 해당 저작이 보여주는 반성력과 어떻게 공감할 수 있을 것인가이다. 여기에서 대상으로서의 글과 나의 글, 저자와 독자 사이의 화응의 정도, 즉 친화력은 결정적이다.

이 친화력이란 그러나 양자사이의 무조건적인 동질성을 의미하는 것은 아니다. 그것은 낯섦과 충격을 동반하는 반성의 방식과 그 호소력에서 차츰 생겨나는 종류의 것이다. 이런 친화력 없이 우리는 대상을 공감적 이해 속에서 읽을 수 없을 것이며, 설령 읽는다 해도 그것을 몇 가지로 약술하는 데 불편해하지 않을 것이다. 문제는 이 땅의 적지 않은 글이, 특히 인문학에 관계되는 글이 되풀이하여 읽고 싶을 정도의 친화력과 반성력을 보여주지 못한다는 점일 것이다.(쾌도난마의 단죄와 확정을 담은 글이 우리 사회에서 유행하는 것은 이 점에서 보면 자연스러워 보인다.)

비판적 검토에서 두 번째로 필요한 것은 이론 자체의 자기반성이다. 독자주체가 대상에 대하여 갖는 친화력이 공감의식 또는 이해와 경애의 감정을 갖게 한다면, 이론 자체에 요구되는 것은 자기 한계에 대한 반성적 의식이다. 자명하게도 이론은 납득할 만한 추론의 방법과 절차를 보여줄 수 있어야 한다. 그러나 이른바 '논증의 의무'를 다하는 것으로 하나의 이론은 우리의 이론, 하여 믿고 옹호하며 또한 의지하고 싶은 것이 되는가?

좋은 이론은 논증적 정합성만으로 이루어지지 않는다.(이것은 인문과학에서 더 그러하지만, 정도의 차이가 있는 채로 사회과학이나 자연과학에도 해당된다고 할 수 있다.) 논리적 설득력은 이론에 있어 중요하지만, 그것은 이론의 건축적 체계를 구성하는 한 요소일 뿐이다. 논리는 인식의 조건이지 그 자체는 아니다. 그것은 스스로의 한계를 직시하여야 하고, 이 한계의 직시를 위한 반성력을 자기 안에 내장하여야 한다. 나아가 하나의 이론은 논리의 문제만이 아니라 삶의 일부에 속한다. 따라서 이론은 마땅히 삶의 전체 속으로 통합되어야 한다.

그렇다면 김우창의 심미적 이성의 윤곽은 어떻게 그려질 수 있는가? 심미적 이성이란 무엇인가? 왜 그것은 '심미적'

이론은 논리의
문제만이 아니라
삶의 일부에 속한다
이론은 마땅히
삶의 전체 속으로
통합되어야 한다

이고, 여기에 왜 '이성'이 붙여져 있는가? '심미적'이란 말 그대로 아름다움 또는 이것과 연관된 것을 느끼고 즐기는 것과 관계한다. 이 감각과 향수는 삶의 가장 구체적이고 직접적인 일이다. 이에 대해 이성은 정신의 원리, 보다 정확히 말하여 자기갱신적 변증의 원리이다. 이성의 이 자기갱신은 반성력으로부터 온다. 이것은 왜 필요한가? 감각만의 삶은 현상적 현실의 표면 위에 머무를 수밖에 없기 때문이다.

우리에겐 느끼고 즐기는 일만큼 이 느낌과 즐거움을 생각하고 반성하는 일이 필요하고, 이 반성적 자기점검의 원리는 생생한 경험현실에 의해 다시 확인될 필요가 있다. 그리하여 심미적 이성은 사물을 가장 구체적이고 감각적으로 지각하고 향수하는 가운데 이 구체성을 넘어 보다 일반적인 차원으로 나아가는 자기확장적 반성의 정신이라 할 수 있다.

느끼고 즐기고,
느낌과 즐거움을
생각하고 반성하고,
이 생각과 반성을
다시 생생한 경험현실로,
확인할 필요가 있다

이렇게 적어놓고 보면 뭔가 추상적이고 생경하게 여겨질 수도 있다. 강조되어야 할 것은, 심미적 이성의 이념이 김우창에게 있어 미리 정해진 어떤 관점이나 원리가 아니라는 사실이다. 그가 거듭 중시하는 것은 삶의 지금 여기, 그 속에서 살아가는 나와 우리 모두의 삶, 이 삶의 풍부하고 다양한 가능성의 전체이다. 그는 그 어디에서도 삶의 모든 것을 이미 알아버린 것으로 생각하지 않는다. 어떤 종류의 정치적 견해나 역사적 관점 그리고 현실관을 복무해야 할 어떤 것으로 상정하는 대신 그는 끊임없이 묻고 탐색한다.

심미적 이성은 이 질의와 탐구의 원리이다. 그것은 글을 전개하는 가운데 자연스럽게 귀결되는 하나의 그러나 핵심적인 토대일 뿐이다. 나는 경험과 사유, 사실과 언어가 그토록 이완될 줄 모르는 완강한 일체성을 보인 예를 우리 땅에서만이 아니라 서구의 지적 풍토에서도 그리 흔히 경험하지는 못하였다. 이러한 스케치는 다음과 같은 몇 가지 기본적인 사항을 일깨워준다.

도저한 자기반성력과
지속적 탐구력

첫째, 심미적 이성의 기획에서 가장 두드러지는 것은 도저한 자기반성력과 이 반성력에 의한 지속적 탐구력이다. 이 반성력으로 하여 그의 글은 내면적이고 개인적이며, 때로는 내밀하고 사적으로 비치기도 한다. 그러나 이런 주관성은 반성력의 매개에 의해 그것을 넘어서 다른 차원으로 나아간다. 그의 글은 어떤 것이나 반성적 계기에서 출발하기에 그 어조는 낮으며, 탐구적 열정에 의해 추동되기에 정지해 있는 것이 아니라 움직이는 상태에 있다. 사고의 이런 부단한 이행 속에서 그는 관련되는 사안을 최대한의 가능성 속에서 충분히 검토하고자 한다. 이것은 검토되지 아니한 개념이나 관점에 의한 삶의 단순화와 왜곡을 그가 가장 경계하였기 때문일 것이다.

둘째, 심미적 이성의 토대는 근본적으로 문학예술적이다. 김우창의 반성력은 예술언어의 성찰력으로부터 오고, 이 예술적 성찰력으로부터 그의 현실관, 사회와 정치를 바라보는 그의 관점, 문화와 문명 그리고 환경에 대한 그의 견해가 결정화되어 나온다. 여기에서 시는, 시적 인식은 그의 이념체계를 관통하는 하나의 지도원리이다. 그것은 환원될 수 없는 구체적 경험의 작고 사소하고 미묘한 굴곡에 주목하기 때문이다. 따라서 심미적 이성에 대한 접근은 이 이념 자체에 대한 이론적 개괄을 통해서보다는 시에 대한 평문들 가운데 하나에서 시도하는 것이 좋을 것이다.

셋째, 심미적 이성은, 여하한의 이론적 왜곡가능성에 경계한다. 이것은, 그것이 개념이나 논리가 지닌 규정과 단정에 대해 그가 비판적 거리를 둔다는 사실에서 나타난다. 그것은 이성의 토대 위에 있기에 어떤 삶의 질서를 향해 나아가지만, 이것이 논리의 폐해에 대한 반성을 담고 있기에 대상을 자의적으로 평준화하지 않는다. 오히려 그것은 모든 이론적 작업의 추상화를 경계하면서도 삶의 보편적 척도의 가능성에 눈감지 않고, 보편적 가치의 입안을 멈추지 않으면서도 그것이 근거한 사실적인 것의 구체성에 몰두한다. 이 모순된 요구를 관통하는 것은 경험현실에 대한 정직한 이해의 의지이다. 따라서 심미적 이성은 논증적 이론적 이성이라기보다는 삶의 이성, 생활세계적 공감의 이성이라 할 수 있다.

넷째, 그의 글의 색채(文彩)의 다양성이다. 시적 인식을 토대로 한 반성력으로 심미적 이성은 삶의 다양한 모습을 다채롭고 풍부하게 드러낸다. 그것은 다양성과 일관성 사이를 오고가면서 대상을 드러내는 문체에서 나오는 것이면서, 이 문체의 내용을 이루는 반성적 사유로부터 오며, 이것은 이 사유를 가능하게 하는 열린 지각의 결과이기도 하다. 형식적 내용적 다양성의 일관성은 궁극적으로는 그의 내적 일관성으로부터 오는 것일 것이다. 이 일관성을 가능하게 하는 것은 아마도 안과 밖, 내면과 외부를 투명하게 하는 마음 - 허정(虛靜)한 시의 마음일 것이다. 시의 허정한 마음이 김우창의 감각과 사고의 양식, 표현양식 그리고 삶의 양식을 하나로 관통한다.

위의 네 가지 요소는 결국 심미적 이성의 이념이 단순한 이론 체계 이상의 것이 아닌가 여기게 한다. 일정한 이론모델이라기보다는 오랜 탐구의 반성적 결과물이라면, 그것은 학문활동에만 연관된 것이 아니라 삶 일반의 바탕으로부터 나온 것이라고 말해야 한다. 그래서 그것은 '이론'으로 불리어지는 대개의 것이 그러하듯, 서너 편의 논문이나 한두 권의 책 속에 깔끔하게 정리되어 있는 것이 아니라 그의 전 저작을 통해 나타난다. 심미적 이성은 그가 쓰는 거의 모든 글의 전경 혹은 배후를 이루면서 고수되어야 할 고정불변의 준거틀로서가 아니라, 가끔씩 확인하고 상기하며 또 부단히 교정해가야 할 삶의 어떤 척도, 더하게는 내면화된 태도로 자리하는 것이다.

김우창의 심미적 이성은 탐구의 정신이자 삶의 양식 또는 태도이다

그러므로 김우창의 심미적 이성은 탐구의 정신이자 삶의 양식 또는 태도이다. 이것은, 예술의 세계란 다름 아닌 돌아가야 할 본래적 양식으로서의 삶을 추구한다고 할 때, 당연한 것인지도 모른다. 그에게서 이론과 실천, 삶과 학문의 일치를 느끼는 것은 이 때문일 것이다. 바로 이 점이 날 두렵게 한다.

심미적 이성이 탐구의 정신 위에 세워진 우리의 이론이면서 인문적 삶의 한 태도라고 한다면, 그것은 그만의 또는 문학자만의 관점이 아닐지도 모른다. 심미적 이성은, 인문학도라면 누구나가 한번쯤은 고민해봄직한 또는 체현하지 않을 수 없는 삶의 한 이념적 전형이 아닌가 나는 생각한다. 김우창의 심미적 이성은 삶의 화해적 질서 가능성에 대한 실존적 탐구의 유례 없는 산물이다. 단지 이러한 진단이 좀더 튼실한 동의의 기반을 마련하기 위해서는, 그에 의해서, 그리고 무엇보다 후학에 의해서, 그의 논의를 좀더 세부화하는 후속작업이 필요할 것이다.

이러한 작업의 의의는 물론 지금의 그리고 앞으로의 후학이 그의 저서에서 제각기의 문제의식을 발견하고 이 문제의식을 자기 분과 속에서 어떻게 심화확대할 수 있느냐에 달려 있다. 그의 저작을 크게는 우리의 철학적 지성사적 문화론적 전통과 관련하여, 좁게는 시평과 소설평을 포함하는 국문학 비평(북한문학 포함)과 외국문학론, 예술론, 정치철학, 현실진단 등의 분야에서 비판적으로 수용하는 일은 그런 작업의 몇 가지 예가 될 것이다.

세상진단에서 인생살이까지[*]

오늘날의 세상은 극도로 복잡하다. 이 복잡성은 급변하는 현실 때문에 더 심해지는 듯하다. 변화는 과학기술의 발전이나 매체의 발달, 이주와 여행객의 증가 등에서 온다. 그래서 사람의 삶은 그 어느 때보다 정신없고, 가치와 규범은 혼란스러우며, 행동과 실천은 기준도 없이 허둥대는 듯 보인다. 어떻게 해야 할까?

책에도 여러 종류가 있고, 사안에 대한 생각도 제각기 다르며, 그 주제나 문제의식 그리고 해법 역시 같을 수 없다. 책의 수준에 대한 요구는 독자에 따라 얼마든지 높을 수도 있고 낮을 수도 있다. 무엇에 의지할 수 있을까? 이 의지가

[*] 《성찰》(한길사, 2011)을 읽고

변덕스런 기분에서 나온 것이 아니라, 그래서 결국 한 순간의 착각으로 드러나는 것이 아니라, 시간이 갈수록 든든한 버팀목이 되는 그런 경우가 과연 있을까? 세상에 열려 있되 자기를 잃지 않고, 이 자기고수가 자폐나 안일한 자기위로가 아니라 더 건전한 사회성으로 나아가는 하나의 방식이 되게 할 수 있을까? 김우창의《성찰》은 그런 예로 보인다.

《성찰》은 2003년 겨울에서 2009년 겨울까지《경향신문》에 격주로 실었던 컬럼을 모은 책이다. 각 컬럼의 분량은 보통 컬럼보다 두 배 이상 많고, 2주마다 실렸으며, 전체 156편 860쪽이다.(사실 이렇게 쓸 수 있는 필자는 매우 드물다.) 그 주제는 정치경제나 사회제도에서 시작하여 공적 공간과 윤리 그리고 민주주의를 지나 사회통합과 역사에 이르기까지, 문학과 미술과 건축에서 시작하여 예술과 미학을 지나 학문과 문화의 이상에 이르기까지, 또 개인의 선택과 명예심에서 시작하여 자율성과 책임을 거쳐 인간성과 보편적 문화, 나아가 자연의 풍경과 우주에 이르기까지 막힘이 없다. 그러니 단순히 컬럼집이라고 말하기 어렵다. 그것은 사건의 긴급성이나 현실의 적실성을 넘어 삶의 어떤 근본문제까지 헤아리고 있다. 현실의 생생함과 그 테두리를 동시에 보여준다고나 할까? 말하자면 사람 사는 세상의 모습을 미시적이면서도 거시적으로, 관조의 망원경과 분석의 현미경을 동시에 장착하여, 비춰주고 있다.

나는 김우창의 글을 읽을 때마다 그토록 다양한 사안을 어떻게 이렇게 정확하고도 세밀하게 진단할 수 있는지, 이때의 정밀성이 얼마나 폭넓은 사유로 지탱되고 있는지 놀라곤 한다. 흐리고 칙칙하던 주변세계가 글을 읽고 나면 어느 정도 정리되는 듯한 정서적 안정감은 이런 균형 있는 혜안에서 올 것이다. 이 균형감은 글의 엄밀성에서 오고, 이 엄밀성은 반성력 없이 불가능하다. 글은 반성력에 힘입어 절제되어 나타난다. 절제된 언어는 정신의 기율을 나타낸다.

정신의 기율

글은 얼마나 쉽게 자기자랑이나 자기과시에 빠져드는 것인가? 격앙된 논조나 슬로건이 '과잉 주관성'의 표현이라면 기계적 논문조의 상투적 글은 '주관성 결여'의 표현이다. 이것은 둘 다 미숙한 주관성 – 제어되지 못한 주체의 표현이라는 점에서 똑같다. 특히 한국사회처럼 유행에 민감하고 편 가르기가 심한 곳에서 감정절제의 필요성은 강조되어야 한다.

김우창은 그 어떤 문장에서도 자기를 내세우는 법이 없다. 글은 명료하고 그 논리는 엄격하다. 그래서 건조하고 때때로 난해하게 느껴질 수 있지만, 그러나 진부하거나 도식적이지 않다. 투명한 문체에는 있을 수 있는 수사(修辭)나 표현상의 거품이 배제되어 있다. 그의 어조가 차분함 속에서 절차적으로 진행되고, 그래서 한결 같은 신뢰를 준다면, 그것은 나날의 느낌과 체험에서 나온 덕분일 것이다. 나날의 경험에 닿아 있을 때, 글은 마음과 태도의 우아함을 담는다. 담담함과 평온은 이 우아함의 덕성적 표현일 것이다. 그가 〈어느 소박하고 깊은 삶〉에서 언급했듯이, 노르웨이 철학자

내스(A. Naess)가 보여준 삶 – 과학적 엄밀성을 중시하면서도 이 논증을 넘어서는 정신적 수련 역시 외면하지 않았다는 것, 자연과 일체가 되는 '우아하게 소박한 삶', 그리고 이 삶에서 드러나는 "전인적 자아실현의 모범"이란 다름 아닌 그 자신의 모습이 아닌가 여겨진다.

이 땅의 학문공동체에서 '거장'이나 '대가'란 명칭이 과장된 경우가 적지 않지만, 김우창을 '한국인문학의 거장'이라고 할 때, 난 이 정의가 틀리다고 생각지 않는다. 현대세계가 어떻게 되어 있는지, 오늘날의 삶을 어떻게 살아야 하는지 궁금하다면, 《성찰》에 실린 컬럼을 어떤 것이나 한 번 펼쳐 읽어보라. 거기에는 한국의 인문학과 문화의 최고 수준에서 우리가 믿고 기댈 수 있는 깊은 보편성의 사유가 펼쳐져 있음을 확인하게 될 것이다.

아마도 김우창 이후에 현대적 삶의 성격을, 시적 비전과 인간성의 이상을 염두에 두면서, 적어도 이 정도의 폭과 깊이가 담긴 한글로 제시할 수 있는 필자는 앞으로 쉽게 있기 어려울 것이다. 이 책은 단순히 좋은 책이 아니라 세상진단에서 인생살이에 이르는 현실응전의 경이로운 기록물이다.

다른 삶에의 초대
- 《세 개의 동그라미》와 예술경험

오늘날의 세상에서 제 정신을 갖고 살기란 참으로 어려워 보인다. 지금 시대는 그 어느 때보다 급박하게 돌아가고 현실은 변화무쌍하며, 사람들의 직업이나 취향, 생활이나 관계도 더 없이 복잡해졌다. 이런 현실에 우리는 어떻든 맞춰 살아야 한다. 그러나 이 적응으로 모든 것이 온전해지는가? 그렇지 않다. 우리는 아래처럼 물을 수도 있다.

우리는 자기원칙에 따라 살아갈 수 있고, 또 그렇게 살아가는가? 매일매일 직장생활에 충실하되, 이 직업 활동이 삶의 전체 활동에서 어떤 위치를 갖고 있는지 가끔 살펴보는가? 어떤 원칙 아래 행동하되 이 원칙을 완고하게 고수함으로써 그것에 예속되는 것은 아닌가? 혹은 필요하다면, 설령 원칙이라도 그 항목을 수정하거나 보완해가는, 그럼으로써 원칙 자체를 스스로 제어하며 살아가고 있는가? 우리는 매일의 삶 자체가, 살아가는 매일 매 순간의 놀라움이 최고의 생활원칙이 되게 할 수 있는가?

이런 것을 고민하는 데 믿고 기댈 만한 책은 없는가? 여러 책이 있겠지만, 그 중 하나가 김우창의 《세 개의 동그라미》(2008)라고 나는 생각한다. 이 책은 필자가 2006년에 모두 11차례에 걸쳐 매번 4시간 정도 선생과 대담한 것을 녹취하여 묶은 것이다. 그래서 드러내 놓고 말하기가 주저된다. 그러나 나의 판단으로, 또 지금까지의 독서이력에서 보면, 그렇게 권해도 좋을 만한 책이라고 여긴다. 왜 그런가? 두드러진 점 3가지만 말해보자.

첫째, 가라앉은 어조 때문이다. 이 글은 그 어디에서도 가르치거나 지시하듯 말하지 않는다. 훈계와 명령은 김우창의 언어가 아니다. 그는 어떤 사안이든 '자기'의 문제로 여기고, 자기경험에 기대어 사안의 복잡다단한 실태래를 풀어나간다. 그래서 독자는 자신도 모르게 그 생각의 흐름에, 공감하든 이견을 갖든, 동참하게 된다. 그러나 그 논리가 비록 옳다고 해도 그는 자기생각을 강변하거나 강요하는 법이 없다. 대신 제의하거나 권유하는 형식 – '이렇게 생각하는 것은 어떤가?'라고 말한다. 마치 새로운 현실, 삶의 새로운 가능성으로 초대하는 것처럼.

훈계와 명령은 김우창의 언어가 아니다

둘째, 주제의 포괄성 때문이다. 《세 개의 동그라미》에서 다뤄지는 주제는 거의 무제한적이다. 일상생활에서 마음, 정치, 내면성, 초월, 허무, 글, 언어, 철학, 관용, 아름다움, 이데

한국인문학과 김우창

아, 문화, 자연, 동네, 행복, 예술, 교육, 우주, 음악, 회화, 시, 세계화, 교양, 환경, 공동체, 미래, 신, 종교, 죽음, 소박함, 늙어감 등등 한계가 없어 보인다. 그리고 어디서나 그의 글은 우리의 감각과 사유를 끊임없이 자라나게 한다. 이 770쪽이나 되는 두꺼운 책을 아무 데서나 펼쳐 읽어보라. 이해가 안 된다면, 되풀이해서 천천히 읽어보자. 하루 일을 끝내고 잠자리에 들기 전에, 혹은 조용한 새벽 때, 아니면 주말의 한가한 틈을 타서 눈에 띄는 대로 읽어보자.

거의 모든 단락에는 삶의 통찰이 담겨있고, 많은 문장에는 삶의 오랜 물음과 생각이 보석처럼 박혀있다. 그러나 이 생각들은 흔히 그러하듯이 삶에 통달한 듯한 무슨 선사(禪師)의 설법이나, 대쪽 같은 지사(志士)의 목소리가 아니다. 그것은 차라리 삶의 실상(實相)에 이르려는 탐구자의 그것이다. 그래서 사실을 미화하지 않고 적확하게 서술한다.

셋째, 그의 글은 자기자신을 살피는 가운데 그 글을 읽는 우리자신을 살피게 한다. 이것을 '글의 파장혹은 메아리'라고 부를 수 있을지 모르겠다. 아마도 한국의 지성사에서 김우창만큼 감각적으로 예민하고 언어적으로 명료하며 논리적으로 엄밀하고 사유적으로 견고한 성찰을 펼치는 저자는 앞으로 오랫동안 나타나기 어려울 지도 모른다. 이런 인문학적 거대현상은 희귀한 사례가 될 것이다. 그는 인간과 현실과 삶과 세계를 바라보는 방식에 있어, 적어도 그를 진지하게 읽는 독자에게라면, 심대한 변화를 일으킬 것이다.

가라앉은 어조란 그 사유가 '반성적'이라는 뜻이고, 포괄적 주제란 '삶의 전부를 향해 열려 있다'는 뜻이고, 글의 자연스런 파장이란 그 글이 그만큼 '비강제적'이라는 뜻이다. 이 세 가지 - 반성적 사유를 통해 삶의 단편이 아니라 그 전체를 돌아보게 하는 권유의 언어는 김우창의 인문학을 특징 짓는다. 그러면서 그것은 '동시에' 예술과 그 경험에서도, 왜냐하면 예술은 인문학의 핵심이므로, 잘 나타난다.('예술적'이란 말이 예술가와 예술작품에 관련된다면, '심미적'이란 말은 예술작품을 포함하는 더 일반적인 대상에 대한 '수용적' 경험에 관계한다. 그래서 심미적 차원은 예술적 차원보다 더 넓은 함의를 지닌다.)

그렇다면 예술의 경험, 더 넓게 말하여 심미적 경험은 사람의 마음에 어떤 영향을 미치는가? 이것은 예술이론적/미학적으로 매우 복잡한 문제지만, 지금까지 말한 내용을 근거로 설명할 수도 있다. 예술은 무엇보다 나 자신의 '느낌'을 존중한다. 나에게만 있는 내 고유한 느낌은 '너'나 '그들'의 느낌과 다르다. 그러나 좋은 작품에는, 셰익스피어의《로미오와 줄리엣》이나 TV 드라마《대왕 세종》이 그러하듯이, 누구나 혹은 대개 감동한다. 그렇다는 것은 나의 '주관적' 느낌에 우리의 '객관적' 요소가 들어있음을 뜻한다. 이것을 칸트는 '주관적 일반성'이라고 했고, 이것은 다르게 표현하면 '주관적 객관성'이다. 예술작품은 개별적 인간의 구체적 경험에서 시작하지만, 이 개인적 구체적 경험에는 누구나 공감할 수 있는 일반적 보편적 요소가 담겨있는 것이다.

그래서 예술은 구체적 보편성 혹은 주관적 객관성을 구현한다. 이 구체적 보편성으로 예술은 사람이 맺는 각자의 관계를 돌아보게 하고, 이 관계의 총체로서의 삶을 다독이게 만든다. 그러니까 예술에서 진정 문제가 되는 것은 이야기되는 다른 사람이나 삶이 아니라, 이 이야기를 읽고 듣고 보는 사람(독자/관객/청중), 그러니까 우리 자신인 것이다.

그러므로 좋은 작품은 늘 나/우리 자신을 돌아보게 한다. 이런 저런 작품 속에서 나는 내 삶의 모습과 방향과 위치를 가늠한다. 비발디의 《사계》를 들으며 살아 숨쉬는 생명의 계절을 찬탄하게 되듯이 바흐의 《마태수난곡》을 들으면서 사랑으로 죽어간 예수의 신성함을 느끼고, 박수근의 그림에서 잊고 있던 고향의 소박한 정경을 떠올리듯이 이창동의 영화에서는, 그것이 《밀양》이든 《시》든, 사랑이나 믿음을 갖고 산다는 것이 얼마나 어려운 일인가를 깨닫는 것이다. 표현되거나 그려지거나 묘사된 타인의 삶은 그 자체로 우리 자신의 거울이기 때문이다. 예술은 나와 우리를 거울처럼 '다시(re) 비춰준다(flect)'.

'다시 비춘다'는 것은 '돌이켜(反) 성찰하게(省)' 한다는 뜻이다. 예술은 자기자신을 되비추는 반성의 거울이다. 여기에서 비춰지는 것은 자기자신이고 이 자기의 삶이다. 그러므로 심미적 경험에서 참된 문제는 이것 혹은 저것을 아는 것이 아니라, 내가 무엇으로서 존재하고, 내 삶이 어떤 방식으로 있어야 하는가다. 내가 어떠한지, 내가 어떤 삶을 살아가고 있는지, 그리고 이 삶은 정녕 바르고 의미 있는 것인지를 묻지 못한다면, 그 예술경험은 허영이다. 그러나 이 물음의 과정은, 앞서 말했듯이, '삶의 전체'와 만나는 일이고, 이렇게 만나면서 자기의 느낌과 생각을 단련하는 가운데 일어난다. 그러니 길고 어렵고 지루하거나 힘들 수도 있다. 그러나 서두르지 않고 즐기듯 해나간다면, 그리 어려울 것도 없다. 예술의 언어는 어디에서도 강요하지 않기 때문이다.

예술은, 마치 철학이 그러하듯이, 세계를 보는 법을 다시 배우도록 촉구한다.(그러나 예술은 개념과 논증으로 이뤄지는 딱딱하고 건조한 철학과는 달리 삶의 다양한 사례에 대한 표현이고 묘사이며, 그래서 철학보다 더 부드럽고 더 풍부하다고 할 수 있다.) 이렇게 배워 더 넓고 깊은 삶의 지평으로 나아가기를, 그래서 개별성을 넘어 보편적 차원에 이르기를 요청한다. 사람에 대한 조금 다른 이해, 현실에 대한 더 깊은 인식, 세계와의 더 넓은 유대감은 이렇게 해서 생겨난다.

결국 예술의 본질은 넓고 깊은 삶의 가능성을 경험하게 하는 데 있다. 인간의 생애란 얼마나 짧고 얼마나 허망하게 스러지는 것인가? 인간이란 시체를 짊어지고 다니는 작은 영혼일 뿐이라고 에픽테투스는 말했고, 마르쿠스 아우렐리우스는 기억하는 것도 기억되는 것도 모두 하루살이라고 적었다. 그러나 내 삶이 하루살이에 불과함을 생각하는 것은 하루살이인 내가 이 오늘 하루를 넘어서는 일이다. 그것은 이 짧고 궁핍한 삶에서 궁핍하지 않을 수도 있는 어떤 상태 – 물질적 가시적 풍요를 넘어 꿈과 열정의 풍요를 생각하고, 더 나아가 신적 초월적 영역을 떠올리는 일이기도 하다.

예술의 본질은 넓고 깊은 삶의 가능성을 경험하게 하는 데 있다

오래 가는 기쁨 - 깊은 의미의 행복은 이때 생겨난다.

　소박하고 평온한 삶을 매일 살아간다면, 매일 그렇게 살아갈 수 있다면, 아마도 그는 그 어떤 철학자보다 더 철학적인 삶을 살고 있다고 해야 할 것이다. 철학적 성찰의 목표역시 나날의 깊고 넓은 삶이기 때문이다. 예술의 삶도 그와다르지 않다. 자기를 잃지 않고 삶을 흔쾌히 제어해 갈 수있다면, 이렇게 제어하면서 삶의 폭과 깊이를 헤아리며 살아간다면, 그 삶은 그 어떤 예술가보다 더 예술적이라고 말할 수 있을 지도 모른다. 그것이 짧은 삶을 길게, 그러나 허황된 것이 아니라 밀도 있게 사는 하나의 방식일 것이다. 예술은 다른 삶 - 더 참되고 더 선하며 더 아름다운 삶의 가능성으로 우리를 초대한다. 이 가능성으로 초대하여, 지금의네 삶을 한번 돌아보는 게 어떠냐고 우리에게 속삭인다.

《체념의 조형 – 김우창 문학선》 편집노트

《김우창 문학선》은 1980년대에 나남출판사가 발행했던 《문학선》시리즈를 오늘의 현실에 맞게 다시 이어가기 위해 나남편집부에서 기획한 첫 번 째 '문학선'이다. 이를 위해 여러 차례의 논의와 만남 끝에 내가 편자(編者)로서의 일을 맡게 되었다.

나는 나의 문제의식에 따라, 말하자면 지금까지 읽어온 김우창의 여러 문학 관련 글 가운데 논리적으로 가장 선명하고 뉘앙스적으로 풍부한 그러면서도 상대적으로 짧은 글을 60여 편 우선 추렸고, 이 글들을 일정한 체계 아래에서 여덟 개 제목으로 배열하였다. 여덟 개 제목은 여덟 개 장(章)의 제목이 되었다. 그래도 60여 편은 너무 많아서, 그리고 다른《문학선》과의 균형을 고려하여, 다시 반 정도로 줄여야 했다. 그래서 결국《김우창 문학선》은 34편으로 엮어졌다.

이렇게 김우창의 글을 엮는 일은 나에게 몇 가지 점에서 주저되었다. 무엇보다 그의 문학 논의에서는, 다른 글에서도 그렇지만, 좋은 글이 너무 많고, 또 논리적 밀도가 매우 높으면서 사실과 경험을 추적하는 감각의 세밀함이 두드러지기 때문이다. 말하자면 강인한 사유로 무장된 섬세한 감각이 정밀하고도 절제된 언어에 담겨 문학예술적 문화적 성찰의 광채를 발하는 것이다. 그러니 어느 것을 더하고 어느 것을 빼는 취사선택의 과정이 결코 간단할 수 없었다.

김우창의 문학논의는, 적어도 나의 판단으로는, 한국문학이라는 영역 안에서 그야말로 독특하고 유일무이하다. '독특하다'는 것은 감성의 섬세함에 있어서나 논리의 철저함에 있어서 그리고 감성과 논리로 된 사유를 실어 나르는 언어의 정확함에 있어 김우창 고유의 스타일을 분명하게 보여준다는 뜻이고, '유일무이하다'는 것은 이같은 사례가 지금까지의 한국의 인문학사와 지성사에는 없지 않나 하는 뜻에서다.

확정이란 섣부른 판단일 경우가 많지만, 그래서 나는 단언을 삼가지만, 적어도 이 점에서의 확신은 거두기 어렵다. 그는 문학에 대하여 기존과는 전혀 다른 접근을 했다는 것, 전혀 다른 감수성과 사유를 그만의 언어로 축조하여 마침내 보편적 어법(Idioma Universal)을 마련하는 데 이르렀다. 그것은 사유와 언어의 능력을 증거한다는 뜻에서 뿐만 아니라, 그 한계와 허망함에 대한 자의식에서도 그렇다. 그의 사유는 설득력 높은 논리를 지녔기에 '하나의 보편성'에 도달했고, 이 보편적 가치는 '그'라는 개인이 만들었기에 독자적이다. 이 보편적 언어로 한국문학에 있어서의 세계문학적 지평을 개시하지 않았나 싶다. 문학에서의 이 보편적 근거는 그의 학문일반과 사상의 보편적 근거로 이어져 있다.

이런 이유에서 나는 이 땅에서 인문학을 공부하는 청년들에게 그리고 일반 독자들께, 그가 국문학을 하건 외국문학을 하건, 아니면 예술비평이나 문화론이나 철학 혹은 정치비평을 하건 간에, 김우창의 텍스트야말로 사고실험을 위한 최고의 텍스트라고 권하고 싶다. 그의 글을 읽는 것은 그 자체로 깊이와 폭 그리고 그 질에 있어 누구와도 비견할 수 없을 정도로 강밀하게 사고와 언어의 자기쇄신을 연마하는 일이기 때문이다. 그러나 그에게서는 어떤 특정한 '방법'이나 '이론'을 배우기보다는, 물론 이것도 중요하지만, 천천히 그글을 읽으면서 넓고 깊게 생각하는 계기로 삼는 것이 어떤가 싶다. 그런 사고훈련이 쌓이고 쌓이면, 우리를 둘러싼 현실이, 자신의 삶과 인간이해가 점차 변모해 가는 것을 느낄 것이다. 문학에 대한 탄력 있고 복합적인 이해는 아마 그 즈음에 자연스럽게 생겨날 것이다.

현실의 실체나 역사의 방향을 고민하지 않는다면, 자연의 경이와 세계의 깊이를 느끼고 이해하지 못한다면, 그리고 무엇보다 인간의 영혼과 삶의 심연을 놓치고 만다면, 그 어떤 뛰어난 작가도 사상가도 인문학자도 될 수 없다. 적어도 현 단계 한국인문학이 내장한 잠재력을 최고의 수준에서 비판적으로 재구성하고픈 뜻을 품은 열정이라면, 김우창이라는 산을 결코 돌아갈 수는 없을 것이라고 나는 생각한다.

　은사의 글을 제자가 선별하여 묶어내는 일은 그 자체로 기쁘고 조심스럽고 영광스런 일이다. 이 흐뭇한 일에서 편자(編者)로 참여할 기회를 주신 이남호 선생님께 감사드린다. 또 이런 기획을 해주신 나남출판사 조상호 사장님과, 파일이 없어 일일이 원고를 타이핑해야 했던 편집부의 여러분들께도 감사드린다.

맺음말을 대신하여 **인간성의 탐구와 자유**

특수한 것과 일반적인 것이 갈라지는 한 그 어떤 자유도 없다.

아도르노(Th. Adorno), 《심미적 이론》(1970)

이 책 《한국인문학과 김우창》은 필자가 2001년 첫 김우창론인 《구체적 보편성의 모험》을 낸 이래 지난 15여 년 동안 여러 문예지와 논문집 그리고 신문 잡지 등에 실었던 글을 묶은 것이다.

I. 김우창의 사유방식

지금까지 김우창 선생을 읽으면서 느낀 특징을 네 가지 정도 적어보려 한다. 이것은 무엇보다 내 공부를 다시 정리한다는 뜻에서다.

1. 사고의 주권성

헤겔이 '독자성(Selbstständigkeit)'을 고대 그리스적 고전성의 위대성이라고 부를 때, 그래서 "정신의 진정한 깊이와 내면성에 속하는 것은 영혼이 그 느낌과 힘, 그 온전하고 내적인 삶을 관통하여 작업함으로써, 그것이 많은 것을 극복하고, 고통을 견디고, 영혼의 불안과 괴로움을 참으며, 이런 분리 속에서도 자신을 지탱하고 그로부터 자기자신으로 돌아가는 일"이라고* 쓸 때, 나는 이런 정신의 자기탈출과 자기회귀를 보여주는 것이 다름 아닌 김우창 선생의 글이라고 생각한다. 그의 글은 탈출과 회귀, 벗어남과 돌아옴 사이의 반성적 이중운동 속에서 삶과 인간, 사회와 자연을 체계적으로 검토하기 때문이다.

더 자세히 써보자. 이때 '체계적'이라는 것은 그 논의가 주체의 실존적 느낌에서부터 시작하여 너와 우리로 나아가고, 우리의 논의는 그들로 옮아가며, 타자와의 이같은 만남 속에서 그의 글은 우리 사회와 공동체의 정치경제를 검토한다. 그리고 이렇게 검토하는 가운데 그 외연인 자연이나 지구공동체가 고려된다. 그러나 여기에서 멈추는 것은 아니다. 삶의 테두리를 고려하는 가운데 그 글은 다시 지금 여기에서 검토하는 나-개인-실존-주체-내면으로 돌아온다.

이러한 사유운동은, 헤겔식으로 쓰면, 정신과 영혼이 놓

---

* G. W. F. Hegel, Vorlesungen über die Ästhetik III, Werke in 20 Bde(Bd. 15), Frankfurt/M. 1986, S. 40.

여있는 기나긴 길 - 여기로부터 저기로, 주체로부터 대상으로, 나로부터 전체로 나아간다는 뜻이고, 이렇게 나아간 후에 여기 주체로 다시 돌아오는 일이다. 그것은 이렇듯이 나아감과 돌아옴을 되풀이하는 가운데 영혼의 "그 느낌과 힘, 그 온전하고 내적인 삶을 관통하여 작업"하면서 "많은 것을 극복하고, 고통을 견디며 영혼의 불안과 괴로움을 참고, 이런 분리 속에서도 자신을 지탱하면서 그로부터 자기자신으로 돌아가는 일"이기도 하다. 이 움직임은 분명 모순적이다. 내가 너로 나아간다고 해도 너와 합치될 수는 없고, 지금 여기를 넘어 저기 저곳으로 옮아간다고 해도 저곳이 여기의 현실과 일치하는 것은 아니기 때문이다. 자아와 타자, 주체와 객체, 그리고 개체와 전체는, 헤겔이 주장하듯이, 그렇게 매끄럽게 이어지지 않는다.

정신과 영혼이
놓여있는 기나긴 길

그러나 그럼에도 이 모든 것은, 적어도 종국적으로는, 삶의 화해를 향해 나아간다고 할 수 있다. 우리는 다시 한번 이 과정이 역설에 찬 것이라고 말할 수밖에 없다. 사실 근대 이후 인간사회의 가장 큰 특징은 바로 이 역설 - 삶의 이율배반과 모호성에 대한 자의식이라고 해야 할 것이다. 최근에 세상을 떠난 사회학자 바우만(Z. Bauman)의 한 학문적 주제도 '어떻게 현대사회가 홀로코스트나 세계화 이후에 편재하는 삶의 이율배반성에 대처할 것인가'라는 문제였다. 삶의 화해가 손쉬울 수는 없다. 손쉬운 화해는 거짓 화해다. 화해는, 적어도 오늘날 사회에서 그것은 매우 드물고 힘겨우며, 설령 실현된다고 해도 잠시 지속될 뿐이다.

김우창 선생의 작업은 화해 불가능한 세계에서의 화해에
대한 탐색이고, 화해 자체라기보다는 화해의 어떤 작고 위
태로운 가능성에 대한 천착이라고 할 수 있다. 이러한 모색
과정에서 보이는 사유의 깊이나 범위 그리고 그 밀도와 유
연성에 비견될 수 있는 사례는, 적어도 한국인문학에서는,
달리 없을 것이라고 나는 판단한다. 그러나 세계적 차원에
서 보아도, 이를테면 동서양 비교사상적 관점에서 보아도
그것은 희귀한 독창성의 모델이 아닌가 한다. 앞으로 한국
문화가 언젠가 세계적 반향을 얻게 된다면, 아마도 그 보편
적 정체성의 지적토대를 정립한 작가/사상가로 김우창이라
는 이름이 맨 먼저 떠오를지도 모른다.

2. 반성적 사유의 움직임

그만큼 현대사회의 불확실성에 대처하는 과정은 절망
과 환멸을 수반하는 어려운 것이다. 그것은 논의의 매 단계
에서, 각자의 느낌과 사고와 언어와 문장에서 균열과 비약
을 포함하지 없을 수 없다. 김우창 선생의 사유법도 그렇게
보인다. 그것은 사안과 관련되는 거의 모든 요소를 자신으
로 끌어와 하나하나씩 검토하고 그 장단과 요철을 측량하면
서 이뤄진다. 장점은 받아들이고 그 단점은 비판하며, 모호
한 점은 더 고려해야 할 유보사항으로 두면서 그것은 다음
단계로 넘어간다. 이런 반성의 경로에서 어중간한 타협이나

미심쩍은 동의는 있기 어렵다.

1) 지양 속의 물음

그리하여 보존과 지양, 수용과 극복은 쉼 없이 이어진다. 사유는 처음부터 비판의 실천이다. 그렇듯이 글도 반성적 활동이다. 더 정확하게 말하면, 사유나 글은 반성적 움직임이다. 어떤 단계에서 자족한다면, 그래서 더 이상 움직이지 않는다면, 사유는 사유이길 그친다. 이것은 마치 미학에서 미에 대해 한편으로 규정하면서도 다른 한편으로 이 규정을 벗어나야 하는 것과 같다. 예술의 변증법은, 사유의 변증법처럼, 규정과 탈규정을 오가기 때문이다. 무엇이 아름다운 것은 이 아름다움 속에 현존재를 거스르는 반성적 움직임과 이 움직임을 통한 지양적 물음 때문이다.

그러므로 예술의 변증법에서 균형보다 더 중요한 것은 긴장이고, 이 긴장을 통한 지속적 생성이다. 자유나 평등, 어짊(仁)이나 경애(敬愛)가 희구되는 것은 이런 반성적 지양 속에서다. 어떤 보편적 가치가 참되다면, 그것은 균형 속에서 항구적으로 진실한 것이 아니라 긴장 속에서 잠시 진실할 뿐이다. 예술의 균형은 순간적 균형에 불과하다.

반성적 지양

사유의 이같은 반성적 움직임 속에서 구체적인 것과 보편적인 것은 서로 만나 지양된다. 특수성과 보편성이 만나지 못한다면, 자유는 없는 것이라고 아도르노(T. Adorno)는 썼다. 아마도 인간의 자유는 가장 구체적인 것 속에서 그 구체성을 넘어 보편적 지평으로 나아갈 때, 이렇게 나아가고자 끊임없이 노력할 때, 비로소 실현될 것이다. 자유가 '지배 없는 상태'라면, 이 나아감, 이 나아감을 추동하는 반성적 움직임 속에서 보다 나은 삶의 가능성이 타진될 수 있기 때문이다. 이 반성적 지양 속에서 김우창 선생의 사유는 움직인다. 그것은 미리 주어진 이념을 전제하지도 않고, 그렇다고 넘쳐나는 열정의 주관주의에 포박되지도 않는다. 그것은 변증법적 모순의식 아래 감행되는 더 나은 무엇으로의 사유실험적 도약이고, 이 사유실험은, 그것이 곧 닥칠 행동의 가능성을 예비한다는 점에서, 자유의 실천이기도 하다. 반성적 사유의 진실은 삶의 모순 속에서 이 모순을 이겨내려는 불협화음의 진실이다.

이것은 좀더 소박하게 말할 수도 있다. 지금 여기에서 이뤄지는 마음의 상태는 무엇이고, 이 마음으로부터 어떤 태도가 우러나오는가? 그것은 그런대로 자족하는 삶이라고 말할 수 있을지도 모른다. 아니면 어떤 것도 의도하거나 의도하지 않으려는 자세일 수도 있다. 여기에서 '자족한다'는 것은 주어진 것을 불평 없이 받아들인다는 뜻이고, '그런대로'라는 것은 이때의 자족이 온전한 자족이 아니라 어떤 유보 아래 이뤄지고, 그래서 계속 나아간다는 뜻이다. 김우창 선생의 사유는 반성적 계기 아래 진화한다. 그러면서도 거기에는 고요와 평정 그리고 빈 마음이 자리한다. 내가 어느 다른 책에서 '사무사(思無邪)' - 생각함에 사특함이 없는 마음의 상태를 그의 비평정신이라고 적은 것은 그런 이유에서였다.

2) 자기계고(自己戒告)

김우창 선생은 자기 의견을 설교하지 않는다. 그가 설교 자계적(自戒的)

한다면, 그것은 자신에 대해서다. 선생의 글은 무엇보다 자

기기율의 수단으로 자리한다. 즉 자계적(自戒的)이다. 그것은

타인을 향한 것이 아니라 자신을 향해 있고 스스로 경계하

기 위해 쓰인 것이다. 그러면서도 그것은, 바로 이 내향적 호

소력으로 말미암아, 밖으로 그 메아리를 울린다. 줄곧 자기

자신에게 주의하는 이 내향적 성격은 그가 그만큼 섬세하고

여리며 신중하고 민감하다는 것을 뜻한다.

김우창 선생은 언어적으로 매우 민감하다. 그가 시를 전

공으로 하는 것도 물론 그런 이유에서일 것이다. 그러나 그

의 감성적 특성을 민감성 하나에만 국한시킨다면, 그것은

피상적 관찰이 될 것이다. 그의 글은 여리고 섬세한 감성만

큼이나, 아니 감성 이상으로 논리와 절차로 특징지어지기

때문이다. 이 점은, 한국에서 인문학과 관련된 적잖은 글이

감성 위주의 글이라는 사실을 고려할 때, 다시 강조할 만해

보인다. 감성에서의 민감성과 섬세함은 말할 필요도 없이

중요하다. 그러나 감성이 논리에 의해 체계화되지 못하면,

그래서 이성에 의해 검토되고, 이성을 수반하지 않는다면,

그것은 현실을 표피적으로 기술하는 데 그친다. 프루스트(M.

Proust)의 《잃어버린 시간을 찾아서》는 얼핏 보아 기억의 혼

란스런 집적물처럼 보이지만, 거기에는 놀라운 체계성과 형

이상학적 관점이 숨어 있다. 이 소설의 엄격한 구성은 바로

이같은 숨은 체계성으로부터 오고, 소설의 내용적 포괄성은

그 형이상학적 관점으로부터 온다. 프루스트 소설은 이 원칙 때문에 시간을 넘어 살아남을 것이다.

김우창 선생은 일단 이성주의자라고 할 수 있을 것이다. 그러나 이때의 이성주의가 그저 이성의 가치 – 합리성과 투명성 그리고 논증성만을 강조하는 것이라면, 선생은 이성주의자라고 지칭할 수 없다. 왜냐하면 그는 그 어떤 이성주의자보다 감성적으로 열려 있을뿐더러, 더 나아가 시적 직관에 투철하기 때문이다. 더욱이 선생은 이성을 수단화/도구화/계량화하는 그 모든 시도들을 언제나 의문시한다. 그의 이성은, 거듭 강조하여, 근본적으로 '반성적'이다. 반성적 이성의 지속적 대상이 현실이라고 한다면, 이 반성의 동력을 끌고 가는 것은 시적 직관이고 예술적 심미안이라고 할 수 있다. 그리하여 감성과 이성, 예술과 철학은 그에게서 서로 무관한 것이 아니다. 선생의 이성을 흔히 '심미적 이성'이라고 말하는 것도 이런 맥락에서일 것이다.

그리하여 김우창 선생의 감성은 철학적/이론적/개념적으로 깊게 무장되어 있다. 그의 글은 한편으로 더없이 건조하다. 논리적/논증적으로 전개되기 때문이다. 글에서 있을 수 있는 수사를 선생은 최대한으로 배제한다. 그래서 미사여구가 없다. 그러면서도 그 글의 함의는 놀랍도록 신선하고 풍성하며 다채롭다. 이것은 다시 시적 감성의 개방성에서 올 것이다. 예술적 감수성은 철학적 성찰과 깊은 의미에서 혼융하는 것이다.

시적 감수성의
개방성

3. 이데올로기적 편협성을 넘어

시적인 것 혹은 시적 지향의 초월성은 김우창 선생이 추구하는 사상의 한 요체라고 할 수 있다. '자유'나 '진리', '양심'이나 '형이상학', '전체'나 '정직성', '맑은 마음'과 '형제애', '봉사'와 '헌신' 등은 이 시적인 것의 주된 목록일 것이다. 선생은 현실에서 제시된 문제점을 성찰하면서도 이 시대를 넘어가는 그 무엇이, 마치 바로 눈앞이나 그 주변에 있는 것처럼, 이 무엇들과 대화하고 그것을 꿈꾸며 상기하고 기록한다. 그는 이런 시적 감수성으로, 강인한 사고의 도움을 받아, 현실과 대결해왔다.

1) 사상의 연대

시적 영혼은 항상 어디론가 열려 있어서 그 무엇에서 다른 무엇으로 옮아간다. 그것은 존재와 비존재 사이를 움직이면서 존재 너머의 것을 계속해서 느끼고 추측하고 그리워한다. 그런데 이 머나먼 것들은 지금 여기에도 깃들어 있다. 이 겹침을 예감하는 것이 시적 감수성이고, 그것을 표현하는 것이 예술가의 작업이다. 그리하여 시적 영혼은 바람의 소리를 듣고, 시간의 이야기에 귀기울인다. 이 부단한 상기는 곧 오늘의 현실을 다시 그리고 새롭게 보게 한다. 그것이 예술의 일이다. 그 누구의 것도 아닌 이 세상의 모든 존재를 노래하는 데 시적인 것의 진실이 있는 것이다. 선생의 저작에는 드높은 이 무엇을 잊지 못해 추구하는 시적 영혼의 분투가 곳곳에 흩어져 있다. 이것을 나는 사랑하고 귀하게 여긴다.

김우창 선생은 '민족'이나 '종족', '국가'나 '집단' 같은 개념의 중요성을 인정하지만, 그렇다고 그것을 절대화하지 않는다. 그것의 현실정치적 함의와 필요성을 고려하면서도 그 너머의 가능성도 잊지 않는다. 이 인위적 경계 너머의 어떤 타자성, 이 타자적 지평의 무한성에 대한 예감도 시적 영혼의 힘에서 올 것이다. 고착된다는 것은 편향된다는 뜻이고, 기울어진다는 것은 좁아진다는 뜻이다. 그는 민족주의자가 아니듯이 열렬한 애국자도 아닌 것처럼 보인다. 그 대신 선생은 끊임없이 묻고자 하고, 이 물음 속에 열려 있고자 하며, 이 열림 가운데 스스로 쇄신되고자 한다. 진보란 말의 엄격한 의미에서 자기폐쇄의 거부이고, 최종적 답변의 지양인지도 모른다.

김우창 선생은 물음을 통해 좀더 바른 것을 추구하고, 이 진실의 추구 가운데 자유롭고자 애쓴다. 선생이 중시하는 연줄이 있다면, 그것은 아마도 사상의 연줄일지도 모른다. 사상의 연줄, 그것은 사상의 연대(連帶)를 증거할 것이다. 신분이나 계급 혹은 지위에 의해 결탁하는 것이 아니라, 서로 공감할 만한 생각의 지향과 문제의식적 친연성에 의해 사상적으로 결합하는 일, 그래서 혈연과 지역과 종족과 시대를 넘어 유대의식을 갖는다는 것은 얼마나 멋진 일인가? 2000년의 시간을 넘어 소크라테스의 결단에 공감하고, 플라톤의 이데아에 경탄하며, 공자의 어진 마음에 존경을 표하는 일도 그런 영혼의 친화력과 사상적 연대의식에서 올 것이다.

한 걸음 물러나자. 학문에서 진리나 자유를 추구한다고 해도 진리란 얼마나 버거운 것이고, 자유란 사실 얼마나 끔찍한 것인가? 폴란드의 시인 쉼보르스카(W. Szymborska(1923-2012)는 국외로 추방된 브로츠키(J. Brodski)를 회고하면서, 그가 자신의 조국 러시아에서 '기생충'으로 낙인찍혔음에도 불구하고 자신이 시인임에 긍지를 가진 유일한 사람이었다고, 그런 자유를 갈망하느라 그가 "무자비한 모멸감"을 겪었을 것이라고 쓴 적이 있다. 자유란, 마치 진실이 오랜 공허와 적막과 황량함을 거쳐 생겨나듯이, 모멸과 수치를 견디고 이겨내면서 비로소 생겨날 것이다.

김우창 선생의 저작이 보여주는 인간성의 길은 어떤 정신주의의 길일 수 있다. 정신주의에 대한 지나친 강조는 엘리트주의의 혐의를 받을 수도 있고, 또 문화로부터 소외된 이들의 분노를 자극할 수도 있다. 위엄도, 그것이 삶으로부터 우러나오지 않는다면, 그래서 점잔을 부리거나 명색만의 거동에 불과하다면, 이데올로기가 된다. 선생의 길은, 그것이 생활 속에 육화되어 있다는 점에서, 삶의 길과 유리되지 않을 것이다. 구체적인 것과 일반적인 것의 매개 속에서 스스로 자유롭고 이 자유를 통해 인간성을 탐색해 왔다면, 이러한 고군분투는 아마도 시대적 무자비와 실존적 모멸 그리고 문화적 환멸을 관통하면서 이뤄진 작업일 것이다. 학문의 방법과 삶의 경로가 하나로 만날 때, 윤리도 아마 완성될 것이다.

시대적 무자비와 실존적 모멸 그리고 문화적 환멸을 통해서 이뤄낸 작업

2) '윤리의 윤리'

선생의 글은, 마치 호수면 위를 미끄러져가는 배처럼, 격동을 모른다. 거론되는 이슈가 아무리 격렬하고 끔찍한 것이라고 해도, 그 이슈를 다루는 주체 – 사고하고 서술하는 선생의 자아는 평정을 잃는 법이 없다. 일체의 흥분과 격정을 뒤로 한 채, 선생은 사안을 하나하나 차분하게 검토해나간다. 때로는 무르고 때로는 맥 빠진 것처럼 보이기도 한다. 선생의 글을 읽는 데는 인내가 필요하다. 차분한 마음과 생각의 빈 자리가 요구된다. 선생의 글은 그 글을 읽은 독자의 마음을 단련시킨다.

김우창 선생은 사안의 검토결과를 어떤 이해관계의 관철 수단으로 삼지 않는다. 선생은, 한국의 학문공동체에서 흔히 일어나듯이, 지식의 권력화로 기울어지는 것이 아니라, 그 결과로부터 다시 반성적 거리를 취하기 때문이다. 이 땅에서 윤리나 도덕은 자주, 정의나 자비가 그러하듯이, 자신의 정당성을 내세우거나 상대를 제압하기 위해 동원된다. 그래서 윤리에는 암묵적 서열이 있고, 위계와 명령이 작동한다. 한국에서 대부분의 윤리는 위계화된 윤리고, 그 정의는 권력화된 정의다.

그러나 윤리는, 적어도 참된 윤리는 있을 수 있는 위계와 명령 그리고 권력을 넘어서야 한다. 심지어 그것은 타자를 윤리화하려는 '선한 강요'나, 스스로 윤리적이고자 하는 '자발적 의도'마저 벗어나야 한다. 그래서 그것은 윤리를 넘어선 윤리, 윤리랄 것도 없는 윤리의 차원으로 옮아갈 수 있

위계화된 윤리와
권력화된 정의를 넘어서

어야 한다.(선생은 언젠가 베버(M. Weber)와 관련하여 '품위 없는 품
위'나, 레비나스(E. Levinas)와 관련하여 '윤리의 윤리'를 언급한 일이 있
다.) 선생이 엄격하다면, 그 기율은 타인에게 강제되는 것이
아니라 자신을 향해 있기 때문일 것이다. 그것은 윤리적 책
임의 자발적 수락이 아닐 수 없다. 선생은 이성을 통해 현실
을 부단히 검토하면서도 이때의 반성을 보다 높은 자기정위
의 윤리적 수단으로 삼는데 자족하는 것이다. 선생의 양식
(良識)과 양심은 이같은 자기기율의 자연스런 산물이지 않나
싶다.

　인문학에서 아마도 가장 중요한 것은 어떤 가시적 목적에
자족하는 것이 아니라 이 모든 유한성의 내용과 형식으로부
터 정신을 해방시키는 것, 그래서 초월적이고 신적이며 형
이상학적인 것이 지금 여기의 감각적 질료 속에 현재한다는
사실이고, 이렇게 현재하는 동시에 그 이상으로 나아가는
가운데 어떤 균형을 맞춰가는 일이며, 이 균형으로부터 다
시 삶의 화해를 구하는 일일지도 모른다.

4. 골몰하는 기쁨 – '반성적 향유'로

　김우창 선생은 늘 무엇인가에 골몰해 있다. 그날 아침에
본 국내외의 여러 일간지나 방송 – 선생이 매일 보는 것에
는, 내가 아는 한, BBC 뉴스와 독일의 《프랑크푸르트 알게
마이네(Fankfurter Allgemeine Zeitung)》가 있고, 우리나라의 신문

서너 개가 있지 않나 한다 - 전날 저녁에 혹은 며칠 전부터 읽고 있거나 염두에 두는 이런저런 주제를 선생은, 누군가 만나는 시간이 되면, 거론한다.

선생에게는 신중함과 결단이 미묘하게 뒤섞여 있다. 선생은 언제나 주도면밀하고 반성적이며 회의적이면서도 유머를 잊지 않는다. 그리고 그렇게 꺼내는 말 한마디 한 마디에 신중을 기한다. 이런 엄격성이, 적어도 처음에는, 그리 두드러지게 보이지 않는 것은, 그래서 이편에서 그리 불편하게 느껴지지 않는 것은, 그것이 자기자신을 향해 있기 때문일 것이다. 자기를 향한 이 기율은, 앞서 적었듯이, 강제된 것이라기보다는 오랜 연마의 자연스런 결과로 보이고, 그래서 어떤 즐거움 - 쾌활이나 기쁨 같은 자발적 정서와 이어지는 것으로 느껴진다. 선생의 기율은 말의 깊은 의미에서 '삶을 기뻐하는(lebensfroh)'데서 나오는 것 같다. 우리 사회는, 전통적으로나 오늘날에 와서도, 삶의 본래적 즐거움을 얼마나 억압하고 배제하는가?

즐거움의 차원에도 물론 여러 가지가 있다. 육체적 차원에서 성욕이나 식욕과 같은 본능적 쾌락이 있고, 일상적으로는 일의 만족이나 놀이의 기쁨을 말할 수도 있겠다. 읽기와 쓰기 그리고 생각하기의 즐거움은 좀더 지적인 쾌락에 속할 것이다. 그러면서 이것은 모두 자발적 쾌락이면서 의미생산적인 것이고, 따라서 보람있는 일이다. 이런 자생적이고 자가동력적인 기쁨이 없었다면, 어떻게 원고지 65000장의《김우창 전집》이 나올 수 있었겠는가? 그리고 2014년까지 쓴 글을 묶은 《김우창 전집》이후 지금까지 발표된 글이, 내가 알기로, 이미 한 두권의 분량을 넘어선다.

그리하여 선생의 언어는 현실의 이모저모를 두루 타진하면서도 세계의 바탕이 지닌 놀라움과, 이 놀라움을 느끼는 주체의 살아있음의 기쁨을 잊지 않는다. 사회적 교류나 인정도 중요하지만, 더 깊은 의미에서 필요한 것은 홀로 있음 - 고독일지도 모른다. 고독 속에서 인간은 병이나 죽음이나 유한성 같은 아포리아와 부딪치고, 이 충돌에서 본래의 자리를 확인하기 때문이다. 삶의 기쁨과 생명의 고귀함, 신뢰와 평등과 우애 같은 가치들은 이때 실감될 것이다. 살아있는 기쁨, 살아 있고 살아가며 살아가게 될 기쁨은, 생계 현실이 아무리 급박하고 쪼들린다고 해도 외면할 수 없는 삶의 근본사실이다. 따라서 이 기쁨을 외면하지 않는 것은 그만큼 정당한 인간 이해와 현실인식의 개선에 이바지한다. 살아있음의 기쁨을 제대로 느끼고 표현하며 공유할 수 있다면, 우리는 이미 공동체적 현실에 참여하는 것이다.

이 모든 것을 움직이는 것은 맑고 신중한 마음일 것이다. 선생의 저작에서는 비판과 성찰 이상으로 공감과 경탄이 있고, 이 공감과 경탄을 지탱하는 것은 향유의 태도다. 그러나 이 향유는 단순히 관능이나 쾌락으로 흐르지 않는다. 그것은 묻는 가운데 반성되고, 회의하는 가운데 제어되기 때문이다. 향유적 태도는 선생에게 절제의 기율과 같이 간다. 이것은 비판적 정신이 순화된 마음에 의해 성찰적으로 되는 것과 같은 이치일 것이다. 이 반성과 성찰을 더 밀고 나가면, 앞서 언급한 관조나 정관(靜觀)이 나올 것이다. 왼쪽 극단을 비판주의로 보고 오른쪽 극단을 금욕주의라고 한다면, 선생의 사고는 이런 지속적 물음 덕분에 비판은 비판주의로 고착되는 것이 아니라 반성으로 지양되고, 쾌락은 관능으로 빠져드는 것이 아니라 기쁨으로 승화되는 듯하다.

반성적 이성의
향유방식

그리하여 김우창의 사유는, 타자적대적 비판주의와 자기파괴적 금욕주의 중 어느 한 쪽으로 경사됨 없이, 다시 말해 비판적 성찰과 금욕적 절제 사이를 오가면서 향유의 쾌락적 차원까지 포괄한다. 이것을 나는 '반성적 이성의 향유방식' – '반성적 향유'라고 부르고 싶다. 이 반성적 향유의 사유법 아래에서 이성은 사라지지 않기에 비판은 계속되고, 이 비판적 검토에도 불구하고 기쁨은 견지되기에 일상의 즐거움은 사라지지 않는다. 반성적 향유는 회의하되 기뻐하고, 즐기되 또다시 질의하는 까닭이다. 깊은 향유에는 감성과 이성이 함께 작동하는 것이다. 그리하여 우리는 자발적 윤리의 즐거운 나날을 말할 수 있을 지도 모른다.

김우창 저작의 궁극적 지향은 아마 '어떻게 인간이 윤리적 결단을 통해 품위 있는 삶을 만들어갈 수 있는가'에 있을지도 모른다. 그는 세상의 전체에 공감하면서도 이 현실을 비판하고, 이런 비판 가운데서도 공감의 기쁨을 여전히 누리면서 그 기쁨을 독자로 하여금 향유케 한다. 그의 글을 읽으면서 우리의 감각과 사유가 끊임없이 새로워지는 듯한 느낌을 갖게 되는 것은 이런 이유 때문일 것이다. 부단히 이행하는 감성과 사유 그리고 언어는 세계향유의 전제조건이다.

아마도 인문정신의 길은 바로 여기에, 반성적 향유를 통한 자발적 윤리의 삶을 사는 데 있는 지도 모른다. 이때 학문의 즐거움은 삶의 즐거움과 분리되지 않을 것이다.

II. 미래의 김우창 수용사/해석사

김우창 선생에 대한 논의는, 앞으로 있게 될 수용사를 포함하여, 세 가지 차원에서 이뤄지지 않을까 싶다. 첫째, 앞으로 한국사회는 어디로 향할 것이고, 어떤 가치와 기준 아래 구성될 것인가? 둘째, 이런 과제 앞에서 우리의 학문공동체는 무엇을 할 것이고, 공적 담론은 어떻게 마련되어야 하는가? 셋째, 나는 어떻게 할 것인가? 나의 감각과 사고와 언어는 어떻게 되어야 하는가?

이 세 차원은 물론 얽혀 있다. 무엇을 하고, 어떤 것을 고민하며, 무엇을 읽고 쓰든 상관없이 그 문제의식은 삶의 사회적 인간관계가 어떠해야 하고, 공동체의 합리적 구성은 어떻게 될 것인가라는 주제를, 명시적이든 암시적이든, 포함해야 할 것 같다. 그 문제의식은 결국 공공성의 문제 - 빈부차와 양극화 그리고 계급갈등을 최소화하는 데로 수렴되어야 할 것이다. 한국사회의 공공성 수준이 OECD의 24개국 가운데 최하위라는 것은 오래 전부터 잘 알려져 있다.

여기에서 최우선적인 과제는 일반적 규범의 근거 - 윤리의 토대를 마련하는 일이 될 것이다. 앞서 언급한 바우만이 골몰했던 것도, 그의 《유동적 근대(Liquid Modernity)》가 암시하듯이, 이 불확실한 사회에서 어떻게 '뿌리'와 '관계'와 '유대'를 확보할 것인가에 있었다. 오늘날의 극단화된 소비세계가 파괴하는 것은 바로 이 개인성의 뿌리와 사회적 관계이기 때문이다. 그리하여 뿌리와 관계와 유대라는 주제는 담론의 보편성 수준 사회적 차원에서 뿐만 아니라 개인적 차원에서 광범위하고도 지속적으로 논의되어야 한다. 또 이런 문제의식은, 오늘의 공론장이 원하든 원치 않든 세계화된 환경 속에서 자리한 만큼, 전지구적 맥락과 이른바 글로벌 스탠다드(global standard)를 포괄해야 한다. 즉 담론의 보편성 수준을 잃지 않아야 한다. 그러면서 그 해결책은 사회와 나라와 지역마다 다를 수밖에 없다.

1. 새로운 보편규범의 구상

이 복잡한 문제 맥락 아래 핵심은 아마도 토대의 구축작업이 될 것이다. 그런 점에서 김우창 선생의 저작으로부터 우리 사회가 의지할 수 있는 주제는 '보편규범의 토대'에 관한 것이 될 지도 모른다. 이것은 아마도 이성의 새로운 역할을 규명하는 데서 시작될 것이다. '새로운 이성의 보편적 구성과, 이 이성의 재조직을 통한 보다 성숙한 문화로의 모색'이야말로 김우창 저작의 현재적 중대성을 증거하는 핵심 주제가 아닌가 여겨진다.

한국처럼 서구적 의미의 근대성을 역사의 누적적 체험 속에 겪지 못한 나라에서 어처구니없는 일이 끊임없이 일어나고 있는 것은 당연한 지도 모른다. 이 불합리한 일은 단순히 사건 사고에만 국한되는 것이 아니라 여기 사는 사람들의 말과 생각, 판단과 가치기준 등등에 두루 편재한다. 이 모든 부실함의 바탕에는, 되풀이하건대, 개인적 사회적 윤리의 부재가 있다. 이런 점에서 이성의 지속적 훈련은 절대적이다. 혹은 좀더 넓은 의미에서 마음의 훈련은, 이 마음이 감성과 사고를 포함한다는 뜻에서, 더없이 중요하다. 한국사회에서 이성의 문제는 단순히 개념이나 논리 혹은 철학의 문제에 그치는 것이 아니라 삶 자체의 문제이고 생활방식의 문제이기 때문이다.

문화나 생활양식은 이성의 육화에 관계한다. 그렇다면 보편적 이성을 이론적으로 모색하고 생활 속에서 경험적으로 체화한 사례가 여럿 나와야 한다. 이 점에서 새로운 이성의 문제는 '새로운 주체구성'의 문제와 다르지 않다. 주체 구성의 문제에서도 물론 여러 사항을 거론할 수 있다. 여기에서 그 주체는, 이 글이 김우창 선생 읽기와 관련되는 한, '해석적 주체'가 될 것이고, 이 주체는 읽고 쓰고 느끼고 생각하는 가운데 자기존재를 입증하게 될 것이다. 해석적 주체의 실천방식과 결부하여 나는 '자발적 선택의 선의'와 '자기쇄신의 즐거움'을 말하고 싶다. 그러나 이 두 가지 덕목은 해석적 주체뿐만 아니라, 좀더 일반적으로, 성숙한 시민으로 살아가는 데에도 필요할 것이다.

마음의 훈련

이성의 육화

2. 해석적 주체의 가능성

1) 자발적 선택의 선의

릴케는 인간이 이 세상에서 할 수 있고 해야 하는 궁극적인 일은 "찬미하는(rühmen)"것이라고 말했지만, 그러나 세상은 온갖 어리석음과 불합리로 차 있는 것으로 보인다. 이 어리석음과 불합리 가운데를 갖가지 모순이 지나간다. 이 모순을 그저 질타하거나 비난할 수 없는 이유도 여기에 있다. 이기(利己)와 부패와 어리석음은 줄여가야 한다. 그러나 모호함이나 역설이나 아포리아는?

좋은 일은
아무 것도 요구하거나
기대함 없이 그 자체로
끝날 수 있어야 한다

얼마나 많은 옳은 일이, 시간이 지나고 절차를 거치는 사이에, 원래 없었던 억압과 지배의 수단으로 변질되고 마는가? 그래서 그것은 강요하거나 명령하거나 지배하려 한다. 이런 점에서 좋은 일은 아무 것도 요구하거나 기대함 없이 그 자체로 끝날 수 있어야 한다. 말하자면, '나는 아무 것도 바라지 않는다. 그럼에도 나는 시도한다'라는 식의 투명한 의지가 필요하다. 그것은 보상을 바라지 않는다는 점에서 무상적(無償的)이고, 진실의 추구에도 불구하고 아무 것도 기대하지 않는다는 점에서 비의도적이다. 진실의 길은 무상적 비의도적 선의의 길인 것이다. 이것은 주체구성의 문제에도 필요하고, 바른 해석적 주체가 되는 데에도 필요해 보인다.

무상적
비의도적 선의의 길

김우창 선생 읽기로부터 우리가 생산적 계기를 추출하고, 그렇게 추출한 통찰을 근거로 뜻있는 일을 한다고 해도, 이 모든 일은 어떤 의무감에서 이뤄지기보다는 그 자체로 즐거운 일이 된다면, 더 바람직할 것이다. 그런 점에서 우리는 쾌락의 문제를 다시 거론할 수 있다. 어쩌면 우리가 하는 일에서 '의무'나 '책임'을 말하기 전에, 물론 이것도 중요하지만, 그것이 그 자체로 즐거워서 하는 자발적 계기가 있다면, 그 일은 좀더 오래갈 것이다. 스스로 선택한 일이 뜻있고 그 뜻있는 일이 오래간다면, 그것은 사회에 쓸모 있는 실천이 될 것이다. 그러나 그럼에도 불구하고 그 일은 자기정당성을 타인제압의 수단으로 삼지 않을 것이다.

2) 자기쇄신의 즐거움

2000년대 이후 한국 인문학에서 가장 중요한 문제의 하나는 공공성의 문제와 더불어 보편적 주체의 가능성에 대한 탐색일지도 모른다. 왜 우리에게는 16세기의 몽테뉴나 18세기의 루소 같은 근대적 개인의 초상이, 이들이 남긴 저 광범위하면서도 깊이 있는 저작이 없는 것일까? 한국의 지성사에서 내가 참으로 아쉽게 여기는 점은 바로 이것 – 그 기나긴 시간 동안 이 땅에서는 근대적 의미의 주체가, 적어도 19세기 이전에는, 부재했다는 점에 있다. 그렇다면 오늘날에는 어떠한가?

40년에 걸쳐 베토벤의 〈피아노 소나타〉 32곡을 전부 녹음한 폴리니(M. Pollini)는 재작년 한 인터뷰에서 "베토벤을 연주하는 이태리 학파가 있는가"라는 어느 기자의 질문에, "미켈란젤리(A. Michelangeli) 같은 위대한 피아니스트는 있지만 해석의 '민족적' 학파는 없다"면서, "내가 믿는 것은 인격의 강한 정신적 세계"라고 대답했다.* 결국 예술의 작업에서, 그리고 학문과 사상의 길에서 남는 것은 아름다움과 자유의 길일 것이다. 그 미와 자유의 길을 걷는 것은 어떤 이념이나 특정이념을 내세운 민족이나 이데올로기가 아니라 뛰어난 개성 - 보편적 가치를 구현한 개성일 것이다. 보편적 개인은 근대적 의식의 육화로부터 생겨날 것이다.

그러므로 학문사/지성사/예술사의 해석에서 중요한 것은 이데올로기가 아니라 공감이며, 흑백으로 단정하는 일이 아니라 그 공감 속에 감정과 사고를 부단히 쇄신하는 일일 것이다. 실천의 가능성은 이렇게 쇄신된 사고와 감정으로부터 생겨날 것이다. 지속적 공감은 자의적 구분에서 야기되는 크고 작은 갈등을 이미 완화시킨다. 사람 사는 세계가 놀라운 것이고 이 놀라운 세계에 상응하는 것이 공감의 능력이라면, 삶의 기쁨도 이 공감의 능력으로부터 생긴다. 삶에 오래가는, 그래서 참으로 신뢰할 만한 기쁨이 있다면, 그것은 세계공감의 기쁨일 것이다.

삶의 다채로운 현상에 다채롭게 대응한다는 것은, 그것이 미리 정해진 틀에 의견이나 사고를 억지로 꿰맞추려고 하지 않는다는 점에서 인식론적으로 진실하고, 그것이 다른 삶의 알려지지 않은 가능성을 존중한다는 점에서 윤리적으로 선하며, 그것이 존재하는 것들을 그 자체로 존중한다는 점에서 심미적으로도 아름다운 것이다. 참으로 위대한 인간은

---

* Maurizio Pollini, 〈Wut kann eine starke musikalische Kraft sein〉, Frankfurter Allgemeine Zeitung, 2015. 6. 16.

한편으로 기존의 역사에서 이뤄진 중대한 업적들을 소화하고 자기 식으로 집적하면서, 다른 한편으로 이 집적된 인식의 힘으로 동시대 현실과 만나고 이 만남의 경험을 전혀 새롭게 구성해낸다. 그래서 그는 기존의 문화유산에 대한 정신의 수원지(水源池)로 자리하면서 이 다음 세대를 여는 의미의 광맥으로 자리하는 것이다.

3. 자기성찰적 문화를 향하여

글이 현실에서의 정당성을 추구하는 것은 자명하다. 그러나 인문학의 글은 '정치적으로 올바른' 것이면서 동시에 '그 이상'이어야 한다고 나는 생각한다. 즉 사회정치적 정의(正義) 역시, 모든 좋은 가치가 그러하듯이, 보다 높고 넓은 가치에 의해 보완되어야 한다. 사랑이나 자비, 형제애나 평등은 그런 가치의 예다. 높고 깊은 사유란 사회정치적 현실과 이 현실 너머까지 포괄한다. 그리하여 형이상학이나 존재론은 불가피하다. 그러나 거꾸로 우리의 현실진단이 처음부터 형이상학이나 존재론에서 시작하고 또 그것에서 끝난다면, 하이데거 철학이 보여주듯이, 현실망각과 역사패착의 오류를 피하기 어렵다.

김우창 선생이 궁극적으로 지향하는 것의 하나는 '자기반성적 성찰문화'인데, 이것은 우리가 고려할 만한 중대한 참조틀로 보인다.* 말하자면 갈등과 투쟁은 삶에서 불가피하다는 것, 그러나 그 투쟁은 타자와의 이권다툼이 아니라 자기반성을 전제해야 하며, 이 자기반성 속에서 폭력적으로 진행되는 것이 아니라 평화적으로 이뤄져야 한다. 그리하여 '정의'나 '권리', '의무'나 '해방' 같은 강성도덕(hard morality)의 목록도 중요하지만, 이 강성도덕적 한계를 넘어 우리는 '배려'와 '존중', 돌봄과 '성찰' 같은 연성도덕(soft morality)을 통해 좀더 부드럽고 너그러운 사회를 도모할 수도 있다.**

강성도덕의
한계를 넘는 연성 도덕

선생의 글에 내장된 여러 통찰의 잠재력으로부터 각 해석자는 서로 다른 분야에서 그 나름의 성향과 관심과 능력에 따라 얼마든지 다양하게 길을 모색할 수 있다. 그 길이 어떠하건 간에 이 모든 일은, 새로운 이성의 구성문제건 자기반성적 성찰문화건, 그 일을 행하는 주체가 '어떻게 자기 삶을 살 것인가'라는 문제로 수렴되어야 마땅하다.

III. 마치 생명줄처럼

지휘자 존 엘리엇 가디너(J. E. Gardiner)는 최근 한 인터뷰

---

* 김우창, 〈우리는 어디에 있으며, 무엇을 할 것인가〉(2002), 《대담/인터뷰2》(김우창 전집 19), 195쪽
** 최근에 필자는 이런 길의 한 가능성을 모색해 보았다. 문광훈, 〈교양과 수신 – 괴테와 퇴계의 자기교육적 성찰〉, 네이버 '문화의 안과 밖' 강연, 2016. 11. 12. 관련 동영상은 아래 사이트에 있다. http://openlectures.naver.com/contents?contentsId=110014&rid=2908&lectureType=ethics

에서, "정말이지 나는 평생 동안 바흐라는 혹성의 궤도를 돌면서 수많은 인상과 느낌을 모았고", "바흐가 없었다면 삶은 "끔찍하리만큼 황량했을 것"이라고 고백했다.* 가디너에 물론 비할 수는 없겠지만, 그러나 김우창 선생의 글에 대한 나의 열의는 바흐에 대한 가디너의 그것에 비교될 수 있다고 나는 감히 생각한다. 나 역시 김우창이라는 별의 궤도를 따라 지난 30여 년을 참으로 즐겁게, 그리고 때로는 절박한 실존적 갈망 속에서 살아왔기 때문이다. 그런 점에서 그것은 하나의 생명줄이자 운명적 신호였는지도 모른다.

가디너는 바흐의 어떤 작품을 언제 지휘하게 될지 알 수 없지만, 그러나 그 모든 공연은 언제 어디서건 마치 처녀처럼 순결하고 새로운 공연이었고, 그리고 그 때문에 그는 열광했다고 고백했다. 선생의 글도 내게 그러했다고 말할 수 있을 것이다. 어떤 주제를 담은 무슨 글을 읽더라도 거기에는 현실과 인간, 삶과 자연의 저 깊고 넓은 영역을 줄기차게 탐색해가는 어떤 정신의 궤적이 있었다. 이때 이뤄지는 감각과 사고의 쇄신은 곧 행동의 쇄신을 예비하며, 그래서 그것은 삶의 쇄신과 다를 수 없다. 삶의 고통이 바흐에게서 선율로 바뀌었다면, 그 회한은 선생에게서 물음과 표현으로 바뀌었을 것이다.

현실에 일어나는 그 어떤 것도 내게는 삶과 무관해 보이지 않았고, 인간적인 것이라면 나는 무엇이든 내 나름으로, 마치

---

* John Eliot Gardiner, 〈Diese Musik durchglüht mich〉, Die Zeit, 2016. 12. 8

소가 여물을 하루 종일 씹어대듯, 반추하고 소화하면서 내 식으로 이해하려고 애썼다. 나는 현실 속에서 현실을 넘어서는 어떤 것들 – 참되고 선하며 아름다운 것을 꿈꾸는 것은 신적 덕성이라는 고대(古代)의 금언을 굳게 믿었다. 그리고 아름다운 것을 추구하는 행위가 아름다운 말 자체보다 진실할 것이라고 여겼다. 그러나 행위는 말을 곱씹는 데서 나온다.

그리하여 글에 담긴 그 느낌과 생각은 나의 삶을 관통해 흐르는 듯하다. 선생의 글은 실제로 시적 감성의 다채로운 전개에서, 면밀하기 그지없는 이론적 철학적 논의에서, 그리고 현실에 대한 엄정하고 공정한 진단에서 나의 숨은 갈망을 상당 부분 충족시켜 주었다고 나는 생각한다. 그 숨죽인 열망이 이 거친 한국사회에서 나를 버티게 해주었던 것 같다. 진리란 위태로운 균형 속에 이뤄지는 잠시의 화해에 불과하다면, 이 진실의 지속적 검토 아래 갖가지 제약을 의식하고 편견을 덜어내면서 더 높은 수준의 공동이해로 나아가는 것이야말로 이 땅의 인문학이 해야 하지 않을까 싶다. 합리적 제도는 이렇게 합의된 공동이해로부터 올 것이다.

IV. 윤리적 결단과 품위 있는 삶 – 남은 것

문학과 예술이 무엇을 할 수 있는지, 인문학은 어디로 향해야 하는지, 과연 이성적 사회란 어떻게 구성될 수 있는지를 고민하는 사람이라면, 감각이 어떻게 사물에 반응하고,

사고는 어떠하며 언어와 표현은 어떻게 기능하는지를 알고
자 한다면, 또 인간이 비루함과 어리석음을 넘어 어떻게 보
람된 삶을 살 수 있는지, 정신적인 것의 드넓은 가능성은 무
엇이고 자유의 의미는 무엇인지, 예술은 어떻게 권력이나
국가를 넘어 이데아와 관계하는지를 알고자 한다면, 또 마
음은 어떻게 세계를 지각하고, 이 세계에서 사물은 어떻게
파악되며, 자연은 인간에게 무엇인지를 묻고자 한다면, 나아
가 오늘날 서구와 동양, 개별 국가와 지구 전체는 어떻게 관
계하고 문화의 의미는 무엇이고, '나'는 어떻게 있고, 내 삶
은 어떻게 영위되어야 하는지, 여기에서 개인의 자아와 인
격은 어떻게 형성되고, 이 개인적인 것은 사회역사적인 것
과 어떻게 상호작용하는지를 묻는 사람이라면, 김우창 선생
의 저작을 외면할 수 없다.

그러나 이 다양한 주제가 아니더라도 오늘날에는 예술
이 상품과 구분되기 어렵고, 문화는 이미 뿌리 채 물신주의
적 소비대상이 되어 있다. 자본주의 상품사회에서 말과 생
각과 삶은 전방위적으로 상투화되어 있다. 지금의 현대사회
를 거대한 상투사회라고 한다면, 이 상투사회에서 생각은
쳇바퀴를 돌듯이 구태의연한 틀을 지루하게 반복한다. 그리
하여 의식은 더욱더 마비되어 가고, 따라서 새로운 감각이
나 사고 그리고 언어도 더 이상 불가능한 것처럼 보인다. 나
의 이 언어도 예외는 아니다. 사회의 제도와 사람 사이의 관
행은 새로운 가능성을 끊임없이 제한한다. 그러나 바로 이
런 이유에서라도 좀더 높고 고귀한 삶의 모델은 더욱 집요

하게 모색될 필요가 있다. 선생의 글은 철저하게 훼손된 오늘의 세계에서 들려오는 맑고 담담하며 깊은 양심의 메아리처럼 울린다.

삶을 살아간다는 것은, 그것도 의미있게 사는 것은 매일의 시간을 그 깊이와 넓이에서 새롭게 경험한다는 뜻일 것이다. 그리하여 다시 절실한 것은 감각과 사고의 쇄신이 아닐 수 없다. 자유로운 삶을 산다는 것은, 가장 간단히 말하여, 삶의 상투화에 저항한다는 뜻일 것이다. 아마도 진실한 삶은 결국 '잘 사는' 데 있을 것이다. 프루스트는 마침내 발견하고 드러내어 온전히 사는 것만이 진실한 삶이고, 그것은 바로 문학이라고 쓴 적이 있지만, 삶의 진실한 영위법은 우리 각자가 그 나름으로 발견해야 하고, 이렇게 발견하여 스스로 온전하게 살아가는 데 있을 것이다.

글을 쓰면서 나는 나를 새로 깨닫고 세계를 발견하며 일상에 놀란다. 시든 예술이든, 이 모든 것은 삶을 보다 큰 창조적 가능성 속에 열어두기 위해 존재해야 한다. 예술은, 그것이 바로 그런 참된 삶을 발견하고 살아가는데 도움을 준다는 점에서, 어쩌면 유일무이하게 기댈 만한 삶의 활동일지도 모른다.

1. 〈'정치와 삶의 세계' 서평〉, 《21세기를 움직일 화제의 명저 100선》, 〈신동아〉 신년호 특별부록, 2002년.

2. 〈세계의 풍경과 마음의 평정〉, 《북새통》, 2003년 12월호.

3. 〈시민적 개인성과 '절제의 윤리학'〉 – 한국민주주의 특강 참관기 – 김우창 강연을 중심으로, 2003. 9. 1. 《교수신문》.

4. 〈시적인 것: 김우창의 심미성의 근원〉, 《사유의 공간》, 생각의나무, 2004년.

5. 〈사실존중과 평정(平靜)〉, 《고대대학원 신문》, 2007년.

6. 〈자기형성의 심미적 윤리: 김우창론〉, 《한국예술총집 문학편Ⅵ》, 대한민국예술원, 2009년.

7. 〈어떻게 인간은 공간에 사는가? – 김우창의 '풍경과 마음' 해제〉, 《아시아 100권의 책》, 한길사, 2010년.

8. 〈심미적 이성 – 탐구의 원리이자 삶의 태도〉, 《교수신문》(242호), 2002. 9. 23; 〈오늘의 우리 이론 어디로 가는가〉에 재수록, 생각의 나무, 2003년.

9. 〈심미적 이성의 구조 – 아도르노와 김우창〉, 대구대 현대사상연구소 주최 현대사상 세미나, 2010년; 《아도르노, 현대사상 8》에 재수록, 대구대 현대사상연구소, 2011년.

10. 〈심미적 감성에 대하여〉, 전남대 2011년 2월 25일 발표; 《감성연구》에 재수록, 전남대 한국학 감성연구단, 2012년.

11. 〈세상진단에서 인생살이까지 – 김우창의 '성찰' 서평〉, 《책》, 한국간행물윤리위원회, 2012년 1월호.

12. 〈다른 삶에의 초대 – 김우창의 '세 개의 동그라미'와 예술경험〉, SK 사보, 2012년 2월호.

13. 〈'김우창 문학선' 편집노트〉, 〈문학의 동심원적 구조 – '김우창 문학선'에 즈음하여〉, 《체념의 조형 – 김우창 문학선》, 나남, 2013년.

14. 〈왜 김우창을 읽는가? – 자기기율의 자유〉, 《작가세계》, 가을호(통권 102호), 세계사, 2014년.

15. 〈한국인문학과 김우창〉, 한국영어영문학회 60주년 국제학술대회, 이화여대, 2014년 11월 20일 발표.

16. 〈새로운 인문전통의 시작 – '김우창 전집' 발간에 즈음하여〉, 경향신문, 2016년 1월 10일자.

한국인문학과 김우창

II. 인명